Ich liebe Bücher, die mich überraschen, bei denen ich nie weiß, was als Nächstes passiert. *Die andere Mrs. Walker* hat dieses Kriterium zu meiner Verblüffung in eine eigene Kunstform verwandelt. Ausgangspunkt ist eine gescheiterte Protagonistin mit sehr realen weltlichen Sorgen: Margaret Penny, 47. Sie begibt sich auf die Suche nach dem Ariadnefaden, der die Geheimnisse einer alleinstehenden Toten verbindet – und parallel dazu fächert Mary Paulson-Ellis höchst raffiniert eine von der Zeit überwucherte Familiengeschichte auf. Sie beginnt 1929 mit Alfred Walker, seiner gerade gebärenden Ehegattin Dorothea und ihrer Tochter Clementine. In filigranen Bildern werden sinnlich die 30er Jahre heraufbeschworen, der Weltkrieg und die britische Nachkriegszeit. Schillernd und geheimnisvoll webt sich der historische Faden in den dunklen Rahmen eines ganz heutigen, lakonischen Noir. Beiläufig tritt die Moderne mit ihren Frauenbildern zutage: Verbrechen, Künste, Körper, Einsamkeit, Wahnsinn, Krieg und Moral – jedes dieser Themen trennt die Geschlechter, weist Rollen zu, sieht Lebensweisen vor. Wer sich auflehnt, muss mit Gegenwind rechnen, eine Erfahrung, die alle Frauen der Erzählung auf je eigene Weise machen. Nach und nach entfaltet sich das Rätsel um die Mandarinenkerne, die Zwillinge, die verstorbene Mrs. Walker … Aber auch Margaret bleibt nicht unberührt von der Geschichte, die sie Stück für Stück den auffindbaren Indizien entlockt.

Was für eine Erzählung, und was für ein Krimi – denn es geht immer um Verbrechen, um Täuschung und Moral, und die Wahrheit liegt immer im Auge der Betrachterin. Bis zuletzt.

Else Laudan

Mary Paulson-Ellis

Die andere Mrs. Walker

Deutsch von Kathrin Bielfeldt

Ariadne 1260
Argument Verlag

Oh, my darling
Oh my darling
Oh my darling, Clementine
Thou art lost and gone forever
Dreadful sorry, Clementine.

Amerikanische Volksballade, 19. Jh.

TEIL VIER
Ein Foto
289

TEIL FÜNF
Sechs blankgelutschte Mandarinenkerne
381

Epilog
Frühling in Edinburgh
435

Dank
441

PROLOG

Weihnachten in Edinburgh 2010

So starb sie – in Schuhen und in Nylonstrümpfen, die um die Knie Falten warfen. Das Glas fiel aus ihrer Hand zu Boden, der Rest sickerte heraus, gemeinsam mit ihrem letzten Atemzug. Die Flüssigkeit glitzerte im Mondlicht, zwinkerte ihr ein letztes ›Gute Nacht‹ zu, bevor auch sie verschwand – in den Teppichfasern, in den rauen, staubigen Bodendielen und dann in der Decke der Wohnung darunter. Auf ihrem Weg verdunstete sie und hinterließ nichts als einen Fleck. Und diesen Geruch. Whisky. Das Wasser des Lebens. Doch nicht für sie. Nicht mehr.

In einer Schublade ließ sie eine Paranuss zurück, in deren Schale die Zehn Gebote geritzt waren. Auf dem Kaminsims einen Grat aus Staub, wo zuvor ein Foto gestanden hatte. Im Kleiderschrank ein smaragdgrünes Kleid mit versprengten Pailletten am Saum. Auf einem blauen Teller eine Mandarine, inzwischen voller Löcher wie ihre Knochen und ihr Hirn.

Alles war verblichen. Die Geschirrtücher in den Schubladen. Die Fliegengitter an den Fenstern. Die Zeitung, die unter der Kleidung um ihre Hüfte gewickelt war. Im Bad wuchsen Eisblumen auf der falschen Seite der Fensterscheibe. Im Schrank passte kein Teller zu irgendeiner Schale. Draußen war die Straße ebenfalls verblichen und die Gesichter der Passanten in der unerbittlichen Kälte zu Asche geworden. Drinnen, in ihrem Kühlschrank, stand eine einzelne Dose Erbsen.

So starb sie – mit einem Namen unter ihren Fingernägeln vom Kratzen über Gesicht und Arme in dem Versuch, sich zu erinnern. Mit ausgebreitetem Haar, rot an den Spitzen, weiß an den Wurzeln. Mit Bomben, die wie Klingeln in ihrem Kopf schrillten. Und diesem Schrei, *Hilfe!*, als Putz auf sie niederregnete, Splitter aus Holz, Metall und Glas durch die Stille flogen, als sie erneut schrie.

»Hilf mir!«

Sie fing den Gedanken ein, der durch ihr Hirn wuselte: *Das könnte es gewesen sein.* Doch das war es nicht. Denn jetzt war es so weit. Das Glas, das ihr aus den Fingern glitt. Das kleine bernsteinfarbene Rinnsal. Die Flüssigkeit, die durch den Teppich in die Decke der Wohnung darunter sickerte.

Und irgendwie hatte sie immer gewusst, dass sie so enden würde. In einem kleinen eckigen Raum, in einer kleinen eckigen Wohnung. Vielleicht in einer kleinen eckigen Kiste. Aus Pappe, mit einem Aufkleber darauf. Und einem Namen.

Wie lautete der Name? Verloren, mit allem anderen, was sie je besessen hatte.

Dann hoffte sie, während die Flüssigkeit versickerte, dass sie Gott nicht zu oft verflucht hatte. Denn jemand musste es doch sagen, oder? *Asche zu Asche. Staub zu Staub.* Denn wo sonst würde sie sein, wenn man sie tief in die Erde versenkte oder mit diesen blauen Gasflammen verbrannte? Sie wusste, das wäre ihr lieber, diese lodernde Hitze. Und doch fragte sie sich, als ihr Atem langsam entwich, ob sie nicht die feuchte Umarmung des schweren Edinburgher Lehms verdient hatte.

TEIL EINS

Die Mandarine

≡ **Edinburgh News** <small>EVENING</small> 🏰

2. Januar 2011

Zweitkältester Winter seit Beginn der Wetteraufzeichnungen

Experten vom Meteorologischen Institut bestätigten heute, dass der Winter, der Edinburgh im Griff hat, der zweitkälteste seit Beginn der Wetteraufzeichnungen ist. Sämtliche Straßen der Stadt sind mit einer heimtückischen Eisschicht überzogen.

Eis

»Wir bitten die Hausbewohner dringend um Mithilfe dabei, die Bürgersteige vor ihren Gebäuden von Eis und Schnee zu befreien«, sagte ein Sprecher der Edinburgher Stadtverwaltung. Es gab Vorwürfe an die Verwaltung, weil versäumt wurde, die Durchfahrtsstraßen zu räumen.

Nachbarn

Die nationale Wohlfahrtsorganisation Age Scotland bittet die Bürger der Stadt, sich in dieser Zeit um die Hilfsbedürftigsten zu kümmern. »Sehen Sie nach Ihren älteren Nachbarn, stellen Sie sicher, dass sie es warm haben.«

Das kalte Wetter soll noch mindestens bis zum Monatsende anhalten.

2011

Margaret Penny fuhr heim, weil die Münze so fiel. Kopf: ab nach Norden, Zahl: woandershin, vielleicht über alle Berge. Oder an einen noch ferneren Ort. Um sechs Uhr fünfundzwanzig am zweiten Tag des neuen Jahrs kam sie wieder im Athen des Nordens an, bei grauem Himmel, grauen Gebäuden, grauen Gehwegen, alles von Eis umschlossen. Genau wie die Leute.

Sie wachte auf, als der Motor des Nachtbusses ruckelnd zum Stillstand kam, die Haare dahin und dorthin, der Kopf verklebt von grellen, panischen Träumen. Sie klaubte alles zusammen, was sie noch besaß – eine kleine Reisetasche und einen roten gestohlenen Mantel –, und stolperte aus dem warmen Innenraum des Busses wie aus einem Mutterleib. Die Stufen waren schmal. Beim Ausstieg strauchelte sie, trat daneben, direkt in einen Rinnstein voll Matsch.

»Scheiße!«

Jedoch kalt und zähflüssig. Ruinierte sich das einzige Paar Schuhe, das ihr geblieben war.

Es war eine Art Wiedergeburt.

»Also dann, Täubchen!« Margaret Pennys Reisegefährte durch Nacht und Morgengrauen und den frühen, frühen Morgen, der schier nicht hatte enden wollen, stolperte hinter ihr die Stufen herab und öffnete knackend eine weitere Dose Special. »Frohes neues Jahr!« Er hatte sein Gelobtes Land erreicht. Edinburgh (und dem Rest Schottlands) blieb noch ein weiterer Tag zum Feiern, bevor die Arbeit wieder losging, und das Leben.

Gischt sprühte in einem Bogen Richtung Margaret, kleine Schaumflecken trafen ihren gestohlenen Mantel. Der Mann johlte und schwenkte seine Dose in einer Art Salut, wirres dunkles Haar und glitzernde Biertropfen stoben überallhin. Allen Grund zum Feiern. Kein Grund zur Reue. Nach dreißig Jahren war Margaret Penny zu Hause.

Ihre Mutter Barbara wohnte in einem beinahe modernen dreistöckigen Häuserblock im Nordteil der Stadt. Mit dem Taxi um diese Uhrzeit sieben oder acht Pfund. Um diese Jahreszeit das Doppelte. Verglichen mit Londoner Preisen war das nichts, jedoch die Hälfte dessen, was Margaret an Geld übrighatte. Edinburgh hatte sich noch nie gescheut, mehr zu nehmen, als man erwartete. Sie entschied, zu Fuß zu gehen.

Die grauen Straßen waren verlassen. Sechs Uhr fünfundvierzig am Morgen und es wirkte, als wäre ganz Edinburgh im Tiefschlaf oder tot. In keinem der hohen Fenster irgendwo Licht. Niemand führte seinen Hund aus. Nichts als Straßenlaternen mit Natrium-Heiligenschein in der trüben Morgenluft und Dampfschwaden, die den Zentralheizungs-Lüftungen entstiegen wie Geister.

Margaret mühte sich schlitternd und fluchend von der Bushaltestelle den Hügel hinunter. Sie griff nach allem, was sie finden konnte, um sich festzuhalten, Geländer und Ampelpfosten, Mülleimer mit den vereisten Überresten von Millionen bis zum letzten Zug gerauchten Zigaretten. Das Eis war hier wirklich heimtückisch, dick und klotzig, die Luft stach in ihre Lungen. Sie wünschte, sie hätte außer dem Mantel noch ein Paar Handschuhe geklaut oder wenigstens einen Schal; etwas, um die bloßen Stellen ihrer Haut zu bedecken – Hände und Hals, Ohren und Finger, die an den Spitzen vereist waren wie die Gipfel der Alpen. Margaret hatte vergessen, wie kalt Schottland sein konnte. Und wie gottverlassen.

Endlich am Fuß des langen Hügels angekommen, wankte sie auf den Parkplatz neben der Wohnanlage The Court und prallte beinahe gegen das Heck eines großen schwarzen Wagens, der mit durchdrehenden Reifen zur Ausfahrt schlitterte. Der Wagen wirbelte einen Sprühregen aus Splitt und Matsch auf, der auch über den Saum von Margarets Mantel spritzte. »Himmel noch mal!«, brüllte sie, doch das Fahrzeug flüchtete bereits, hinaus und ab auf die Hauptstraße, und verschwand in einer Wolke toxischer Abgase. Eine halbe Stunde in Edinburgh, und schon war Margaret von oben bis unten voll Dreck.

Sie stieg die Betonstufen zu Barbaras Haustür hoch wie ein heimgekehrtes Findelkind mit der Hoffnung, ihre Vergangenheit sei bloß ein Missverständnis. Doch als sich auf ihr drittes hartnäckiges Klingeln hin die Tür schließlich einen Spaltbreit öffnete, erkannte Margaret, dass der erhoffte Neubeginn hier kaum stattfinden würde. Ihre Mutter war alt geworden. Viel, viel älter, als Margaret sich vorgestellt hatte. Ihr Gesicht schon von Leichenblässe gezeichnet.

»Was machst du denn hier?« Nicht gerade die übliche Mutter-Tochter-Begrüßung.

»Ich dachte, ich helfe dir das neue Jahr feiern.«

»Das ist schon gelaufen.«

All das weiterhin mit der Kette vor der Tür.

»Ich habe Rum mitgebracht.« Margaret hielt die Literflasche hoch, die sie den ganzen Weg aus dem Süden mitgeschleppt hatte. Vielleicht ein Friedensangebot, ein Versprechen auf bessere Zeiten. Oder, was wahrscheinlicher war, weil Barbara ihrer Tochter immer eingebläut hatte: In Augenblicken wie diesem hieß es für alles gewappnet sein.

Die dunkle Flüssigkeit funkelte im Treppenhauslicht. Durch den schmalen Spalt in der Tür funkelten auch Barbaras Pupillen, als sie auf die Flasche linste, während Margaret wiederum ihre Mutter beäugte. Alt. Eindeutig alt. Und noch etwas anderes. Aber Margaret blieb keine Zeit, dahinterzukommen, denn die Tür schloss sich und öffnete sich dann wieder. Diesmal ohne die Kette.

Sieben Uhr morgens, und in Barbaras Miniatur-Hausflur gequetscht setzte Margaret zum Sturm an. »Das war ja eine nette Begrüßung in der Zeit des Jubels und der Freude.« Sie konnte es sich nicht verkneifen. Angriff, die beste Verteidigung. Widerspruchsgeist war tief in ihr verwurzelt, genau wie bei ihrer Mutter.

»Ich dachte, du wärst einer von den Gutmenschen.« Barbara trug einen wattierten Morgenmantel in einem Farbton von etwas, das mal rosa gewesen war.

»Eine Zeugin Jehovas?« Margaret hatte ihre Mutter nie für religiös gehalten. Mehr Interesse an Rum und Keksen als an der Chance, ihre Seele zu retten.

Mit der rechten Hand umklammerte Barbara einen grauen Krückstock vom NHS, dem nationalen Gesundheitsdienst. »Denen gehöre ich bereits an«, sagte sie.

Das war nicht die Art Heimkehr, die Margaret erwartet hatte. Eine plötzliche Hinwendung zu Gott in all seinen vielen Verkleidungen. »Ich dachte, du bist bei der Church of Scotland. Die gleich um die Ecke.«

Barbara schnaubte, ein leises Pfeifen entstieg ihrer Brust. »Und beim ganzen Rest.«

»Welchem Rest?«

»Anglikaner. Katholen. Protestanten. Freunde«, betete Barbara herunter, als wäre sie hier und jetzt in der Kirche.

»Freunde?«

Mit pfeifenden Lungen stützte Barbara sich auf ihren Stock. »Quäker, wie in dem Film mit dem Indiana-Kerl.«

»Ich dachte, das sind Amische.«

»Egal.«

Erst zwei Minuten in der Wohnung und schon lieferte Margaret nur ein Ungenügend. Sie hatte noch nicht mal den Mantel ausgezogen. »Dann bist du Mitglied in mehr als einer Gemeinde?«

»In mehr oder weniger allen.«

»Aber du glaubst doch gar nicht an Gott.«

»Woher willst du das wissen.«

Es war keine Frage und es gab nichts, was Margaret darauf antworten konnte. Zehn Jahre oder mehr. Wenige Telefonate. Keine Ahnung, wann sie das letzte Mal zu Weihnachten oder Neujahr zu Besuch gewesen war. Ihre Mutter war inzwischen alt, gut über siebzig. Vielleicht war es ein plötzlicher Sinneswandel. Eine Art Damaskuserlebnis, wie Margarets eigener Anfang vom Ende. Das wäre so typisch, mit einer Midlife-Krise heimkommen, nur um festzustellen, dass bei ihrer Mutter die Lebensendkrise in vollem Gange war. Margaret klammerte sich fester an den Hals ihrer Literflasche. Wer wagt, gewinnt. Oder so ähnlich. Aber natürlich war ihre Mutter schneller.

»Und, schenkst du mir nun ein Glas aus dieser Flasche ein? Oder muss ich das auch selber machen wie alles andere?«

Margaret Penny hatte so wenig geplant, nach Edinburgh zurückzukehren, wie Edinburgh ihre Rückkehr erwartet hatte.

Aber ...

Zu Hause ist dort, wo dein Herz ist.

Sagte man nicht so?

Insbesondere ein Herz, das man gequält, verprügelt und in winzige Stücke zerschnitten hatte, bevor man es an einer Herz-Lungen-Maschine verwesen ließ.

Sie hatte ihr Leben in London aufgegeben, indem sie es irgendwann zwischen Weihnachten und Neujahr komplett entsorgte. All die Dinge, die für sie nicht mehr von Nutzen waren, wanderten stracks auf die Müllkippe – schwarze Kostüme und Blusen mit Häkeleinsatz, fleischfarbene Strumpfhosen, Zwiebelschneider und schicke Kleider, Ordner in lebhaften Farben. Sowie eine nagelneue Saftpresse, die sie sich einst gewünscht, aber nie gebraucht hatte.

Es geschah etwa zur selben Zeit, als das Leben, das Margaret zu führen meinte, auch sie abservierte. Ein Job, ohne Rückfrage dahin. Ein Bankkonto, geleert wie Badewasser durch den Abfluss. Kein Erspartes, um darauf zurückzugreifen. Auch keine echten Freunde, um darauf zurückzugreifen. Diverse Debit-, Kredit- und andere Karten, an die, wie jetzt herauskam, kein Geld (und keine Loyalität) gekoppelt war. Schlussendlich der Besuch eines Gerichtsvollziehers, der erklärte, dass die Wohnung, die sie all die Jahre gemietet hatte, ihr irgendwie entrissen worden war.

Dreißig Jahre in der Großen Metropole, dahin, wie Schnee von einer Herdplatte gleitet. Und alles wegen einer Begegnung mit einer mausgrauen Dame, die auf dem kleinen, fleckigen Tisch in Margarets Coffeeshop um die Ecke Fotos ausgebreitet hatte. Ein Mann, von dem Margaret damals annahm, dass es ihrer sei. Und neben ihm zwei Kinder mit silbernem Haar in knittrigem Technicolor. Das Leben, das Margaret sich immer gewünscht hatte.

Indes …

Wie sich zeigte, hatte es die ganze Zeit jemand anderem gehört.

Der Glücksbringer ihrer Mutter, ein Coronation-Penny, tauchte genau in dem Moment auf, als Margaret ihn am dringendsten brauchte. Ohne Grund zum Feiern, mit allem

Grund zur Reue, saß sie auf den kalten Küchenfliesen einer Wohnung, die nicht länger ihre war, und trank mit einer billigen Flasche saurem Wein auf das Ende. Der Penny rollte zwischen zwei Küchengeräten hervor, kullerte ins Blickfeld wie eine kleine Botschaft aus der Vergangenheit. Margaret krabbelte hinterher. Die Fliesen waren hart und gnadenlos und zerschrammten ihr die Knie. Doch das war egal. Hier tat sich etwas Unerwartetes, gerade als sie aufs Schlimmste gefasst war.

Der Penny war antiquiert, roch nach Metall und Erde, und die Bronze schimmerte matt im trüben Winterlicht. Auf der einen Seite schwang Britannia ihren Dreizack. Auf der anderen blickte ein König ins Weite, der nie hatte König werden sollen. Kopf: ab nach Norden, Zahl: Richtung Süden. Oder an einen noch ferneren Ort. Margaret schnipste den Penny, ohne abzuwägen, was als Nächstes kommen mochte. Untergang oder das Aufschlagen eines neuen Kapitels. Sollte der König entscheiden.

Was er tat.

Sie ging mit nichts als einer kleinen blauen Reisetasche (vier Schlüpfer, ein Reserve-BH, zwei Strumpfhosen; dazu eine Zahnbürste und eine Tube getönte Tagescreme, leer bis auf einen kläglichen Rest). Zurück ließ sie einen Mann mit Haar in der Farbe nassen Schiefers, der mitten in einem Londoner Wohnzimmer stand, mit Wänden in der Farbe der Sonne. Und stahl einen Mantel, weil ... nun ... weil sie anscheinend gut darin war. Sowie ein Foto von zwei Kindern mit silbernem Haar, weil man nie wusste, wann es von Vorteil war, eine eigene Familie vorweisen zu können.

Es lag eine gewisse Befriedigung darin, nichts ihr Eigen zu nennen und niemandes Eigen zu sein. Doch damit blieben Margaret nicht viele Optionen. Nur ein Ticket für den ersten

Bus nach Norden und eine Bude in einem ehemaligen Sozial-
wohnungsblock – Wohnzimmer, Küche, Schlafzimmer, Rumpelkammer und das winzige Quadrat in Beige, das ihre Mutter
Flur nannte. Zu Hause. Nicht der Ort, wo Margarets Herz
war. Aber immerhin eine Zuflucht.

Ein Liter Rum, ausgetrunken bis zum letzten Schleck. Der Fern-
sehton bis zum Anschlag aufgedreht. Fritten von den Knien
gegessen. Es war nicht das beste Neujahrsfest, das Margaret
Penny je gefeiert hatte. Aber gewiss nicht das schlechteste.

Binnen drei Minuten hakten sie und ihre Mutter alle üblichen Themen ab, mehr oder weniger.

Wetter.

»Manche Leute haben Söhne und Töchter, die für sie Schnee
schippen.«

Gesundheit.

»Du hast ja den Stock gesehen.«

Freunde.

»Um diese Jahreszeit sind alle bei ihren Familien.«

Bevor sie zum eigentlichen Thema kamen.

»Ich wüsste gern, ob ich eine Weile bleiben kann.« Margaret
zerknüllte den Rest des Frittenpapiers. Essig und schmieriges
Fett unter den Fingernägeln machten ihr bewusst, wie wenig
weiter sie in den vergangenen dreißig Jahre gekommen war.

»Dann machst du hier also Urlaub?« Barbara tröpfelte sich
den Rest Rum auf die Zunge.

Margaret wusste nicht recht, ob ihre Mutter Urlaub für eine
gute Idee hielt oder nicht. Entschied, sich bedeckt zu halten.
»Ja. So in der Art.«

»Was soll das denn heißen?«

Ferien. Ein Besuch. Ein Wochenendtrip. Auf der Suche nach
Liebe. Oder (da wahrscheinlich nicht verfügbar) nach Geld,

um sich zu gegebener Zeit flugs abzusetzen. Doch Margaret konnte sich nicht entscheiden, welche Antwort die beste wäre, also wich sie aus. »Es wäre nur für ein, zwei Wochen«, sagte sie. »Vielleicht einen Monat.«

Schweigen.

Barbara, aus deren all-umspannendem Morgenmantel an Kragen und Bündchen Rüschen hervorlugten, starrte mit der gespannten Aufmerksamkeit eines Kleinkinds auf den Fernsehschirm. Margaret konnte nicht einschätzen, ob ihre Mutter über ihre Bitte, eine Weile hier Hausgast zu sein, nachdachte oder sie kurzerhand ignorierte. Oder ob sie (plausibler) ein Hörgerät brauchte. Es war wie verhört werden, nur dass die Gegenseite keinen Ton sagte. Doch gerade, als sie sich dreinfand, wieder in die eisige Edinburgher Nacht hinauszuziehen, schaltete Barbara mit einem kurzen Ruck ihres Handgelenks den Fernseher aus und sagte: »Du kannst die Rumpelkammer nehmen.«

»Wie bitte?«

»Sie gehört mal ausgemistet.«

Als Margaret später darüber nachdachte, war es eigentlich verblüffend leicht gegangen.

An diesem Abend lag Margaret in der Rumpelkammer ihrer Mutter auf einer Luftmatratze, wo sie sich drehte und wendete im vergeblichen Versuch, warm zu werden. Der gestohlene Mantel, rot wie ein Massaker, bedeckte ihren Leib. Die Außentemperatur lag weit unter dem Gefrierpunkt. Drinnen, in der Rumpelkammer, herrschte tiefsitzende Kälte. Egal, wie sie sich drehte, immer war ein Ellbogen, Fußknöchel, eine Hand oder Hüfte im Kalten. Margaret war sicher, sie konnte ihren eigenen Atem über sich hängen sehen wie ein pestilentes Leichentuch.

»Ich habe nicht oft Übernachtungsbesuch.«

So hatte Barbara es ausgedrückt, als sie ihr die einzige überzählige Decke gab, die sie zu besitzen schien. Klein und quadratisch, mit einem zerschlissenen Satinband gesäumt, passte die Decke eher zu einem Baby als zu einer erwachsenen Frau mittleren Alters. Margaret nahm sie trotzdem. Bettler durften nicht wählerisch sein. Im Übrigen war ihre Mutter wie ein Buch ohne Wörter. Unlesbar.

Nachdem Barbara zu Bett gegangen war, immer noch murrend, weil ihre Neujahrspläne durcheinandergeraten waren, brachte Margaret eine halbe Stunde damit zu, sich eine Stelle auf dem Boden der Rumpelkammer freizuräumen. Mit dem Kopf an der einen Wand berührten ihre Füße fast die andere. Es war eine Art Mini-Ground-Zero, was ihrer derzeitigen Lebensphase recht gut entsprach. Es dauerte eine Weile, bis sie die Luftmatratze (die einzige verfügbare Matratze) wiederbelebt hatte, bei der Mund-zu-Mund-Beatmung des blaugelben Plastikteils hauchte sie beinahe selbst ihr Leben aus. Als sie sich im eiskalten Badezimmer die Zähne putzte und durch einen Fensterspalt auf den frostschimmernden Asphalt draußen blickte, wünschte sie, auch ihr würde jemand eine Mund-zu-Mund-Beatmung gönnen. In der Rumpelkammer gab es kein Fenster. Keinerlei Notausgang.

Ihre Mutter hatte recht. Die Kammer gehörte ausgemistet. Sie war voller Krempel. Vor Margaret lag ein ganzes Leben, diesmal nicht auf einem kleinen fleckigen Kaffeetisch, sondern in Stapeln von Wand zu Wand. Ein Heizlüfter mit kaputtem Regler, der einen verschmorten Geruch abgab, als Margaret ihn anzustellen versuchte. Ein Wäscheständer, der sämtliche Plastikummantelung eingebüßt hatte. Ein Bügeleisen mit ausgefranstem Stromkabel. Ein uralter Kleiderschrank voller uralter Kleider. Ein kleines braunes Gemälde, schmutzig auf mehr als eine Art. Und eine verdreckte Porzellanputte, angeknackst und rissig, deren einer Arm vor langer Zeit abgebrochen war.

Hier lag er also. All der Krempel, dem Margaret dreißig Jahre lang zu entkommen versucht hatte. Und doch war auch sie wieder hier gelandet. Siebenundvierzig, auf die fünfzig zu. Keine Kinder, die sie als Errungenschaft vorweisen konnte. Keine Großeltern oder Geschwister. Nicht mal irgendein Haustier. Und nun war sie wieder in Edinburgh. Land der grauen Bauten. Land der hohen Schornsteine. Land der Geheimnisse, die alle kannten, aber leugneten. So hatte sie das nicht geplant, diese Rückkehr mit siebenundvierzig, mit leeren Händen bis auf den gestohlenen Mantel und die Flasche Rum. Andererseits war Margaret nicht recht klar, was sie eigentlich geplant hatte. Bei näherer Betrachtung fiel ihr dazu gar nichts ein.

Indes …

Im Durcheinander der Rumpelkammer, tief in der Finsternis einer Edinburgher Nacht, spürte Margaret Penny etwas, das unter ihrer Hüfte klemmte. Eingequetscht. Deformiert. Im Grunde wie sie. Die letzte ihrer Weihnachtsclementinen, die sie von einem Londoner Marktstand hatte mitgehen lassen, eine abschließende Erinnerung an den Süden.

Margaret rollte herum und bekam die kleine Frucht zu fassen, die aus ihrer Manteltasche kullerte. Sie hob sie im Dunkeln an den Mund. Irgendwo draußen in der gefrorenen Einöde der Stadt tanzte ein betrunkener Mann, in dessen Haar Biertropfen glitzerten wie ein Sternbild. Doch hier, in der kalten und tintenschwarzen Rumpelkammer ihrer Mutter, kostete Margaret Penny die Sonne.

1929

Er kam nach Hause und sie kullerte aus seinem Jackenärmel – eine kleine orangene Sonne, die wie durch Zauberhand aus dem schmutzigen Tweed glitt.

»Daddy, Daddy, Daddy.« Das Kind, das im Flur des kalten Londoner Hauses auf ihn wartete, sprang von der untersten Treppenstufe auf und klatschte wieder und wieder in die Hände. »Gib sie mir. Gib sie mir.«

»Was kriege ich dafür, Mädel?« Alfred Walker hielt die Kostbarkeit außer Reichweite der Kleinen hoch in den Himmel des Flurs. Er lachte, wie er es immer tat, auf diese Art, dass man sofort einstimmen wollte.

Das Mädchen zog einen Schmollmund, die wilden Korkenzieherlocken klebten an ihren rosigen Bäckchen. »Daddy«, mahnte sie, als wäre sie vierzig, nicht vier, die Hände flach an ihr sauberes Weihnachtskleid gelegt. Sie blickte ihn mit diesen erstaunlichen Augen an: das eine so, das andere anders. Schwer zu widerstehen.

»Oh, du bringst mich um.« Alfred stöhnte und mimte einen Dolchstoß in die Brust, die geballte Faust an die Westenknöpfe gepresst.

»Dann gib sie mir«, wiederholte die Kleine.

Im oberen Stockwerk setzte ein lang gezogenes Stöhnen ein, streckte sich ihnen entgegen, stieg an, stieg an, fiel ab, fiel ab, stieg wieder an; riss alles im Haus mit sich, von den Deckeln der Weckgläser in der Speisekammer bis zu der Putte mit dem fehlenden Daumen, die den Kaminsims im Wohnzimmer zierte. Kind und Vater sahen sich an, seine Faust noch an seiner Brust, ihre Hände jetzt aneinandergepresst wie zum inständigen Gebet.

Dann senkte Alfred die Hand. »Jetzt dauert es nicht mehr lang«, sagte er und ließ die Mandarine zurück in seine Jackentasche gleiten, wo Dunkelheit die Kostbarkeit verschluckte.

Hinten in der Waschküche spritzte sich Alfred kaltes Wasser aus dem Hahn auf Unterarme und Handgelenke. »Hast du dir schon Namen überlegt?«, fragte er.

Die Kleine schüttelte den Kopf.

Er klatschte sich Wasser ins Gesicht und aufs Haar. »Warum, fällt dir keiner ein?«

Sie richtete ihre erstaunlichen Augen auf den Boden.

Alfred löste sich von dem dicken Steingutbecken, schüttelte den Kopf – wie das Schütteln eines wilden Hundes, bei dem es winzige Tropfen auf alle Oberflächen regnet. Als er aufsah, stand die Kleine vor ihm, ihr Kleid ganz gesprenkelt, und hielt ihm ein ebenfalls gesprenkeltes Handtuch hin.

»Danke, Darling.« Alfred trocknete sich rundherum ab, Gesicht, Ohren, Nacken. Als er das Handtuch beiseite warf, war das Gewebe gründlich verschmutzt. Er zog sich einen Stuhl heran und setzte sich. »Deinen Namen hatten wir aus einem Lied.«

Die Kleine krabbelte auf einen Stuhl neben ihm.

»*Oh my darling.*« Er streckte eine Hand aus, um ihr seidiges Haar zu berühren. »Aber wenn dir nichts einfällt, müssen wir sie einfach nach mir und deiner Mama nennen.« Alfred lachte. Dieses Lachen, bei dem jeder sofort einstimmen wollte. Das Mädchen hielt sich eine Hand vor den Mund. Doch diesmal runzelte sie die Stirn.

Oben begann ein weiteres Stöhnen seine lange Reise. Alfred hob den Blick zur Decke. »Keine Zeit zu verlieren«, sagte er und stand auf.

Auch die Kleine glitt von ihrem Stuhl.

Alfred ging zur Tür und blickte hinaus in den Flur: nichts

als ein schmaler gelber Spalt am oberen Treppenabsatz. »Auf, auf und voran«, murmelte er, verschränkte seine Finger und knackte mit den Knöcheln.

»Daddy.«

Vier kleine Finger und ein Daumen berührten den Saum seiner Tweedjacke.

»Was ist?« Alfreds Hand lag bereits auf dem Holzgeländer.

»Fröhliche Weihnachten.«

»Oh, aye!« Alfred trat zurück in den Flur und klopfte auf seine beiden Taschen. »Wie konnte ich das vergessen?« Einen Moment tanzten seine Augen, dann verschwand eine Hand im Tweed und tauchte gleich wieder auf, mit einer kleinen Mandarine auf der Handfläche. »Fröhliche Weihnachten.«

Das Mädchen streckte die Hand danach aus.

Doch da hielt Alfred ihr mit der anderen Hand noch etwas hin. »Um die Babys zu feiern, wenn sie kommen«, sagte er. »Kopf: eins von jeder Sorte. Zahl für entweder oder.« Er lachte, schnipste den Penny in die Luft, und beide beobachteten, wie er eine langsame Drehung um die eigene Achse vollzog, bevor er rasch herabstürzte.

Die Münze fiel mit Klimpern und Scheppern, rollte davon und kullerte in die Dunkelheit. Die Kleine ging nicht im Staub auf die nackten Knie, um hinterherzukrabbeln. Stattdessen streckte sie erneut die Hand aus, schlang vier kleine Finger und einen Daumen um die Mandarine und hielt sie fest gepackt, bis Alfred die Hand wegnahm.

Das Mädchen sah zu, wie Alfred die Treppe hinaufeilte, immer zwei Stufen auf einmal, und wartete, bis er in der Dunkelheit verschwand. Dann aß sie das ganze Ding, bevor er wieder herunterkommen konnte. Wartete nicht darauf, dass jemand es ihr schälte oder zerteilte. Setzte sich damit nicht an den Tisch. Stattdessen fetzte sie mit scharfen kleinen Zähnen durch das orangene Fleisch, hockte auf den nackten Holzdielen, biss und nagte und saugte, so dass klebriger Saft ihr das Kinn hinunterlief.

Clementine. So hatten sie sie genannt.

Oben waren es ein Junge und ein Mädchen. Nach den Eltern benannt, beide jetzt das Lächeln in Person. Die Hebamme, Mrs. Sprat (wiewohl sie nicht verheiratet war und es auch nie sein würde), fuhrwerkte durchs Zimmer, von einem Baby zum anderen, räumte hier eine Waschschüssel weg, ordnete dort einen Stapel Tücher. »Was für ein Zirkus«, murmelte sie. Doch sie meinte nicht die Neugeborenen, die in ihren ersten Momenten so sonnig und heiter waren, wie sie es in ihren letzten sein würden. Sie wusch rings um den Stummel einer durchtrennten Nabelschnur und blickte missbilligend auf die vielfach am Boden verstreuten Kleider. Ein gründliches Reinemachen, das war es, was dieses Haus nötig hatte. Und Anstand einbläuen müsste man ihnen allen. Sie tupfte um einen kleinen Penis und zwei winzige Hoden herum, die hoch oben in ihrem Sack saßen. Und dieser Ehemann, guckte einfach zu! Wo sollte das bloß enden?

Das erste Baby krümmte und wand sich im Griff der Hebamme und drehte den Kopf, als suche er etwas, das er verloren hatte. Mrs. Sprat hielt ihn mit Händen wie zwei Schraubstockbacken und wickelte seine zappelnden Arme und Beine fest in ein Baumwolltuch. Und dann diese Frau, die wie eine Furie kreischte. Da wünschte man sich wirklich Stopfen für die Ohren. Die Hebamme legte den kleinen Jungen in einen bereitgestellten Korb und stopfte eine Decke um ihn fest, die mit einem glänzenden Satinband gesäumt war. Sie würde ein Wörtchen mit der Oberin reden müssen, dass man sie schon wieder in diesen Teil der Stadt geschickt hatte.

Im breiten Doppelbett zurückgelehnt lag Alfreds Frau Dorothea, die Haare dahin und dorthin. Alfred hockte daneben und strich ihr wieder und wieder über den Kopf. »*Oh, my darling*«, murmelte er.

»Sei so gut und gib mir meine Bürste.« Das Schönste an ihr war ihr Haar, fand Dorothea. Sie bürstete es jeden Morgen und jeden Abend. Und manchmal auch zwischendurch.

Alfred langte auf den Nachttisch und reichte Dorothea eine Bürste mit beinernem Griff. Dorothea begann sich zu bürsten, langsam, vom Scheitel bis hinunter zu den Spitzen. »Zwitschern sie?«, fragte sie.

Alfred stand vom Bett auf, ging hinüber und lehnte sich über den Korb. »Aye«, sagte er. »Zumindest eines.«

»Haben sie alles in notwendiger Anzahl?«

»Zehn Finger. Zehn Zehen. Jeweils.« Und er lachte.

»Haar?«

»Tja, der Junge schon, so viel ist sicher.« Alfred griff in den Korb und hielt ein winziges Bündel hoch, damit Dorothea es sehen konnte. Die Decke fiel ab. Das Baumwolltuch löste sich. Eine winzige rosa Ferse baumelte in der Luft. Alfred fing sie ein und verdrehte die Augen Richtung Hebamme, die in der Ecke stand und ihnen den breiten Rücken zukehrte. Dorothea kicherte. Mrs. Sprat beugte sich tiefer über ihre Arbeit.

»Und was ist mit Clemmie?« Dorothea wirbelte die Bürste einmal in der Hand herum und begann dann wieder oben am Scheitel.

»Sie nuckelt an ihrer Mandarine.«

»Hat sie einen Namen ausgesucht?«

»Nein.«

»Ich wusste es.«

»Wie kommt's?« Alfred hob den Kopf und blickte von seinem neuen Sohn hinüber zu seiner Frau.

»Weil …« Dorothea widmete sich ganz den bleichen Enden ihrer Haarspitzen. »Sie will sie nicht.«

»Sei nicht albern«, Alfred wandte sich wieder dem Korb zu. »Sie wird sie lieben.«

»Oh nein«, sagte Dorothea. »Sie hat es mir gesagt.«

»Tja, wie auch immer, jetzt hat sie sie am Hals.«

Alfred und Dorothea schauten sich verblüfft an. »Sie spricht«, sagte Alfred.

Die Wangen der Hebamme röteten sich, als sie ein zweites Bündel in seine Richtung stieß. »Hier ist das andere.«

Dorothea hielt sich die Bürste an die Lippen, damit die Hebamme sie nicht lächeln sah. Dann streckte sie Alfred eine silberne Schere hin. »Sei so gut und schneide mir je eine Strähne ab, zur Erinnerung.«

Eine Stunde später stand Alfred in der Mitte des Schlafzimmers, ein kleines Baby in jedem Arm. »Wir nennen sie Klein Alfie und Klein Dottie.« Er sah aus wie ein Mann, der gerade ein sehr üppiges Abendessen zu sich genommen hat.

»Dotty, wie ich«, sagte Dorothea, der das Haar weich über die Schultern fiel wie ein Schal. Dann lachte sie. Die Art Lachen, bei der sich die Leute neugierig umdrehen und dann wegsehen. Die Hebamme, die eben zurück ins Schlafzimmer gekommen war, um ihre Tasche zu packen, tat genau das.

Auch Alfred lachte. »Aye«, sagte er. »Wie zwei winzige Splitter von zwei großen Blöcken.«

»Eher wie zwei Erbsen in der Schote.«

Beide sahen wieder die Hebamme an. Sie trug inzwischen ihre Haube und ein Cape, bereit zu gehen.

»Sie spricht wieder.«

»Alfred …« Dorothea wiegte ihr schimmerndes Haupt.

»Madam«, sagte Alfred zur Hebamme. »Gestatten Sie mir,

Sie hinauszubegleiten.« Er legte die beiden Bündel in den Korb, Fuß an Kopf, und stopfte die Decke mit dem glänzenden Satinsaum wieder ringsherum fest. Dann schritt er zur Schlafzimmertür und streckte die Hand aus. Die Hebamme drückte ihre Tasche fester an die Brust. Es widerstrebte ihr, sie auszuhändigen, doch die Manieren behielten die Oberhand.

Unten keine Spur von Clementine. Nur sechs sauber abgelutschte Mandarinenkerne in einem Häufchen auf den nackten Dielen des Flurs. Alfred stieg über die Kerne hinweg, als gäbe es sie gar nicht. »Nun, dann auf Wiedersehen«, sagte er und hielt mit einer Hand die Haustür auf. »Und fröhliche Weihnachten.«

Die Hebamme war bereits draußen auf den Stufen. »Ach, ja.« Sie legte eine Hand an die Haube. Das hatte sie völlig vergessen.

»Ihre Tasche.«

»Oh.« Mrs. Sprat wandte sich um. Die hatte sie auch ganz vergessen. Was war das bloß mit dieser Familie, dass sie sie so durcheinanderbrachten? »Ihnen auch frohe Weihnachten.«

Doch die Tür schloss sich bereits. Eine Hebamme draußen in kalter Dezemberluft. Alle fünf der Familie Walker zusammen im Warmen.

»Oh«, sagte Mrs. Sprat wieder, obwohl niemand sie hörte. Dann stapfte sie los, die eisige Londoner Straße entlang, ein kleines Schlittern hier, ein kleiner Rutscher dort, beinahe ein Sturz. Die sind verrückt, dachte sie und drückte ihre Tasche an sich, die Finger schon taub vom langsam kriechenden Frost. Tastend suchte sie in den Taschen ihres Capes nach ihren dicken blauen Handschuhen. Doch sie waren verschwunden, ersetzt durch ein paar Stückchen klebriger Mandarinenschale.

Insgesamt waren sie zu fünft. Ein Priester. Drei Trauernde. Ein toter Mensch in einer Holzkiste.

Gelobet seist du.

Ruhe in Frieden.

Und alles, was sonst noch angemessen war bei einer Beerdigung, wo niemand den Verstorbenen kannte. Margaret Penny war erst ein paar Tage in Edinburgh, und schon verkehrte sie mit den Toten. Das schien ihr eine passende Grabinschrift für das Scheitern ihres Lebens, über Wiege und Grab hinaus Bedeutung zu erlangen.

Der Anruf war tags zuvor gekommen und Margaret hatte ihn angenommen. Barbara schien seltsam abgeneigt, an ihr eigenes Telefon zu gehen.

»Hallo?«

»Hallo.« Eine helle Stimme. Männlich. Unerwartet. »Ist Mrs. Penny da?«

»Darf ich fragen, wer Sie sind?«

»Hier ist Mr. Wingrove. Hilfspfarrer der Gemeinde West Leith.«

»West Leith?« Anglikaner. Katholen. Protestanten. Freunde. Diese spezielle Gemeinde hatte Barbara in ihrer Litanei der aktuellen Kirchenbesuche nicht erwähnt.

Von ihrem Lehnsessel aus gestikulierte ihre Mutter wütend mit dem Krückstock, als wäre sie empört, dass Margaret überhaupt auf die Idee kam, den Hörer abzunehmen, geschweige denn mit der Person in der Leitung ein Gespräch anzufangen. Barbaras Haar war den ganzen Tag noch nicht gebürstet worden. An ihrem Kinn sammelten sich kleine Speicheltropfen.

Und für einen flüchtigen Augenblick war da dieser Gesichtsausdruck. Der, den Margaret gesehen hatte, als Barbara das erste Mal an die Tür kam.

Margaret wandte sich leicht zur Seite, um dem hartnäckigen Starren ihrer Mutter zu entgehen. »Sie ist leider gerade nicht abkömmlich. Kann ich etwas ausrichten?«

»Ja, Sie könnten ihr sagen, dass sie beim Trauernetz als Nächste dran ist. Morgen Nachmittag.«

»Beim Trauernetz?«

So, wie ihre Mutter es später erklärte, war die Verpflichtung, amtliches Klageweib für die ›Bedürftigen‹ zu sein, beinahe ein Vollzeitjob.

Die Krematoriumskapelle war klein und leer, drei diagonale Stuhlreihen und ein breiter Vorhang vor der einen Wand. Vorn gab es einen in blauen Samt gehüllten Sockel und ein Rednerpult, für wen auch immer, aber von menschlichen Aktivitäten war nichts zu sehen. Auch nicht von dem Toten. Margaret linste vom Türrahmen aus ins Halbdunkel. Sehr hoch oben in der nackten Betonwand spendeten wenige schmale Fenster etwas Licht. So ähnlich wie in der Rumpelkammer ihrer Mutter. Keine Chance, beim Spenden der Sterbesakramente versonnen über grüne Augen zu blicken.

»Gehen wir hinein?« Ihr Atem erblühte in der eisigen Luft. Graupel fiel (schon wieder), so wie eigentlich immer, seit Margaret zurück in Edinburgh war, beiläufig stechende Tropfen, die sich als kleine Eisklumpen an ihren roten, gestohlenen Mantel hefteten. Inzwischen war es offiziell. Der zweitkälteste Winters seit Beginn der Wetteraufzeichnungen hatte Edinburgh im Griff. Sämtliche Oberflächen der Stadt verwandelten sich in tödliche Eisbahnen. Trotzdem sah Margaret nicht ein, warum sie draußen stehen und sich Frostbeulen holen mussten. Der Ehrengast war schließlich tot. Er würde es nicht merken, wenn jemand noch vor ihm auf seiner Party eintraf.

Barbara stach mit der Gummispitze ihres grauen NHS-Krückstocks auf den gefrorenen Untergrund ein. »Nein«, schnaufte sie. »Kommt nicht infrage.«

»Warum nicht?«, fragte Margaret.

»Darum.«

Und darauf gab es keine Antwort. Barbara hatte schon immer genau gewusst, wann das Richtige richtig und das Falsche (grundsätzlich) falsch war. Erst heute Morgen beim Frühstück, als sich kleine Weizenschrot-Fasern unbemerkt an die Vorderseite ihres wattierten Morgenmantels hefteten, hatte sie Margaret über die Regeln des Tages belehrt.

Nicht lächeln.

Nicht den Verstorbenen erwähnen.

Über nichts anderes reden als das Wetter.

Beerdigungen waren, als wäre man wieder klein, stellte Margaret fest. Das Edinburgh ihrer Kindheit kehrte zurück, um an ihren Knochen zu zehren. Sie hatte es sich verkniffen, hinüberzulangen und die Weizenfasern von der Brust ihrer Mutter zu klauben. Es war nicht ihre Aufgabe, dafür zu sorgen, dass Barbara gut aussah. Außerdem hatte sie ihre Mutter seit Jahren nicht mehr angefasst. Und schon gar nicht so.

Stattdessen klappte Margaret jetzt ihren Mantelkragen hoch und legte die Aufschläge übereinander, um das nackte Dreieck ihres Halses zu bedecken. Sie hatte immer noch keinen Schal aufgetrieben, trotz eines kurzen Stöberns im Schrank der Rumpelkammer. Nichts Brauchbares, nur ein Paar uralte marineblaue Wollhandschuhe mit Löchern an den Fingerspitzen und eine Bluse in einem scheußlichen Rehbraun. Als sie den Kleiderschrank zum ersten Mal öffnete, fragte sich Margaret: Was, wenn sie, statt etwas herauszuziehen, hineinstieg und für immer im Gedränge von Wäschestärke und Moder verschwand, in diesem Wald aus übergroßen Mänteln und plattgedrückten Kleidern unter dünnen Plastikfolien. Aber natürlich war ihre Mutter mal wieder schneller.

»Bist du noch nicht fertig?« Barbaras massige Gestalt tauchte im Türrahmen der Rumpelkammer auf und sperrte das wenige Licht aus.

»Doch«, erwiderte Margaret, »ich komme schon.« Und zog die ersten Sachen heraus, die sie zu fassen bekam. Ein wadenlanger Cordrock als Ergänzung zu den marineblauen Handschuhen und dieser scheußlichen rehbraunen Bluse.

Wie sich zeigte, trug Barbara einen Wollmantel in der Farbe nassen Sandes und einen zartlila Hut, der besser zu einer Sommerhochzeit gepasst hätte als zu einer Beerdigung an einem dunklen Januartag. Als sie in das wartende Taxi stiegen, wobei der Fahrer Barbara von hinten auf die Rückbank hebelte, erhaschte Margaret einen Blick auf noch etwas. Das Revers eines Sommerjacketts im Türkis der Hebridischen See. »Sollten wir nicht Schwarz tragen?«, fragte sie, als sie auf dem Rücksitz Platz genommen hatten.

»Tue ich«, sagte Barbara und zeigte mit ihrem Stock auf eine schwarze Tüllblume, die auf ihrem zartlila Hut vor sich hin welkte. Dann, als der Taximotor jaulend auf Touren kam, kramte sie in ihrer steifen Handtasche und zog zur Krönung des Ganzen eine Plastikregenhaube hervor. »Für alles gewappnet«, sagte sie.

Jetzt, beim Warten auf die Ankunft des Verstorbenen, beschwor Margaret eine Vision ihres eigenen Ablebens herauf, bei der Barbara in einem türkisfarbenen Kostüm feierte, während ein Glas Rum auf das andere folgte. Unbestreitbar wirkte ihre Mutter heiter. Aber was würde Margaret anziehen, wenn es umgekehrt wäre – Barbara tot aufgebahrt, mit herausquellendem Fleisch und schlecht aufgetragenem Make-up? Ihre derzeitige Garderobe, auf Reisetaschenformat geschrumpft (vier Schlüpfer, Reserve-BH, Zahnbürste, zwei Strumpfhosen etc.), gab nichts Passendes her. Womöglich müsste sie sich den zartlila Hut ausleihen. Wobei, wäre es noch leihen, wenn ihre Mutter tot war? Schließlich könnte, wenn Barbara eines Tages dem erlag, was immer sich in ihrer Brust eingenistet hatte, all ihre Habe Margaret gehören. Die verdreckte Porzellanputte anstelle einer glänzenden Saftpresse. Margaret musste lachen, ein hohles leises Geräusch.

»Was ist so witzig?« Neben ihr duckte sich Barbara unter ihrer Plastikkopfbedeckung, eine Frau, die stets mit dem Schlimmsten rechnete.

»Nichts.«

»Na dann.«

Mit Mühe unterdrückte Margaret ein Jaulen, als sich die Gummispitze von Barbaras grauem NHS-Krückstock in einen ihrer ungeeigneten Schuhe bohrte.

Fünf Minuten später, als Margaret schon eine Rebellion in Erwägung zog, erschien ein Priester mit wie zum Lobpreis erhobenen Händen. »Ah, Mrs. Penny.«

Doch es war nicht Margaret, die er in seiner Herde willkommen hieß.

Barbara, deren Augen im blassen Januarlicht plötzlich leuchteten, schlurfte vorwärts. Einen grässlichen Moment lang dachte Margaret, ihre Mutter würde den geweihten Mann umarmen und gleich dort auf den Stufen der Kapelle küssen. So weit war es mit der Church of Scotland in all den Jahren ihrer Abwesenheit doch bestimmt nicht gekommen, oder?

Aber der Priester verbeugte sich nur, als Barbara herankam, nahm ihre beiden Hände in seine, als wolle er einer Königin seine Ehrerbietung erweisen. »Welche Freude, Sie wiederzusehen«, sagte er. »So gütig von Ihnen, zu kommen.«

Weiß wohl nichts von den Katholen, dachte Margaret und klappte ihren Kragen wieder herunter, um repräsentabler zu wirken. Oder den Anglikanern. Oder den Freunden. Andererseits, vielleicht wusste er auch Bescheid und ignorierte es einfach. Das wäre ganz die Edinburgher Art.

Als sie ihren nackten Hals dem eisigen Wind aussetzte, bemerkte Margaret, wie ihre Mutter dem Priester eine Art Beschwörung ins Ohr zu flüstern schien. Er nickte, richtete sich aus seiner gebückten Haltung auf und wandte sich Margaret zu. »Und Margaret.« Auf einmal war der Priester groß und starrte ihr direkt in die Augen. »Die verlorene Tochter.«

Das war keine Frage.

»Ja«, sagte Margaret.

Barbara nickte Richtung Priester. »Reverend McKilty.«

Beinahe hätte Margaret gelacht. Dann besann sie sich auf die Anweisungen ihrer Mutter. »Schön, Sie kennenzulernen«, sagte sie. »Ein Jammer, das mit dem Wetter.« Sie sah die Augen des Priesters aufblitzen und kurz ihre eigenen widerspiegeln.

In der Kapelle setzten sie sich nicht in die erste Stuhlreihe. Stattdessen zeigte Barbara mit ihrem Stock an, dass sie hinten Platz nehmen sollten. »Die erste Reihe muss für die Familie frei bleiben«, keuchte sie.

»Welche Familie?«, flüsterte Margaret. »Ich dachte, es geht gerade darum, dass er keine hat.«

»Man weiß nie.«

Margaret quetschte sich neben Barbara hinter zwei leere Stuhlreihen (beide mit mehr Beinfreiheit) und fragte sich, wie viele andere Beerdigungen Barbara schon besucht hatte, ohne etwas über die Verstorbenen zu wissen. Wie üblich gab Barbara nichts preis. Stattdessen saß sie reglos da und starrte geradeaus auf den Sockel, während gedämpftes Keuchen und Schnaufen aus ihrer Brust drang.

Auch der Priester beachtete sie nicht weiter, lungerte an der Tür herum und wrang mehrfach die Hände, als wartete er darauf, dass noch jemand eintraf. Hielt vielleicht Ausschau nach dem Geist beim Bankett, irgendeinem entfernten Cousin. Oder einer lang vermissten Tochter, die plötzlich dem berühmten Edinburgher Nebel entstieg. Es war auch möglich, dass sie alle nur auf das Eintreffen des Toten warteten. Denn selbst bei Verstorbenen ohne Verwandte oder Kohle (»Es heißt bedürftig, Margaret. Bitte versuch dir das zu merken.«) war eine Leiche wohl Grundvoraussetzung für die Beerdigung. Zumindest nahm Margaret das an.

Tatsächlich erwies sich eine kleine Frau ohne Hut mit einem Strauß Schneeglöckchen als Grund für die Verzögerung.

»Mrs. Maclure«, murmelte der Priester, als die Verspätete durch die Kapellentür huschte.

»Tut mir leid, tut mir leid, tut mir leid«, murmelte die kleine Frau, nickte und verneigte sich Richtung Kapellenboden, während sie auf einen Stuhl am anderen Ende der Reihe rutschte.

»Wer ist das?«, flüsterte Margaret ihrer Mutter zu.

Barbara schaute stur geradeaus, ihre Lungen gaben ein leises Akkordeon-ähnliches Stöhnen von sich. »Sie ist die andere vom Trauernetz.«

»Schon klar, aber was …«

»Pscht!«

Alle in der Kapelle (alle drei) drehten die Köpfe in Margarets Richtung und erwarteten mit wortlosem Stirnrunzeln, dass sie den Mund hielt. Margaret versank in Schweigen. Verdruss. Das hatte ihre Mutter ihr immer vorgehalten. Von Anfang an nichts als Verdruss.

Ein Priester. Ein toter Mensch. Und drei amtliche Klageweiber, die am Tag der Einäscherung zufällig beim Trauernetz Dienst hatten. Es war keine überbordende Veranstaltung. Genau genommen dauerte das Ganze ungefähr fünfzehn Minuten, einschließlich Kommen und Gehen. Reverend McKilty psalmodierte. Mrs. Maclure schniefte. Barbara saß da wie ein Totempfahl, unverwandt auf ihren grauen NHS-Stock gestützt. Es gab keine Blumen. Keine Lieder. Keine Agende. Nur ein paar Worte, ein Stück aus der Bibel und einen Toten namens John. Nicht gerade ein aufwendiger Abschied für etwas, das mal ein Leben gewesen war.

Margaret saß alles aus und versuchte, dabei nicht mit dem Coronation-Penny herumzuspielen, der geborgen in der Tasche ihres gestohlenen Mantels steckte. *Findst einen Penny, nimm ihn mit, dann folgt dir das Glück auf Schritt und Tritt.* Das hatte ihre Mutter immer gesagt. Und wie jede andere hatte auch Margaret Penny immer angenommen, das Glück wäre auf ihrer Seite, bis sich zeigte, dass sie überhaupt kein Glück hatte. Die Münze war das erste Anzeichen, dass sich da etwas ändern könnte. Kopf: ab nach Norden, Zahl: woandershin, vielleicht über alle Berge. Oder an einen noch ferneren Ort. Aber was war Glück anderes, fragte sie sich jetzt, als eine zufällige Chance? Kopf oder Zahl. Hätte beides sein können. Sie drehte die Münze in ihrer Tasche, einmal, dann ein zweites Mal, als der Priester den Toten für tot erklärte. Margaret wusste, dass in ihrem Leben etwas fehlte. Wenn sie den Penny noch einmal drehte, fand sie vielleicht heraus was.

Als der Priester *Asche zu Asche* verkündete und der Sarg seinen endgültigen ruckeligen Abstieg ins glühende Vergessen antrat (oder in den Wartebereich des Krematoriums), versuchte Margaret, sich darin jemanden, den sie kannte, vorzustellen, um die erforderlichen Gefühle aufzubringen. Irgendwer musste doch weinen oder zumindest danach aussehen, damit es eine anständige Beerdigung war.

Da wäre natürlich ihre Mutter, die einzige von Margarets Verwandten, die sich bereits in Grabesnähe befand. Eigentlich die einzige Verwandte, die Margaret überhaupt kannte, Punkt. Dieser zartlila Hut. Diese Rum-feuchten Lippen. Und all der Krempel, der nur darauf wartete, weitergegeben zu werden. Doch trotz des Pfeifens, das jetzt aus Barbaras Brustkorb drang, war Margaret sicher, dass ihre Mutter noch eine Weile zugegen sein würde. Also dachte sie stattdessen an einen Mann mit Haar in der Farbe nassen Schiefers, der ihrer Lebensmitte den Anschein eines neuen Morgens gegeben hatte, bis herauskam, dass es eher der Anfang vom Ende war. Margaret wusste, seinetwegen könnte sie ein ganzes Meer voll Tränen weinen, oder auch zwei. Doch sie war entschlossen, das nicht zu tun.

Dann wäre da noch ihr künftiges Ich in dreißig Jahren, gestrandet in einer Rumpelkammer, wo der Teppich zu den Wänden passte. An der Matratze festgefroren wie in einem bösen Traum, drei Monate zu spät aufgefunden, keine Freunde, keine Ersparnisse, keine Perspektiven. Ohne Telefonbucheintrag, genau wie ihre Mutter. Nichts als ein schwacher Hauch von Rum, um ihr den Abgang zu versüßen.

Letztlich aber fiel ihre Wahl auf das Foto. Inzwischen verloren gegangen. Verschwunden. So wie Margarets bisheriges Leben: nichts als eine Erinnerung, eines Abends aus den Tiefen einer Schublade gefischt, als Margaret selbst noch ein Kind war. Zwei anonyme Zwillinge in Schwarzweiß, schlafend hinter einem kalten Rechteck aus Glas.

»Wer ist das?«, hatte sie ihre Mutter gefragt, obwohl sie damals schon wusste, dass sie auf verbotenem Terrain gestöbert hatte.

»Geht dich nichts an.« Barbara, die gerade bügelte, hatte sich vorgebeugt und ihr das Foto weggeschnappt. »Leg es zurück und rühr's nicht an.« Barbara hatte nie viel von Familiengeschichte gehalten, weder ihrer eigenen noch der anderer Leute.

»Aber was machen die da?«, hatte Margaret beharrt.

»Sie sind tot, ist doch klar.«

Hinterher, als man sich draußen zu dem versammelte, was als Totenfeier durchging, erkundigte sich Mrs. Maclure nach Barbaras allgemeinem und seelischem Befinden. »Wir haben an Ihrem Geburtstag gar nichts von Ihnen gehört.« (Der kleine Anlass, der das Pech hatte, kurz vor Weihnachten zu liegen.) Den, merkte Margaret, hatte sie ganz vergessen. Seit Jahren hatte sie Barbaras Geburtstag nicht mehr gefeiert, und soweit sie wusste, auch ihre Mutter nicht.

»Und wir haben Sie beim Weihnachtsgottesdienst vermisst.«

Barbara pfiff, keuchte und lehnte sich schwer auf ihren Stock. »Ich war dieses Jahr nicht viel unterwegs«, sagte sie im voll aufgedrehten Trauertonfall. »Der Tod ist mir auf den Fersen.« Und da sah Margaret ihn wieder – diesen Blick in den Augen ihrer Mutter, wie beim ersten Mal, als sie durch den Türspalt spähte. Angst. Das war es, was Margaret gesehen hatte. Als könnte, wer auch immer dort wartete, nur eines bringen.

»Oh, ich weiß genau, wie Sie sich fühlen, meine Liebe.« Mrs. Maclure umklammerte noch immer die Schneeglöckchen, obwohl der Sarg längst abtransportiert war. »Das ist schon das dritte Mal in diesem Jahr, dass ich hier oben bin.«

Himmel, dachte Margaret. Wir haben doch erst die zweite Januarwoche.

Barbara stand jetzt ein wenig aufrechter. »Sind die anderen nicht verfügbar?«

»Oh nein, meine Liebe«, sagte Mrs. Maclure. »Es ist nur …
es herrscht gerade großer Andrang. Das kalte Wetter. Rückstau im Leichenschauhaus.«

»Warum hat man mich nicht informiert?«

»Sie sind anscheinend nicht ans Telefon gegangen, meine
Liebe. Ich habe es mehrfach versucht.« Mrs. Maclure wippte
und verbeugte sich, als wäre sie es, die sich entschuldigen
musste.

Das Crescendo pfeifender Atemzüge, das sich protestie-
rend aus Barbaras Brust erhoben hatte, ließ etwas nach. »War
beschäftigt«, knurrte sie und stach mit dem Stock in den
Boden. Womit beschäftigt, war Margaret schleierhaft.

Mrs. Maclure aber wandte sich nun Margaret zu. »Und was
ist mit Ihnen, Liebes? Treten Sie dem Trauernetz bei?«

»O nein, ich bin nicht …« Nach Edinburgh zu kommen
war das eine. Regelmäßiger Umgang mit Toten als Pflicht-
programm stand auf einem anderen Blatt.

»Wir brauchen immer Unterstützung.« Im Schatten der
Kapellentür schimmerten Mrs. Maclures Augen schwarz.
»Um den Verlassenen beizustehen.«

»Na ja, vielleicht …« Der Kopf an der Matratze festgefroren.
Der süße Kuss des Rums.

»Gut.« Mrs. Maclure lächelte und entblößte überraschend
lange Eckzähne für eine ansonsten so zarte Frau. »Man weiß
nie, wann es einen selbst trifft.«

Margaret bereute sofort, was sie sich da möglicherweise auf-
gehalst hatte. Ein Leben für die Bedürftigen Edinburghs entsprach nicht ganz ihrer Vorstellung von Zukunftsaussichten.
»Aber vielleicht habe ich wenig Zeit«, sagte sie, nur um sich alle
Optionen offen zu halten. »Ich muss mir einen Job suchen.«

»Was?« Barbaras Augen traten plötzlich hervor. »Ich dachte,
du bleibst nicht.«

41

»Na ja, ich …«

»Wirklich?« Mrs. Maclure zögerte einen Moment mit schräg geneigtem Kopf, als sähe sie eine weitere Gelegenheit auf sich zukommen. »Da könnte ich vielleicht helfen«, sagte sie. Und sie strich flüchtig über Margarets roten Mantel, als hätten sie beide eine Übereinkunft getroffen.

Margaret nahm einen tiefen Zug frostige Januarluft und fragte sich, in was sie sich da verstrickte. Über die Jahre in London hatte sie das ganz vergessen. Die Edinburgher Art, Dinge anzupacken.

Margaret überließ Mrs. Maclure und ihre Mutter ihrem Gespräch über Einzelheiten des Trauernetzes für die Bedürftigen und machte sich auf die Suche nach dem Taxi, das sie für die Heimfahrt bestellt hatte. Sie sah, wie sich oben hinter der Krematoriumskapelle eine schwarze Limousine aus der Reihe der Leichenwagen löste und die lange Zufahrt zur Straße hinunter verschwand. Der Wagen sah genau aus wie der, der vor ein paar Tagen mit durchdrehenden Reifen vom Anliegerparkplatz am The Court geschlingert war. Sie hielt nach besonderen Merkmalen Ausschau.

Indes …

Sie befand sich beim Krematorium. Alle Wagen waren schwarz.

Als sie auf dem Nachhauseweg im Taxi durch die Stadt holperten und schlitterten, fragte Margaret ihre Mutter: »Wenn du nicht willst, dass der Tod dir auf den Fersen ist, warum machst du dann beim Trauernetz mit?«

»Jemand muss es tun.« Barbara fasste sich an den zartlila Hut, dessen schwarze Blüte von all der Aufregung leicht zerknautscht war.

»Ist das nicht ein bisschen wie ein Anwalt, der in der Notaufnahme auf Mandantenjagd geht?«

»Zumindest tun wir etwas Nützliches.«

Dazu sagte Margaret nichts. Sie fühlten sich beide nicht zu Bekenntnissen veranlasst, seit sie zurück war, trotz der Hinwendung ihrer Mutter zur Religion. Dennoch schien Barbara in Margaret lesen zu können wie in einem Buch.

»Aber du glaubst nicht an Geister, oder?«, bohrte Margaret.

»Natürlich nicht, sei nicht albern.«

Und doch war es da wieder – dieses winzige, kurze Verrutschen der Maske – wie als Barbara auf Margarets hartnäckiges Klingeln hin erstmals die Tür geöffnet hatte. Margaret wandte sich ab, blickte durch eine Atemwolke hinaus auf die gefrorene Stadt. Schwarz glitten Edinburghs Monolithen vorbei: die Burg (uralt), der Vulkan (erloschen), das Finanzviertel (angeschlagen). Eine ganze Welt war unter einer Eiskuppel zum Stillstand gekommen. Tote Eltern. Tote Großeltern. Zwei tote Kinder hinter kaltes Glas gepresst. Kein Wunder, dass ihre Mutter morbid war, wenn das ihr einziges Vermächtnis darstellte. Das Taxi bog in die grauen Straßen von New Town ein und hoppelte beim Beschleunigen über das vereiste Kopfsteinpflaster.

»Übrigens«, diesmal stach Barbara mit ihrem Krückstock in Margarets Wade, »ist sie nicht verheiratet. War es nie.«

»Wer?«

»Mrs. Maclure natürlich.«

»Warum ist sie dann eine ›Mrs.‹?«

»So ist das eben in Edinburgh.«

Man sagt das eine, meint das andere.

Beide klammerten sich an ihren Sitzen fest, als das Taxi um eine Ecke schlitterte und das Heck in einer großen, gleitenden Kurve ausscherte.

»Ist sie schon immer beim Trauernetz dabei?«, fragte Margaret.

»Sie weiß genau, wo die Leichen im Keller liegen.« Der Scherz entlockte Barbaras Brust ein kurzes Pfeifen. »Hat mal für die Verwaltung gearbeitet. Unter anderem.« Dann sagte sie: »Hast du die Nachricht gelesen, die sie dir gegeben hat?«

»Welche Nachricht?«

Doch, da war sie. In Margarets Manteltasche, zwischen dem Coronation-Penny und einem vertrockneten Stück Mandarinenschale. Papier, von einem kleinen Block abgerissen und zweimal gefaltet. Margaret entfaltete den Zettel, als das Taxi mit einem Ruck zum Stehen kam. Die Nachricht war neben eine Telefonnummer gekritzelt.

VERLORENGEGANGEN, stand da. *KÖNNEN SIE HELFEN?*

1935

Sechs Jahre vergangen und das Haus war noch dasselbe, der Flur derselbe, die Tweedjacke dieselbe, nur jetzt mit Flicken, Rissen und Löchern und an allerhand Stellen abgewetzt und blankgerieben. Keine orangene kleine Sonne kam aus dem Ärmel gekullert.

Alfred Walker stampfte in einer Wolke eisiger Luft zur Haustür herein, die nackten Dielen knarrten unter seinen schweren Stiefeln. »Ist es schon passiert?«

Clementine hockte an ihrem gewohnten Platz auf der untersten Stufe der langen steilen Treppe, die Knie hochgezogen bis zum Kinn. Sie war jetzt zehn, das Weihnachtskleid lange Vergangenheit. Sie machte sich nicht die Mühe aufzustehen, schüttelte nur den Kopf, damit ihr Vater wusste, wie die Dinge standen.

Alfred seufzte und rieb sich mit einem schmutzigen Daumen über die Stirn. »Dann gehe ich mal lieber hoch.« Er umrundete seine Tochter, unternahm keinen Versuch, sie zu berühren, und stieg Stufe um Stufe nach oben, noch immer in seiner schmutzigen Jacke, mit seinem schmutzigen Hals und den schmutzigen Händen.

Clementine sah Alfred nach, die Hände nicht länger rosig, das Haar nicht länger gelockt, das Kleid grau vom vielen Waschen, darüber eine von gestopften Stellen zusammengehaltene Strickjacke. Alfreds Tritte auf den rauen Holzstufen klangen bleiern, als er und mit ihm alles, was er in den Taschen haben mochte, hinauf ins Dunkel entschwand. Clementine wartete, bis die große, gebeugte Gestalt ihres Vaters mit der Finsternis oben verschmolz. Dann stand sie auf und ging durch den Flur in die Küche, wo sie sich ganz allein an den Tisch setzte. Wenn es noch so etwas wie Magie gab, hatte sie sich vor Jahren verflüchtigt. Davon abgesehen glaubte die zehnjährige Clementine nicht an solche Dinge. Nicht mehr.

Oben stand Alfred am Fuß des breiten Doppelbettes, knackte mit seinen schmutzigen Knöcheln und knibbelte mit den Zähnen an seinen schmutzigen Fingernägeln.

»Darf ich mal«, sagte Mrs. Sprat und schob sich mit Lappen und Schüssel an ihm vorbei.

»Entschuldigung«, sagte Alfred, in dessen Daumen sich dunkle Schmutzrillen gegraben hatten, und wich ein Stück zur Seite.

»Entschuldigung.« Wieder schob sich die Hebamme an ihm vorbei, und das Wasser in der Schüssel schwankte wie ein Betrunkener, rosa Schlieren setzten sich am Rand ab. Mrs. Sprat roch den Whisky, den Alfred ausdünstete. Wahrscheinlich konnten den selbst noch die Nachbarn riechen, dachte sie.

Dorothea lag im Bett, ihr Leib fleckig und feucht. Ihr Haar wirr und verfilzt. Ihr Atem rau. Aus ihrem Inneren sickerte der Geruch von Fleisch, das zu lange draußen gelegen hat. Alfred starrte auf den geschwollenen Bauch seiner Frau, der sich hoch über einem Meer aus schmutzigen Laken wölbte. Ihre Füße, an den Knöcheln aufgedunsen, pressten sich gegen die Holzstangen. Ihre Oberschenkel waren innen blutverschmiert. Und sie gab wieder diese Laute von sich. Ein kehliges, drängendes Ächzen.

Zwischen Dorotheas Beinen erschien kurz etwas glitschiges Schwarzes, verschwand dann wieder. Sie stöhnte, das lange, tiefe Stöhnen einer Frau, die seit zwei Tagen in den Wehen liegt. Die Hebamme schob Alfred mit einem scharfen Stoß ihres Ellbogens zur Seite. Er trat zurück. Mach, dass es ein Junge ist, dachte er. Alles käme in Ordnung, wenn es bloß ein Sohn wäre.

Unten trieb sich Clementine zwischen den Schachteln und Gläsern in der Speisekammer herum. Sie mochte die Kühle des langen schmalen Raums. Steinfliesen. Gestrichene Holzregale. Ein Fliegenschrank mit Drahtgewebe in der Tür. Sie hob den Deckel von einigen der großen Gläser an. Nahm sich einen zerbrochenen Kräcker vom Boden eines Fasses. Steckte die Fingerspitze in einen Krug Sahne.

Auf dem Regal stand eine Pastete mit gewelltem Rand. Außerdem eine Schüssel mit mehligen gekochten Kartoffeln und eine Flasche Stout. Clementine stieß ein oder zwei Kartoffeln an, deren Pelle bereits geplatzt war und sich abschälte. Dann zog sie das Stout zu sich heran, entfernte den Stopfen und atmete den starken, modrigen Duft ein. Der Geruch machte Clementine ganz schwindelig im Kopf. Sie schnüffelte nochmals. Dann beugte sie sich vor und legte beide Lippen über den dicken Glasrand. Ihr Speichel rann innen am Flaschenhals hinab und trieb kurz oben auf der dunklen Flüssigkeit, bevor er versank. Stout, das wusste Clementine, war Alfreds Lieblingsgetränk. Abgesehen von Whisky natürlich. Dem Wasser des Lebens.

In der guten Stube, die sie nicht betreten durfte, ließ Clementine einen Finger über alle Oberflächen gleiten. Der Tisch, der einst poliert war. Die groben grünen Vorhänge, ganz staubig am Saum. Weihnachten fiel dieses Jahr aus. Das Baby kam zu früh. Nichts war vorbereitet. Ihre Mutter lag schon seit Tagen oben im Bett und gab dieses schreckliche Ächzen von sich, die Hebamme kam und ging und kam wieder. Die Frauen aus der Straße kamen und gingen ebenfalls.

Pasteten. Kalte Kartoffeln. Flaschen mit Stout. Und irgendwo eine Papiertüte voller Mandarinen, wenn Clementine nur wüsste, wo sie suchen musste. Sie hatten noch nicht mal den alten Kinderwagen aus dem Kohlenkeller geholt, wo er ausgemustert herumlag, völlig voller Ruß.

Natürlich war Dorothea schon viel länger als zwei Tage bettlägerig. Schon seit Monaten. Mehr als einem Jahr. Trug eine Kommodenschublade voller Nachthemden auf, Baumwolle und Flanell, Rüschen an Hals und Handgelenken. Morgens vor der Schule, wenn sie mit der Haarbürste in der Hand am Bett ihrer Mutter saß, zählte Clementine mit, bürstete und bürstete und bürstete. Die Strähnen von Dorotheas Haar erhoben sich wie Spinnweben, hafteten an Clementines Strickjacke oder an ihrer Haut. Doch das war Clementine egal. Sie wartete nur darauf, dass Dorothea noch einmal ihren Namen sagte.

Den Kaminsims in der guten Stube zierte noch immer die Putte, plump, pummelig und mit rosa Wangen. Clementine stand jetzt auf den Zehenspitzen und berührte mit ihrem Finger die kleine weiße Bruchstelle, wo einst der Daumen der Putte gewesen war. Wie es wohl wäre, einen Daumen zu verlieren? Sie versteckte ihren eigenen Daumen in der Handfläche und wackelte mit den restlichen vier Fingern. Ihre Hand sah merkwürdig aus, als sie sie umdrehte. Wie ein Fehler. Als sie kleiner war, hatte sie alte Männer mit Fehlern statt Händen gesehen. Fehlende Finger und Stummel statt Daumen, manchmal fehlten auch Arme oder Beine. Kriegsverletzungen hatte ihre Mutter das genannt. Doch die Männer waren zu alt gewesen, um im Krieg zu kämpfen. Wenn möglich wechselte Clementine die Straßenseite, um ihnen aus dem Weg zu gehen.

Die Putte war einsam und verlassen, an den Rändern ihrer hübschen Blumen hatte sich Staub gesammelt. Jetzt zu Weihnachten sollte sie eigentlich mit Ilex geschmückt sein, kleine

Zweige von dem Strauch auf dem Friedhof. Früher war Clementine mit Alfred losgezogen, um ihn zu schneiden und die piksigen Zweige in einem alten Laken nach Hause zu schaffen. Gemeinsam hatten sie den Kaminsims damit geschmückt und alle Spiegel damit gekrönt, wobei Alfred Clementine mit seinen starken stämmigen Armen hochhob. Wenn sie fertig waren, lagen im ganzen Haus rote Beeren verstreut wie tausende winziger Rubine. In einem Jahr hatte ihr Vater sogar mal Mistelzweige mit kleinen mondartigen Früchten aufgehängt. Dann sollte Clementine ihn küssen, kleine Lippen auf ein Gesicht voller Stacheln gedrückt, das nach Erde und Kohlenstaub roch, als sie ihre Nase in seine Haut bohrte.

Aber Clementine wusste, dass sie in diesem Jahr keinen Ilex schneiden würden, obwohl die Büsche von einem Gewirr scharlachroter Beeren überzogen waren, die im Frost glitzerten. Sie war auf dem Heimweg von der Schule dort vorbeigegangen, um nachzusehen, hatte sich ganz nah an den Wald steifer grüner Blätter gestellt, bis sie spürte, wie sie sich durch ihr Kleid drückten. Sie hielt sogar einen Finger gegen einen grünen Dorn, bis er ihre Haut durchstach. Ihre eigene winzige blutrote Beere bildete sich auf ihrer Fingerspitze.

Sie reckte sich und presste die winzige Stichwunde auf den abgetrennten Daumen der Putte. Er kurzer stechender Schmerz. Ein winziger Nervenkitzel. Und das Geräusch von Schritten auf der Treppe.

»Clementine!«

Clementine zog ihren Finger zurück und rollte ihn in ihrem Jackenärmel zusammen. Es war die Hebamme, fett und streitlustig. Clementine hatte sie mit diesen Schüsseln voll rosa verfärbtem Wasser gesehen, die sie in der Waschküche auswusch, die Unterarme nackt und rot. Solche Arme wollte Clementine nie bekommen, dafür würde sie sorgen.

Sie duckte sich zwischen den Tisch und den kalten Kamin, machte sich klein, um nicht gesehen zu werden. Dort vor der dunklen Tapete hing ein Foto. Auf ihm schliefen zwei Kinder, die Gesichter von Locken umrahmt, die Lippen zwei Schmollmünder. Hier roch es nach Staub und nach dem Mäusekot, der hier und da an der Fußleiste lag. Clementine lauschte und wartete. Mit der Fingerspitze berührte sie das Foto, ein Kind nach dem anderen, spürte noch einmal, wie hart und kalt sich das Glas an ihrer Wunde anfühlte. Dann nahm sie den Finger weg.

Oben war es kein Junge, sondern Ruby. Ruby mit den Strahleaugen, hervorgepresst zwischen den widerstrebenden Oberschenkeln ihrer Mutter. Noch ein kleines Mädchen zu dem älteren einen Stock tiefer, ausgestoßen in einem Schwall Flüssigkeit und bereit, die Welt zu begrüßen.

Alfred lächelte hinab auf das kleine, sich windende Ding. Warum war es kein Sohn? Er streckte die Hand aus, um das zerknitterte Gesichtchen zu berühren, diese winzigen geballten Fäuste. Unter dem Auge des Babys war verschmiertes Blut und er wischte mit seinem Daumen darüber, sein Nagel schwarz vor der hellen Haut des Kindes.

»Darf ich mal.« Mrs. Sprat schob sich dazwischen mit einem Handtuch und ihrem Lappen, packte das Baby und schwang es dahin und dorthin, als wäre es ein Stück Butter, das in Form gebracht werden musste. Sie durchtrennte die dicke, pulsierende Nabelschnur.

Alfred sah Dorothea an. Auf ihrer gesamten Lippe stand Schweiß. Ihre Augen lagen tief in knöchernen Höhlen. »Ist mit ihr alles in Ordnung?«

»Ja«, sagte die Hebamme und wickelte das Baby fest in ein eckiges Mulltuch.

»Ich sprach von meiner Frau.« Alfred ging zum Kopfende des Bettes und legte eine Hand auf Dorotheas Haar, das jetzt klatschnass und dunkel war.

»Sie wird schon wieder.« Die Hebamme sah nicht einmal auf. »Na, wie soll dieses hier denn heißen?«

Doch Alfred antwortete nicht, denn Dorothea bog sich mit verkrampftem Nacken nach hinten. »Dorothea?«

Das Ächzen setzte wieder ein, drängend und guttural, direkt in Alfreds Ohr. Die Hebamme wandte sich vom Körbchen ab, eilte schnurstracks zur Bettkante und beugte sich tief über Dorotheas Bauch. »Da kommt noch eins.«

»Noch eins?« Alfred stand einen Moment da und starrte die Hebamme an. Dann Dorothea, die sich im Bett krümmte und wand. Wieder Zwillinge. Eine weitere Chance auf einen Jungen. Alfred nahm die Hand seiner Frau, die in seinen schmutzigen Fingern grau wirkte. »Dorothea?«

Dorothea drehte die Augen in seine Richtung, dann wieder zurück, dunkle Iris umgeben von Weiß wie eine Kuh auf dem Weg zur Schlachtbank. Ihr Haar klebte schweißnass am Nacken. Sie packte Alfreds Hand, bis er dachte, sie bräche ihm alle Knochen. Wieder ein Ächzen aus den Tiefen ihrer Kehle, die Knie steif, die Füße droschen auf das Laken.

»Ist mit ihr alles in Ordnung?«, fragte Alfred und versuchte seine Finger zu lösen, als Dorothea noch fester zudrückte.

Doch die Hebamme schob ihn einfach weg, als Dorothea plötzlich losließ. Ihr Kopf fiel zurück. Der Hals wurde schlaff. Ein langes Stöhnen entwich ihrem Mund, als das Nächste herauskam, dann schlapp und blutig auf dem Laken lag wie die Nachgeburt eines Kalbes.

Alfred starrte das seltsame Geschöpf an, blau, fast wie eingelegtes Gemüse, gekrümmt auf dem blut- und kotbesudelten Laken. Lass es einen Jungen sein, dachte er. Die Hebamme drehte das Baby um und wischte ihm das Gesicht ab. Sie wickelte die Nabelschnur von seinem Hals, nahm es an den Fußgelenken und ließ es über dem Bett baumeln.

»Es ist ein Mädchen«, sagte sie.

Dann gab sie den Klaps.

Später am selben Abend blickte die zehnjährige Clementine hinunter in den ausgefransten Korb auf die mit Satinband gesäumte, rundum festgestopfte Decke. »Hallo, Babys«, murmelte sie. In einer Hand hielt sie die Porzellanputte. In der anderen die Überbleibsel einer Mandarine, nichts als ein Häufchen Schalen.

Die Babys starrten mit ziellosem Blick zu ihr hoch. Clementine summte, als sie die Putte auf einen Tisch neben dem Korb stellte. Die Babys hatten Füße wie die Putte, weich und rosa. Clementine stellte sich vor, wie sie ihre dicken kleinen Körper in der großen Zinnwanne badete, ihre wackelnden Köpfe nach unten drückte, unter den Schaum, und kleine Luftblasen aus ihren Mündern ploppten wie bei Fischen.

Sie griff in den Korb und berührte mit dem Finger nacheinander die flatternden Lider der Babys – eins, zwei, drei, vier. Die Babys blinzelten überrascht, die kleinen Gliedmaßen zuckten. Eins hat Augen wie ich, dachte Clementine, als sie sechs kleine Mandarinenkerne aus ihrer Tasche holte und sie seitlich in die Krippe steckte. Schwer zu widerstehen.

»Schon wieder zwei«, seufzte die Hebamme, während sie ihre Tasche zu packen begann. Manche Frauen bekamen alle Kümmernisse ab. Sie hatte bereits ihre Arme in der Waschküche gewaschen und alle Schüsseln gereinigt. Und niedlich waren sie auch nicht, nicht wie beim letzten Mal. Nun ja, jedenfalls das eine. Die Hebamme krempelte ihre Ärmel herunter und knöpfte die weißen Manschetten zu. Sie ähnelten sich nicht einmal. So verschieden wie Tag und Nacht verglichen mit denen, die gestorben waren. Was für ein Jammer.

Alfred sprach mit Dorothea, die schlapp wie eine leere Fischhaut in dem zerwühlten Bett lag. »Fällt dir noch ein Name ein, Dotty? Wir brauchen noch einen Namen.«

»Einen Namen«, murmelte Dorothea.

»Aye, für das andere.«

Sie hatten sich nur auf Ruby geeinigt, falls es ein Mädchen würde, nach Dorotheas schon lange verstorbener Großmutter. Doch Dorothea war kaum noch im Raum. Sie war zurückgeglitten in einen Traum aus einer anderen Zeit, eine Dame mit brünettem Haar raunte ihr von einer hellen Kinoleinwand etwas zu.

Sag ihn, Liebling, sag ihn einfach.

Das Kribbeln von Zigarettenrauch in ihren Augen und diese Jacke, rau und nach Kohlenstaub riechend, die sich an ihr Gesicht drückte.

Sag ihn, Liebling, und ich gehöre dir.

Alfred drehte sich um und musterte die Hebamme. »Wie heißen Sie?«

»Barbara.« Die Hebamme zog bereits ihren dicken blauen Mantel an.

»Dann also Barbara.«

Die Wangen der Hebamme röteten sich nicht einmal, als er das sagte. In dieser Gegend gab es bereits eine Menge Barbaras. Alles Zweit- oder Drittgeborene. Manchmal sogar Viertgeborene. Sie grunzte in Alfreds Richtung, während sie den Mantel zuknöpfte. Irgendetwas musste sie ja von sich geben.

»Aye«, sagte Alfred. »Das hätten wir.« Er drehte sich zum Bett um. »Barbara Walker«, sagte er und berührte Dorotheas Hand, wo sie matt und grau auf der Bettdecke lag.

Doch Dorothea war fort, tanzte irgendwo über einen Streifen mondbeschienenen Boden, das raue Gesicht eines Mannes dicht an ihr Haar geschmiegt, an ihr langes, schimmerndes Haar. *Sag ihn, Liebling, sag einfach meinen Namen.*

»Dorothea?«

Als die Hebamme sich zum Gehen wandte, packte Alfred die Gitterstäbe am Kopfende des Bettes seiner Frau, bis seine Knöchel so weiß waren, wie Dorotheas Haar werden würde, und sagte mit vor Verzweiflung belegter Stimme immer wieder: »Was mach ich bloß? Was mach ich bloß?«

»Ja«, sagte die Hebamme, als hätte sie das alles schon erlebt (was auch so war).

»Ich weiß nicht, was ich tun soll.« Alfred sah auf, blickte die Hebamme an und dann im Zimmer umher, auf seine schlaffe Frau und sein ältestes Kind in ihrer gestopften Strickjacke. Dann auf seine zwei neuen Töchter in dem Korb unter einer Decke mit verschlissenem Satinband. Wie hatte dies aus seinem Leben werden können, dachte er, fuhr in wütender Verwirrung den Arm aus, erwischte die Putte und schickte sie mit allem anderen in den Untergang.

Die Putte fiel mit einem Plumps und einem Kullern zu Boden, der kleine Mund vor Überraschung geschürzt. *Oh!* Eine ihrer Blumen brach und zerbarst. Ein Arm knackte schnipp-schnapp über dem Ellbogen ab, und das abgetrennte Glied schlitterte irgendwo in die Dunkelheit. Alfred schlug sich die Hände an den Kopf und fluchte. Die Hebamme hörte auf, ihren Mantel zuzuknöpfen. Dorothea lag im Bett und nahm nichts wahr. Clementine starrte auf den kleinen Porzellanarm, der neben dem Bett ihrer Eltern zwischen zwei Holzdielen steckte.

»Himmel!«, sagte Alfred.

»Sag meinen Namen«, sagte Dorothea.

»Ich werde es weitergeben«, sagte die Hebamme (was sie auch tat).

Doch Clementine sagte kein Wort.

Die Hebamme fand diesmal allein zur Tür hinaus. Sie hatte die Oberin nie dazu bringen können, sie zu versetzen, obgleich sie tausendmal darum gebeten hatte. Was sie betraf, waren es fünf Jahre harte Arbeit gewesen. Beim Davoneilen geriet sie auf dem vereisten Untergrund ein wenig ins Schlittern. Warum, fragte sie sich, während sie vorsichtig die rutschige Straße entlangtappte, wurden nie die hübschen Kinder nach ihr benannt? Dennoch, dieses erste Baby – die Hebamme erschauerte in ihrem dicken Mantel. Sie hatte diese seltsamen Augen, genau wie die ältere Schwester. Erstaunlich, auf unliebsame Art.

Mrs. Sprat erreichte das Ende der Straße, den Kragen hochgeklappt gegen den drohenden Schnee. In ihrer Tasche befanden sich sechs kleine Mandarinenkerne, die sie tief unten an der Seite des Babykörbchens sichergestellt hatte. Die nur darauf warteten, die armen Kindlein zu ersticken, Gott segne sie und behüte ihre kleinen Seelen (und Segen hatten sie nötig, das wusste Mrs. Sprat). Als sie um die Ecke bog, um schon bald von der einsetzenden Dunkelheit verschluckt zu werden, wandte sich die Hebamme mit einem Stoßgebet an wer auch immer gerade zuhörte. *Lass mich das Haus der Walkers nie wieder betreten müssen.*

Das Amt für Verlorengegangene war unmöglich zu finden. Margaret brauchte mehrere Anläufe, ehe sie zur richtigen Adresse gelangte, versteckt in einer Senke hinter dem Bahnhof am toten Punkt der Stadt. Zu beiden Seiten des Eingangs türmten sich menschengemachte Schneewehen auf. Vorsichtig suchte sie sich ihren Weg, nach wie vor in ihren ungeeigneten Schuhen, da sie in der Rumpelkammer keine passende Alternative gefunden hatte. So unwahrscheinlich das klang, hatte Barbara viel kleinere Füße als sie.

Das Gebäude war mehrstöckig, ein Glaspalast, der ein Labyrinth von Großraumbüros umschloss, die sich auf jeder einzelnen Etage strahlenförmig zu den Fenstern hin erstreckten. *Rezeptionistin. Persönliche Assistentin. Büroleiterin.* Nach dreißig Jahren in den Mühlen der Finanzwirtschaft wusste Margaret, dass ein Bürokomplex zu einer Art Schwarzem Loch werden konnte.

Unter ihrem roten gestohlenen Mantel trug sie wieder das Beerdigungs-Outfit – rehbraune Bluse und wadenlanger Cordrock, dazu eine Strickjacke, die sie aus einem Müllsack gezerrt hatte, braun und mit ausgeleierten Taschen, die Ärmel länger als Margarets Arme und Hände zusammen. Die Kleidung war nicht schön und schon gar nicht vorteilhaft, aber momentan besaß Margaret nichts anderes halbwegs Angemessenes. Trotzdem beschloss sie auf dem Weg zu diesem Palast des Todes, lieber ihren Mantel anzubehalten.

»Hier ist eine Dame für dich, Janie.« Die junge Frau, die Margaret durch Schicht um Schicht des Großraumbüros führte, war so dünn angezogen, als lebte sie am Strand.

Eine durchscheinende Bluse, fast transparent. Netzstrumpf-hosen mit hineingerissenen Löchern. Ein Rock, der kaum den Ansatz ihrer Oberschenkel erreichte. Und doch war sie auf eine Art angemessen gekleidet, im Gegensatz zu Marga-ret. Denn im Amt für Verlorengegangene war es so heiß wie in einem Ofen, fast wie der, in dem seine Klientel letztlich landete. Statt Augenbrauen hatte die junge Frau aufgemalte schwarze Linien im Gesicht und in ihrem Ohr steckten drei winzige silberne Totenköpfe. Perfekt für die Trauerbegleitung. Fand zumindest Margaret.

Janie Gribble, Beauftragte für behördliche Bestattungen (unter anderem), trug einen Angorapullover in einer Farbe, die man nur mit ›Kaugummi‹ beschreiben konnte, und dazu passenden Nagellack und Lippenstift. Sie sah aus, als gehörte sie eher in die Geburten-Abteilung, statt dafür verantwort-lich zu sein, jeden Monat so viele Leichen zu Schlacke zu ver-brennen, wie eine Kleinstadt Einwohner hatte. Sie führte ein Einstellungsgespräch, wenn man es so nennen konnte, um zu beweisen, dass so etwas auch in Edinburgh dazugehörte.

»Erzählen Sie mir ein bisschen über sich, Margaret.«

»Na ja …« Margaret blickte auf die zarte Goldkette, die über Janies Brustbein baumelte, und begann zu bereuen, dass sie ihr altes Leben auf der Londoner Müllkippe gelassen hatte. Ein schwarzes Kostüm und eine Bluse mit Rüschenleiste hätten hier womöglich Wunder gewirkt. »Ich habe in der Finanzwirt-schaft gearbeitet«, sagte sie und zog beide Füße außer Sicht-weite, um die Salzränder zu verbergen, die sich unerbittlich über ihren Zehen bildeten.

Janie Gribble zog die Brauen zusammen, eine kleine Falte auf der glatten See ihrer Stirn. »Finanzwirtschaft?«

Spesenkonten. Boni. Drei-Gänge-Menüs zu Mittag. Ein schwarzer Wagen mit Einwegscheiben. Und danach Champagner in der Badewanne. Margaret wusste, dass die Finanzwirtschaft nicht mehr das Renommee besaß, das sie einst gehabt hatte. Aber was sollte sie sonst sagen? Stattdessen räusperte sie sich, das Räuspern der Rechtfertigung. »Tabellenkalkulationen. Memos. Datenverwaltung.« Alles dahin.

»Und Ihre besonderen Fähigkeiten?« Auf der anderen Seite des Schreibtischs kam die Goldkette in Janies Halskuhle zu liegen wie eine kleine glitzernde Zielscheibe.

»Na ja …« Margaret zuckte leicht die Achseln. Wo sollte sie anfangen?

Ein Hang zur Kleptomanie. Entscheidungen über Leben und Tod per Münzwurf. Und dann war da noch ihre Fähigkeit, weiterzusaufen, wenn alle anderen genug hatten. Kein Wunder, dass ihr alter Job so geendet hatte – abrupt und begleitet von einem Anwaltsschrieb.

Margaret fuhr sich mit der Zunge über die Schneidezähne, falls sich dort Rotweinflecken befanden. Sie hatte sich gestern Abend eine ganze Flasche einverleibt – dank dem Rest eines Zwanzig-Pfund-Scheins aus der Tasche eines Betrunkenen, der sich im Übernachtbus gegen sie gelehnt hatte. Wer wagt, gewinnt. Auch wenn Margaret da längst wusste, dass sie im großen Spiel des Lebens gewagt und verloren hatte. Sie verbarg die Indizien ganz unten im Schrank der Rumpelkammer, nachdem sie Barbaras eigenen Altglaswald unter der Küchenspüle entdeckt hatte. Dann, als sie im Dunkeln auf der Plastikluftmatratze lag, sinnierte sie darüber, was sie über die Trinkfestigkeit hinaus mit ihrer Mutter gemeinsam hatte.

Janie hüstelte, höflich aber nachdrücklich, und Margaret berührte kurz ihren eigenen Hals. Geschasst wegen Drohungen gegenüber ihrem Boss – ganz zu schweigen von dem Geld, das sie abgezweigt hatte, weil sie von jeher auf zu großem Fuß lebte – das waren nicht gerade Punkte im Lebenslauf, die Margaret an die große Glocke hängen wollte. Also hielt sie sich an die Antwort, die sie ihrer Mutter immer gab, wenn Barbaras Fragen danach, was sie in London trieb, zu hartnäckig wurden, um sie zu übergehen. »Ich bin sehr gut in Orga«, sagte sie. Ihr ganzes Leben reduziert auf ein Wort mit vier Buchstaben. Noch dazu eine Abkürzung.

Es erwies sich jedoch als die richtige Antwort. »Hervorragend.« Janie warf einen Blick auf das Formular in ihrer Hand. »Wir suchen jemanden, der gut in Organisation und Papierkram ist.« Sie setzte einen großen Haken in ein Kästchen. »Und Sie kennen Mrs. Maclure?«

»Mrs. Maclure?« Margaret schlug ihre Beine mit den jetzt verschwitzten Kniekehlen übereinander und dann wieder zurück.

»Ich dachte …« Die kleine Falte kam wieder zum Vorschein.

Margaret verstand sofort. »Oh ja«, sagte sie. »Eine Freundin meiner Mutter.«

Janie strahlte. Hübsche Zähne. Ohne Rotweinverfärbung. »Jeder scheint Mrs. Maclure zu kennen, nicht wahr.«

Es war keine Frage. Es war einmal mehr die Edinburgher Art.

Zu Hause versuchte Margaret es ihrer Mutter zu erklären. »Ich werde so eine Art Ermittlerin.«

»Was soll das sein?«

»Eine Art Assistentin.«

»Wie, wischst du Hintern ab oder was?«

»Eine Art Detektivin, die für Tote nach ihrer Familie sucht.« Die einzige Umschreibung, die für Margaret einen Sinn ergab. »Für Leute, die einsam gestorben sind, ohne Verwandte, die sie beerdigen könnten.«

»Aye, davon gibt es heutzutage ja reichlich. All die alten Leute, die man irgendwo verrotten lässt.« Barbara kippte den letzten Schluck Rum herunter und starrte Margaret durch den Glasboden böse an. »Wer ist denn überhaupt dein Klient?«

»Ist vertraulich.« Wo sie nun wieder zu Hause lebte, musste es wenigstens etwas geben, das Margaret für sich behielt.

»Mach, wie du willst.«

Und Margaret war entschlossen, genau das zu tun. Trotzdem reichte sie ihr einen Olivenzweig. Dies war das erste richtige Gespräch mit Barbara seit ihrer Rückkehr. »Ich muss ein paar Fakten klären, das ist alles. Geburtsdatum und so weiter.«

»Dann ist es also nur etwas Kurzfristiges.«

»Tja, na ja …« Ein schneller Abgang oder eine neue Matratze. Margaret hatte sich noch nicht entschieden, was erstrebenswerter war.

»Ist nur so, dass ich vielleicht das Zimmer brauche«, murmelte Barbara in ihr Glas. Sie schien genauso erpicht darauf wie Margaret, dass hier nicht so bald neue Wurzeln geschlagen wurden.

»In Ordnung.« Margaret versuchte, nicht gekränkt zu sein, dass ihre Mutter, die sie seit Jahren nicht gesehen hatte, so versessen darauf war, sie wieder loszuwerden. »Ich sollte nicht allzu lange brauchen, irgendwelche Angehörigen zu finden.«

Und da war es wieder, dieses kurze Flackern, das über Barbaras Gesicht huschte wie ein Geist, der aus seinem Grab floh.

»Kinder. Brüder oder Schwestern. Cousinen. So was eben.«

Barbara selbst hatte nie Angehörige gehabt, außer Margaret natürlich. »Adoptiert«, sagte sie mal. »Tot, bevor du geboren wurdest.« Als würde das das vollkommene Fehlen von jeglicher Art Familiengeschichte erklären, sei es in lebendiger oder in Papierform.

»Es geht ums Geld«, sagte Margaret. »Jemand muss zahlen.«

»Aye, jeder Penny zählt.« Barbara hob das Glas an den Mund, obwohl es leer war. »Und was passiert, wenn du keine Angehörigen findest?«

Margaret kam nicht umhin zu bemerken, wie die Finger ihrer Mutter am Glas zitterten. »Dann muss die Kommune sich darum kümmern. Entscheiden, ob die Person begraben oder verbrannt wird.«

Janie war überlastet. »Es gibt eine gewisse Warteliste.«

Jede Menge Tote. Feiertage. Sie stapelten sich im Leichenschauhaus.

»Die ersten Nachforschungen sind erfolgt und wir brauchen jetzt nur noch ein schnelles Ergebnis.«

All der Papierkram war liegengeblieben wegen Schnee, wegen Eis, wegen zu vieler Urlaubstage über Weihnachten und Neujahr. Wegen allgemein schludriger Arbeitshaltung. Wegen Krankheit aufgrund von Alkoholrausch oder kaltem Wetter. Weil jemand aus Glasgow nicht durchkam. Weil dieser Jemand aus Glasgow im Norden festsaß. Oder einfach nur, weil viele einsame Menschen so rücksichtslos waren, ausgerechnet zu dieser Jahreszeit zu sterben.

»Die Polizei kann nicht helfen, *es gab einen Mord*.« Janie grinste, ein kurzes Öffnen der puderrosa Kaugummilippen.

»Wie bitte?« Nun war es an Margaret, die Stirn zu runzeln.

»*Taggart*.« Einen kurzen Moment funkelte Janie im Licht der flimmerfreien Leuchtstoffröhren.

Doch Margaret war zu lange im Süden gewesen. »Ich weiß nicht genau …«

»Ach, unwichtig.« Janie drehte sich und tippte etwas auf ihrer Tastatur. »Es ist nur so, dass um diese Jahreszeit alle sehr, sehr viel zu tun haben.«

Mehr Arbeit für weniger Geld, dachte Margaret. »Verstehe«, sagte sie. Die übliche nachweihnachtliche, neujährliche Flut an Kürzungen, Ferien und kaltem Wetter. Wie bei jedem anderen Job in jeder anderen Stadt.

»Sie arbeiten durch uns vermittelt für das Crown Office – eine Art Interimslösung. Sie bitten uns manchmal auszuhelfen. Unter uns: Die haben Angst vor einer weiteren Mrs. Johnson.«

»Mrs. Johnson?«

Auf Janies Gesicht erschien genau in der Mitte beider Wangen je ein knallrosa Fleck, der zwischen den Pastelltönen leuchtete. Sie beeilte sich weiterzusprechen. »Es gibt weder ein Gehalt noch Vergünstigungen. Die Kürzungen, Sie wissen schon. Unsere Gehälter sind allesamt eingefroren.«

»Natürlich«, sagte Margaret. Deren Gehalt weniger eingefroren war, sondern eher einem Gehalts-Armageddon glich.

»Wir zahlen nach Eingang einer Rechnung für erbrachte Leistungen.« Janie tippte sich mit einem Kuli gegen die Schneidezähne. »Aber keine Spesen.« Das betonte sie ausdrücklich.

Margaret nickte. Fürwahr harte Zeiten.

»Wer war Mrs. Johnson?«, rief Margaret ihrer Mutter nach, die sich aus ihrem Sessel gehievt hatte und in der Küche verschwand.

»Mrs. wie?« Barbara klapperte in den Schränken herum.

»Johnson«, rief Margaret über den Lärm hinweg.

»Ach, die.« Barbara schlurfte zurück ins Wohnzimmer, das Glas mit drei Fingerbreit Rum, der an den Seiten hochschwappte, fest umklammert. »Sie ist tot.«

»Davon bin ich ausgegangen.«

»Fünf Jahre lang.« Barbara ließ sich wieder im Sessel nieder, ihre Hüften berührten zu beiden Seiten die Armlehnen. Sie trug immer noch den wattierten Morgenmantel mit dem ausgefransten Saum.

»Was meinst du damit?«

»Als sie sie gefunden haben. Da war sie fünf Jahre lang tot.«

Festgefroren an der Matratze, nichts als ein paar Haarsträhnen, wo einst ihr Kopf gewesen war.

»Sie war zur Mumie geworden.«

»Zur was?«

»Hast du doch gehört.«

Und Margaret überarbeitete ihr Bild im Kopf, fügte lederne Hände und Füße hinzu, den Ekel steifer, geschwärzter Haut. »Woher weiß man, dass es fünf Jahre waren?«

»Die neueste Post durch den Briefschlitz in der Tür und die älteste. So konnte man die Jahre ausrechnen.« Barbara saugte etwas Rum durch die Zähne. »Es ist erstaunlich, was man aus Müll alles erfahren kann.«

Was vermutlich erklärte, warum aus Barbaras Rumpelkammer nie etwas weggeworfen wurde.

»Was war mit den Nachbarn?«, fragte Margaret. »Haben die sie nicht vermisst?«

»Die Blumenhändlerin unten im Haus meinte, sie hätte sie eine Weile nicht gesehen.«

»Und die Stromrechnung? Oder die Grundsteuer?«

»Lastschrift.« Barbara stellte ihr Glas auf den Tisch neben ihrem Sessel und ergriff die Fernbedienung. »Das kommt davon, wenn man alles automatisiert.«

Also hatte auch Edinburgh seine verborgenen Abgründe. Trotz der eleganten Fassade war es so nachlässig und gleichgültig wie jede andere Stadt.

»Warst du bei der Beerdigung?«

»Nein«, sagte Barbara, »das war vor meiner Zeit.«

63

Margaret versuchte sich eine Zeit vor ihrer Mutter vorzustellen, aber es gelang ihr nicht.

»Wie auch immer«, Barbara rutschte in ihrem Sessel herum, »damals gab es das Trauernetz noch nicht.«

»Warum nicht?«

»Er wurde später eingerichtet.«

»Wegen Mrs. Johnson?«

»Vermutlich.«

Draußen, nach dem Vorstellungsgespräch (und einem geräuschlosen Fahrstuhlsinkflug über fünf Etagen bis zu einem matschigen Parkplatz, an den sie sich vom Hinweg nicht erinnerte), begriff Margaret, dass es immer um Geld ging. Die Jagd danach. Den Bedarf daran. Den Verlust davon. Den Mangel. Bevor sie zu dem Vorstellungsgespräch ging, hatte sie in der örtlichen Bücherei die amtliche Definition von »Bedürftige« nachgeschlagen.

Person, die ihren notwendigen Lebensunterhalt nicht oder nicht ausreichend aus eigenen Kräften und Mitteln bestreiten kann.

So stand es da. Was Margaret eine recht gute Beschreibung ihrer selbst zu sein schien.

Selbst wenn man tot war, musste irgendwer zahlen, und zwar möglichst nicht der Staat, sofern der Staat jemand anderen finden konnte. *Jeder Penny zählt.* Sagte Barbara das nicht immer? Besonders, wenn keine Pennys mehr übrig waren. Britische Austerität. Margaret spürte deren eisigen Winde nun schon eine ganze Weile bis auf die Knochen.

Unten auf dem zwischen nassen Eishaufen versteckten Parkplatz öffnete Margaret die schmale braune Mappe, die Janie Gribble ihr zusammen mit dem Job gegeben hatte. Bis auf einen dreiseitigen Polizeibericht, dem zufolge nichts Unrechtmäßiges geschehen war, und ein Bestätigungsschreiben von Janie, in dem Margaret, sollte sie ein Ergebnis erzielen, eine Bezahlung auf Rechnung für erbrachte Leistungen zugesichert wurde, war die Mappe leer. Die Summe war nicht gerade ein Vermögen. Doch sie reichte für einen schnellen Abgang, sollte ein schneller Abgang vonnöten sein. Einen Augenblick schien London als Perspektive auf wie eine Flamme. Dann sah sie wieder den Ausdruck auf Barbaras Gesicht, als ihr klar wurde, dass es Margaret war, die vor ihrer Tür stand, und kein anderes Gespenst. Erleichterung. Ein Stück weit. Wenn auch nur für eine Sekunde. Vielleicht gab es also doch einen Grund, warum der Coronation-Penny so gefallen war, dass er mit dem Kopf nach oben zeigte.

Wie sich zeigte, war auch Margarets Klient eine alte Dame. Noch eine von den Vernachlässigten, den Einsamen, den Verschollenen, den Verlorenen. Margarets Herz galoppierte kurz los, als sie sich darin wiedererkannte. Schon fühlte sie sich ihrer Klientin verbunden, dabei waren sie sich nicht einmal begegnet.

Nichts in der Mappe gab einen Hinweis darauf, warum ihre Klientin so gestorben war. Einsam in ihrem Zimmer, einsam in ihrer Wohnung. Haar, das an der Rückenlehne eines Sessels klebte. Strenggenommen enthielt die Mappe überhaupt keinen Hinweis darauf, wer Margarets Klientin gewesen war.

»Wir brauchen nur amtliche Bestätigungen für den vollständigen Namen …«, hatte Janie gesagt.

Nichts darüber, wann sie geboren war.

»… das Geburtsdatum.«

Wo sie herkam.

»Wenn möglich, den Geburtsort …«

Oder woran sie glaubte.

»Religion. Sowie natürlich etwaige Angehörige.«

Alles, was Margaret hatte, war ein Nachname, *Walker*, mit dem Zusatz *Mrs.*, der korrekt sein mochte oder auch nicht. Mrs. Walker. Einst hier. Nun fort. Verloren an den zweitkältesten Winter seit Beginn der Wetteraufzeichnungen.

Janie hatte Margarets Auftragsschreiben unterzeichnet, mit kleinen Kringeln statt i-Punkten. »Was wir benötigen, sind Papiere.« Damit nahm sie es sehr genau. »Alles andere ist irrelevant.« Sie entließ Margaret, indem sie ihr die Mappe hinhielt.

»Aber wo soll ich anfangen?«, fragte Margaret.

»Sie sollten im Leichenschauhaus anfangen«, sagte Janie. »Bei denen kommt alles Mögliche ans Licht.«

1933

Bei schönem Wetter sollte die Feier im Garten stattfinden.

»Dreiunddreißig, wie das Jahr. Ein großartiges Alter, um am Leben zu sein.« Die achtjährige Clementine betrachtete ihre lachende Mutter, deren Haar wie bleiches Feuer in der Brise wehte.

»Was, wenn es regnet?«, fragte Alfred und ließ kurz die Schaufel sinken, mit der er grub.

»Wir beten für Sonne.« Dorothea beugte sich hinunter zu ihren noch jungen Blumen, welk und schlapp. Ein weiterer fehlgeschlagener Versuch, den seichten Flusskiesbeeten einen Zauber zu entlocken.

Clementine schaute von ihrem eigenen Fleckchen Erde, sandig und voller Porzellanscherben, hoch in den grauen Himmel. Sie hatte schon einmal gebetet, bei der Taufe der Zwillinge vor über drei Jahren. Klein Alfie und Klein Dottie, ausstaffiert in Weißzeug und Spitze, mit gestrickten Stiefelchen, deren weiße Schleifen um ihre weiche weiße Haut geschnürt waren. »Oh, wie entzückend sie sind«, hatten alle Gäste gemurmelt. »So strahlend wie ein neuer Tag«, bevor sie niederknieten, um ebenfalls zu beten.

Auf ihren kleinen runden Knien in einer Kirchenbank hatte Clementine für ein Paar Knöpfschuhe gebetet. »Bitte, lieber Gott, bitte.« Obwohl sie wusste, schon damals, dass sie eigentlich für die Seelen der Zwillinge beten sollte. Drei Jahre waren vergangen, und sie besaß immer noch nur Stiefel.

Am Ende des Gottesdienstes war Clementine, als wollte sie ihre schlechten Gedanken wiedergutmachen, auf der Bank hockengeblieben und hatte zum Kirchenfenster hochgestarrt, während alle anderen sich um die Zwillinge scharten.

»Engelchen!«

»Püppchen!«

Hoch oben im Chorraum erstrahlte das kreuz und quer mit Bleiglas durchzogene Fenster in Smaragdgrün, Gold und Rot. Clementine fiel unwillkürlich auf, dass auf dem Glas alle Kinder barfuß waren. *Lasset die Kinder zu mir kommen und wehret ihnen nicht*, stand dort. Doch soweit Clementine sehen konnte, schienen die Kinder recht froh zu sein.

Der Priester kam vorbei und sammelte die Gesangbücher ein. »Es ist hübsch, nicht?« Er streckte die Hand aus, um sie auf Clementines Kopf zu legen.

Clementine rutschte zur Seite und wich seiner Berührung aus. »Wo gehen sie hin?« Ihre Stimme stieg in die kühle Kuppel der leeren Kirche auf wie ein kleiner Vogel.

»Nun, mein Kind …«, hatte der Priester gesagt, »natürlich ins Gelobte Land.«

Draußen im Garten des schmalen hohen Hauses fiel jetzt der erste Regentropfen auf Clementines entblößten Nacken. Alfred wandte sein Gesicht zum Himmel, die schmutzigen Hände in die Hüften gestemmt. »Ich gehe hinein«, sagte er, »und mache den Ofen an.«

»In Ordnung.« Dorothea wandte sich von den Blumen ab, die sie eben noch gehegt hatte. »Ich komme mit.«

Clementine schaute zurück auf den dunklen Flecken Erde, der ihr zugedacht war, und malte mit einem abgebrochenen Ast ein grobes Muster in den Sand. Ein Strichfigürchen mit einem dreieckigen Kleid. *Oh my darling.* Dann zerkratzte sie das Bild. Sie sah ihren Eltern nach, die durch die Hintertür verschwanden. Dorotheas schmale Finger schlüpften in Alfreds Faust. Clementine wusste, sie konnte im Garten bleiben, solange sie wollte, und im Matsch spielen. Selbst wenn sie sich dreckig machte. Hände und Füße ganz schwarz. Ihre Eltern wiesen sie nie zurecht, außer es betraf die Zwillinge.

Ein weiterer Regentropfen fiel vom Himmel, ein dunkler Fleck auf Clementines hellem Kopf. Sie berührte mit einem Finger die Stelle, wo er gelandet war.

Oben, das wusste sie, würden sich jetzt die Zwillinge regen, bereit sich zu erheben wie zwei frischgewaschene Gänseblümchen nach einem Frühlingsschauer. Zwei verschlafene Gesichter, noch warm von der geteilten Decke, die durch eins der hohen Fenster linsen und sich mit den Rücken ihrer pummeligen Hände die Augen reiben. Finger, die an der Scheibe klopfen und kratzen. »Clemmie! Clemmie! Clemmie!« Bereit zu krabbeln und zu klammern. Mit ihren weichen Lederschuhen *galopp, galopp* durchs ganze Haus zu rennen.

Doch auch Clementine konnte rennen. Von der Haustür zur Gartentür. Vom obersten Stockwerk in den Keller. Von einem Schlafzimmer ins nächste. Fort, fort, fort. Von den grabschenden Stummelfingern und galoppierenden Füßchen. Um sich im kühlen Gang der Speisekammer mit ihrem Fliegenschrank und den Gläsern zu verstecken. In der Waschküche mit ihrem Kupferkessel. Und im Kohlenbunker unter der Straße. Da hockte sie dann, ihr Kleidersaum schwarz vom Staub, und lauschte auf zwei Paar Füße, die *galopp, galopp* draußen herumtapsten. Rief ihnen flüsternd zu: »Hier lang, hier lang!«, und wartete auf acht dicke Finger und zwei dicke Daumen, die um einen Türrahmen gekrochen kamen. Dann sprang sie hervor und kreischte wie der Teufel, der sie war (das wusste sie), bevor sie ein weiteres Mal fortrannte, während die beiden in den Dreck purzelten.

Wenn sie im Garten waren, ließ sie die beiden auf dem gepflegten Rasenfleckchen liegen und verschwand. Zwei

Hosenmatze mit goldblondem Haar, die im Gras herumtollten. Sie hatte ihnen das Zählen beigebracht. *Eins. Zwei. Drei. Vier.* Ganz hinauf bis tausend. So wie Alfred es ihr einst beigebracht hatte. Sie versteckte sich im Gebüsch, umgeben vom Krabbeln der Insekten und dem Kitzeln langer Gräser, reglos und still, bis die beiden es nicht länger aushielten. Dann kamen sie gerannt, »Clemmie! Clemmie! Clemmie!«, und versuchten ihre neueste Höhle aufzuspüren.

»Clementine. Die Zwillinge sind wach.« In Dorotheas Ruf lag eine gewisse Schärfe, wie die Klingen einer silbernen Schere. Sie war schon seit Wochen übel gelaunt, bürstete und bürstete ihr Haar, als wollte sie es gänzlich ausbürsten. Clementine wusste nicht, was sie falsch gemacht hatte.

Sie verkroch sich tiefer in ihr derzeitiges Lieblingsnest, die Knie hochgezogen bis zum Kinn, verborgen vor allen, die nach ihr suchten. Das hintere Ende des Gartens war verwildert, eine Art Dschungel, überwuchert von Quecke und Brombeergestrüpp, alten Himbeerzweigen und einem einzelnen verbotenen Baum. Hier baute Clementine sich eine Höhle nach der anderen, Nester aus vertrocknetem Gras, in den Erdboden gebuddelte Verstecke. Zwischen den Brennnesseln vergrub sie Schätze. Dorotheas Haarklammern. Alfreds Westenknöpfe. Einen kleinen Porzellanarm, den sie zwischen zwei Holzdielen unter dem Bett ihrer Eltern geborgen hatte. Auch ein gestricktes Stiefelchen, mit weißen Schleifen geschnürt, tief vergraben im Dreck.

Der Regen begann zu prasseln, tropfte von den Blättern des Baums über ihr, glitt von den Büschen und drückte die nassen Gräser nieder.

»Clementine!«, rief Alfred aus der rückwärtigen Tür, die Stimme aschekratzig vom Ofenanfeuern. »Komm und spiel mit deinem Bruder und deiner Schwester, wenn man es dir sagt.«

Doch Clementine wartete noch, kauerte sich zusammen und zählte, wie Alfred es ihr beigebracht hatte. *Ein Elefant, zwei Elefanten*, ganz hinauf bis tausend. Sie brauchten immer lange, bis sie sie fanden.

Am Tag der Feier schien die Sonne. Clementine hatte eine Woche lang jeden Tag für gutes Wetter gebetet. Diesmal hatte es funktioniert.

Draußen im Garten stand ein Tisch mit Tischtuch, darauf sämtliche Teile von Dorotheas Lieblings-Teeservice in Weiß und Gold und eine Teekanne, um deren Rand eine Girlande kleiner Porzellanblumen tanzte. Der Tisch war überladen mit Leckereien, alles auf Pump gekauft und darum umso wohlschmeckender. Auf einem Teller stapelten sich mit Kirschen verzierte Scones. In einem blauen Näpfchen schimmerte Marmelade. Eine Schale voll Schlagsahne, mit Spitzen wie Schnee auf den Alpen. Da hatte Clementine bereits ihren Finger hineingesteckt und abgeleckt.

Es gab Küchlein mit glitzerndem Zuckerguss.

»Zuckertörtchen für meine Zuckerpüppchen«, hatte Dorothea verkündet, als sie sie hinstellte.

Sandwiches, in fingerbreite Streifen geschnitten.

»Leckerbissen für meine Leckermäulchen.«

Eine Schale Sommerbeeren, mit Zucker bestreut.

»Funkelnde Juwelen für meine Goldschätze.«

Und Mandarinen, geschält und zerteilt und im Kreis auf einer großen Porzellanplatte angerichtet.

Clementine stand auf dem mittleren Treppenabsatz des schmalen hohen Hauses und sah zu, wie ihre Mutter sich für den erwarteten Gästeandrang ankleidete. Träge von der Hitze ging Dorothea hin und her, nackt bis auf einen verblichenen Schlüpfer, der um ihre Hüften hing. Alfred stand hinter dem hohen Spiegel und betrachtete seine Frau.

»Ich könnte eine Passage nach Amerika bekommen«, sagte Alfred gerade. »Da drüben gibt es massenhaft Arbeit.«

Dorothea hielt ein Kleid mit einem Muster aus rosa Zweigen hoch. »Was ist mit dem?«

»Das Gelobte Land, so nennen sie es.« Und Alfred lachte sein ansteckendes Lachen.

»Oder das hier?« Dorothea legte sich eine Bahn zerschlissenes Chiffon um den Hals.

»Wer bereit ist, was zu riskieren, kann da drüben ein Vermögen machen.«

»Wie findest du das?« Dorothea nahm ein hellblaues Tuch vom Bett und drehte es sich ins Haar.

»Du weißt, dass wir etwas unternehmen müssen.«

Dorothea ließ das Tuch zu Boden fallen und griff sich stattdessen ein Unterkleid mit ausgefransten Säumen. »Kannst du dir keine andere Arbeit suchen?«, sagte sie.

»Ich hab's versucht, aber es ist schwierig. Momentan ist alles schwierig.«

Dorothea hob ihre schlanken Arme und ließ das Unterkleid über ihren Kopf gleiten, wobei sich statisch aufgeladene Haare aufstellten. »Was ist mit den Kindern? Wir können sie doch nicht zurücklassen.«

Alfred hielt ihr das Baumwollkleid mit den rosa Zweigen auf. Als Dorothea hineinstieg, zog er es hoch über ihre Oberschenkel, Hüften und die Wölbung ihrer Brüste. »Am Anfang müssten wir das vielleicht«, sagte er, legte ihr die schmalen Träger über die Schultern und vergrub dann sein Gesicht in der Senke ihres Brustbeins. »Es wäre ja nicht für lange.«

Dorothea knöpfte sich das Kleid von unten nach oben zu. »Für wie lange?« Ihre Finger hielten auf ihrem gewölbten Bauch inne.

»Drei Monate, möglicherweise vier.« Auch Alfred berührte Dorotheas Bauch.

»Meine kleinen Engel könnte ich niemals verlassen.«

»Was ist mit Clementine?«

»Clementine?«

Draußen auf dem Treppenabsatz hielt Clementine den Atem an.

Dann sprach Alfred es aus. »Wir könnten sie später nachholen. Sie ist schon ein großes Mädchen.«

Draußen war der verbotene Baum übersät mit kleinen grünen Schoten. Er stand hinten im verwilderten Teil des Gartens, seine Wurzeln von Dornen überwuchert.

»Niemals anfassen«, hatte Alfred zu Clementine gesagt, als sie klein war. »Niemals in die Nähe gehen.«

Ein Baum, im Sommer voller Schoten, alle rund und knackig. »Niemals anfassen. Nie daran lecken. Nie daran schnuppern. Nie daran riechen.«

Von dem ein paar wenige Wochen im Frühjahr die goldene Blütenpracht herabregnete.

Clementine saugte an der letzten Mandarinenspalte, während sie summte, klaubte und pflückte. *Oh my darling.* Sie bewegte sich so still wie eine Motte durch das Gras, Saft tropfte auf ihr Kleid, und auf ihrer Haut schwollen kleine rote Striemen, wo die Dornen an ihr gekratzt und gerissen hatten. Kleine Samen, kleine Schoten, kleine Teller und kleine Schalen. Sandwiches, so breit wie Kinderfinger. Ein Scone mit Marmelade in der Farbe von Blut. Und ein Zuckertörtchen, in der Mitte geteilt für zwei.

Die Sonne schien heiß auf den gemähten Rasen, als die Erwachsenen sich eine weitere Runde Drinks einschenkten. Der Tisch war nur noch voller Krümel und Flecken, Dorotheas Lieblingsporzellan schmutzig und verschmiert. Zwei kleine Kinder mit goldenem Haar hockten am Rand der Wildnis und steckten die Köpfe zusammen. *Eins. Zwei. Drei. Vier.* Ganz hinauf bis tausend. Dann erhoben sie sich auf pummeligen Beinen mit Grübchen und machten sich auf ins hohe Gras. »Clemmie! Clemmie! Clemmie!«, flüsterten sie, als sie durch ins Dickicht geschnittene Tunnel rannten, einem unter dem magischen Baum bereiteten Festmahl entgegen.

Kleine Tassen mit Sauerampfer.

Kleine grüne Schoten.

Kleine Teller mit Beeren.

Kleine schwarze Samen.

In der Höhle angekommen, waren sie auf ewig verborgen. Zwei Zwillinge und ihre ältere Schwester. Unsichtbar für sämtliche neugierigen Blicke.

An diesem Abend saß Clementine in ihrem Schlafzimmer im höchsten, entferntesten Stockwerk und wartete, während ihre Eltern suchten. Sie zählte. *Eins. Zwei. Drei. Vier.* Ganz hinauf bis tausend. Dann noch etwas weiter. Sie wartete über eine Stunde und verfolgte ihre Wege im Haus und draußen. Die Speisekammer mit ihrem Fliegenschrank. Die Waschküche mit ihrem Kupferkessel. Der Kohlenbunker unter der Straße.

Dann stellte sie sich auf einen Stuhl und schaute hinaus über die Hintergärten mit ihren Zwiebelreihen, Kohlköpfen und Johannisbeersträuchern voller Früchte. Sie sah Gartenschuppen, von denen die Farbe abblätterte, und bröckelnde Backsteinmauern. Sie sah große Laken, die matt in der schweren Abendluft hingen. Sie sah Bäume – und darunter tausend perfekte Picknickplätze.

»Hast du sie schon gefunden?«, fragte Alfred, als Clementine schließlich nach unten kam. Er sah gerade zum dritten Mal im Flurschrank nach.

»Hast du sie gesehen?« Dorothea packte Clementine an den Schultern, als sie in ihrem Kleid mit den rosa Zweigen aus dem Vorderzimmer nach hinten gewirbelt kam.

»Nein«, flüsterte Clementine, doch ihre Eltern hielten gar nicht inne, um zu hören, was sie zu sagen hatte. Sie stellte sich für einen Moment an die Hintertür und starrte hinaus zum Ende des Gartens, einem Dschungel aus Brombeeren und Gras, der mit dem schwindenden Licht in der Dämmerung versank.

Am Ende war es Alfred, der sie fand. Zungen schwarz, Lippen schwarz, Schaum am Kinn, saßen sie am Fuß des Goldregens, die Reste einer wundersamen Mahlzeit um sie her. Kleine leere Tassen. Kleine leere Teller. Kleine schwarze Samen über ihre Schöße verstreut. Glichen sich wie zwei Erbsen in der Schote, in ihren Schuhen krabbelten bereits die Ameisen.

Gute Nacht, Klein Alfie.

Schlaf gut, Klein Dottie.

Zwei Kinder, tot, bevor sie überhaupt begonnen hatten.

Als die Nacht sich hereinstahl, kam er aus dem Dickicht, in jedem Arm einen toten Zwilling, seine Haut zerkratzt und zerschunden vom Um-sich-Dreschen, um zu finden, was er verloren hatte. Dorothea stand in der Mitte des gemähten Rasens, als er hervorkam, stand aufrecht und silbern im Mondlicht, ihr langer Schatten zerschnitt das Gras. Sie schrie, als sie sie sah, die Hände am Kopf. Und dort, wo sie vom höchsten, entferntesten Stockwerk hinabsah, legte auch Clementine ihre Hände an den Kopf.

Alfred legte die kleinen Kinder eins nach dem anderen ins Gras. Klein Alfie und Klein Dottie in ihrer feinsten Sommerkleidung, die Füße in Knöpfschuhen, die Gesichter wie zwei Wachspuppen. Dorothea hörte auf zu schreien und plötzlich wurde es still. Dann fiel auch sie zu Boden.

Aus dem höchsten, entferntesten Stockwerk sah Clementine, wie sich zwei tote Kinder und ihre Mutter rings um Alfred ausbreiteten wie Blütenblätter. Als sich genau in der Mitte von Dorotheas zerknittertem Rock ein Fleck bildete, runzelte Clementine die Stirn. Zunächst war er winzig, nichts als ein Punkt in der Dunkelheit, doch dann erblühte er, breitete sich aus und verwandelte Dorothea in der Dämmerung von weiß in scharlachrot. Da stieg Clementine von ihrem Stuhl und kniete sich auf den Fußboden, um ein weiteres Mal zu beten.

Dorothea war fast eine Woche fort. Bei ihrer Rückkehr war sie nicht mehr scharlachrot, sondern beinahe transparent. Ihr Bauch hohl. Das gleißende Haar geschoren. Als sie Dorothea die Treppe hochtrugen, den Kopf voran und die Füße zuletzt, versteckte sich Clementine hinter Alfred. Sie atmete den schweren Duft ihres Vaters nach Tweed und Kohlenstaub ein, nun begleitet vom Gestank nach Whisky. Dem Wasser des Lebens. Aber nicht für Alfred. Jetzt nicht mehr.

Als Dorothea vorbeigetragen wurde, grub Alfred seine Finger in Clementines Schädel, als wollte er sie unten halten. Dann nahm er die Hand fort und folgte seiner geplagten Frau nach oben. Blickte sich nicht einmal um, als er vom Grau geschluckt wurde.

An jenem Abend sah Clementine einmal mehr vom Treppenabsatz aus zu, wie ihr Vater an Dorotheas Bett Nachtwache hielt. Der Atem ihrer Mutter rasselte im Halbdunkel. Dorotheas Kopfhaut war kahl, stachelig von den Stoppeln tausender kleiner Sterne. Auf dem Tisch neben ihr lagen ein mit abgewetztem Waschsamt gefüttertes Schmuckkästchen und eine Bürste mit beinernem Griff. Und daneben ein Foto: schwarz-weiß. Um an all das zu erinnern, was fort war. Zwei Kinder, auf ewig hinter ein kaltes Rechteck aus Glas gepresst.

Drei Tage später schwang Alfred die Axt – *hack, hack, hack, hack*. Tief im Dschungel am Ende des Gartens tanzte er wie ein Kreisel. Ein wirbelnder Derwisch, wild und verrückt. Oben in ihrem Zimmer kniete Clementine noch immer auf dem harten, staubigen Boden. Ihre Knie waren nackt und mit einem Muster aus blauen Flecken überzogen. »Bitte, bitte, bitte, bitte«, betete sie. Doch sie wusste nie, was darauf folgen sollte.

Sie begruben sie auf dem Friedhof, wo ein Ilex mit Millionen roter Beeren erblühen würde, wenn der Winter kam. Zwei kleine Särge, ausgestopft mit Weißzeug und Spitze, wurden in den Matsch versenkt. Erst der eine, dann der nächste. Alle Erwachsenen weinten, als sie nacheinander hinzutraten.

»Armer kleiner Alfie.«

»Arme kleine Dottie.«

Doch Clementine sagte kein Wort.

Stattdessen blieb sie drinnen und starrte auf das bunte Kirchenfenster, auf all das Gold, Smaragdgrün und Rot. Der Priester erschien und sammelte wieder die Gesangbücher ein. »Na komm, Kind«, sagte er und streckte die Hand aus.

Doch Clementine rutschte auf dem polierten Holz der Kirchenbank von ihm weg. »Wo sind sie hingegangen?«, fragte sie, und wieder stieg ihre Stimme auf in die kühle Kuppel der Kapelle. Sie meinte nicht ihre Eltern.

»Nun, mein Kind, die Kleinen sind im Himmel.«

Doch Clementine brauchte eigentlich nicht zu fragen, sie wusste es bereits. *Lasset die Kinder zu mir kommen und wehret ihnen nicht.* Die Zwillinge waren im Gelobten Land.

TEIL ZWEI

Eine Paranuss

ZUSAMMENFASSENDER BERICHT DER AUTOPSIE

Datum/Uhrzeit der Obduktion: 08.01.2011; 8:30 Uhr
Rechtsmedizinerin: Dr. Edwina Atkinson c/o NHS Lothian
Klientin: Mrs. Walker
Fall Nummer: 2011–88
Tag des Ablebens: 02.01.2011 (Datum des Auffindens)
Leichnam identifiziert von: Patrycja Nabialek, Nachbarin

ÄUSSERLICHE UNTERSUCHUNG:

Leichnam einer weiblichen Person, weiß. Größe: 1,68 m,
Gewicht: 38,13 kg. Die Verstorbene trägt einen Tweedrock, eine Strickjacke, eine Bluse aus einem syntheti-
schen Material, Nylonstrumpfhosen, Unterwäsche und
braune Lederschuhe.

Alter unbestimmt, aber irgendwo zwischen 75 und 85
Jahren einzuordnen.

Die Leiche ist kalt und nicht einbalsamiert.
Leichenflecken in den distalen Abschnitten der Extre-
mitäten. Die Augen sind geschlossen. Das Haar ist rot
gefärbt mit weißem Haaransatz. An Wangen und Kopfhaut der Verstorbenen wurden geringfügige Abschürfungen (Kratzspuren) festgestellt.

Beim Entkleiden des Opfers war ein leichter Geruch
von Whisky wahrnehmbar. Die Mitte des Leichnams war
mit Zeitungspapier umwickelt. An beiden Unterarmen
waren geringfügige Abschürfungen (Kratzspuren) vor-
handen. Die Fingernägel sind kurz, wirken ungepflegt,
und die Nagelbetten sind blau. Es gibt keinerlei alte
Narben, Male oder Tattoos.
(...)

Das städtische Leichenschauhaus von Edinburgh war ein unaufdringlicher Ort. Ein flacher Betonbau, zurückgesetzt von einer engen Straßenschlucht. Margaret näherte sich mit Bedacht. Der Tod war hier Alltag – da sah man sich besser vor.

Sie betätigte die Klingel am öffentlichen Eingang, und die Tür wurde von einem gepflegten Mann in blankpolierten Schuhen geöffnet. »Miss Penny?«, fragte er. »Janie meinte, dass Sie vorbeischauen würden.« Jemand, der wusste, dass Margaret kommen würde, fast noch vor ihr selbst.

Die Hemdsärmel des Mannes waren gestärkt, die Bügelfalten scharf wie Origami-Falze. Er führte Margaret in einen Wartebereich, eingerichtet mit drei freien Stühlen, einem kleinen Tisch und einer Vase mit Plastikblumen. Genau wie jeder andere Wartebereich in jedem anderen öffentlichen Gebäude. Bis auf dieses Gefühl, dass er sich außerhalb der normalen Zeit und des normalen Raums befand.

»Sie sind hier, um eine Klientin zu identifizieren.« Der Leiter des Leichenschauhauses stand wartend neben Margaret, gepflegt und parat, sich unverzüglich um alles zu kümmern, was die Toten betraf. Was ihn betraf, schien der Grund für ihren Besuch eine ausgemachte Sache.

»Na ja, weniger zum Identifizieren«, sagte Margaret, »als zur Suche nach Indizien.«

»Wie lautet der Name der Person?«

»Mrs. Walker.«

»Ah ja, Mrs. Walker.«

Der Ruf von Margarets Klientin war ihr vorausgeeilt, auch wenn sie ansonsten in jeder Hinsicht ein Rätsel darstellte.

Margaret holte ihre dünne braune Mappe heraus, um die Fakten durchzugehen, wurde aber von einem plötzlichen Lärm unterbrochen – das Geräusch eines Wagens, der draußen vorfuhr. Ein schwarzer Wagen, wohl um sie abzufangen, bevor sie überhaupt begonnen hatte.

Zwei stämmige Männer, groß und imposant, erschienen wie aus dem Nichts und klopften ans Glas. Der Leiter des Leichenschauhauses ließ sie eilig herein. »DCI Franklin«, sagte er und neigte kurz den Kopf, als zuerst eine elegante Frau in einem dunklen Wollmantel eintrat.

»Hallo, Donnie. Alles bereit?«

Englischer Akzent. Kultiviert. Gab es in dieser Stadt überhaupt noch Leute, die hier geboren und aufgewachsen waren, fragte sich Margaret.

»Ja, Ma'am.«

»Guter Mann.« DCI Franklin warf Margaret im Vorbeigehen einen kurzen Blick zu und sah dann wieder den Leiter des Leichenschauhauses an. »Direkt vom Tatort, Donnie. Ganz frisch.« Damit verschwand die Ermittlerin so rasch, wie sie aufgetaucht war – ein Rauschen von maßgeschneidertem Dunkelblau mit einem Aufblitzen von Seide. War also doch nicht wegen Margaret gekommen, sondern um nach einem anderen Unglückseligen zu sehen, der auf seine Abfertigung wartete, bevor er dem Grab überantwortet wurde.

Die zwei Polizisten füllten den Raum mit ihren schusssicheren Westen und Funkgeräten, von ihren schweren Gürteln baumelte eine Unmenge Zubehör. Draußen hatte es wieder zu schneien begonnen, und auf ihren Schultern schmolzen kleine weiße Verwehungen in das Gewebe der dunkeln Uniformen. »Wir gehen runter, Donnie«, sagte einer der beiden. »Checken, ob alles in Ordnung ist.«

»Ist gut.« Der Leiter des Leichenschauhauses hob einen

Arm, als wollte er ihnen die Richtung weisen. Doch sie waren schon weg, den Korridor entlang unterwegs zu einem anderen Warteraum im Keller, wo, wie Margaret annahm, die Leichen aufbewahrt wurden. Ein Schauer überlief sie, als wäre gerade jemand über ihr Grab gelaufen. Schwarze Füße. Haar, das am Sessel klebte. Sie zog ihren gestohlenen roten Mantel fester um sich. Nicht, dass sie Angst vor Leichen hatte. Nur hatte sie noch nie einer Auge in Auge gegenübertreten müssen.

Der Leiter des Leichenschauhauses wandte sich an Margaret. »Sie müssen mich einen Moment entschuldigen«, sagte er. »Es gab einen Mord.« Eine gewisse Befriedigung schwang in seinen Worten mit.

»Selbstverständlich.« Jetzt verstand Margaret. Erst am Abend zuvor hatte Barbara sie in das Warum und Weshalb von *Taggart* eingeweiht. »Wurde vor Ewigkeiten abgesetzt. Altbacken.« Barbara gestikulierte mit der Fernbedienung in der einen und einem Glas Rum in der anderen Hand. »Heute laufen nur noch neumodische Mordnummern.«

Im leeren Warteraum vertrieb sich Margaret die Zeit mit der Überlegung, welche neumodische Mordnummer wohl zur heutigen Verzögerung geführt hatte. Messer im Bauch. Am Strand angespülte Leiche. Oder ein unsichtbares Gift, in die Venen gespritzt. Sie selbst hatte erst kürzlich einen Mord erwogen, als sie vor einem Einfamilienhaus in London stand und sich fragte, ob sie erst klingeln oder einfach hineingehen und die Sache durchziehen sollte. Mit einem Steakmesser zustechen oder der geschärften Kante eines Löffels. Meißeln, reißen und beißen, bis eine Frau mit mausgrauen Haaren so rot war wie der Teppich, auf dem sie lag. Oder ein terpentinglänzender Lappen, durch den Briefschlitz geschoben. Gefolgt von der Flamme eines Streichholzes, das fiel und fiel, bis die beiden in lodernder Umarmung zueinanderfanden.

Margaret war überrascht, welche Befriedigung es verschaffen konnte, persönlich zu werden. Immerhin war der Tod in ihrer Familie stets etwas gewesen, das hinter den Kulissen geschah. Großeltern zum Beispiel, die ihr Leben bei einem Autounfall verloren, oder ein Selbstmord-Pakt, zwölf Pillen mit Whisky heruntergespült. Oder (plausibler) verfettete Arterien und ein schwaches Herz.

»Hast du gar keine Bilder von ihnen?«, hatte sie Barbara einmal gefragt, als sie jung war.

»Von wem?«

»Deiner Mum und deinem Dad.«

»Nein.«

»Warum nicht?«

Barbaras Entgegnung war weniger eine Frage als eine klar gezogene Grenze. »Hast du denn Fotos von mir?«

Schon richtig, erkannte Margaret jetzt an, während sie darauf wartete, Bekanntschaft mit ihrer ganz persönlichen Leiche zu schließen. Trotz all der Jahre, die sie zusammengelebt hatten (und all der Jahre, die nicht), hatte sie nie ein Jugendfoto von Barbara gesehen. Auch kein gemeinsames von ihnen beiden, als Margaret selbst noch jünger war. Weder draußen vor der ersten Mietwohnung in Edinburgh noch unter dem Plastikweihnachtsbaum, den Barbara stur jedes Jahr wieder aufstellte. Nichts von diesem Ausflug ans Meer, den sie mal gemacht hatten, drei scheußliche Tage an einem nassen Strand, wo Margaret im Atlantik gestanden hatte, bis ihre Füße blau waren, und Barbara sich weigerte, auch nur die Schuhe auszuziehen. Nicht mal vom Anfang, als alles begann, etwa Margaret als Baby in eine Decke gewickelt und Barbara, die sie in die Höhe hält, damit die ganze Welt sie sehen kann.

Indes …

Ein Foto gab es doch immerhin. Zwei tote, schlafende

Kinder hinter kaltes Glas gepresst. »Wo ist es?«, hatte sie ihre Mutter noch am Vorabend gefragt, nachdem das Drama, dass sie sich einen Job gesucht hatte, verebbt war. Doch Barbara hatte nur abgewunken, wie um zu bestreiten, dass so etwas je existiert hatte, und eine frische Flasche Rum geöffnet.

Von irgendwo unten in den Tiefen des Leichenschauhauses ertönte das Rasseln eines Metallrollladens, der hochgezogen wurde. Margaret fragte sich, ob das bedeutete, dass die neueste Leiche hereinkam oder fortgebracht wurde. Sie spielte mit dem Coronation-Penny in der Tasche ihres gestohlenen roten Mantels. Die Schilder im Korridor wiesen nach unten zum ›Transferbereich‹ und nach oben zu den ›Sektionssälen‹. Sie holte den Penny hervor und hielt ihn einen Moment in der flachen Hand. Der Penny erwiderte ihren Blick, teilnahmslos, wie das starre Auge eines toten Vogels im Rinnstein. Sollte der König entscheiden.

Was er tat.

Der Sektionssaal im Obergeschoss war eine Mischung aus hellen Lampen und dem langsamen Quirl stetiger Bewegung. Mehrere Leute starrten angespannt durch eine Glasabtrennung in einen Bereich auf der anderen Seite, wo rechtsmedizinisches Personal in blutbeschmierten weißen Plastikschürzen wog und sägte, hob und schnitt. Von der Decke hingen lange Neonröhren. Durch einen Schlauch lief ununterbrochen Wasser in ein tiefes Edelstahlbecken.

In der Mitte des Raums lag das, was von einem Mann übrig war, der Kopf angehoben auf einer Nackenstütze, die Brust von einer Art Kurbel offen gehalten. Seine Beine waren fleckig und einige Stellen hoben sich rot ab, das Rot eines gekochten Hummers. Seine Haut war gläsern, als hätte er zu lange gebadet. Margaret starrte die Arme des Mannes an. Sie erinnerten sie an das fehlende Glied einer verdreckten Putte, das vor langer Zeit abgetrennt worden war.

Auf einem Regal an der Rückseite des Raums waren Teile arrangiert, sie vermutete, dass es die lebenswichtigen Organe des Opfers waren. Violette Lunge, kunstvoll verziert mit blauen Adern. Ein gelber Sack, prallvoll mit Gedärm. Auf einer Waagschale sammelte sich Blut um eine Leber so dunkel wie Samt. Daneben hielt ein Sektionstechniker mit beiden Händen vorsichtig ein Gehirn. Irgendwo wurde mit einem kreischenden, jaulenden Geräusch ein Bohrer getestet.

Unter ihrem roten Mantel kroch kalter Schweiß über Margarets Haut. Gerade als ihr der Gedanke kam zu gehen, bevor irgendwer sie bemerkte, drehte sich jemand um und sah herüber zu der Stelle, wo sie an die Wand gedrückt stand. DCI Franklin in ihrem schicken Wollmantel runzelte die Stirn über die Störung. Margaret hob ihre braune Mappe vor die Brust, als wollte sie ihre Legitimation vorweisen. Hinter der Glasabtrennung hörte eine Frau im grünen OP-Kittel auf zu reden und wartete darauf, dass alle Anwesenden ihr wieder ihre volle Aufmerksamkeit schenkten. Margaret tastete nach dem Türgriff. Niemand drehte sich um, als sie ging. Niemand nahm auch nur ansatzweise von ihr Notiz.

Unten im Keller, im Transferbereich, war es kühl und roch nach Desinfektionsmittel. Margaret nahm einen tiefen Zug dieser eisigen antiseptischen Luft, und Erleichterung flutete ihre Herzkammern. Auf einem Tisch in der Ecke lag aufgeschlagen ein dickes Bestandsbuch. Sie warf einen Blick auf die Einträge, fragte sich, ob sie ihre Klientin darin fand.

9. Januar. Suizid. Springer, voll bekleidet.

11. Januar. Männlich. Im Wasser aufgefunden.

13. Januar. Verwest, Maden.

Und nicht nur das.

»Willkommen in der Unterwelt.« Die junge Frau trug zu ihrer Schürze weiße Anglerstiefel.

»Oh, tut mir leid. Ich habe nur …« Margarets Strumpfhose klebte an ihren Oberschenkeln.

»Aye, mal einen Blick auf die Gäste geworfen.«

»Na ja, stimmt wohl.«

»Haben es oben nicht ausgehalten, hm.« Die Sektionstechnikerin lachte. Es war keine Frage. Sie streckte ihr eine Hand in blauem Latex entgegen. »Sie sind Margaret, richtig? Margaret Penny.«

»Äh …« Margaret hielt sich an ihrer braunen Mappe fest, um der Frau nicht die Hand geben zu müssen. Sie wollte gar nicht wissen, wo dieser blaue Handschuh schon gewesen war.

»Oh, Entschuldigung. Gewohnheit.« Die Sektionstechnikerin zog den Handschuh ab. Ihre Finger darunter waren rosig. »Sie sind wegen Mrs. Walker hier, richtig?« Ihre Hand war überraschend warm. Die von Margaret war eiskalt, als hätte sie selbst im Kühlfach des Leichenschauhauses gelegen.

»Donnie sagte, er hätte Sie oben gesehen.« Die Frau schmunzelte und wandte sich dem Bestandsbuch zu. »Ein bisschen grün um die Nase, so hat er sich ausgedrückt.«

Grüne Nase. Der Mageninhalt vermutlich ebenfalls grün. Und ihre hohlen Wangen. Margaret wusste, dass sie es irgendwie geschafft hatte, beim Grenzübertritt auch noch den letzten Schliff zu verlieren. Was war das bloß mit dieser Stadt, dass sie sich hier immer bis auf die Knochen entblößt fühlte?

Die Sektionstechnikerin lächelte. Ein freundliches Gesicht, geübt im Besänftigen von Menschen, die mit dem vorzeitigen Ableben ihrer Lieben konfrontiert sind. »Machen Sie sich nichts draus. Das ist hier ganz normal. Dann schauen wir mal.

Mrs. Walker.« Sie fuhr mit dem Finger über die Einträge. »Sie ist schon ein paar Wochen hier, glaube ich.«

»Ist das üblich?« Margaret entschied, dass es am besten war, wenn sie trotz ständigen Magendrehens zumindest versuchte, professionell aufzutreten.

»Nicht unbedingt. Normalerweise kommen sie nach ein paar Tagen raus. Aber um diese Jahreszeit stapelt es sich immer.« Die Frau grinste Margaret an. »Bei schwierigen Fällen kann es schon mal zwei, drei Monate dauern.«

Margaret sah plötzlich vor sich, wie überall in der Stadt alte Leute kollabiert in ihren Fluren lagen, zur Gesellschaft nichts als Schmeißfliegen, während sie darauf warteten, dass der Leichenwagen kam und sie weiterbeförderte. In ihrem Rachen brannte Galle. Vermutlich ebenfalls grün.

»Hier ist sie ja. Fach einundzwanzig.« Die Sektionstechnikerin schloss das Bestandsbuch mit einem dumpfen Schlag. »Gehen Sie ruhig schon vor in den Besichtigungsraum. Ich bringe sie Ihnen rauf, damit Sie sie sich ansehen können.«

Nach dem Rest des Leichenschauhauses war der Besichtigungsraum eine Erlösung – ein ruhiger, stiller Ort mit Wänden in gedämpftem Lila und Luft, die normal roch und schmeckte. Margaret setzte sich auf den kleinen Stuhl in der Ecke. Ihre Beine zitterten wie die Finger ihrer Mutter am Glas voll Rum. Wo waren diese toten Zwillinge abgeblieben, dachte sie. Und zu wem gehörten sie?

Über eine der Wände zog sich eine weitere Glasabtrennung, diesmal mit einer Jalousie, vertikale geschlossene Lamellen. Margaret machte die Augen zu und wartete. Ihre Heimkehr war nicht so ganz der Urlaub, auf den sie halb gehofft hatte. Zumindest bisher nicht.

»Krebs.« Plötzlich stand eine Frau neben Margaret, deren

Haut rot geschrubbt war wie bei dem toten Mann oben. »Dr. Edwina Atkinson, Rechtsmedizinerin«, sagte sie und streckte die Hand aus. »Und Sie sind Margaret Penny.«

Margaret nahm einfach nur die dargebotene Hand und nickte.

Dr. Atkinson war dieselbe Rechtsmedizinerin, die noch vor zehn Minuten oben seziert, gebohrt und alle möglichen Anmerkungen gemacht hatte. Jetzt unterwies sie Margaret. »Ich bin eine der Ärztinnen, die die Walker-Obduktion durchgeführt haben. Irgendwo haben wir noch den Bericht. Haben Sie eine Kopie erhalten?«

Margaret schüttelte den Kopf.

»Hätten Sie gern eine Zusammenfassung?« Doch die Rechtsmedizinerin wartete Margarets Antwort nicht ab. Stattdessen begann sie aufzuzählen: »Karzinom. Tumore in Lunge und Knochen. Herzerkrankung. Arteriosklerose. Unter anderem.« Es klang fast wie Barbaras Herunterbeten ihrer Kirchenaktivitäten, nur ohne die Aussicht auf Erlösung.

»Also eine natürliche Todesursache?« Margaret war ziemlich sicher, dass es das war, was die Ärztin ihr mitteilen wollte.

»Oh ja, alle möglichen Krankheiten. Eine davon hat sie zweifellos erledigt.«

»Eine Ahnung welche?«

»Im Grunde nicht, nein.« Die Rechtsmedizinerin schüttelte den Kopf. »Da kommen etliche infrage. Bei alten Leuten ist das schwer festzumachen. Wobei … lebenswichtige Organe erzählen ihre Geschichte noch lange danach.«

»Wie meinen Sie das?«

»Na zum Beispiel Herzstillstand. Man sieht die Narben an der Herzwand noch nach Monaten. Manchmal nach Jahren.«

Ein Herz, das man gequält, verprügelt und in winzige Stücke zerschnitten hatte, bevor man es an einer Herz-Lungen-Maschine verwesen ließ. Damit kannte Margaret sich aus.

»Und natürlich Zigaretten. Die Haut von Rauchern, ganz gelblich. Und innen alles pelzig.«

Margaret hatte mit Rauchen aufgehört, als sie vierzig wurde und glaubte, sie hätte noch Zeit, das Leben zu erschaffen, das sie für sich erwartet hatte – zwei silberhaarige Kinder, grinsend in knittrigem Technicolor. Oder etwas in der Art.

Dr. Atkinson tippte sich geistesabwesend auf die eigene Brust, *tapp-tapp*, als wollte sie zeigen, was passierte, wenn Margaret derlei Leichtsinn wieder in ihr Leben ließ. »Oder Alkohol, wie im Fall Ihrer Klientin. Ihre Leber war wie Brei. Aufgedunsen. Hat sich vermutlich zu Tode getrunken.«

Margaret dachte an den Altglaswald ihrer Mutter unter der Spüle. Ob es um Barbaras Leber ähnlich bestellt war? So ziemlich das Einzige, worauf ihre Mutter und sie sich in den letzten zwei Wochen immer hatten einigen können, war, ob sie noch eine Flasche aufmachen sollten, wenn sie eine geleert hatten.

»War sie schon länger tot?«, fragte sie.

»Schwer zu sagen.« Dr. Atkinson kratzte sich mit einem kurzgefeilten Fingernagel an der Nase. »Ein paar Wochen vielleicht, eher länger. Natürlich gab es eine gewisse Verwesung. Gottlob keine Maden.« Sie verzog das Gesicht. »Die kann ich nicht ausstehen.«

»Sah sie … normal aus?« Margaret wollte fragen, ob Mrs. Walkers Hände und Füße schwarz geworden waren, eine werdende Mumie, aber sie kannte die korrekte Terminologie nicht.

Dr. Atkinson lachte. »Nicht schlecht. Die Kälte, wissen Sie. Hat sie konserviert. Zu irgendwas muss sie ja gut sein.« Die Rechtsmedizinerin starrte auf die Glasabtrennung. »Sie war allerdings sehr dünn«, fügte sie hinzu. »Wenn ich mich recht erinnere, hatte sie kaum Fleisch auf den Knochen.«

»Wie alt schätzen Sie sie?«

»Das ist doch Ihr Job, oder – das Geburtsdatum?« Dr. Atkinson drehte sich mit einem freudlosen Grinsen zu Margaret um. »Aber ich würde sagen, Mitte siebzig bis Mitte achtzig, nach der Haut und den Haaren zu urteilen. Das Haar erzählt einem viel über den Menschen. DNA. Die Hüterin unserer Geheimnisse.« Dr. Atkinson berührte kurz ihren Kopf. »Es ist faszinierend, was man von den Toten alles erfahren kann.«

Nach Barbaras Weigerung, die Existenz der toten Zwillinge anzuerkennen, hatte sie ihrerseits eine Frage gestellt, die zu beantworten Margaret schwerfiel. »Warum versuchst du überhaupt ständig, die Vergangenheit auszugraben?«

»Das ist jetzt mein Job«, hatte Margaret lachend gesagt, ein Glas Rotwein gehoben und ihr zugeprostet.

Aber Barbara spielte nicht mit. »Nein«, sagte sie mit rasselnder Brust. »Dein Job ist es, die Vergangenheit zur letzten Ruhe zu betten, oder etwa nicht?«

In der Stille des Besichtigungsraums fasste nun auch Margaret sich ans Haar. Sie hatte immer über ihre Vorfahren nachgegrübelt, womöglich lag hier der Schlüssel. Vielleicht ein Schafdieb. Ein Falschmünzer. Irgendein in ihren Genen vergrabener Unruhestifter. Ein kurzes *Schnipp*, und wer konnte sagen, was dabei ans Licht kam? Wohingegen Barbara seit jeher darauf bestand, eingeäschert zu werden. War es nicht das, was sie Margaret beizubringen versucht hatte? *Keine Spuren hinterlassen.*

»Haben Sie von Mrs. Walker Haarproben genommen?«, fragte Margaret. Sie hätte gern etwas Greifbares von ihrer Klientin. Momentan schien Mrs. Walker nur aus Oberfläche zu bestehen.

Dr. Atkinson schob die Hände in die Taschen ihrer Uniform. »Nein, nein. Das machen wir nur, wenn es Unklarheiten gibt. Aber da war nichts Verdächtiges – nur eine alte Dame, die eines natürlichen Todes gestorben ist.« Sie sah auf ihre Armbanduhr. »Es läuft nicht wie im Fernsehen, wissen Sie.«

Vier Morde pro Stunde. Eine Axt in Brust und Kopf. Eine Leiche, die mir nichts, dir nichts all ihre Geheimnisse preisgibt. Trotzdem, so ganz frei von Unklarheiten wirkte es auf Margaret nicht. Niemand war bisher imstande gewesen, ihr Mrs. Walkers Vornamen zu nennen.

»Hören Sie, es tut mir leid.« Die Rechtsmedizinerin sah wieder auf die Uhr. »Ich muss weiter. Es warten noch drei Leichen auf mich. Die stapeln sich um diese Jahreszeit. Der berühmte Edinburgher Rückstau.« Sie hielt ihr die Hand hin, noch ein forscher Händedruck. »Aber sehen Sie zu, dass Sie eine Kopie des Berichts erhalten, bevor Sie gehen. Da steht alles drin, was Sie wissen müssen.«

Margaret nickte. Art und Ursache des Todes auf zwei oder drei Seiten abgetippt. Spuren eines Lebens, aus totem Fleisch gewonnen und in Prosa verwandelt. Am Ende ging es nur um Papierkram. Genau wie Janie gesagt hatte.

Hinter dem Glas hörte man plötzlich eine Tür aufgehen, dann das leise Quietschen eines Rollwagens. Dr. Atkinson machte noch einmal rasch kehrt. »Ah, gerade noch rechtzeitig. Das Präparat.« Als auch Margaret hinzutrat, begannen die Lamellen der Jalousie aufzugleiten.

Sie stellte fest, dass sie in einen kleinen, eichenholzgetäfelten Raum starrte. Das Licht hinter dem Glas war gedämpft und schummerig. Drei elegant geschwungene Lilien standen in einer Ecke. Direkt hinter der Abtrennung war die Leiche aufgebahrt, bedeckt von einem violetten Tuch mit Goldborte. Margaret legte einen Finger an die Glaswand zwischen der Stelle, wo sie stand, und der, wo ihre Klientin lag. Hier war sie also. Mrs. Walker. Nicht am Leben. Aber auch noch nicht fort. Wartete nur noch auf den Anfang ihres Endes.

Indes …

Dr. Atkinson schnappte plötzlich nach Luft. »Gütiger Gott!« (Dabei war für Margaret klar, dass die Güte Gottes ihrer Klientin längst nicht mehr helfen konnte.) »Das ist nicht Mrs. Walker. Das ist jemand anderes.«

Unten in London begann der Anfang vom Ende der Familie Walker mit der Krönung eines Königs, der nie König hatte werden sollen, und endete mit einem Sitzkrieg. Niemand wollte Ersteren, und Zweiterer war nur eine Aufwärmübung für die kommende Verheerung, doch manche Menschen erkannten eine Gelegenheit, wenn sie sie sahen. Und wussten sie zu nutzen.

»Eine Erinnerung an den großen Tag.« Der Fotograf ging von Tür zu Tür, arbeitete sich durch die Straßen von der breiten Schneise des Flusses bis hoch zur Fulham Road. Am späten Nachmittag kam er müde und entmutigt zur Elm Row, eine Reihe schmaler hoher Häuser, getrennt durch enge feuchte Gassen, die zu den Hintergärten führten. Der Fotograf drehte an den Knöpfen seiner Weste. Hier wollte doch bestimmt jemand die Krönung eines neuen Monarchen mit einem aktuellen Familienfoto feiern.

Mrs. Quinn.

Mrs. Nolan.

Mrs. Jones.

Sämtliche Frauen der Elm Row schlugen dem Fotografen die Tür vor der Nase zu, eine nach der anderen, die Schürzen fleckig von Mehl oder Hühnerblut, die Sommerkleider ganz schlaff vor Hitze.

Mrs. Fraser.

Mrs. Yates.

Mrs. Todd.

Sogar die Frau mit dem fetten Baby auf der Hüfte. Andenken an den Treuebruch eines Königs und den plötzlichen Aufstieg eines anderen galten in dieser Straße offensichtlich als schlechter Geschmack.

Schließlich kam der Fotograf zu Hausnummer 14. Schmal und hoch wie der Rest, fünf Stufen bis zur Haustür. Doch statt einer erwachsenen Frau mit Schürze lungerte hier die zwölf-jährige Clementine Walker draußen herum. Das Haar hing ihr in bleichen verkletteten Strähnen ums Gesicht. Ihr Saum schleifte im Staub. Ihre Beine waren nackt. Ebenso ihre Füße, die Sohlen grau vor Dreck. Aber ihre Augen waren immer noch erstaunlich. Das eine so, das andere anders, wie vom Meer angeschwemmte Stückchen Glas.

»Soll ich ein Foto von Ihnen machen, Miss?« Der Fotograf hob mit einer Hand seine Kamera und lüftete mit der anderen die Mütze. »Zur Feier der Krönung.«

Clementine zwirbelte eine dünne Haarsträhne zwischen Zeigefinger und Daumen und schob sie dann zwischen die Lippen. »Die ist doch erst nächste Woche.«

»Sei stets gewappnet.« Der Fotograf zwirbelte zur Antwort einen seiner Knöpfe. »Ist das nicht das Motto?« Er starrte auf Clementines Beine, die wegen des kurzen Rocks von den Fes-seln bis zu den Oberschenkeln entblößt waren.

Clementine starrte zurück, nahm dann die speichelnasse Haarsträhne aus dem Mund. »Ich muss meine Mutter fragen«, sagte sie, und ihr Blick glitt von dem Fotografen weg und dann wieder zu ihm zurück. »Sie kommen besser mit herein.«

Dorothea im Wohnzimmer schaute verwirrt. »Ein Foto-graf?« Sie drehte sich zur Wand, wo zwei kleine Kinder hinter kaltem Glas schliefen.

»Für die Krönung, Madam.« Der Fotograf stand im Türrah-men, die Kappe artig in der Hand.

»Welche Krönung?« Dorothea lag ermattet auf einer Chaiselongue, die schon bessere Tage gesehen hatte, in einem

Baumwollnachthemd, das ebenfalls bessere Tage gesehen hatte.

»Haben Sie ein besonderes Kleid?«, fragte der Fotograf. »Sie wollen doch sicher so hübsch wie möglich aussehen.«

Oben im höchsten, entferntesten Stockwerk zappelte und wand sich Clementine beim Versuch, es sich in der besten Kleidung, die sie hatte, einigermaßen bequem zu machen. Ein weißer Faltenrock. Dazu passend ein weißes Strickoberteil. Um die Hüfte eine mit blauen und roten Kronen bestickte Schärpe. Ihre spezielle Krönungskluft, eine Spende (wie alles andere, das sie jetzt besaßen), da der Rest ihrer hübschen Kleider Stück für Stück beim Pfandleiher auf der King's Road gelandet war.

Dafür kamen jede Woche Frauen zu ihnen ins Haus, fassten sich ans Haar und strichen es glatt, während sie im Flur standen. Mrs. Quinn. Mrs. Nolan. Mrs. Jones. Versuchten Alfred so nahe zu kommen, wie es ging, nun, da Dorothea nicht mehr die Frau von einst war.

»Ich dachte, das könnte helfen …«

»Eine Kleinigkeit, die ich ausgegraben habe …«

»Mehr, als wir selbst essen können …«

Sie kamen und brachten Flaschen und verschiedene Pasteten. Körbe voll alter Socken und Stücke von übrig gebliebenem Fleisch. Clementine sah vom Treppenabsatz aus zu, wie Alfred sich ans Geländer klammerte, um sich aufrecht zu halten, und die Besucherinnen in seinem whiskygeschwängerten Atem badete, während sie ihr Sprüchlein aufsagten.

»Ein paar Äpfel aus dem Garten …«

»Ein Krug Rahm.«

Stimmen verebbten zum Flüstern, als sie sich streckten, um Alfreds Ohr zu erreichen.

»Sie tun mir so leid wegen all Ihrer Sorgen.«

»Mein Beileid wegen Ihres Verlusts.«

Indes …

Dorothea war noch nicht tot. Eher wie ein Engel, der durch die Nacht schwebte, wehte sie auf bleichen Füßen und mit schleifendem Nachthemd von Raum zu Raum. *Sag ihn, Liebling. Sag ihn.* Als Clementine, klein und auf ihre Weise geisterhaft, an ihrer Seite auftauchte, während die Uhren auf Mitternacht zutickten.

»Mummy?«

Und Dorothea bei der Hand nahm.

Jetzt in Krönungsweiß herausgeputzt, zog Clementine den Zwillingen geflickte Kittel über die Köpfe. Die kleine Ruby und die kleine Barbara. Eine dunkel. Eine farblos. Sie schob dicke Ärmchen durch Ärmel und schloss Knöpfe am Rücken, dann mühte sie sich, das bisschen Haar zu kämmen, das sie besaßen, während Ruby sich Haarklammern in den Mund stopfte und Barbara stumm dasaß. Anschließend nahm sie sie mit hinunter in Dorotheas Schlafzimmer und ließ sie mit der einarmigen Putte spielen, während sie ihr eigenes Haar bürstete und bürstete.

In der guten Stube im Erdgeschoss friemelte der Fotograf an seiner Ausrüstung herum, während Dorothea aufrecht auf der Chaiselongue saß, das Haar nunmehr weiß wie eine Jakobsmuschel. Um ihren Hals lag eine Fuchsstola mit intaktem Kopf, dessen Auge den Fotografen jedes Mal anfunkelte, wenn er aufsah.

Schließlich erschien Clementine, in ihrem Kielwasser zwei tapsende Kleinkinder. Ihr Haar schwebte in einer statischen Wolke um ihren Kopf, als hätte sie sich einen Heiligenschein zugelegt, während der Fotograf mit seinen Linsen beschäftigt war.

»Wie heißen Sie, Miss?«, fragte er.

»Clementine«, sagte sie.

»Clementine. Das ist hübsch.«

»Ja«, sagte sie und neigte den Kopf in seine Richtung. »Aus dem Lied.«

Oh my darling.

Auch wenn Clementine es nie mehr vorgesungen bekam.

Der Fotograf schoss zunächst die Pflichtbilder. Ein Kleinkind nach dem anderen auf dem Knie der Mutter – Ruby, die sich wand und zappelte, Barbara plump und mürrisch. Als der Fotograf sie zu lächeln bat, blickte Dorothea mit verwirrter Miene direkt in die Kamera. »Wie ist mein Name?«, sagte sie.

»Madam?«

»Mama!«, rief die Kleine auf ihrem Schoß. Bei diesem Laut ließ die Frau den Kopf sinken und das Haar fiel über ihr Gesicht, während der Auslöser klackte.

Danach gingen alle hinaus, die letzten Sonnenstrahlen schienen durch Clementines Haar, als wollten sie sie in Brand setzen. Eine junge Königin saß mit Schmollmund auf der Treppe, der kurze weiße Rock bis zu den Oberschenkeln hochgeschoben. Zwei kleine Gefolgsleute hockten mitten auf der Straße und stopften sich Schotter in den Mund. Eine alte Königin stand schwankend auf der obersten Stufe, ausstaffiert mit einem Fuchspelz, als wäre sie Herrin der Lage. Verrückt, dachte der Fotograf, als er wieder und wieder auf den Auslöser drückte. Die sind alle verrückt. Und doch machte er weiter.

Eine halbe Stunde später kehrte mit schweißdunklem Haar, das Gesicht so faltig wie der Rock seiner Tochter, Alfred Walker in die Elm Row Nummer 14 zurück, als wäre er in einer dringenden, wichtigen Angelegenheit unterwegs. Was er natürlich auch war.

»Daddy! Daddy! Daddy!« Bei seinem Auftauchen erhob sich von der Straße ein kleines Geschrei. Doch Alfred antwortete nicht. Stattdessen sprang er die Eingangsstufen hoch, vorbei an seiner Ältesten in ihrer Krönungskluft, als würde sie gar nicht existieren. Im Vorbeigehen rückte er die Fuchsstola zurecht, die um die Schultern seiner Frau lag, und berührte Dorotheas nackte Haut mit einer Fingerspitze. Dann verschwand er im engen Flur und stieg die Holztreppe hoch, immer zwei Stufen auf einmal, eine leichte Whiskyfahne im Schlepptau.

Der Fotograf justierte seine Linse und fragte sich, ob er fortfahren sollte. Bis Clementines Stimme sich dünn, aber entschlossen in der Stille erhob. »Machen wir weiter?«

Also taten sie das.

Clementine posierend auf den Stufen.

Clementine mit Schmollmund im Türrahmen.

Clementine ausgestreckt auf der grünen Chaiselongue.

Verrückt, dachte der Fotograf wieder, als er den Auslöser drückte. Die waren alle verrückt. Und doch konnte er nicht widerstehen.

Eine Stunde später tauchte Alfred wieder auf, eine kleine Tasche in der Hand. Dorothea lag abermals auf der Chaiselongue, das Haar über den Schultern. Die Kinder waren oben und zogen sich wieder normale Kleider an. Der Fotograf packte seine Sachen.

»Sie sind nächste Woche rechtzeitig zur Krönung fertig«, sagte er zu Alfred. »Dürften reizend werden.«

»Wie bitte?« Alfred wirkte angespannt. Er sah immer wieder auf seine Armbanduhr.

»Zur Krönung.«

»Ach ja«, sagte Alfred.

»Sie können mich bezahlen, wenn ich sie vorbeibringe.«

»Gut.« Doch Alfred hörte gar nicht richtig zu. Stattdessen

trat er hinaus auf die Eingangstreppe und spähte zum Ende der Straße.

Der Fotograf schob sich an ihm vorbei und zog die Kappe. »Ich geh dann mal.«

Doch es war Alfred, der als Erster ging. »Muss kurz weg«, sagte er. »Können Sie sich um sie kümmern?« Und schon war er die Stufen hinunter, lief mitten auf der Straße, drei Kinder im Dachgeschoss und in der guten Stube eine Ehefrau mit einem toten Fuchs um den Hals.

Der Fotograf starrte ihm hinterher. »Was zum …« Und schickte sich ebenfalls an zu gehen.

Dann kam eine Frau des Wegs, begegnete Alfred an jener Stelle, wo später eine Bombe fallen würde, deren Krater zu füllen Jahre dauerte. Sie nickte kurz im Vorübergehen und Alfred antwortete mit einem Neigen des Kopfes, doch keins von beiden blieb stehen, um zu reden. Niemand außer dem Fotografen schien ihre Ankunft wahrzunehmen: braun gekleidet, Schnürschuhe ohne Schnickschnack, kleiner Koffer in der Hand.

»Was tun Sie hier?«, fragte sie zur Einleitung.

Der Fotograf war verwirrt. »Entschuldigung?«

»Sie gehen jetzt.« Sie sprach mit ihm, als gehörte ihr das Haus.

»Wie bitte?«

»Ihre Sorte brauchen wir hier nicht.«

Dann wandte sie sich an Dorothea, die mit glitzernden Fuchsaugen gerade rechtzeitig aus der guten Stube kam, um ihren Mann davongehen zu sehen. »Guten Tag, Mrs. Walker. Ich denke, es ist Zeit, dass wir hineingehen und unseren Tee trinken.«

Sie war Haushälterin. Sie hatten ein Haus. Drei schmale Stockwerke auf einem Londoner Grundstück und ein Kohlenbunker, und alles bedurfte dringend der Betreuung. Ganz zu schweigen von der Irren und den kleinen Zwillingen. Die Hebamme hatte am Ende Wort gehalten.

»Nennt mich Mrs. Penny«, sagte sie, als sie sich in der Küche um sie scharten.

»Findst einen Penny, nimm ihn mit, dann folgt dir das Glück auf Schritt und Tritt.« Dorothea lachte. Die Art Lachen, bei der jeder innehielt und sie verblüfft ansah.

»Ganz recht, meine Liebe«, sagte Mrs. Penny, schnitt ihr das Lachen ab und führte sie zu einem Stuhl. »Jeder Penny zählt.«

Sie trug eine Schürze und dazu Handschuhe – zum Waschen, zum Polieren, zum Feuermachen. Sie konnte Kohlen wuchten, während sie gleichzeitig Teig ausrollte. Die Familie war wie betäubt.

Nachdem sie in Dorotheas Porzellankanne, um deren Rand immer noch die Blumen tanzten, Tee gebrüht hatte, nahm Mrs. Penny die Mädchen mit nach oben.

»Lasst uns mit einer Regel anfangen«, sagte sie. »Bis hierher – und nicht weiter.«

Clementine, Ruby und Barbara starrten auf Mrs. Pennys Finger, der eine unsichtbare Linie auf den Boden zeichnete. Mrs. Penny befand sich auf der einen Seite, in dem Zimmer, das früher ihr Kinderzimmer gewesen war, und sie standen auf dem Treppenabsatz in der Kälte. Sie drängten sich im Türrahmen zusammen, während Mrs. Penny drinnen ihren Koffer auf das freie Bett legte und die Verschlüsse aufschnappen ließ. *Klick-klack* und das war's. Sie packte aus, während die drei Mädchen zusahen, als wollte sie ihnen zeigen, wie leicht es ihr fiel, sich häuslich niederzulassen.

Brauner Rock, abgehakt.

Rehbraune Bluse, abgehakt.

Strumpfhosen, abgehakt.

Braune Strickjacke, abgehakt.

Sie holte einen Schildpattkamm heraus, eine Puderdose mit dazugehöriger Quaste und eine Glasflasche mit blauem Verschluss. Innoxa Complexion Vitaliser (denn selbst Mrs. Penny wollte gut aussehen). Dann nahm sie eine braune Nuss heraus, in deren Schale etwas eingeritzt war. »Schaut es euch an, Mädchen.« Sie hielt sie auf der ausgestreckten Handfläche, damit sie es sehen konnten. »Aber nicht anfassen.« (Regel Nummer 2.) »Es sind die Zehn Gebote.«

Du sollst nicht falsch Zeugnis reden wider deinen Nächsten.

Ehre Vater und Mutter.

Du sollst deinen Nächsten lieben wie dich selbst.

Clementine starrte auf die Nuss. Sie erkannte die Zehn Gebote, wenn sie sie vor sich hatte. Sie hatte sie allerdings noch nie eingeritzt in die Schale einer Paranuss gesehen. Kleine Finger zuckten hinterm Rücken, doch es war Rubys Hand, die zuerst vorwärtskroch.

»Na, na«, sagte Mrs. Penny und tippte mit einem Finger auf Rubys pummelige Hand. »Was habe ich gesagt?«

Später am Abend, als die Zwillinge fest in ihre Decke gewickelt waren, wagte Clementine die Frage zu stellen, auf die es nie eine zufriedenstellende Antwort geben würde: »Wo ist Daddy?«

»Über alle Berge und ganz weit weg.« Mrs. Penny arbeitete sich mit einem Eimer Seifenwasser und einem Lappen über die Küchenoberflächen.

»Wo ist das?«

»Lass gut sein. Geht dich nichts an.«

Doch schon damals fand Clementine, dass es sie durchaus etwas angehen mochte. »Aber wann kommt er wieder?«

»Wir werden sehen.« Mrs. Penny war stets sparsam mit Worten. Doch diesen wenigen Worten verlieh sie Gewicht.

»Kann ich ihm schreiben?«

Mrs. Penny klatschte ihren Lappen zurück in den Eimer mit Seifenlauge, *flatsch*. »Wenn er seine Adresse schickt.«

»Haben Sie die nicht?«

»Wieso sollte *ich* die haben«, Mrs. Penny zog den Lappen wieder heraus und wrang ihn zwischen zwei großen Händen aus, »wo doch deine Mutter hier ist, gleich einen Stock höher.«

Clementine verließ die Küche, ging die Treppe hoch, spähte durch einen Spalt in der Tür auf ihre Mutter. »Mummy?«, flüsterte sie. Aber es kam wie immer keine Antwort.

Clementine stieg hinauf ins höchste, entfernteste Stockwerk und setzte sich an die Kante des schmalen Kinderbetts. Sie waren eingerollt wie Krabben, eine in die andere gekuschelt. »Er wird schreiben«, flüsterte Clementine in die Muschel eines winzigen Ohrs. »Wartet einfach ab.«

Doch soweit Clementine wusste, schrieb er nie.

Zwei Jahre später begann der Sitzkrieg mit einer Liste, die Clementine aus der Schule heimbrachte:

Turnschuhe, abgehakt.

Kissenbezug, abgehakt.

Leibchen, Socken, Schlüpfer, abgehakt.

Außerdem ein zusätzliches Taschentuch und Proviant für vierundzwanzig Stunden. Das Nötigste bei einer Evakuierung. Nur für den Fall. Zum ersten Mal seit langem war Clementine glücklich. »Für alles gewappnet«, sagte sie zu den Zwillingen, die im Türrahmen standen und jede an einer Mandarinenspalte lutschten. »Man weiß nie, wann sie kommen.«

»Was denn, Clemmie?« Auf Rubys Kinn war ein Saftfleck. Clementine warf die Arme in die Höhe. »Bomben!«

Ruby kreischte und lachte. Barbara ließ ihr Stück Mandarine zu Boden fallen. Sie starrte darauf hinab, es krümmte sich im Staub wie ein toter Wurm, ganz schmutzig.

Clementine schoss zwischen ihrer Kommode und einem Stuhl hin und her, auf dem sie alles stapelte, was sie vielleicht brauchen würde. Rock, abgehakt. Bluse, abgehakt. Damenbinden (erst kürzlich erworben), abgehakt. Auf dem Bett lag offen ein kleiner Koffer, innen mit blau-weißem Papier ausgeschlagen. Sie war fast vierzehn Jahre alt, das Gelobte Land plötzlich in greifbarer Nähe.

»Wo gehen wir hin, Clemmie?«, fragte Ruby.

»Aufs Land.«

»Auf einen Bauernhof?« Barbara umklammerte mit ihrer Faust ein rosafarbenes Schweinchen.

»Vielleicht.« Strickjacke. Nachthemd.

Ruby legte ihre Finger um den Türrahmen, wo sie klebrige Spuren hinterließ. »Mit Daddy?«

»Vielleicht.« Clementine hielt einen Moment inne und runzelte die Stirn. Jackett, abgehakt. Petticoat, abgehakt. Haarbürste! Sie nahm eine Bürste mit beinernem Griff von ihrer Kommode und legte sie neben den Koffer.

»Was ist mit Mummy?« Ruby stupste Barbaras Stück Mandarine an, das verdreckt im Staub lag, hob es dann auf und stopfte es sich in den Mund.

Clementine drehte sich zu ihren Schwestern um. »Was soll mit ihr sein?«

»Kommt sie auch mit?«

Unten bügelte Mrs. Penny energisch und brummelte: »Es geht alles den Bach runter.« Doch sie meinte nicht den drohenden

Krieg. Sie meinte Dorothea Walker, der es seit Mrs. Pennys Ankunft nicht besser ging. Salze vom Apotheker. Tägliche Dosis Brennnesseltee. Zerstoßenes Aspirin auf kalten Reispudding gestreut. Obwohl Mrs. Penny ihr Bestes gab, benahm sich Dorothea immer noch, als lebte sie in einem Paralleluniversum.

Jeden Morgen stand Clementine am Bett ihrer Mutter und flüsterte ihr »Mummy?« ins Ohr. Nur für den Fall. »Ich bin's.« Dorothea aber lag da, das Haar um sich ausgebreitet wie ein Schleier, und murmelte: »Meine Engel!«, während draußen auf dem Treppenabsatz zwei pummelige Dreijährige raschelten und kicherten.

Kalter Lebertran. Mandarinen vom Kolonialwarenhändler. Hagebuttensirup aus der Violet-Melchett-Babyklinik, jede Woche eine sorgsam abgemessene Dosis auf einem silbernen Teelöffel, dessen Ende mit einem winzigen Apostel verziert war. Mrs. Penny hatte in ihrem Haushaltsbuch Bilanz gezogen, Reihen ordentlicher, mit Bleistift geschriebener Zahlen, jeder eingehende und ausgehende Betrag sorgsam überprüft. Doch wie auch immer sie rechnete, es sah nicht gut aus.

Clementine erschien und stellte sich neben die Küchenanrichte, kleine Fäuste in kleine Hüften gestemmt. »Ist meine Uniform schon fertig?«

Mrs. Penny knallte das schwere Bügeleisen aufrecht auf den Tisch, der mit einem Laken und einer Decke mit zerschlissenem Satinband abgedeckt war, die sie auf halber Treppe im Wäschetrockenschrank gefunden hatte. »Verzeihung, gnädiges Fräulein, wie lautet das Zauberwort?«

»Bombe?« Barbara stand hinter Clementine und klammerte sich an ihre ältere Schwester, als wäre sie das Letzte, was sie auf dieser Welt hatte.

»Keine Sorge, Barbara.« Clementine löste die Hand ihrer

Schwester von ihrem Rock. »Bald sind wir auf dem Land. Und wenn alles vorbei ist, kommt Daddy und holt uns.«

Mrs. Penny schnaubte. »Da sei dir mal nicht so sicher.« Die Haushälterin warf einen Blick auf eine alte Teedose, die oben auf der Küchenanrichte stand.

Ruby kam in die Küche gerannt und kreischte: »Bombe! Bombe! Bombe!«, wobei sie eine Spur aus Kekskrümeln und Kohlenstaub hinterließ.

»Um Himmels willen, Clementine«, sagte Mrs. Penny. »Nimm deine Schwestern mit nach oben und halt sie mir vom Leib, während ich alles regle.«

»Herrgott noch mal!«, murmelte Clementine und stampfte zur Tür.

»Das habe ich gehört, Fräulein«, rief Mrs. Penny hinter ihr her. »Nur weil ein Krieg bevorsteht, brauchen wir noch lange nicht lästerlich zu reden.«

»Dies ist deine Chance, Mrs. P. Kannst dir alles nehmen.« Tony, der andere Neuankömmling (wiewohl inzwischen nicht mehr so neu), kippelte auf seinem Stuhl zurück und gluckste, als er von seinem Platz am Ofen der Walker-Pantomime zusah. »Mit dem Krieg ein Vermögen machen. All die ganzen Soldaten.« Er betrachtete Clementines Beine, als sie hinaus auf den Flur ging. »Wir könnten es das Penny-Familienunternehmen nennen.«

»Sei nicht albern, Tony.« Mrs. Penny bügelte Clementines Schuluniform so vehement, wie sie es eigentlich nicht nötig hatte. Aber sie wusste auch, dass an seinen Worten etwas dran war.

Tony (halbseiden und laut, ständig zwinkernd und stinkend) kam an dem Tag, als man einen König krönte, der nicht König hatte werden sollen. Er tauchte auf und fand zwei Kleinkinder vor, die ordentlich auf geradlehnigen Stühlen saßen, während

Mrs. Penny die Nationalhymne sang, und die Mutter oben im Bett sang auch, aber in einer anderen Tonart.

Bei seiner Ankunft ertönte ein Pfiff und ein Röcheln und ein gewaltiges Gebrüll: »Hey, Mrs. Penny, hab gehört, du hast einen neuen Posten!« Und sie bemühte sich, nicht zu lächeln, als sie die Hintertür öffnete. Mrs. Penny kannte Tony seit ihrer allerersten Anstellung. Er hatte so eine Art, genau das herbeizuzaubern, was Mrs. Penny gerade brauchte, sogar wenn ihr noch gar nicht bewusst war, dass sie es brauchte.

Das Erste, was Tony tat, war, sich an den Ofen zu setzen und seine Pfeife anzuzünden. »Du hast doch nichts dagegen …«

»Drinnen wird nicht geraucht«, sagte Mrs. Penny stirnrunzelnd. Doch sie versuchte nicht, ihn davon abzuhalten, zumindest nicht gleich.

Als Nächstes schaukelte Tony ein Kleinkind auf jedem seiner Knie. »Hoppe-hoppe-Reiter.« Barbara bekam Schluckauf. Ruby kicherte. Tony mochte Kinder.

Nach dem Abendessen sagte er: »Ich dachte, es wären drei.«

Mrs. Penny verdrehte die Augen. »Die andere ist im Kohlenkeller.«

»Warum das?«

Die Haushälterin wischte ihre Hände an Dorotheas Schürze ab und holte aus einer Schublade ein Päckchen Fotos, die ein Fotograf mit glänzenden Westenknöpfen erst am Morgen abgeliefert hatte.

Clementine posierend auf den Stufen.

Clementine mit Schmollmund im Türrahmen.

Clementine ausgestreckt auf der grünen Chaiselongue.

»Sie wollte die hier und ich habe nein gesagt.«

Tony warf einen Blick auf die Fotos und lachte. Ein lautes, dröhnendes Lachen. »Hast du dafür bezahlt?«

Mrs. Penny schnaubte. »Ich habe ihn mit dem Teppichkehrer davongejagt.«

Tony lachte wieder und steckte die Fotos ein. »Ich kümmere mich drum, Mrs. P.«, sagte er.

»Was ist mit diesen hier?« Mrs. Penny hielt ihm noch zwei Fotos hin, ein Kleinkind nach dem anderen auf Dorotheas Schoß, umgeben von wallendem weißem Haar.

»Die kannst du behalten.«

Also griff Mrs. Penny nach der Teedose oben auf der Küchenanrichte und steckte die Fotos rasch zu einem Zettel mit einer Adresse in Amerika.

Clementine hockte seit Mrs. Pennys Ankunft vor einer Woche fast jeden Tag im Kohlenbunker. Zwar konnte sie die Zehn Gebote auswendig, aber sie wusste noch nicht, wie man ehrte und gehorchte.

Tony schlurfte über den Gartenweg zum Kohlenbunker, der unter der Straße lag. »Aye, aye«, sagte er, als er die Klappe öffnete und auf ein trotziges Mädchen mit schwarzem Gesicht und lodernden Augen stieß.

Clementine ließ ihre kleinen Fäuste sinken. Sie hatte keinen Mann erwartet.

Tony winkte sie mit einem dicken Zeigefinger zu sich. »Komm her, kleines Ding«, sagte er. »Ich habe etwas für dich.« Clementine schob sich vorwärts, die Haare schmierig vom Kohlenstaub. Der Mann hielt ihr etwas hin, das in der Dunkelheit blinkte. »Hättest du den gern?«

Clementine griff danach, ein kleiner Geist in all dem Schwarz.

Tony lachte und zog den Coronation-Penny weg. »Aber erst kommst du her und erzählst Tony alles.«

Also tat Clementine das.

Zwei Jahre vergangen, und die weltpolitischen Ereignisse spitzten sich immer weiter krisenhaft zu. Mrs. Penny war den ganzen Tag unterwegs, um alles Mögliche aufzutreiben, was sie vielleicht brauchten, wenn es hart auf hart kam. Dosen mit Kondensmilch und Obst in Sirup, ein ganzer Sack Mehl. Im Lebensmittelladen kämpfte sie um Rosinen und um das allerletzte Glas kandierte Kirschen. In der Schlange des Kurzwarenladens stand sie nach Stopfgarn an und nach Namensschildern von Cash's, kleine weiße Streifen, auf die in Rot ihre Namen gestickt waren.

Ruby Penny.

Barbara Penny.

Clementine Penny.

»Aber wir heißen Walker«, sagte Clementine, ihre noch namenlosen Schulsocken in der Hand.

»Wer den Penny nicht ehrt, ist des Talers nicht wert«, sagte Mrs. Penny, während sie die Schilder eins nach dem anderen in Barbaras und Rubys gesamte Kleidung nähte.

Sie ließ sie im örtlichen Gemeindesaal nach Gasmasken anstehen, wo sie in der Schlange drängelten, hampelten und sich über den Gummigestank beschwerten. Sie kaufte Schnur, damit sie sich die Tragbüchsen um den Hals hängen und sie immer dabeihaben konnten. Sie erstand zwei Paar kleine blaue Pantoffeln mit Reißverschlüssen vorn, um die Füße der Zwillinge warmzuhalten, falls sie in einem ungeheizten Schutzraum sitzen mussten. Sie kaufte einen Ballen schweren grünen Stoff für das Wohnzimmerfenster und Klebeband, um jede Scheibe mit einem großen X zu sichern. Es gab sogar Gepäckanhänger zum Befestigen an ihren Mantelknöpfen.

Anhänger 1: Ruby Penny.

Anhänger 2: Barbara Penny.

Anhänger 3: Clementine Penny (ausgekratzt).

»Aber wir heißen Walker«, protestierte Clementine erneut.

Mrs. Penny ließ sie den Anhänger noch einmal beschriften. »Wir wollen doch nicht, dass du verloren gehst, oder?« Clementine drückte die Feder auf eine frische braune Karte, doch der Nachname wurde trotzdem nur ein Klecks.

Auch bei Dorothea spitzte sich alles zu einer Krise zu. Sie schmachtete in ihrem Bett dahin, ein ständiges Wehklagen, das anschwoll und wieder abebbte und jeden Winkel des Hauses durchdrang. Nachts hielt sie alle mit ihrem Umherirren wach. Treppauf und treppab, knarrend und taumelnd, unentwegt rufend, als suchte sie nach etwas, das sie niemals finden würde. Tony schlief mit Wattebäuschen in den Ohren. Mrs. Penny mit einem Schal unter dem Haarnetz. Die Zwillinge drückten sich die kleinen verschwitzten Handflächen an die Schläfen. Nur Clementine setzte sich im Bett auf, lauschte und flüsterte zur Antwort den Namen ihrer Mutter.

Auch die Ärzte kamen und gingen, kamen und gingen, kopfschüttelnd, wo das alles enden würde. Alles in der Welt verschob sich. Alfreds Verbleib – unbekannt. Dorotheas Zustand – wahnsinnig. Krieg oder Frieden – ungewiss. Mrs. Pennys Position – Haushälterin oder vielleicht etwas anderes …

So konnte es nicht weitergehen.

Das Krisentreffen war Tonys Idee. »Für alles gewappnet sein«, verkündete er. »Falls jemand Fragen stellt. Eine rechtliche Absicherung ist wichtig.« Tony lebte gern in dem hohen schmalen Haus. Er fand, es hatte eine Menge Potenzial für die Katastrophe, die ohne Zweifel bevorstand.

Zwei Tage später drängten sich alle Frauen der Straße in der guten Stube – das erste Mal seit Alfreds Verschwinden, dass sie es schafften, weiter ins Haus vorzustoßen. Mrs. Quinn. Mrs. Nolan. Mrs. Jones. Starrten auf eine Platte voller Scones mit kandierten Kirschen darauf, das Herzstück der für eine

Teegesellschaft eingedeckten Tafel. Die Frauen waren beeindruckt. Eine Person, die Dinge auftreiben konnte, welche sonst niemand zu beschaffen vermochte, musste man sich warmhalten. Besonders in Zeiten wie diesen.

Mrs. Penny servierte Tee aus einer Porzellankanne, deren Rand mit Blumen verziert war. Mrs. Fraser. Mrs. Yates. Mrs. Todd. Bot jeder eine hübsche weiß-goldene Teetasse an, bevor sie sich selbst einschenkte. Es mochte ein Krieg bevorstehen, doch das war kein Grund zur Panik. Dann fingen sie an.

Der Preis von Wolle.

Wie dreckig der Lumpenhändler war (und sein Pferd).

Die Schwierigkeit, unter den gegebenen Umständen anständige Hausangestellte zu finden.

»Es ist schlichtweg unmöglich.« Mrs. Jones tupfte sich mit einem Taschentuch die Lippen ab. »Nichts für ungut, Mrs. Penny.«

»Keine Ursache, Mrs. Jones.«

Tony blieb in der Küche, um zu rauchen und zu rülpsen. Er hatte seinen Teil beigetragen und die Sache vorgeschlagen. Alles, was ihn nun noch kümmerte, war seine innen geschwärzte Pfeife und stetiger Zugang zu einer Flasche vom süßen Stoff. Rum, das war sein Lieblingsgesöff. Auch er war sehr gut darin, Dinge aufzutreiben.

In der guten Stube wartete Mrs. Penny, bis die Frauen sämtliche Scones aufgegessen hatten.

»So locker. So köstlich.«

Den letzten Rest von Dorotheas Marmelade ausgelöffelt.

»Sie müssen mir das Rezept geben.«

Und über ihre jeweiligen Kinder gesprochen. Dann blickte sie in die Runde und sagte: »Ich frage mich, ob Sie mir jetzt vielleicht mit ›meinen‹ Mädchen helfen könnten ...«

Die Frauen warfen einander Blicke zu und schauten dann fort. Sie alle wussten, dass dies der Grund für ihr Kommen war.

»Es ist natürlich sehr schwer für sie. Ihr Vater in Übersee, keiner weiß, wann er zurückkehrt ...« Der Rand von Mrs. Pennys Teetasse schimmerte im Licht, als sie sie an die Lippen hob.

Die Frauen linsten hinunter in die eigenen Tassen, der Bodensatz ihres Tees wässrig und braun. Allen war klar, was ein Krieg bedeuten würde. U-Boote und Konvois. Ehemänner, Brüder und Söhne, die in den Abgrund schlitterten. Warum sollte ein Mann ausgerechnet jetzt von jenseits des Ozeans heimkehren, nur um über ein anderes Meer geschickt zu werden und bis auf den Tod zu kämpfen?

»Und ihre arme Mutter ...« Mrs. Penny hob ihren Blick zur Decke. »Sie hat uns auf andere Art gänzlich verlassen, fürchte ich.«

Die Frauen schauten ebenfalls zur Decke und dann zur Tür, die auf den Flur führte. Sie hatten nie erwartet, dass es mit Dorothea ein gutes Ende nehmen würde, und hier war der Beweis. Sie hatten alle ihre Verpflichtungen. Aber bei keiner von ihnen lauerte der Wahnsinn in der Familie. Nicht, dass sie es im Fall des Falles zugeben würden.

»Die armen Mädchen. Nicht besser dran als Waisenkinder.« Mrs. Penny stellte ihre Tasse ab. »Brauchen vielleicht jemanden, der sie aufnimmt. Wenn es zum Schlimmsten kommt.«

Alle Frauen nickten, langsam und ernst. Jede zog schon seit Wochen das Schlimmste in Betracht. Sie schnipsten diskret die Krümel vom Schoß auf den Boden. Sie trugen immer noch ihre Hüte. Manche sogar ihre Handschuhe. Keine von ihnen wollte sich eine weitere Last aufbürden, wenn es sich irgend vermeiden ließ.

Mrs. Jones starrte einen kleinen rosa Gegenstand an, der seitlich in der Chaiselongue klemmte. Es war ein Blechschwein von einem Bauernhof-Spielzeugsatz wie dem, den ihr jüngster Sohn besaß. Sie runzelte die Stirn. Diese Mädchen. Allesamt Diebinnen und Luder. Seit dem Tag ihrer Geburt nichts als Verdruss. Kreischten und rannten umher, aßen mitten auf der Straße Schotter. Aber dennoch musste man seine Pflicht erfüllen. Mrs. Jones räusperte sich.

»Ich könnte es natürlich machen«, sagte Mrs. Penny und legte ein Messer auf ihren leeren Scones-Teller. Sie rückte die Haube über Dorotheas Teekanne zurecht. »Ich weiß jemanden, der bei den Formalitäten helfen könnte. Die Anwaltskanzlei Nye & Sons. Aber ich benötige vielleicht auch Ihre Hilfe.« Sie faltete ihre Serviette und legte sie neben den Teller. »Mit der behördlichen Seite.«

Mrs. Jones räusperte sich erneut und ergriff das Wort, bevor ihr jemand zuvorkam. »Wie großzügig von Ihnen, Mrs. Penny«, sagte sie. »Eine ausgezeichnete Idee. Ich bin sicher, wir alle werden helfen, wo immer wir können.« Sie sah sich in der Kreis der Elm-Row-Damen um und forderte sie zum Widerspruch heraus. Einen Augenblick herrschte Stille. Dann begann die Damenrunde zu murmeln. »Selbstverständlich.« »Was für eine gute Idee.« »Wie freundlich.« »Genau das Richtige.« Ein Rascheln der Zustimmung wehte durch die Runde wie eine Sommerbrise. Bei Mrs. Penny legte es sich, als sie Dorotheas Teekanne ein weiteres Mal hob. »Gut«, sagte sie. »Da das geklärt ist, möchte jemand noch etwas Tee?«

Als es Zeit war zu gehen, half ihnen Mrs. Penny in die Mäntel.

»Wie schön, dass Sie kommen konnten.«

Samt Handschuhen, wo nötig.

»Wenn ich etwas tun kann, fragen Sie einfach.«

Geleitete sie die Stufen hinunter.

Wiedersehen, Mrs. Jones.

Wiedersehen, Mrs. Nolan.

Wiedersehen, Mrs. Quinn.

»Man muss zusammenhalten«, rief sie, als sie allen zum Abschied nachwinkte. »In diesen unberechenbaren Zeiten.« Dann schloss sie die Haustür und rieb sich kurz die Hände – *wisch-wasch.* Jetzt war alles ihrs. Nun, beinahe. Eine letzte Sache noch.

Am folgenden Freitagabend kam es für Dorothea zum Schlimmsten. Keine Bomben, sondern eine vollkommen andere Form des Tumults. Brüllende Männer. Eine kreischende Frau. Der Sitzkrieg war vorüber, der echte Krieg begann.

Barbara setzte sich im Bett auf und heulte: »Ruby! Ruby! Ruby!«

Ruby setzte sich im Bett auf und heulte: »Clemmie! Clemmie! Clemmie!«

Clementine stand auf dem obersten Treppenabsatz und heulte: »Mummy! Mummy! Mummy!«

Bis Mrs. Penny nach oben kam und sagte: »Seid still, und zwar alle!«

Auch Dorothea heulte, als sie sie hinaustrugen, schlaff in ihren Armen, das Nachthemd schleifte im Staub. »Wie einen Hund«, sagte Mrs. Penny später. »Wie das wilde Tier, das sie war.«

»Pscht«, sagte Tony von seinem Platz beim Ofen. »Kleine Hasen haben große Lauscher.«

»Kleine Hasen brauchen Futter«, sagte Mrs. Penny daraufhin. »Und jemand muss das bezahlen.«

Am nächsten Tag kamen die Schwestern im Mantel in die Küche, als wollten auch sie irgendwohin aufbrechen. »Nehmt diese albernen Gepäckanhänger ab«, sagte Mrs. Penny. »Ihr geht nirgendwohin. Es gibt hier viel zu viel Arbeit.«

Clementine sah aus, als würde sie gleich anfangen zu weinen. »Aber was ist mit der Evakuierung?«

»Ich werde dich gleich evakuieren, Fräulein, wenn du nicht tust, was ich dir sage.«

Ruby ging nach oben und sang »Bombe! Bombe! Bombe!«, während in ihrer Faust eine kleine Handvoll gestohlener Schale klebte. Clementine ging nach oben, um finster auf den Stapel ordentlich gefalteter Kleidung zu starren, der auf einem Stuhl neben ihrem Bett lag. Barbara ging nach oben, um mit dem kleinen Blechschwein zu spielen. Sie hatte sich auf einen Bauernhof gefreut. Große Kühe. Stinkige Schweinchen. Mädchen mit kräftigen Armen (wie ihre es eines Tages sein würden). Doch wie sie noch feststellen sollte, verlief das Leben nicht immer zu ihren Gunsten.

Später standen alle um den Küchentisch herum, wo Mrs. Penny eine besondere Teezeit vorbereitet hatte – Brot und Butter mit bunten Streuseln, hunderte, tausende, in allen Farben des Regenbogens, die in das Fett ausbluteten. An jedem ihrer Plätze stand neben der Teetasse ein kleiner Vanille-Biskuitkuchen mit einer Buttercremespirale. Alle drei starrten auf die Kuchen. Dann starrten sie Mrs. Penny an. Es war Clementine, die als Erste etwas sagte.

»Wo ist Mummy?«

Tony räusperte sich und stocherte in seiner Pfeife. Mrs. Penny wischte sich die Hände an Dorotheas Schürze ab. »Nun setzt euch, Mädchen, ich habe euch etwas zu sagen.« Sie zog die Teekanne zu sich heran. »Eure Mutter«, verkündete sie, »ist fort.«

Wiedersehen, Alfred.

Wiedersehen, Dorothea.

»Von jetzt an bin ich eure Mutter.«

Hallo, Mrs. Penny. Kam als Haushälterin. Ging als Besitzerin von allem.

Indes …

In der Nacht trieb eine Erinnerung nach oben: ein Engel, der im Türrahmen schwebte, als Barbara von ihrem Bett aus hinsah. Kleine Augen, rund wie Stiefelknöpfe in der Dunkelheit, starrten auf das Blinken von Metall in des Engels Hand.

»Sag meinen Namen«, murmelte der Engel, als sie sich herabbeugte, um über Barbaras farbloses wirres Haar zu streichen.

»Barbara Penny«, sagte Barbara und hoffte, sie hatte die richtige Antwort gegeben, als die kalte Klinge ihren warmen Hals berührte.

Doch der Engel antwortete nicht, schwebte nur hinüber zur anderen Seite des Bettes, wo Ruby reglos lag, heißer Atem keuchte, und die scharfe Silberklinge glitt auch hinter ihr Ohr.

Dann war der Engel fort, ein heller Dunst, der mit den Schatten verschmolz, nichts als ein Traum. Bis zum nächsten Morgen, an dem alle drei Mädchen ein bisschen benommener, ein bisschen taumeliger erwachten als die Tage zuvor.

Maden im Abfluss. Fliegen in der Spüle. Mäusekot auf allen Oberflächen. Und ein Kühlschrank voll gammelnder Lebensmittel. Darauf war Margaret gefasst, als sie schließlich am Schauplatz des Todes eintraf. Doch das bekam sie nicht. Kein Polizeiabsperrband oder Fingerabdruckpuder. Keine Anzeichen gewaltsamen Eindringens. Kein Bedarf an einem Einweg-Overall passend zu ihrem neuen Einweg-Leben. Nicht mal Latexhandschuhe oder diese Plastikdinger, die sie über ihre ungeeigneten Schuhe ziehen könnte. Nur ein paar Kratzer rings ums Schlüsselloch und eine kalte leere Wohnung an der Peripherie von allem.

»Wo soll ich jetzt hin?«, hatte sie nach dem Fiasko mit der verschwundenen Leiche im Amt für Verlorengegangene gefragt.

»Sie könnten es mal mit Mrs. Walkers Wohnung versuchen«, sagte Janie. »Wer weiß, was dabei zutage tritt?«

»Gibt es etwas Spezielles, wonach ich suchen soll?« Margaret war nicht besonders scharf darauf, die Hinterlassenschaften einer Toten zu durchwühlen, insbesondere, da sie schon seit über einem Monat dort herumlagen.

»Oh, das Übliche.« Janie machte eine vage Handbewegung. »Stromrechnung, Krankenkassenkarte. Alles Sachdienliche ist gut.«

»Und was ist sachdienlich?« Aber Margaret kannte die Antwort bereits. Sparbuch, Kontoauszüge, Bargeld. Letztlich ging es immer ums Geld.

»Korrespondenz ist auch nützlich«, fuhr Janie fort. »Könnte uns helfen, Verwandte aufzuspüren.«

»Hat die Polizei das nicht bereits getan?«

»Innerhalb der Stadtgrenzen tun sie das normalerweise. Innerhalb Edinburghs sind sie brillant.« Janie lächelte plötzlich und ihr Gesicht leuchtete auf. (Vermutlich mit einem Polizisten verheiratet.) »Aber Mrs. Walker hat ganz am Stadtrand gelebt. In einer Grauzone, wenn man so will.«

Margaret nickte. Auch in ihrem Leben gab es derzeit recht viele Grauzonen. Erst heute Morgen hatte ihre Mutter gefragt, wie lange sie noch zu bleiben gedachte. Und Margaret wusste nicht recht, ob Barbara sie dabehalten oder loswerden wollte.

Aus den Tiefen ihres Schubladenschranks grub Janie ihre neuste Gabe aus. Ein Yale-Zylinderschlüssel. Der Schlüssel zu Wohnung 2 in der Nilstrum Street 47. Mrs. Walkers letzter Wohnsitz vor ihrem Abtreten.

Janie reichte ihr den Schlüssel und fuhr fort: »In der Peripherie ist die Polizei weniger gut. Abgelenkt von anderen, wichtigeren Angelegenheiten. Einbruch, Diebstahl und so.«

»Oh«, sagte Margaret. Denn was konnte wichtiger sein als der Tod? Das Ende von allem. Außer natürlich, er war unverdächtig und damit etwas, das tagtäglich vorkam.

»Sie schreiben einen Bericht, tragen natürliche Todesursache ein und überlassen die Beinarbeit anderen. Normalerweise geht es über den Staatsanwalt direkt ins Krematorium, aber die hier scheint durchs Netz geschlüpft zu sein.«

Als Margaret endlich Mrs. Walkers Schlüssel ins Schloss von Wohnung 2 in der Nilstrum Street 47 steckte, fühlte sie sich, als wäre auch sie durchs Netz geschlüpft, hinaus in die Peripherie von allem, und bereiste nun die Landschaft der Toten. Sie hatte zwei Busse gebraucht, um zur letzten Bleibe ihrer Klientin zu gelangen, war vom einen in den anderen geschlüpft im Versuch, den schwarzen Wagen abzuschütteln, der ihr anscheinend folgte – ihr Herzschlag beschleunigte sich bei dem Gedanken, dass ihre Londoner Eskapaden sie womöglich hier oben im Norden doch noch eingeholt hatten. Alles, um dann in einer so trostlosen Straße zu landen, wie man es bei einer vereinsamten alten Frau am Ende ihres Lebens nur erwarten konnte. Dunkle Mietskasernen, schmutzige Fenster, ein Gewitter aus ›Zu vermieten‹-Schildern und eine heruntergekommene Ladenzeile – ein Bäcker, ein Krämer und ein Schnapsladen, wo man durch Panzerglas hindurch auf das zeigen musste, was man haben wollte. Es war genau wie das Edinburgh aus Margarets Kindheit. Kein Stück besser.

Sie wusste bereits, dass Wohnung 2 eine Mietwohnung war – befristet, möbliert, Barzahlung, keine Fragen. Margaret hatte die leise Vermutung, dass Mrs. Walker genau wie sie von woanders gekommen war. Die Miete war nur für drei Monate bezahlt worden, obwohl Mrs. Walker, wie sich herausstellte, nicht einmal die benötigte. Vielleicht hatte der Walker-Nachlass Anspruch auf Erstattung. Genug für einen Kranz. Oder einen glänzenden Sarg. Auf der anderen Seite waren da noch die Renovierungskosten. Irgendwer musste hinter einer Leiche saubermachen.

Zu Margarets Pech war, wie Dr. Atkinson klargestellt hatte, der im Besichtigungsraum des Leichenschauhauses aufgebahrte Leichnam nicht Mrs. Walker, sondern ein Mann namens Thomas Macleod. Und Margarets Klientin wartete auch nicht draußen im Vorraum, um als Nächstes hereingeschoben zu werden. Sie befand sich in keinem der Sektionssäle und auch nicht in Fach einundzwanzig der Kühlkammer.

Genauer gesagt war Mrs. Walker in *keiner* der sechs hoch aufragenden Kühlkammern am Ende des Transferbereichs, wo die Sektionstechniker und der Leiter des Leichenschauhauses zur Beratung die Köpfe zusammensteckten. Margaret hatte gewartet, während sie eine Leiche nach der anderen herauszogen und dann eine nach der anderen wieder hineinschoben – die Toten von Edinburgh, in Reih und Glied gestapelt, stauten sich bereits, dabei war immer noch Jahresanfang. Jedes einzelne Kühlfach war voll belegt; nur keins mit der Person, für die Margaret jetzt zuständig war.

Nach einer Stunde Suche hatte Margaret vom Büro des Leichenschauhauses aus Janie angerufen.

»Margaret. Wie läuft's?« Janie klang effizient. »Schon was gefunden?«

»Äh, nein. Genau genommen …« (Wie sollte man es ausdrücken?) »Mrs. Walker scheint auf und davon zu sein.«

Dr. Atkinson hatte Margaret eine Art Trostgeschenk gegeben. Kein Leichnam, sondern Papierkram. Eine Kopie der Obduktionsergebnisse, wie versprochen. Natürlicher Tod, verursacht durch Alter und Krankheit, große Mengen Alkohol und Teer. Und darangeheftet eine Kopie der Zeitungsseite, die Mrs. Walker um den Bauch getragen hatte, als sie ihren letzten Atemzug tat.

Die Seite kündete von Geburten, Eheschließungen und Todesfällen irgendwann Ende November, fünf Spalten propere Prosa über reihenweise gelebte Leben, auf ewig vergangen, inmitten von anderen, die gerade erst begannen. Unter den Anzeigen befand sich ein schwarz umrandeter Kasten. *Heute Vormittag.* Gefolgt von einem Bibelvers in Miniaturschrift: *Lasset die Kinder zu mir kommen und wehret ihnen nicht* … Anglikaner, Katholen, Protestanten oder Freunde, die im Angesicht des Verlusts ihre Ware anpriesen. Den Rest des Verses hatte der Kopierer abgeschnitten. Margaret spähte angestrengt auf den winzigen Textblock. »Wo ist das Original?«

»Bei der Leiche, fürchte ich.« Dr. Atkinson scheuchte Margaret und ihren Papierkram Richtung Tür. »Wir halten gern alles zusammen. Aber weit kann sie ja nicht gekommen sein.« Die Rechtsmedizinerin wirkte angesichts des Verschwindens von Mrs. Walker bemerkenswert heiter. »Schließlich ist sie tot.«

Im Flur von Mrs. Walkers Wohnung hing über Margaret eine einzelne, in Staub gehüllte Glühbirne wie ein ansässiger Geist. Es war klirrend kalt. Kalt genug, dass Mrs. Walker erfroren war, kryokonserviert binnen vierundzwanzig Stunden nach ihrem letzten Atemzug.

Vier Türen, halb offen, als wäre gerade erst jemand gegangen, führten vom Flur in vier Räume – Küche, Bad, Schlafzimmer und das Wohnzimmer, wo man Mrs. Walker gefunden hatte. Margaret kannte den Grundriss auch ohne Plan. Es war exakt die Sorte schäbiger Edinburgher Mietwohnung, in der sie und ihre Mutter für gewöhnlich lebten, als Margaret noch ein Kind war. »Dreckig!«, verkündete Barbara jedes Mal bei der Ankunft in einer neuen Bleibe, wenn sie wieder in einem leeren Flur standen, einen braunen Koffer in der Hand. Doch trotz Millionen Flaschen Bleiche und gelben Spritzern Scheuermilch auch im nächsten fleckigen alten Bad behielt jede Wohnung eine dünne Schicht Melancholie, die alles überzog, was sie berührten.

Margaret hatte lange gebraucht, um zu begreifen, dass die Melancholie gar nicht zur Wohnung gehörte. Sie begleitete sie. Haftete an ihren Jackenärmeln und stahl sich heimlich in ihre kleine Reisetasche (drei Paar Schulsocken, Schulrock, grauer Pullover und ein Glücks-Coronation-Penny, den sie ihrer Mutter aus dem Nachttisch gestohlen hatte, weil … nun … weil sie anscheinend gut darin war). Erst als Margaret ohne einen Blick zurück nach London floh, entdeckte sie, dass die Melancholie auch nicht zu ihr gehörte. Sie gehörte zu ihrer Mutter.

121

In Mrs. Walkers Flur war weniger Melancholie zu spüren als vielmehr das Ausgeflogen-Gefühl der Toten. Einst hier, nun fort, nichts zurückgelassen als Krempel – ein ganzer Berg davon hatte sich in einem unordentlichen Haufen hinter der Eingangstür gesammelt. Speisekarten vom chinesischen Lieferdienst, Reklame für dickkrustige Pizza und eine wahre Kaskade vom nahen Supermarkt mit Festtagsangeboten für Truthahn, auch wenn Mrs. Walker vermutlich schon tot war, als Weihnachten kam und ging.

Margaret dachte an Janies Unterweisung zu Korrespondenz und die Bemerkung ihrer Mutter über die Aussagekraft von Müll und ging den Haufen durch. Es waren ein paar Umschläge darunter, ein oder zwei davon geöffnet, auf anderen zeichneten sich schwere Trittspuren ab. Größe 44. Polizeistandard. Keiner der Briefe war an eine Mrs. Walker gerichtet. Keiner war überhaupt an eine echte Person gerichtet.

Margaret folgte der Spur kalter Zigarettenasche ins Bad, wo auf dem Milchglas innen kleine Eiszweige wuchsen wie Farne. In der Wanne, Typ altes Gusseisen, hatten sich vom stetigen *tropf-tropf* der Wasserhähne kleine grüne Täler in die Emaille gefressen. Offenbar war sie seit Jahren nicht benutzt worden, nach der Anzahl der Leichen zu urteilen, die sich in ihren Tiefen gesammelt hatten. Schnaken, winzige Fluginsekten und ein paar Spinnen, die zahlreichen Gliedmaßen eingerollt.

Über dem Waschbecken lehnte auf einer speckigen Ablage ein Spiegel an der Wand, fleckig und stellenweise blind, daneben stand ein bis auf einen fettigen Stummel verbrauchter Lippenstift. Der kleine scharlachrote Rest am Boden der Hülle überraschte Margaret. Barbaras Lippenstift war immer braun gewesen.

Neben dem Lippenstift lag ein flaches Kompaktpuder samt altmodischer Quaste. Das Puder war praktisch alle. Margaret hob es an die Nase, und eine plötzliche Erinnerung an Barbara stieg in ihr hoch, wie sie sich mit bis zum Hals zugeknöpftem Mantel vorbeugte und mit ihrem gepuderten Gesicht Margarets Wange berührte, als wäre sie eine Bekannte und nicht das eigene Kind. »Sei brav, wenn ich auf der Arbeit bin.« Dann das leise Schnappen, als die Haustür ins Schloss fiel, und Margaret allein mit nichts als einer Liste von Regeln.

Nicht herumschnüffeln.

Nicht herumstöbern.

Die Nase nicht in Dinge stecken, die dich nichts angehen.

Was Margaret allerdings nie davon abhielt, in Sachen zu wühlen, bei denen sie schon damals wusste, dass es verboten war.

Auch Mrs. Walkers Küche war trostlos, aber statt Bleiche und abwischbaren Jalousien wie im The Court lauerten hier in jedem Winkel die muffigen Reste tausender Zigaretten. Es gab einen Tisch, in eine Nische geschoben, und eine Einbauanrichte, die Flächen klumpig von zu vielen Schichten Lack. Die einzige Wärmequelle schien ein alter Gasherd zu sein, dessen Brenner alle verdreckt waren. Margaret versuchte ihn einzuschalten, doch genau wie Strom war Gas offenbar nicht mehr in der Miete inbegriffen.

Ein einzelner Teelöffel mit langem Stiel lag verwaist auf der Arbeitsplatte, gestrandet in einer Pfütze, die einst Tee gewesen sein musste. Der Löffel war aus Silber, angelaufen, die Oberfläche ein öliges Blau. Margaret rieb mit dem Daumen über die an das Ende gelötete winzige Figur. Der heilige Judas Thaddäus, Schutzpatron der hoffnungslosen Fälle. Oder so ähnlich. Ein Apostellöffel, zurückgelassen, um still für die Tote zu beten. Margaret warf den Löffel in die Besteckschublade zu den anderen zusammengewürfelten Messern und Gabeln. Aufräumen war das Mindeste, was sie für Mrs. Walker tun konnte, die nicht mehr da war, um das selbst zu tun.

Die einzigen Lebensmittel, die Margaret fand, waren zwei Dosen Kondensmilch in einem Küchenschrank und eine halbe Dose Erbsen im Kühlschrank. Es erinnerte sie an Barbaras Küche bei ihrer Ankunft im neuen Jahr. Nichts im Haus außer Dosensuppen und einer Zwiebel mit grünem Spross. Als das Licht am Himmel erlosch, war Margaret also losgezogen, hatte Fritten gekauft und war in ihren ungeeigneten Schuhen über die vereisten Bürgersteige nach Hause geeilt. Es war ihr erstes gemeinsames Abendessen nach mehr Jahren, als sie nachzählen mochte, salzig und mit essigsaurer Soße, von den Knien gegessen, als wäre Margaret noch ein Kind.

In der angrenzenden schmalen Spülküche zog sich eine weitere Spur Zigarettenasche über den Boden bis zum Fenster, wo auf den nackten Bodendielen eine alte Kippe ausgetreten worden war. Margaret starrte hinab auf das geisterhafte Rot auf dem Filter. Staub hatte sich über das Fensterbrett gelegt wie ein erster grauer Hauch von Schnee. Margaret hob eine Ecke der alten Netzgardine, stand unsicher da und lauschte. Stimmen, schwach, aber vernehmlich, stiegen von irgendwoher auf. Der Klang spielender Kinder, hohe Töne in eisiger Luft.

Im Wohnzimmer stand ein einzelner Sessel vor einem leeren Kamin. Nichts wies darauf hin, dass in den letzten hundert Jahren dort ein Feuer gebrannt hatte, auch auf dem Kaminsims befand sich nichts als ein kleiner Grat aus Staub. Der Sesselbezug war speckig, das Muster oben weggerieben. Margaret versuchte sich vorzustellen, wie ein toter Körper in ihm ruhte. Hier hatte Mrs. Walker ihren letzten Atemzug getan, ein Rasseln in der Kehle, während das Blut sich in ihren Hand- und Fußgelenken staute.

Laut Polizeibericht hatte neben dem Sessel ein Glas am

Boden gelegen, doch Margaret sah keins. Sie zog in Erwägung, sich auf den schmutzigen Teppich zu knien, um nachzuschauen. Doch unwillkürlich stellte sie sich vor, wie der kumulierte Siff eines Menschenlebens ihre Hände verklebte – Haare und Zigarettenasche, Hautschuppen und andere körperliche Absonderungen, über die sie gar nicht nachdenken mochte. Margaret war erst zehn Minuten in der Wohnung und fühlte sich schon rundherum staubig, und an die Bündchen der langen Strickjacke ihrer Mutter, wo sie aus dem Mantel herausschauten, hefteten sich Haare und weiß Gott was noch alles. Im Übrigen war Janie eisern gewesen. Margaret war wegen Papierkram hier, sonst nichts.

»Bibeln«, hatte Janie ausgeführt. »Vielleicht Medaillen.« So etwas hinterließen Männer. Sowie Mietverträge und Soldbücher, Kontoauszüge und allerlei andere nützliche Dinge. Frauen hingegen hinterließen Schmuck, und das war so ziemlich alles. »Wenn Sie welchen finden«, fuhr sie fort, »müssen wir ihn an UH in Glasgow schicken.«

»UH?« Die Welt der Toten und (noch nicht ganz) Begrabenen hatte ihren ganz eigenen Jargon, von dem Margaret nie vermutet hätte, dass sie ihn einmal kennenlernen würde.

»*Ultimus haeres*, der letzte Erbe«, sagte Janie. »Gehört zum Crown Office. Wenn es keine Verwandten gibt, verwenden sie den Erlös aus dem Nachlass, um die Beerdigung zu zahlen. Alles, was an herrenlosem Zeug herumliegt.«

Herrenlos. So hatte Margaret sich gefühlt, als das Leben, für das sie in London so hart gearbeitet hatte, sich binnen weniger Monate auflöste.

»Und wenn es keine Verwandten gibt …«, sagte Janie und wandte sich wieder ihrem Computer zu, als wäre dies ohne Belang, »dann ist die Organisation der Beerdigung Ihre Sache.«

Jetzt, in Mrs. Walkers Wohnung, war Margaret klar, dass es leicht darauf hinauslaufen konnte. Denn hier gab es nichts von Belang, was nicht bereits im Polizeibericht stand. Keine Geburtsurkunde schlummerte unbemerkt in einer Schublade, keine Heiratsurkunde steckte gefaltet zwischen einem Stapel Wäsche. Es gab keine Kontoauszüge, keine Briefe oder Postkarten. Keine Fotos von Kindern oder anderen menschlichen Wesen. Nicht mal von einem Hund.

Das einzige Erbstück, das Mrs. Walker anscheinend hinterlassen hatte, war eine Mandarine auf einem blauen Porzellanteller, die mittlerweile verweste wie ihre Besitzerin und in sich zusammenfiel. Margaret wunderte sich, dass die Polizei sie nicht gleich beim ersten Eindringen entsorgt hatte. Aber sie hatten ja auch die Erbsen nicht weggeworfen. Also war das Aufräumen vielleicht ihre Aufgabe, nun, da man die Leiche fortgeschafft hatte. Ein Teil nach dem anderen, ab in einen schwarzen Müllsack, bis nichts mehr übrig war als eine dünne braune Mappe mit Papieren. Nichts, woran man riechen oder was man greifen konnte. Weder Tuch noch Faden. Schließlich hatte Janie klargestellt, dass die Polizei anderes zu tun hatte – nämlich mit dem Krimskrams des Lebens, nicht mit dem Gerümpel des Todes.

Im Schlafzimmer standen aufgereiht an der Wand neunzehn leere Flaschen. Whisky. Das Wasser des Lebens. Jedoch nicht für Mrs. Walker. Jetzt nicht mehr. Genau wie sie nahm die alte Dame gern einen Schlaftrunk. Keinen Kakao, sondern Alkohol, ein Glas nach dem anderen, bis ihre Leber die Konsistenz von Brei hatte.

Die Unterwäsche in der Kommode war wie beschrieben – die eines alten Menschen. Margaret nahm Stück für Stück heraus, als könnte sie Mrs. Walker Stück für Stück herausholen, um sie dann vollständiger als zuvor wieder zusammenzusetzen.

Als sie fertig war, schob sie ihre Hände bis zur Rückwand jeder Schublade, nur für den Fall des Falles, fand jedoch nichts außer ein paar rostigen Haarnadeln und Fingernagelresten. Und eine Art Nuss, staubig und grau, in die etwas Unlesbares eingeritzt war. Margaret nahm die Nuss und steckte sie ein. Sie war entschlossen, nicht mit leeren Händen zu gehen, auch wenn sie nicht wusste, was sie damit anfangen sollte.

Im Kleiderschrank hing still und ruhig ein Mantel im Dunkeln und wartete darauf, ausgefüllt zu werden. Er war rot wie Margarets, aber dunkler und mit verschlissenen Ärmelsäumen. Wie alles andere in der Wohnung hatte auch er schon bessere Tage gesehen. In der Hoffnung auf einen Schatz steckte Margaret ihre Hand tief in jede Tasche, fand jedoch nichts außer drei Stückchen Mandarinenschale, gekrümmt und steif.

Am Boden des Schranks war ein Kleidersack und darin eine Überraschung. Ein schlichtes Etuikleid mit hohem Ausschnitt, ärmellos und elegant geschnitten. Als Margaret es aus dem Sack holte, flutschte der Stoff und schimmerte wie aus dem Meer gezogen. Entlang des Saums zwinkerten ein paar ramponierte Pailletten wie das Flattern eines Fischauges. Es war das Kleid einer jungen Frau aus einer anderen Ära. Eindeutig nichts für eine alte Dame mit geschwollenen Knöcheln und Hängebusen. Andererseits war auch Barbara alt und der Schrank in der Kammer voller Kleidung, in die sie sich unmöglich noch hineinzwängen konnte. Also war das vielleicht nicht weiter ungewöhnlich.

Überhaupt erinnerte Mrs. Walkers Wohnung Margaret zunehmend an Barbaras Rumpelkammer. Eine Welt voller abgelegter Dinge aus abgelegten Zeiten. Erst gestern Abend hatte Margaret sich darangemacht, den Schrank durchzugehen, in der Hoffnung, dass sie doch noch etwas Erbaulicheres entdeckte als einen wadenlangen Cordrock und eine Bluse in scheußlichem Rehbraun. Doch bisher hatte sie nur Hosen mit Elastikbund gefunden und eine Chiffonbluse, der Margaret ansah, dass die Nähte reißen würden, sowie sie sie anprobierte.

Auch die Bluse entstammte einer anderen Ära. Kleine Plisseefalten rund um den Kragen und eine Reihe winziger Knöpfe am Rücken. Unter beiden Armen hatten sich vor langer Zeit bleiche Schweißflecken ausgebreitet. Sie roch nach Tabak und Lehm, und in den Falten lag ein Hauch von Leinöl. Es war genau die Art Bluse, die Margaret liebend gern getragen hätte, wären ihre Arme nicht vor Enttäuschung und Alter zu fett geworden.

Ein Teil fand sich allerdings in der Rumpelkammer ihrer Mutter, das sich als nützlich erwies. Ein Fuchs. Tot. Umgearbeitet zu einer Stola. Das Fell war muffig, der Kopf mottenzerfressen. Aber dennoch, als Margaret sich den Fuchs um den Hals legte, war auch sie für einen Augenblick wie verwandelt.

Jetzt, in der verlassenen Welt von Mrs. Walkers Wohnung, rückte Margaret die zwei kleinen Pfoten zurecht, die unter ihrem roten gestohlenen Mantel steckten. Sie hatte sich nicht die Mühe gemacht, Barbara zu fragen, woher der Fuchs kam oder ob sie ihn sich nehmen konnte. Wenn ihre Mutter nicht einmal die Existenz irgendwelcher toten Verwandten zugab, warum sollte sie sich dann um ein totes Tier scheren? Sie hatte Barbara jedoch etwas anderes gefragt, etwas, wobei Margaret sicher war, dass sie helfen konnte. *Lasset die Kinder zu mir kommen und wehret ihnen nicht …*

»Matthäus 19, Vers 14«, antwortete ihre Mutter mit einem schnellen Blinzeln ihrer pergamentenen Lider.

»Und wie geht es weiter?«, fragte Margaret.

Da fing Barbara an zu husten, ein längerer Anfall, guckte böse und winkte ab, als Margaret versuchte zu helfen. »Die Zehn Gebote«, proklamierte sie, als sie wieder zu Atem gekommen war, ihre Brust hob und senkte sich, als hätte sie nicht mehr viel Zeit auf Erden. »Ehre Vater und Mutter.« Letzteres krächzte sie scharf wie eine Art Anordnung, obwohl sie beide wussten, dass Margaret dabei längst versagt hatte. Margaret starrte den kleinen Text auf Mrs. Walkers Zeitungsseite an und versuchte sich an den Rest zu erinnern. Töten und ehebrechen. Liebe deinen Nächsten wie dich selbst. Aber Barbara war noch nicht fertig. »Du sollst nicht«, verkündete sie abschließend, keuchte ihre Botschaft mit ihrem Atem heraus, als wäre es die ultimative Lehre, nach der man sein Leben ausrichten sollte.

Im Halbdunkel von Mrs. Walkers Schlafzimmer schlängelte Margaret das smaragdgrüne Kleid zurück in den Plastiksack. Sie begann zu verstehen, warum Janie so viel Wert auf Papierkram legte. Was immer sie über die wenigen Habseligkeiten ihrer Klienten dachte, sie würden keine Hilfe sein, wenn es darum ging, die wichtigen Fragen zu beantworten.

Name.

Geburtsdatum.

Wo Mrs. Walker herkam, bevor sie hier landete.

In der Wohnung gab es nichts als Krempel, genau wie das Zeug, zwischen dem Margaret die letzten zwei Wochen geschlafen hatte. Alte Koffer. Heizlüfter mit kaputtem Regler. Ein Schrank voller Schuhe, zu schmal für ihre Füße. Der Krimskrams des Lebens; letztlich bedeutungslos.

Indes …

Sie fand sie auf dem Weg nach draußen – an der Fußleiste gestrandet inmitten einer weiteren Asche-Verwehung aus längst erloschenen Zigaretten. Papierfetzen voller Bleistiftbuchstaben in der zittrigen Handschrift alter Leute. Papierkram, endlich.

Margaret sammelte die kleingerissenen Schnipsel ein und trug sie in ihrer Tasche triumphierend nach Hause. Zwei Busfahrten später, am The Court hatte kein schwarzer Wagen auf sie gewartet, legte sie sie auf Barbaras Küchentisch aus und schob sie herum wie beim Memory-Spiel, bis sie einen gewissen Sinn ergaben.

Moyra.

Ann.

Rose.

Und *Mary.*

Doch noch ein Name für ihre Klientin?

1953

»Ruby! Ruby!«

Tief in den Eingeweiden eines schmalen Londoner Hauses rief die siebzehnjährige Barbara vom Fuß der Treppe hinauf zu dem Zimmer im höchsten, entferntesten Stockwerk. Es war halb neun am Morgen, und auf der Mall erwartete man eine Million Zuschauer. Wieder eine Krönung, diesmal die einer Königin.

»Ruby! Bist du endlich fertig?«

Da half nichts als sich gut vorbereiten. Alles von oben bis unten blitzeblank schrubben, und dann noch mal, weil es Glück brachte. Barbara war natürlich längst fertig, und das schon seit Wochen. Die Küchenstühle standen aufgereiht im Flur und warteten darauf, nach draußen zu kommen. Auf dem Regal in der Speisekammer stapelten sich Teller und Tassen. Flaschen mit Ale für die Männer. Tee für die Frauen. Drei verschiedene Sorten Kuchen. Dutzendweise Sandwiches aus weichem Weißbrot. Es gab Rosinenbrötchen. Mit Zucker bestreute Kekse. Kartoffelchips mit ihrem bläulichen, grobkörnigen Salz. Ein anstehendes Festmahl, nachdem sie all die Jahre ohne auskommen mussten. Oder genug Proviant für eine Expedition zu den Hängen des Mount Everest, wo sich just in diesem Moment Männer mit Schutzbrillen und Steigeisen ins Eis hieben.

Überall in London wurden die schartigen Trümmer eines langwierigen Krieges weggefegt, als die Stadt wieder auflebte. Tag für Tag tauchten an allen Ecken statt des Schutts riesige Löcher auf, aus denen Eisenskelette wuchsen und über den grauen Straßen aufragten. Tag für Tag wühlten Menschen und Maschinen die schlammige Erde auf, wo zuvor nichts als Krater gewesen waren. Tag für Tag hörte man das *Klack-klack-klack* von Millionen Schreibmaschinentasten, die sich hoben und senkten. Das Kritzeln von Stiften auf Blaupausen, auf erfolgreichen und geplatzten Geschäftsabschlüssen.

Überall in London waren die Menschen rastlos, zogen hierhin und dorthin, begaben sich von einem Ort zum nächsten. Männer fluteten durch möblierte Zimmer. Frauen karrten Babys (und all ihre sonstige Habe) in tiefen, alles verschlingenden Kinderwagen. Kleine Kinder krabbelten wie Fliegen über Trümmergrundstücke, hinein in jede Spalte und jeden Riss und wieder hinaus. Junge Paare lungerten an Straßenecken, als hätten sie alle Zeit der Welt. Das Flüstern und Schmollen der Liebe spross aus dem Untergrund, wand sich an die Oberfläche, badete im Geruch des Jazz.

London, so schien es, erstand wieder auf, alles reingewaschen.

Zwischen all dem, was neu war, blieb auch das Alte bestehen. Elm Row Nummer 14 stand immer noch hoch und schmal in der Mitte der Straße, alle Geheimnisse unangetastet. Außen hatte das Haus einen neuen Anstrich nötig, einen neuen Zaun, und die schmutzigen Fenster und Wände mussten mal gründlich abgeschrubbt werden. Drinnen gab es zwischen Fußleisten und Bodendielen Risse so dick wie ein Männerdaumen, da waren Glasstücke hineingezwängt, um jede Bewegung zu unterbinden, bevor alles zu spät war. In den Schlafzimmern wurden Laken in der Mitte zerschnitten und mit aneinandergelegten Außenkanten wieder zusammengenäht. Der Geruch von billigem Suppenfleisch waberte durch alle Räume. Mrs. Pennys unablässigen Bemühungen zum Trotz war alles ein wenig abgenutzt.

Doch auch hier gab es Anzeichen für Veränderung.

Im Garten wuchs eine Tomatenpflanze aus dem Schotter. In der Waschküche gab es eine Maschine zum Wäschewaschen. In der Küche stand ein glänzender Metallschrank, in dem man Lebensmittel aufbewahren konnte – Pudding aus Puddingpulver und Schachteln mit Nierentalg. Eier, ganz frisch, immer sechs Stück. Auf der Anrichte stand neben einem alten Teewagen ein Glas Zitronenbonbons, die Mrs. Penny lutschen konnte, während sie bügelte, und ein Brotkasten voll Pariser Scones vom Bäckerwagen. Und in der Ecke hing gleich bei der großen Steingutspüle ein Potterton-Boiler – Mrs. Pennys ganzer Stolz.

Aber am meisten verändert hatte sich die gute Stube. Immer noch mit schweren grünen Vorhängen. Immer noch mit der einarmigen Putte, die stolz mitten auf dem Kaminsims stand. Doch das Foto der zwei schlafenden Kinder war verschwunden. Die schweren Möbel waren an die Wand geschoben und mit weißen Laken abgedeckt. Die dunklen Wände mit Leimfarbe übertüncht. In einer Ecke war ein Seil gespannt, über dem ein Bettlaken hing, um Privatsphäre zum Auskleiden zu bieten. Die Anrichte war leergeräumt bis auf eine Reihe Emailleschüsseln: blauer Rand, innen weiß, daneben zwei Stapel Handtücher. Die abgewetzte Chaiselongue war mit einer Plastikplane bedeckt, so dass eine Frau in misslicher Lage sich niederlegen konnte. Und an der Tür, verborgen, wo niemand hinsah, stand ein diskreter Metalleimer mit dicht schließendem Deckel, dessen Inhalt darauf wartete, zu gegebener Zeit durch den Ausguss in der Waschküche entsorgt zu werden. Es war das zweite Familienunternehmen der Pennys und lief auf Hochtouren, jetzt, da der Krieg lange vorüber war. Bedient wurden hier nun nicht mehr Soldaten – Erpressung und Zigarettenanzünder und ein Mädchen, der die Korkenzieherlocken ums Gesicht tanzten –, sondern jene, die auf andere Art gefallen waren. Tonys neueste Idee, wie sie alle dabei mithelfen konnten, über die Runden zu kommen.

»Ruby! Ruby!«

Barbara rief erneut, während sie zügig zum höchsten, entferntesten Stockwerk hinaufstieg. Barbara war nie auf einem Bauernhof gewesen, aber ihre Arme waren jetzt so kräftig wie die eines Milchmädchens, das tagtäglich Euter molk. Sie war ein Arbeitstier, war es immer gewesen. Wohingegen es typisch Ruby war, lange im Bett zu liegen.

Im obersten Stock lagen sich zwei Türen gegenüber, eine gehörte Barbara, eine der Schwester, die nicht mehr war. Clementine. Mädchen mit tanzenden Korkenzieherlocken. Freundin von Mandarinen und gebrochenen Versprechen. Über alle Berge und ganz weit weg. Oder an einem noch ferneren Ort. Seit nun bald zehn Jahren fort, nichts blieb zurück außer einem verkohlten Ausweis mit einem Stempel darauf: *VERSTORBEN*.

Und Ruby natürlich, die in Clementines verwaistem Bett schlief. Die pompös in Clementines zerwühltem Bettzeug lag, ihr wuscheliger Haarschopf so dunkel, wie Clementines hell gewesen war. Unterwäsche und Haarklemmen auf dem Boden verstreut, wo einst Clementines Strümpfe gelegen hatten wie runde Pfützchen. Zwischen Kompaktpuder und Lippenstiftstummeln. Kleine Paletten Wimperntusche, geglättet mit Spucke. Bevor sie an die Tür ihrer verbliebenen Schwester klopfte, strich Barbara mit heißen Handflächen über die Rückseite ihres frisch gebügelten Kleids, schwingender Rock und hübsches Druckmuster, bereit für die anstehenden Feierlichkeiten. Draußen war es feucht, ein leichter Regen fiel, doch Barbara konnte bereits spüren, wie sich der Schweiß unter ihren Brüsten sammelte. Sie hatte das Kleid unter Anleitung von Mrs. Penny selbst genäht, trotzdem fühlte sich das Mieder ein wenig zu eng an. Die Vorderseite bedeckte eine Schürze, die sie ebenfalls glattstrich, ehe sie die Hand hob, um zu klopfen. Sei stets gewappnet. Das war das Motto. Denn hinter der Tür würde Ruby bestimmt noch schlafen. Und Barbara war sicher, dass ihre Schwester nichts anhatte.

Draußen zwischen den Baugerüsten von Nachkriegs-London, bereits geraume Zeit vollständig angezogen, eilte Ruby Penny durch die Straßen. Ein bildhübsches Ding von etwas über siebzehn. Tonys kleines Juwel. Die nun ein eigenes kleines Juwel in sich trug.

»Ich mache Ihnen einen guten Preis«, hatte die Frau am Telefon gesagt. »Wo wir doch in derselben Branche sind. Aber es muss frühmorgens sein. Ich will nicht als Einzige in der Stadt das Ereignis verpassen.«

Die Königin natürlich, die Königin. An diesem speziellen Tag jedermanns Liebling.

»Sie müssen Ihre eigene Wechselwäsche mitbringen und ein extra Handtuch, nur für den Fall. Aber das wissen Sie natürlich alles. Sagen wir um neun?«

Samt und Seide. Kanadischer Hermelin. Besticktes Atlaskleid, betete Ruby herunter, während sie rannte und sich durch die zur Krönung strebenden Massen drängte, um sich die Einzelheiten der bevorstehenden Zeremonie einzuprägen, falls später jemand fragte, wo sie gewesen sei.

Aus Ost und West, Nord und Süd strömten die Menschen Richtung Innenstadt. Genau wie sie waren alle im Sonntagsstaat, die guten Schuhe poliert, die Hüte ordentlich sitzend. Sie trugen Fähnchen, rot, weiß und blau, und waren beladen mit Decken, Körben voller Sandwiches und Flaschen. Kinder aller Gestalt und Größe flitzten umher, riefen, lachten, schubsten und waren im Weg.

Ruby wand und schlängelte sich durch jede Lücke, die sie fand. »Entschuldigung. Tut mir leid.«

Wie gern hätte sie jetzt Clementines kleinen Koffer, den ihre Schwester immer oben auf dem Schrank aufbewahrt hatte, in der Hoffnung auf einen anderen Ort als hier. Wenn Ruby den hätte, könnte sie ihn vor sich halten und die Menge damit teilen, vorandrängend wie die Nixe am Bug eines Schiffs.

»Tut mir leid. Entschuldigung.«

Im Koffer dann eine Garnitur Weißzeug, eine Garnitur Seidenunterkleider, eine Garnitur blütenreine Schlüpfer, alles in blau-weiß kariertes Papier gebettet, ein neuer Anfang, der nur darauf wartete zu erblühen.

Stattdessen regnete es und der Koffer war vor vielen Jahren verschwunden, genau wie ihre Schwester; für immer fort ins Gelobte Land, um nie mehr zurückzukehren. Ihr Handtuch und ihre Wechselwäsche, ganz grau vom ständigen Waschen im kalten Steingutbecken, hatte Ruby in einen Korb gestopft. Ihre Kleidung zum Umziehen war unter einer schäbigen Decke mit zerschlissenem Satinband unten am Boden versteckt, als hätte auch sie Sandwiches dabei statt Schlüpfer, Rock und einer Chiffonbluse mit kleinen Plisseefalten rund um den Kragen.

Sie war früh aufgestanden, um halb sieben; genug Zeit, um sich in der Waschküche kaltes Wasser ins Gesicht zu spritzen, bevor sonst jemand nach unten kam. Sie hatte ihren schicksten Rock und einen Pullover angezogen und darüber eine Jacke mit drei großen Knöpfen vorn. Sie begann bereits zu schwitzen. Trotz des Nieselregens war es warm und schwül, und während Ruby sich durch die Menge drängte, sammelte sich Feuchtigkeit unter ihren Achseln. Ihr Haar klebte an ihrem Kopf, seit einigen Tagen ungewaschen in dem Wissen, dass es gewaschen und gewaschen und gewaschen werden musste, wenn das Ganze erledigt war. Ein Kind kriegen war das eine. Ein Kind loswerden aber war etwas, das von sich abzuspülen wohl seine Zeit brauchen würde.

Endlich kam Ruby in Reichweite der U-Bahn. Sie drängte sich hinab in den dunklen stickigen Tunnel, wo sie Namen hersagte, während sie auf die Bahn wartete. *Cunningham, Tovey, Noah, Tedder.* Die Pferde der Queen. *Eisenhower, Tipperary, McCreery, Snow White.* Ruby hatte sich für den Fall des Falles die gesamte Krönungszeremonie eingeprägt. Einschließlich der Aufmachung der Queen und der acht grauen Wallache, die ihre Kutsche ziehen würden.

Drüben in der Elm Row lag das Silberbesteck fürs Festmahl ausgebreitet vor Mrs. Penny auf dem Küchentisch. Zwölf Gabeln. Zwölf Messer. Zwölf Dessertlöffel. Zwölf silberne Teelöffel, an deren Enden kleine Apostel gelötet waren.

Indes …

Sooft Mrs. Penny auch nachzählte, zwei der Löffel fehlten.

»Es müssten zwölf sein.« Mrs. Penny berührte jeden einzelnen Apostellöffel in seinem Kokon aus lila Seide, machte ein finsteres Gesicht und zählte dann erneut, als könnte das etwas ändern. »Ich habe diesen Satz von meiner Mutter. Sie wäre sehr enttäuscht, dass er nicht komplett ist.«

Auf der anderen Seite des Tisches stand Barbara, polierte das Besteck mit einem Geschirrtuch und runzelte die Stirn. Selbst sie konnte sich Mrs. Penny nicht mit einer Mutter vorstellen. Einer, die dich auf dem Schoß wiegt. Einer, die dir beim Zubettbringen etwas vorsingt. Andererseits, dachte sie, legte eine Gabel hin und nahm sich die nächste vor, war in diesem Haus nichts so, wie es sein sollte. Auch sie hatte nie eine Mutter gekannt, die so etwas tat. Und soweit Barbara wusste, müssten noch elf Apostellöffel übrig sein und nicht zehn.

Nur noch eine halbe Stunde bis zum Eintreffen der Prinzessin in der Abbey, und sie alle hatten Ruby abgeschrieben. »Wo steckt dieses Mädchen?«, murmelte Mrs. Penny und ging hinüber zum Herd, um mit Kessel und Töpfen zu klappern. Seit Jahren stellte sie diese Frage wieder und wieder und hatte nie eine zufriedenstellende Antwort erhalten. Weder sie noch Barbara (und nicht einmal Tony) erwarteten gerade jetzt eine Antwort.

Barbara gab trotzdem eine. So war sie eben. »Vielleicht ist sie Milch holen gegangen?«

»Sei nicht albern.« Mrs. Penny schlug mit der Schürze nach der Herdplatte. »Der Milchlaster war schon vor Stunden hier.«

»Vielleicht ist sie mit einer Freundin bei der Parade.« Tony saß am Ofen und kippelte mit dem Stuhl. Er saugte mit seinen dicken nassen Lippen am Stiel seiner Pfeife, legte dann den Kopf zurück und tröpfelte Rum in seinen aufgerissenen Schlund. Tony hatte schon früh am Morgen angefangen und niemand wagte es, sich an diesem Tag aller Tage darüber zu beschweren.

Mrs. Penny schnaubte und schlug mit dem Geschirrtuch nach dem leichten Ziel von Tonys dickem Bauch, bis er den Mund wieder schloss. Regel Nummer 57 – kein Fraternisieren (insbesondere mit dem anderen Geschlecht). Doch Mrs. Penny argwöhnte, so wie alle im Haus, dass Ruby gegen diese Regel schon viele Male verstoßen hatte.

Barbara rückte das vor ihr liegende Besteck ordentlich zurecht. Dann ging sie zur Speisekammer, um ihre Schürze aufzuhängen, die Stirn ein wenig klamm, die Hände ein wenig feucht, das Herz galoppierte, wo es vom Mieder ihres Kleides zu sehr eingezwängt war. Nur ein Mal, dachte sie, nur ein Mal wäre es schön gewesen, wenn sie beide etwas zusammen unternommen hätten. Ein Festzug mit achttausend Menschen. Drei

Millionen Zuschauer. Eine fünfeinhalb Meter lange Schleppe. Alle anderen hatten es geschafft, etwas zu organisieren. Einen Platz vor dem Fernseher. Ein neues Kleid. Eine Party draußen auf der Straße. Alle außer Ruby, die es schon immer vorgezogen hatte, für sich zu bleiben.

Rubys Zimmer war natürlich leer gewesen, als Barbara eintrat. Die blaue verblichene Überdecke weggeschoben, das Federbett zerknautscht, auf dem Boden ein paar Haarklemmen. Nichts zurückgelassen außer einem Abdruck in der Matratze und einem glückbringenden Coronation-Penny, verborgen unter einem Stuhl. Nicht einmal eine Nachricht. Da war Barbara klar geworden, dass sie inzwischen daran gewöhnt sein sollte. Auf Ruby war noch nie Verlass gewesen. Eben noch hier, im nächsten Moment fort. Das einzig Verlässliche an ihr war, dass sie auf jede erdenkliche Art unzuverlässig war.

In ihrer praktischen Schürze hatte sich Barbara stattdessen auf die Kante von Rubys verwaistem Bett gesetzt und die Wand angestarrt. Eine Vielfalt von Leuten starrte zurück. Frauen mit rotgepunkteten Kopftüchern und kantigen Hüften, die Cola aus der Flasche tranken. Lässige Männer mit Sonnenbrillen und qualmenden, halb gerauchten Zigaretten. Tausend aus Hochglanzmagazinen gerissene Seiten, alle aus den Vereinigten Staaten von Amerika. *Land der Freien. Lieferant der Tapferen.* Ein Ort, wo alle möglichen Versprechen gegeben und gehalten wurden.

Da hatte sich urplötzlich dieses kleine Loch in Barbara aufgetan, das sich niemals füllen würde, so leer wie die Lücken in Mrs. Pennys Apostellöffel-Satz. Barbara mochte lieber Bilder von der Königsfamilie, von Pferden und Küchengeräten, die man in den schicken Geschäften im West End kaufen konnte. Die Zwillinge waren schon immer zwei Seiten einer Medaille gewesen. Und nie würden beide zueinanderfinden.

Ganz kurz fragte sie sich, ob Ruby wohl nach Amerika aufgebrochen war. Erst letzte Woche hatte ihre Schwester die Absicht erklärt, dorthin zu reisen, als ob so etwas einfach wahr werden müsste, nur weil sie es sich wünschte.

»Aber wovon willst du das bezahlen?« Wenn Barbara etwas war, dann pragmatisch. Jeder Penny gehörte zweimal umgedreht.

Ruby hob eine winzige, schwarz beladene Mascarabürste an ihre Wimpern. »Ich spare«, sagte sie.

»Mit welchem Geld sparst du denn?« Soweit Barbara wusste, hatte Ruby nie eine irgendwie geartete Arbeit gehabt.

»Geht dich nichts an.«

Barbara hatte auf dem Boden gesessen und mit dem Coronation-Penny ihrer Schwester gespielt. »Sie ist nicht dort, Ruby«, sagte sie und ließ den Penny über den Boden wirbeln, bis er nur noch ein verschwommener Fleck war. Kopf: nach Amerika. Zahl: daheimbleiben.

»Woher weißt du das?« Ruby blinzelte zweimal schnell hintereinander und winzige schwarze Bröckchen fielen auf ihre gepuderten Wangen.

»Weil …« Barbara spürte, wie eine wohlbekannte Hitze in ihr hochstieg. »Clementine tot ist. Genau wie Mutter.«

Ruby machte vor dem Spiegel einen Schmollmund. »Nein, ist sie nicht.«

Barbara sah zu, wie die Münze schwankte – »Ist sie doch, Ruby. Mrs. Penny hat es gesagt« – und dann kippte. Zahl, wie immer.

»Du sollst nicht alles glauben, was Mrs. Penny sagt«, hatte Ruby erwidert und über ihre Lippen geleckt, bis sie glänzten. Und damit war das Thema erledigt.

»Barbara! Barbara! Beeil dich. Es fängt gleich an.«

Jetzt, in den Tiefen der Speisekammer, neben sich genug

Vorräte für eine Armee, sollte eine Armee vonnöten sein, rieb sich Barbara mit dem Schürzenzipfel die Augen, als sie hörte, wie Mrs. Penny die Truppen zusammentrommelte. Dann nahm sie die Schürze ab und glättete die Falten ihres neuen Kleids. Die Sandwiches waren belegt. Die Brötchen gebacken. Alles war bereit. Was konnte sie mehr verlangen?

»Tony! Tony! Es fängt gleich an.«

Als Mrs. Penny erneut rief, nahm Barbara Rubys Coronation-Penny aus ihrer Schürzentasche und steckte ihn stattdessen in die Tasche ihres Kleids. *Keine Spuren hinterlassen.* War das nicht das Walker'sche Familienmotto?

Jetzt, ohne Ruby, würden sie wieder einmal zu dritt sein, vor dem Fernseher versammelt zu diesem denkwürdigen Anlass.

Mrs. Penny mit ihren ewigen Regeln. »Keine Füße auf dem Stuhl, Barbara, ich hab's dir doch gesagt!«

Der fette Tony an seinem Rum nuckelnd. »Will jemand noch ein Schlückchen?«

Und natürlich Barbara, die Letzte der Walkers. Nichts mehr übrig außer ihr. Immer bloß zweite Wahl. Saß still in der Ecke und dachte über den Verbleib von zwei verschollenen Schwestern und einem zwölften Apostellöffel nach.

Weit weg in einem anderen Teil von London, in einem kleinen viereckigen Raum auf einem kleinen schmalen Bett, lauschte Ruby dem Anfang von Psalm 122, der durch die Wand drang.

Ich freute mich über die, die mir sagten:
Lasset uns ziehen zum Hause des Herrn!
Nun stehen unsere Füße in deinen Toren …
Denn dort stehen Throne …

Kinderstimmen schwebten hoch ins Gewölbe der Abbey und Ruby schwebte mit ihnen, dabei sagte sie die Namen auf.

Lady Moyra. Lady Anne. Lady Jane. Sämtlich Ehrenjungfrauen der neuen Königin. *Lady Rosemary. Lady Mary.* Und noch eine weitere *Lady Jane. Seid mir zu Diensten.*

Mrs. Withers war Ruby bereits zu Diensten gewesen. Kein Gewese. Kein Gemurkse. Bloß warmes Wasser und Seife und ein roter Gummischlauch sowie dies und das. Ein Schlückchen von einem billigen brennenden Trunk zwecks besseren Abgangs. Jetzt musste Ruby nur noch warten, während nebenan eine Prinzessin zur Königin wurde.

Durch die Wand hörte sie Mrs. Withers herumwuseln, um auf ihrem kleinen grauen Fernsehbildschirm das beste Bild zu kriegen. Auf dem Eisenbett starrte Ruby nach oben, wo sich Feuchtigkeit an der Decke ausbreitete. Das Bett glich dem, das sie und Barbara sich geteilt hatten, bevor Tony einwilligte, dass sie stattdessen Clementines bekam. In einem Zimmer, das nach Lippenstift und Mandarinen duftete und wo in der Dachrinne vor dem Fenster tausende Zigarettenstummel trieben wie ein Schwarm winziger Fische. Hier aber lag sogar Plastikplane unterm Laken, genau wie damals bei ihr und Barbara. Ruby bewegte sich und fühlte sie knittern. Das reinste Heimatgefühl.

Tudorrose.

Schottische Distel.

Walisischer Lauch.

Ruby zählte die Stickmotive auf dem Kleid der neuen Königin auf, wie Mrs. Withers vorhin das Geld gezählt hatte. Fette Finger wie die von Tony, jeder kurz mit der Zunge angeleckt. Ruby stand daneben, schwitzig und klamm in ihrem besten Pullover, und wartete darauf, dass Mrs. Withers ihr sagte, es sei noch nicht zu spät. Schließlich faltete die ältere Frau die Scheine zusammen und sagte: »Alles da, Liebes, wie abgemacht.«

Mrs. Withers war eine beleibte Frau mit einer zweireihigen Perlenkette, die ihren Hals eng umschloss. In Vorbereitung auf die anstehende Zeremonie trug sie Lockenwickler im Haar und einen Hausmantel über ihrem besten Kleid. Sie legte Rubys Geld in eine Holzkiste und schloss sie mit einem Miniaturschlüssel ab, der wie von Zauberhand aus ihrer Kleidung auftauchte und dann genauso wieder verschwand. »Ein sehr wichtiger Tag für alle Beteiligten«, sagte sie und hielt Ruby ein Stück Papier hin. Eine Quittung für das Geld, im Voraus bezahlt. Alles bereit.

Sirs, ich präsentiere Ihnen Queen Elizabeth, Ihre unzweifelhafte Königin.

God save the Queen …
God save the Queen …
God save the Queen …
God save the Queen.

Durch die Wand hörte Ruby nun, wie Mrs. Withers gemeinsam mit dem Rest der Nation die Queen schützte, zwei Fingerbreit Whisky dazu, damit der Rachen brannte. Ruby erschauerte, die Haut bleich wie eine aus der Tiefe ans Licht gezerrte Kreatur. Wie gern hätte sie jetzt einen Whisky. Auch war sie mit nichts als einem Unterrock bekleidet, grau vom zu häufigen Waschen, und kalter Schweiß stand zwischen ihren Oberschenkeln. Ihre Kleidung lag in der Zimmerecke hinter einem Paravent, so wie in der Elm Row Nummer 14 eine Ecke mit einem Laken abgehängt war. Ein Familienunternehmen, von dem Ruby nun beide Seiten kannte.

Schmuck und Schleppe.
Weißes Leinenkleid.
Parfümiertes Öl.
Ein Baldachin aus Seide.

Mrs. Withers hatte Ruby auch unter einem Baldachin versteckt, während es gemacht wurde – Seide für eine Königin, ein altes Laken für sie. Die Königin war mit einem besonderen Öl gesalbt worden. Doch Mrs. Wither salbte Ruby mit einer Schüssel grauem Wasser und einem kalten Gummischlauch. Sie hielt die Augen die ganze Zeit geschlossen.

Nun lag sie dort und zählte auf: *Reichsapfel, Zepter, Schwert der Barmherzigkeit, königlicher Ring.* Sie hätte gern einen eigenen Ring gehabt, um ihn zu tragen. Doch alles, was sie besaß, war ein kleiner silberner Teelöffel, versteckt am Boden ihres Korbes, und eine Paranuss in ihrer fest geschlossenen Hand.

Du sollst nicht töten.

Du sollst nicht ehebrechen.

Du sollst nicht stehlen.

Ruby kannte die Zehn Gebote auswendig. Sie war erst siebzehn Jahre alt und hatte schon gegen alle verstoßen.

Ein paar Stunden später wachte Ruby auf und stellte fest, dass Mrs. Withers neben dem Bett saß. Auf dem Nachttisch neben ihnen lag Geld ausgebreitet. Große Banknoten, schmerzhaft erworben. »Also, meine Liebe, hast du darüber nachgedacht, was ich vorhin gesagt habe?« Mrs. Withers drückte eine überraschend zierliche Fingerspitze auf den Stapel Geldscheine und nagelte ihn fest. »Wir können es deinen ersten Monatslohn nennen, Kost und Logis gratis dazu.«

Ruby starrte auf Mrs. Withers' Finger mit dem kleinen lackierten Nagel. Bei ihrer Ankunft am Morgen hätte sie nie gedacht, dass das Beenden eines Lebens auch zum Beginn eines neuen führen könnte.

»Du musst nicht mal mehr nach Hause zurück, wenn du nicht willst.« Jetzt hatte Mrs. Withers etwas anderes in der Hand. Ein kleines Glas, in dem sie einen Schluck goldgelben

Fusel schwenkte. »Fang einfach nächste Woche an, wenn es dir besser geht.«

Ruby blinzelte und starrte auf die grauen Perlen, die sich in Mrs. Withers' Nackenspeck gruben. In ihrem Bauch begann sich Schmerz auszubreiten, schob sich abwärts durchs Becken, aufwärts in den Brustkorb und befiel dann alle ihre lebenswichtigen Organe – Leber, Nieren, Herz. Sie versuchte sich etwas aufzurichten, ihr Haar klebte in dunklen Strähnen im Nacken.

»Aber ich habe gar nichts dabei.«

Plötzlich sah sie Barbara vor sich, in einem anderen schmalen Haus auf der anderen Seite der Stadt. Vielleicht gerade in der Waschküche zugange. Dabei, die Stühle von der Straße zu holen.

»Nicht doch, Liebes, mach dir keine Sorgen.« Mrs. Withers streckte eine Hand nach Ruby aus, als wollte sie ihr helfen. Oder sie niederhalten. »Wir können ganz von vorn anfangen.«

Eine goldene Kutsche.

Acht Pferde.

Tausend Eicheln, in die Welt hinausgeschickt, um zu gewaltigen Bäumen heranzuwachsen.

Ruby sank zurück auf ihr klammes Kissen. Sie wusste, das war nicht normal. Aber andererseits war nichts von alldem hier normal. Ein Tag unter Millionen und nichts war mehr wie zuvor. Nicht für die neue Königin. Nicht für Barbara. Und auch nicht für Ruby. Sie versuchte abermals sich aufzurichten und spürte, wie ihr das kalte Glas an die Lippen gedrückt wurde. Eine Hand in ihrem Nacken, wo einst eine silberne Klinge sie berührt hatte. Dann ein Stück schmutziges Papier zwischen ihren Fingern. Eine Quittung über einen Betrag für geleistete Dienste, nichts Schlimmes.

Halb zehn am Abend, und in Clementines altem Zimmer, das Laken sauber gefaltet, die blaue Überdecke strammgezogen, saß Barbara auf der Bettkante und drehte wieder und wieder einen Penny in der Hand. Britannia auf der einen Seite. Der König, der nie König hatte werden sollen, auf der Rückseite. Inzwischen alle tot, klar, wie die meisten Menschen, die Barbara je gekannt hatte.

Sie versuchte sich vorzustellen, was die neue Königin gerade tat, das Haar gelöst vielleicht, genau wie Barbaras, die Füße auf einen gepolsterten Samthocker gebettet, während sie ein Stückchen von ihrem höchsteigenen Kuchen aß. Kopf: nach Amerika. Zahl: woandershin. Ihr Leben lang hatte Barbara nie Glück gehabt. Vielleicht würde sich das jetzt ändern.

Viertel vor zehn, und im feuchten Londoner Abend stieg vom Embankment ein Feuerwerk auf. Tausende Kinder kletterten in Busse, lachten und schnatterten von all der Aufregung. Und Mrs. Withers öffnete die Hintertür eines hohen schmalen Hauses im Osten der Stadt und trat hinaus.

Viertel vor zehn, und Barbara drehte eine Münze auf dem Boden, als die neue Königin einen Schalter umlegte. Springbrunnen sprudelten wie flüssiges Silber. Ein Mädchen mit erstaunlichen Augen zitterte in einem Bett mit Eisengestell. Und ein kleiner Fötus (klumpig und gestaltlos) wurde fortgespült in die Abwasserkanäle der Stadt.

London erstand auf. Wusch sich selbst rein.

Gleich am nächsten Morgen, in aller Frühe auf den Beinen, machte sich Margaret Penny wieder auf ins Reich der Toten. Diesmal nicht in die Nilstrum Street 47, Wohnung 2, sondern zu der kleinen heruntergekommenen Ladenzeile um die Ecke. Bäcker, Krämer, Hinz und Kunz (oder so ähnlich). Recherche, so nannte es Margaret. Oder ein neuer Anlauf, Mrs. Walker auf die Pelle zu rücken.

Als sie ankam, floss nach wie vor eisige Brühe durch den Rinnstein und die Wände der Mietshäuser waren immer noch schwarz. Doch diesmal war der Himmel blass wie ein Vogelei, alles reingewaschen vom Neuschnee der letzten Nacht.

Der Hinweis kam von ihrer Mutter. Dabei ging es nicht um die Namen auf den Papierfetzen, die sie an Mrs. Walkers Fußleiste zusammengeklaubt hatte:

Moyra,

Jane,

Rose

und *Mary,*

sondern um den Einkaufszettel auf der Rückseite.

Gestern Abend hatte Margaret über den Schnipseln gebrütet, als Barbara in die Küche geschlurft kam. »Wo sind die her?« Barbara deutete darauf und der Rum in ihrem Glas schwappte gefährlich.

»Nichts von Belang. Nur Arbeit.« Margaret schob die Papierstückchen in Sicherheit. Sie wollte nicht, dass ihre Mutter die einzigen Indizien kontaminierte, die sie bisher aufgetrieben hatte.

»Aber was steht drauf?« Barbara nahm sich einen Schnipsel, bevor Margaret sie daran hindern konnte.

»Namen, glaube ich«, sagte Margaret und fegte den Rest ihres Schatzes aus der Reichweite ihrer Mutter. »Moyra, Jane, Rose und Mary.« Sie versuchte immer noch herauszufinden, welcher als Erster kam.

Barbara wirkte einen Augenblick verdutzt, drehte das Stück Papier um und wieder zurück, als könnte sie irgendwie einen versteckten Code entschlüsseln. Dann hielt sie es Margaret hin. »Bist du sicher?«, sagte sie mit gerunzelter Stirn. »Hier steht etwas anderes.«

Gemeinsam starrten sie auf eine weitere zittrige Botschaft aus dem Totenreich. Kein Zweifel, Barbara hatte recht. Es war Margaret entgangen. Zu sehr darauf fixiert, ein erhabeneres Rätsel zu lösen, um das Banale zu würdigen. *Erbsen.* Ja, das stand da. Danach war es einfach, den Rest zusammenzusetzen.

Eier, 1£
Pariser Scone
Tetley-Tee, 80 Teebeutel blau
Gold Blend

Es war eine Einkaufsliste. Nicht mehr, nicht weniger. Die letzte Mahlzeit der Verstorbenen. Margaret fragte sich, ob sie sich bei Dr. Atkinson nach dem Mageninhalt hätte erkundigen sollen, während Barbara sich auf einen der Küchenstühle setzte und ihr Rumglas mit beiden Händen an den Mund führte, als würde sie in der Kirche die Kommunion empfangen. Dank sei dir, Jesus. Dank sei dir, Allah. Dank sei dir, Gott.

Zurück im Reich der Toten begann Margaret mit dem Krämer. Wer wagt, gewinnt und so. Die beiden Männer hinter dem Tresen verdrehten die Augen, als Margaret mit einer Packung Chocolate Fingers auf sie zukam.

Der Ältere sagte: »Wir haben es doch schon der Polizei erzählt.«

»Was erzählt?«

»Das mit dem Diebstahl.«

»Dem Diebstahl?«

»Dann hat man Ihnen also den Bericht nicht gegeben«, sagte der Jüngere.

Was war das bloß mit dieser Stadt, dachte Margaret, dass alle immerzu annahmen, sie wüsste schon Bescheid, wenn sie noch nicht mal ausgetüftelt hatte, wonach sie fragen sollte.

»Kam immer dick in ihren Mantel eingemummelt«, sagte der ältere der beiden. »An der Kasse bloß eine Dose Erbsen. Als könnte sie kein Wässerchen trüben. Sie kennen den Typ.«

Margaret dachte an ihre Mutter. »Ja«, sagte sie.

»Hat gedauert, bis wir kapiert haben, dass sie es war. Man denkt ja nicht zuerst an alte Damen.«

»Was hat sie gestohlen?« Irgendwie überraschte es Margaret nicht, dass ihre Klientin eine Diebin war.

»Zigaretten. Super Size.«

Margaret blickte auf das Zigarettenbord ein gutes Stück hinter der Kasse.

Der jüngere Mann schaltete sich ein, um zu erklären. »Sie kam nur, wenn einer von uns allein hier war«, sagte er. »Dann bat sie um etwas aus den oberen Regalen. Konnte man ihr ja nicht abschlagen. War ja eine alte Dame.« Vielleicht war er es, der Dienst hatte, wenn Mrs. Walker ihre Nummer abzog.

Margaret musterte die Regale, bis obenhin vollgeräumt mit Frühstücksflocken und Waschpulver, Toilettenpapier und Putzmitteln. Mrs. Walker mochte alt gewesen sein, aber sie schien mit allen Wassern gewaschen.

»Wir sind nie dahintergekommen, bis wir sie mit den Mandarinen erwischt haben.«

»Mandarinen?«

»Aye. Wunderbar süße draußen in der Auslage. Clementinen, sechs Stück für ein Pfund. Ein Schnäppchen. Sie hat wie üblich ihre Erbsen gekauft und ist dann gegangen. Fünf Minuten später haben wir gemerkt, dass zwei Netze verschwunden waren.«

»Woher wussten Sie, dass sie es war?«

»Wir sind den Schalen gefolgt.«

»Den Schalen?«

»Aye.« Jetzt lachte der ältere Mann. »Sie hat eine Spur hinterlassen. Den ganzen Rinnstein entlang. Konnte es nicht abwarten. Musste eine von unseren Mandarinen gleich auf der Straße verputzen.«

Unter ihrem roten gestohlenen Mantel prickelte Hitze über Margarets Haut, als sie an die Rumpelkammer dachte, schwarz wie die Nacht, eine deformierte Mandarine an den Lippen. »Haben Sie Anzeige erstattet?«, fragte sie.

»Nein.« Der Mann zuckte mit den Schultern. »Wir haben sie ihr bloß abgenommen. Zwei haben wir ihr aber gelassen. War schließlich Weihnachten.«

Eine Weihnachtsclementine, in sich zusammengefallen und verwest, wie Mrs. Walker in sich zusammengefallen und verwest war. »Und wie haben Sie das mit den Zigaretten herausgefunden?«, fragte Margaret.

»Danach haben wir die Aufnahmen der Überwachungskamera überprüft und sie auf frischer Tat ertappt. Sozusagen schwarz auf weiß.« Der Mann lachte wieder, nahm Margarets Geld und warf es in die Kasse. »Leichtsinnig von ihr.«

»Warum haben Sie sie nicht angezeigt?« Hätten sie es getan, gäbe es vielleicht irgendwelchen Papierkram.

Der Mann stützte die Ellbogen auf den Tresen und kratzte sich den Bart. »Wir haben sie danach nie mehr gesehen.

Muss um den Dreh gestorben sein. Haben Sie mal nebenan gefragt?«

Nebenan war die Bäckerei, ein Fenster voller Herzinfarkte in spe. Und die Spiegelung eines schwarzen Wagens, der langsam über die vereiste Straße in Margarets Richtung rollte. Unter ihrem gestohlenen Mantel galoppierte Margarets Herz los. Sie beugte den Kopf näher zum Schaufenster und täuschte übermäßiges Interesse an schottischen Pasteten vor. Heiße Makkaroni-Pie. Heiße Würstchen im Schlafrock. Margaret hatte seit Jahren keine Würstchen im Schlafrock gegessen. Dies war ihre Chance.

Sie öffnete die Tür der Bäckerei mit einem kurzen Pling und einem Klappern und wurde von einer Welle heißer Luft und dem Duft warmen, fettigen Gebäcks empfangen. Erlösung. Auf eine Art. Der schwarze Wagen draußen rollte weiter, als habe er nichts bemerkt, und steuerte den Bordstein der anderen Straßenseite an, um ein Mädchen aufzusammeln, das an der Ecke wartete. Margaret fuhr sich mit der Hand durchs Haar, als wäre alles normal. Sie wusste, es war vermutlich höchste Zeit, dass sie ihre Paranoia ablegte und sich mit dem Rest ihres Lebens befasste. Wozu sonst war sie in den Norden gekommen?

»Oh, aye«, sagte die junge Frau hinterm Tresen auf Margarets Nachfrage. »Sie ist tot, stimmt's?«

»Kannten Sie sie?« Margaret nestelte an dem kleinen Portemonnaie herum, das sie in einer Handtasche im Schrank der Rumpelkammer gefunden hatte, so alt, dass es mit seiner dreieckigen Form und dem klobigen goldenen Bügelverschluss schon fast wieder modisch war. Das Portemonnaie war leer bis auf ein Pfund und dreiundfünfzig Pence in Münzen, ausgeborgt von der Rente ihrer Mutter, und ein winziges verbeultes und zerkratztes Blechschwein. Margaret fragte sich, wie viele Würstchen im Schlafrock sie wohl für ein Pfund bekam.

»Aye«, sagte die Frau. »War zwei, drei Mal hier.« Sie war jung, deutlich unter zwanzig. Zwei, drei Mal fühlte sich vermutlich an wie lebenslange Bekanntschaft.

Margaret beäugte eine Reihe Empire Biscuits mit Geleefrüchten darauf. Sie fragte sich, wie viele davon sie wohl für fünfzig Pence bekam.

»Bisschen gruselig, oder? Liegt da die ganze Zeit und keiner weiß davon.« Die junge Frau schauderte und rieb sich mit den Händen über ihre jugendfrische Haut.

»Was hat sie so gekauft?« Margaret war sicher, an ihrer Klientin musste mehr dran sein als Dosenerbsen und eine einsam vor sich hin gammelnde Mandarine.

»Brötchen.«

»Das ist alles?«

»Aye. Nie was anderes.«

»Keine Pariser Scones?«

»Pariser was?«

»Ach, egal.« Margaret war enttäuscht. Nichts als einfaches Weizenmehl. Mrs. Walker blieb schwer fassbar.

»Aber ich bin gar nicht die Richtige für Ihre Fragen.« Die junge Frau wickelte ein einzelnes Würstchen im Schlafrock in eine speckige Papiertüte und reichte sie Margaret. »Sondern Pati.«

»Pati?«

»Ja?«

Und da, hinter Margaret, stand eine an allen möglichen Stellen kurvige Frau, deren leuchtend rostrot gefärbte Haarspitzen unter einer wollenen Schottenmütze hervorlugten. »Sie sind bestimmt wegen Mrs. Walker hier«, sagte sie, in jeder Hand zwei Einkaufstaschen, als wäre sie eine Art modernes Milchmädchen. »Ich habe schon auf Sie gewartet.«

In der schneidenden Kälte eines Edinburgher Morgens entdeckte Margaret Penny, dass Wohnung 1 in der Nilstrum Street 47 sich von Wohnung 2 so sehr unterschied wie nur irgend möglich. Kein Eis auf der Innenseite der Fenster. Keine Staubwehen an den Fußleisten. Keine nackten Glühbirnen, die in der Mitte jedes Zimmers von der Decke baumelten.

Stattdessen gab es Lampenschirme und gedämpftes Licht, weiche Möbel und Teppiche auf allen Böden. Auf dem Kaminsims standen Kerzen, jede mit dem farbenfrohen Bild eines inbrünstig betenden Heiligen verziert. Auf dem Couchtisch ein Aschenbecher mit der Aufschrift *Willkommen in Bratislava* um den Rand. Es gab mehrere Sammlungen russischer Matrioschkas, die auf dem Sideboard in kleinen Familien zusammenstanden. Und Herden über Herden winziger Holztiere, ganz glatt und blankpoliert.

Auf dem Esstisch im Erker stand eine Schüssel mit Nelken gespickte Mandarinen und direkt daneben eine mit Räucherwerk. Jasmin und Weihrauch. Sandelholz und Moschus. Es war, als wäre man in einen Kaninchenbau gefallen und auf einem vollkommen anderen Kontinent gelandet. Die ganze Wohnung roch nach Kreuzkümmel und Paprika, nach dem berauschenden Duft von Kardamom und nach Knoblauch, gehackt und mit Zwiebeln angebraten oder vielleicht einfach als Ganzes verzehrt. Der Kontrast zu Mrs. Walkers Wohnung auf der anderen Seite des kalten Treppenhauses hätte nicht größer sein können. Oder zu der von Barbara im The Court, die nach Spülmittel roch. Tatsächlich glich dies mehr dem Zuhause, das Margaret sich immer ausgemalt hatte, ehe sie in einem Londoner Apartment mit harten Fliesen auf dem Küchenboden und Wänden so weiß wie Neuschnee gestrandet war.

Am anderen Ende des Sofas, die Füße vor einem Elektrokamin, machte Mrs. Walkers Nachbarin eine ausladende Geste. »Willkommen«, sagte sie, »in meinem Zuhause.«

Sie trug eine Art Uniform, dunkelblau mit einem hellen Streifen am Saum der kurzen Ärmel. Sie wirkte ein wenig wie eine Reinigungskraft, obwohl Margaret es für möglich hielt, dass sie einen Doktortitel in Astrophysik hatte. Oder zumindest in Biochemie. Ihre Füße zierten malvenfarbene Pantoffeln, und ganz kurz war Margaret neidisch. Sie hatte im Schrank der Rumpelkammer bisher keine Hausschuhe gefunden, nicht mal rehbraune.

Pati grinste Margaret an, ein breites weißes Blitzen. »Ich heiße Patrycja. Patrycja Nabialek. Aber Sie können Pati zu mir sagen, wenn Sie mögen.«

Also begann Margaret mit der Frage der Namen. Vorname. Nachname. Andere Namen, die Mrs. Walker für sich reklamiert haben mochte. »Sagt Ihnen Moyra etwas? Oder Mary? Was ist mit Ann?«

»Oh nein.« Pati schüttelte den Kopf. »Die Polizei hat mich das auch gefragt, aber ich weiß es nicht. Sie war einfach nur Mrs. Walker. Wie auch immer …« Sie fuhr sich durch ihr rostrotes Haar. »Namen sind doch bedeutungslos. So leicht zu ändern.«

Margaret wusste, dass das stimmte. Man gab einer Sache einen Namen, und fünf Minuten später trug sie plötzlich einen ganz anderen. Zum Beispiel eine gute Investition, abgesichert mit Champagner in der Badewanne, nur um festzustellen, dass er der Ehemann einer anderen war.

In der Wärme von Patis Wohnzimmer fragte Margaret sich kurz, ob es vielleicht besser für sie wäre, in den Süden zurückzukehren und noch einmal von vorn anzufangen; sich ihr eigenes Zimmer voller Gewürze und Matrioschkapuppen einzurichten, einen Raum, in dem ihr Kopf und ihre Füße nicht gleichzeitig die Wand berührten. Ihre Mutter flehte sie ja nicht gerade an zu bleiben.

»Du fährst bestimmt bald wieder.« So Barbaras derzeitiges Mantra.

Auch war sie nicht besonders mitteilsam, was ihre gemeinsame Vergangenheit anging.

»Da gibt's nichts zu erzählen.«

Oder die Möglichkeit einer gemeinsamen Zukunft.

»Für Enkelkinder ist es jetzt wohl zu spät.«

Da war Margaret einen Moment lang versucht gewesen, ihrerseits ein Foto hervorzuholen. Zwei Kinder mit silbernem Haar in knittrigem Technicolor. Wie leicht es wäre, zu mogeln.

Aber Margaret wusste, dass eines nur zum anderen führen würde, und sie war nicht sicher, ob sie noch die Kraft besaß, bei so etwas den Anschein zu wahren. Hinzu kam, wenn sie noch lange im kalten Norden blieb, musste sie irgendwann Farbe bekennen. Die Wahrheit über alles, was sie je verloren hatte. Und darüber, was sie eigentlich zu finden gehofft hatte.

Abgesehen von den mit Heiligen verzierten Kerzen wimmelte Patis Kaminsims von Fotos aller Art. Schnappschüsse und Porträts, gerahmte Familien-Gruppenbilder. Farbe und schwarzweiß, Hochglanz und Sepiatöne. Hunderte Gesichter aus einer anderen Welt verfolgten jede von Margarets Bewegungen. Im Gegensatz zu ihr schien Pati von Millionen Verwandten umgeben. Also versuchte es Margaret als Nächstes damit.

Aber Pati schüttelte wieder den Kopf, als Margaret nachfragte. »Ich habe keine Ahnung. Ich habe ihr nur ein paarmal mit den Einkäufen geholfen.« Sie beugte sich vor und nahm sich einen Chocolate Finger. »Natürlich habe ich mich danach erkundigt. Aber …« Pati biss den Finger sauber in zwei Hälften. »Haben Sie Familie?«, fragte sie.

»Ja«, log Margaret und zog das zerknitterte Farbfoto heraus.

»Reizend«, sagte Pati und gab es nach einem flüchtigen Blick zurück. Stellvertretend für die Frau mit dem mausgrauen Haar empfand Margaret einen Anflug von Kränkung. Doch dann bot Pati ein Gegengeschenk an. »Sie hat mich an meine Großmutter erinnert«, sagte sie. »Mrs. Walker. Viel Verdruss, wissen Sie. Stur. Eigenbrötlerisch.« Pati sprach mit vollem Mund. Etwas, das Barbara nie gestattet hätte. Sie deutete auf den Kaminsims. »Aber natürlich ist meine Großmutter auch schon tot.«

Margaret blickte erneut auf all die Leute, die sie von ihrem Platz über dem Kamin aus anstarrten, und fragte sich, wer davon wohl Patis eigenbrötlerische Großmutter war. »Hat Mrs. Walker Ihnen mal Fotos gezeigt oder Sie zu sich eingeladen?«, fragte sie mit mehr Hoffnung als Erwartung.

Pati leckte sich Schokolade aus dem Mundwinkel. »Oh nein. Nicht mal, wenn ich ihr die Einkäufe hochgetragen habe.«

»Aber Sie waren es, die Alarm geschlagen hat?«

»Ja«, sagte Pati. »Ich bin über Weihnachten nach Hause gefahren. An Neujahr bin ich wiedergekommen. Ich habe an ihrer Tür geklopft, aber niemand hat aufgemacht.« Pati zuckte die Achseln. »Ich dachte, sie wäre nur, Sie wissen schon, ein bisschen angeschlagen. Sagt man das so?«

Margaret nickte. Neunzehn leere Flaschen kamen ihr in den Sinn. Silvester in Schottland. Noch etwas, das sich nicht sonderlich verändert hatte, seit sie fortgegangen war.

Pati seufzte und wischte sich die Hand an der dunkelblauen Hose ab. »Ich habe ein paar Tage gewartet und dann wieder geklopft. Aber es war zu spät …« Sie zuckte erneut die Achseln, eine bedauernde Geste, als wäre alles anders gekommen, hätte sie sich nur mehr angestrengt.

»Wo ist zu Hause?« Es war nicht Margarets Aufgabe, der

Nachbarin ein schlechtes Gewissen zu machen, weil eine eigenbrötlerische alte Dame sich ins Grab gesoffen hatte.

»Polen. Na ja, inzwischen wohl auch Edinburgh.« Pati lehnte sich auf dem Sofa zurück und zog die Füße unter sich, mit Pantoffeln und allem. Noch etwas, das Barbara niemals gutgeheißen hätte. »Ich bin vor ein paar Jahren hergekommen. Ich arbeite für den Nightingales-Pflegedienst.« Sie lachte. »Alte Leute sind so drollig, finden Sie nicht? All diese Geschichten. Es ist schwer, unbeteiligt zu bleiben.«

Hier war also Barbaras Hintern-Abwischerin. Teil eines Edinburgh, das Margaret nie kennengelernt hatte. Kosmopolitisch, mehrsprachig, bereit, für eine neue Existenz und eine Handvoll Geld hart zu arbeiten. »Wissen Sie, warum Mrs. Walker in Edinburgh war?«, fragte sie.

Pati zuckte die Achseln. »So ist diese Stadt, oder? Zieht alle möglichen Leute an.« Und sie lachte und zeigte auf sich selbst. »In Polen war ich Studentin. Aber hier bin ich etwas anderes.«

Ich ebenso, dachte Margaret. Rezeptionistin. Persönliche Assistentin. Büroleiterin. Jetzt ein Flüchtling aus dem Süden. Nichts mehr übrig, nur der Job, die Familie von Leuten zu finden, die schon tot waren. Auch eine Art, neu anzufangen. Allerdings beschlich Margaret allmählich der Verdacht, dass er sich doch besser für einen schnellen Abgang eignete, sofern sie endlich diesen Fall zum Abschluss brachte. »Hat Mrs. Walker erwartet, dass Sie sich nach Ihrer Rückkehr bei ihr melden?«, fragte sie.

»Ich weiß nicht. Obwohl ich gesagt habe, ich könnte ihr die Haare machen, wenn sie möchte.«

»Die Haare machen?«

»Sie hat sie gefärbt. Rot, so wie meine. Na ja, eher orange.« Pati strich über eine dicke Strähne ihres eigenen leuchtenden

Haars, das im schwachen Licht des Elektrokamins schimmerte und glühte. »Sie hatte ein Rezept. Zumindest hat sie mir das erzählt. Es beinhaltete löslichen Kaffee.« Pati hielt ihre Tasse hoch. »Ich habe ihr extra welchen gekauft, aber es war natürlich zu spät. Sie trinken ihn gerade.«

Margaret hustete und schluckte schwer. »Ich wusste nicht, dass sie rotes Haar hatte.«

»Haben Sie sie nicht gesehen?«

»Wie bitte?«

»Im Leichenschauhaus. Ich dachte, Sie waren dort.«

Totes Fleisch, weiß und gefroren. Ein aus dem Kühlfach verschwundener Leichnam. Das war eine tolle Geschichte, aber Margaret war nicht sicher, ob Janie es guthieße, wenn sie sie erzählte.

Pati sah einen Moment traurig aus. »Ja, sie tauchen auf und verschwinden wieder. So ist das Leben. Bei der Arbeit sehe ich das oft.« Sie warf Margaret über ihre Kaffeetasse hinweg einen Blick zu. »Wir alle verlaufen uns mal auf unserem Weg, denken Sie nicht auch?«

Das leise Surren des Elektrokamins erfüllte das Zimmer, der Nelkenduft mischte sich mit einem Hauch von Melancholie, den Margaret wiedererkannte, bevor er verwehte. Pati stand auf, um ein Foto auf dem Kaminsims zu berühren. Ein Familienfoto – Mutter, Vater, zwei Töchter und ein Sohn lächelten, als der Auslöser gedrückt wurde. »Das sind einige der Meinen, aber ich habe sie nie kennengelernt.« Pati machte eine kurze Handbewegung. »Alle fort, einfach so.«

Margaret rutschte hin und her. Sie mochte nicht fragen, wie das passiert war. Aus dem eigenen Leben zu verschwinden war nicht schwer, wenn man das wollte. Aber sie hatte so ein Gefühl, dass es bei den Verschollenen in Patis Familie um ein Auslöschen ganz anderer Art ging.

Pati lächelte wieder. »Ich weiß nicht, wo Mrs. Walker herkam, und ich weiß nicht, wo sie hin ist. Aber sie hat mir etwas gegeben.«

Margaret setzte sich aufrechter hin. Jetzt kam es. Vielleicht eine Geburtsurkunde. Oder ein Brief.

»Das machen sie oft, die alten Leute, wenn es aufs Ende zugeht.« Pati suchte nach etwas auf dem Kaminsims. »Fangen an, ihre Habseligkeiten zu verteilen.«

Margaret nickte, obwohl sie nicht behaupten konnte, sie wüsste, was Pati meinte. Die einzige alte Person, die sie je mehr als nur flüchtig kennengelernt hatte, war ihre Mutter. Und Barbara Penny gehörte nicht zu den Menschen, die etwas weggaben, wenn sie es für sich behalten konnten.

»Kleine Dekorationen und so.« Pati hob ein gerahmtes Foto hoch und stellte es wieder ab. »Wie nennt man das? Nippes.«

Geschenk aus Bratislava. Eine ganze Kamelherde, auf Hochglanz poliert.

»Aber auf der Arbeit müssen wir aufpassen. Ich will mir nicht vorwerfen lassen, ich sei eine Diebin.«

Ein Foto von zwei silberhaarigen Kindern, sicher in Margarets Manteltasche verstaut.

»Alte Leute. Eine ganz eigene Spezies.« Pati ergriff ein Foto in einem schwarzen Rahmen und reichte es Margaret. »Das ist meine Großmutter.«

Und Margaret fand sich Auge in Auge mit einer Frau, die ihren Blick durch eine dicke Spirale Zigarettenqualm erwiderte, träge und doch trotzig, die Lippen dunkel geschminkt. Einen Moment lang wünschte sich Margaret nichts sehnlicher als ein Foto ihrer eigenen Großmutter – leiblich oder adoptiert. Sie vermisste sie plötzlich, obwohl sie sich nie begegnet waren. Sie reichte Pati das Bild zurück. »Also Mrs. Walker hat Ihnen etwas gegeben?«

»Oh ja.« Pati stellte ihre Großmutter wieder zu den anderen auf den Kaminsims und schlenderte zum Tisch. »Allerdings ist sie längst weg.«

»Weg?« Was war das bloß mit dieser Suche; mit einer Hand gab sie und mit der anderen nahm sie.

»Ich musste sie aufessen.« Pati griff nach den nelkengespickten Mandarinen. »Sonst wäre sie verdorben.«

Zwei Weihnachtsclementinen. Die Reste von Mrs. Walkers Festtagsdiebstahl.

Pati kehrte zum Sofa zurück und nahm sich noch einen Chocolate Finger. »Aber sie war hierin eingewickelt.« Sie hielt Margaret die Hand hin.

Zerknautscht, gewellt, altersfleckig und nach Nelken duftend: noch ein doppelt gefaltetes Stück Papier. Margaret nahm den kleinen Zettel aus Patis Fingern, faltete ihn auf. Oben befand sich ein geprägter Briefkopf – *Rose & Sons, Juweliere von Rang und Namen* – und am unteren Rand ein mit Füller gekrakelter Name. Daneben eine Telefonnummer. Londoner Vorwahl. Margaret wusste sofort, was sie da vor sich hatte. Ein weiterer Teil von Mrs. Walkers Papierkram. Und ihr Ticket zurück in den Süden.

1944

Unten im tiefsten London herrschte Krieg in der Elm Row Nummer 14. Der eine draußen. Und ein weiterer drinnen. Keiner von beiden war schön, doch der drinnen war am tödlichsten für alle Beteiligten.

Zwei kleine Mädchen, eins plump wie ein Ferkel, das andere erstaunlich, beider Haar mit ausgefransten Schleifen zurückgebunden, versteckt in der Waschküche, fern aller Regeln.

»Ruby! Ruby! Wo bist du?«

Mrs. Penny rief über den Flur aus der Küche, und in der Waschküche sah die achtjährige Ruby zu, wie ihre Schwester Barbara sich abmühte, wieder und wieder ein schweres Laken durch die Mangel zu zwängen. Dort unten, nach hinten raus, gab es nur dunkle Steinböden, ungewaschene Wäsche und blankgeschrubbte Oberflächen. Nichts zu gucken außer einem riesigen leeren Kupferkessel. Trotzdem und trotz der Kälte mochte Ruby die Waschküche. Es war der einzige Ort, wohin sie sich vor Mrs. Pennys Rufen flüchten konnte.

Ruby sah zu, wie Barbara mit dem Gewicht der vollgesogenen Baumwolle kämpfte. Das Laken rutschte zurück ins Spülbecken. Barbara wischte sich die Stirn, steckte dann den Arm in die graue Lauge und begann von vorn, das Gesicht rosa vor Anstrengung. Ruby hockte gegenüber auf der feuchten Ablage und baumelte mit den Beinen, sie machte keine Anstalten, ihr zu helfen. Schließlich wachte sie jeden Morgen in ihrem gemeinsamen Bett in einer kalten Urinlache auf. Mrs. Pennys Regel Nummer 109 – wer den Dreck macht, macht ihn weg. Mit allem, was dazugehört.

Keine Frechheiten.
Keine Widerworte.
Kein Fluchen.

Wenn Mrs. Penny das sagte, warf sie immer einen Blick zu Tony, der in der Küche mit hochgelegten Beinen am Ofen saß. »Verflixt …« Tony verschluckte sich an seinem Rum, das Gesicht lief rot an, während Ruby und Barbara still neben der Küchenanrichte standen. Regel Nummer 43 – nicht sprechen, außer man hat etwas Wichtiges zu sagen.

Fünf Jahre vergangen seit Alfreds Verschwinden und Dorotheas rasantem Niedergang, und das Haus war noch dasselbe, die Möbel waren dieselben, die Zimmer waren dieselben. Doch alles andere war anders.

Im Garten duckte sich ein Anderson-Bunker in eine matschige Senke, tief eingebuddelt, wo einst ein perfektes Stück gepflegter Rasen lag. Obenauf wuchs ein wenig dürrer Spinat und sonst wenig. Buddeln für den Sieg. Oder in Mrs. Pennys Fall: Buddeln für die Katz.

In der Küche stand oben auf der Anrichte eine Teedose, gefüllt mit steifen kleinen Fotos einer Frau mit Baby im Arm und ein paar alten Briefen aus Amerika, einmal gelesen, dann für alle Zeiten weggepackt. Dazu sämtliche Papiere, die Mrs. Penny besorgt hatte, um alles klar zu regeln – Adoptionsurkunden, ein Einweisungsformular, die Verkaufsurkunde für ein Haus. Alle kleinen Walkers waren jetzt kleine Pennys.

In der Speisekammer ruhten in einem Gefäß mit Konservierungsmittel wenige kostbare Eier. Daneben eine Kiste mit schrumpeligen Kartoffeln, die hemmungslos keimten, jede mit einem Ausschlag violetter Augen übersät. Im Regal standen Pakete mit Trockenmilch und eine Flasche Lebertran für die sonntägliche Dosis auf einem kleinen Silberlöffel. In dem Schrank mit dem Drahtnetz lagen winzige Würfel bleicher

Käse, ein Stückchen Butter in seiner weißen Porzellanschale und ein Paar Speckscheiben, angeordnet wie zwei aus dem Schenkel eines Kindes geschnittene Stücke Fleisch.

Oben im Schlafzimmer, wo einst Dorothea ihr Haar gebürstet hatte, stand am einen Ende des Kaminsimses Mrs. Pennys Flasche Innoxa, während am anderen Ende eine Paranuss, in deren Schale die Zehn Gebote geritzt waren, nach wie vor ihren Zauber verbreitete. Im Kleiderschrank hing ihre rehbraune Bluse für eine besondere Gelegenheit bereit, während in der Dunkelheit ihr Koffer wartete, sollte ein schneller Abgang vonnöten sein.

In dem extra Zimmer, wo früher die Kinder gespielt hatten, brummelte und röchelte Tony abends vor sich hin, während in der verschlossenen und gesicherten Kiste unter seinem Bett ein kleines Vermögen anwuchs. Einkünfte aus dem ersten Familienunternehmen der Pennys, das auf Hochtouren lief.

Auf dem Treppenabsatz im Schrank, eingewickelt in ein zerrissenes Stück Laken, lag ein Foto von zwei toten Kindern, während im allerobersten Stockwerk zwei Schwestern sich ein schmales Eisenbett teilten, nachts gegeneinanderrollten und sich mit ihren spitzen kleinen Knien und heißen kleinen Handflächen stießen. Und gegenüber, wo sie einst auf schmutzigen, zerschrammten Knien gebetet hatte, bewachte die achtzehnjährige Clementine ihren Bau.

Wo steckte das Mädchen jetzt? Korkenzieherlocken. Augen, von denen man den Blick nicht wenden konnte. Eins dreiundsiebzig und schlank obendrein. Jedermanns Liebling. Und einiges mehr.

»Ich habe ihr gesagt, sie soll um neun zu Hause sein.« Mrs. Penny stand am Küchentisch und knetete Teig.

»Sie wird schon kommen.« Tony stopfte eine sorgsam gehütete Tabakration in seine schwarz geränderte Pfeife.

»Ich hoffe, du willst die nicht in meiner Küche rauchen.«

»Als würde ich mich das trauen«, murmelte Tony und zwinkerte Barbara zu, die ihn aus ihrer Ecke bei der Anrichte anstarrte, nachdem sie mit dem besudelten Laken ihr Bestes gegeben hatte, ohne dass viel Gutes dabei herausgekommen war.

Ruby stand neben seinem Knie. »Tony …« sagte sie, ihre erstaunlichen Augen erst so, dann anders.

»Nennt mich Vater«, sagte er, die Pfeife zwischen die Zähne geklemmt.

»Vater Tony …«

Und Tony lachte, dass seine dicken Wangen wabbelten. »Der war gut, Kleine.«

Mrs. Penny mokierte sich geräuschvoll und wischte das Mehl von ihren Händen an Dorotheas Schürze ab. »Ruby, hast du keine Aufgaben zu erledigen? Und Barbara, steh nicht da wie ein Depp. Komm her und hilf mir die Dosen sortieren.«

Ruby rutschte halb auf die Armlehne von Tonys Stuhl. »Was würdest du tun, wenn Clemmie nie mehr nach Hause kommt, Tony?«

Auf der Suche nach seinen Streichhölzern klopfte Tony mit einer Hand seine Jacke ab. »Ich glaube nicht, dass wir uns darüber Sorgen machen müssen, oder?«

Ruby rutschte weiter auf die Lehne und streckte zwei kleine Fäuste aus. »Links oder rechts?«, sagte sie.

»Hä? Rechts.« Tony tippte auf eine von Rubys Händen.

Sie öffnete vier kleine Finger und einen Daumen, um ein Streichholzheftchen zu präsentieren, das sie eben aus Tonys Westentasche stibitzt hatte. Tony grunzte und nahm es, dicke Finger strichen flüchtig über Rubys Handfläche. »Clemmie ist ein braves Mädel«, sagte er und starrte jetzt auf die Stelle zwischen Rubys Beinen, wo sich jeden Moment ein hübsches kleines Dreieck aus Baumwolle offenbaren könnte. »Sie weiß genau, was gut für sie ist.«

»Mit wem ist sie heute Abend aus, Tony?«

»Lass gut sein!« Mrs. Pennys Stimme peitschte vom Tisch herüber, wo sie und Barbara standen, die eine mit funkelnden Augen, die andere mit hängender Kinnlade. »Das geht dich nichts an.« Mrs. Penny warf Tony einen finsteren Blick zu und ruckte kurz mit dem Kopf. »Und du rauchst draußen, wenn du weißt, was gut für dich ist.«

Tony hievte sich aus dem Stuhl und vertrieb damit Ruby von ihrem Platz. »Zeit für ein Pfeifchen«, sagte er und schlurfte zur Hintertür. Ruby wollte ihm nach.

»Zeit fürs Bett«, sagte Mrs. Penny und stellte sich ihr in den Weg.

Als eine Stunde später das Licht am Himmel schwand, lehnte sich oben im höchsten, entferntesten Stockwerk die achtjährige Ruby ganz weit aus dem Fenster. Voller Angst, den Griff zu verlieren, klammerte sich Barbara wie befohlen an ihre Fesseln. »Was siehst du, Ruby?«, fragte sie.

Die Mauerschwalben. Die dunklen Wolken, durchzogen von Blau. Silhouetten, die durch die Straßen gingen. Ruby sah alles. All das Leben, das in ganz London ausschwärmte, atmend und seufzend in der Dämmerung. Sie wünschte, sie wäre auch da draußen.

Barbara kauerte hinter ihrer Schwester. Alles, was sie sah, war die schäbige Wand, halb grün, halb übergetüncht. Und der hübsche Popo ihrer Schwester. »Ruby ...«

»Sei still, Barbara, sonst hören sie uns.«

»*Ich* will mal gucken.«

»Du bist zu schissig.«

Das stimmte.

»Dann erzähl mir, was sie sagen.«

»Ich kann nichts verstehen, wenn du nicht endlich still bist.«

Unten, weit unten am Ende der Straße lehnte sich Clementine Walker, groß und schlank, gegen einen Mann. Ihre Augen waren immer noch erstaunlich. Ihr Atem immer noch süß. Doch sie war jetzt erwachsen.

»Ach, du bist so ein Pfirsich«, murmelte der Mann in Clementines Ohr, die Zunge schwer von etlichen Gläsern billigen Gins. Er schob den Kopf in Richtung ihres parfümierten Nackens. »Ein ganz weicher.«

»Mmmmm«, sagte sie, ihre Finger wanderten über die Falten und Nähte seines Mantels, erforschten jeden Gang und jede Windung.

Der Mann legte seine schweren Hände auf den Rücken von Clementines schicker kleiner Jacke. »Ein echtes Püppchen«, lallte er.

»Ja«, stimmte Clementine zu, ihre Handflächen glitten unter die schwere Wolle seiner Uniform und hoch zu seinen Achseln, tasteten in einer Brusttasche nach Zigaretten und in der anderen vielleicht nach einem dieser verchromten Feuerzeuge, ein an seine Brust gedrücktes hartes Rechteck.

»Du neckst wohl gern, was?« Der Soldat knetete mit seinen Daumen die Flügel von Clementines Schulterblättern, wo sie sich unter einer Bluse mit Perlmuttknöpfen wölbten.

»Kann sein.« Clementine bog ihren Körper von ihm weg, eine grazile Kurve, trat dann zurück und hielt ihm eine Zigarette zum Anzünden hin, die sie hinter seinem eigenen Ohr hervorgezogen hatte. Auch der Mann machte einen Schritt rückwärts, ein leichtes Torkeln, tastete über seine Brust und zog ein Feuerzeug aus der Außentasche seiner Uniform. Es schimmerte in der Dämmerung.

»Hast du sie?«, fragte Clementine und hob die Zigarette, Fingernägel dunkel lackiert.

Der Mann schnipste das Feuerzeug an. »Was glaubst du?«

Clementine neigte ihr Gesicht zu der kleinen Flamme, Licht flackerte über ihre Stirn. »Ich glaube ja«, sagte sie.

Da lachte der Mann mit säuerlichem Atem und ließ das Feuerzeug zuschnappen. Er fummelte eine Weile an seinem Mantel, als er in eine Innentasche zu greifen versuchte. »Ich glaube, du hast recht«, erwiderte er.

Drüben in der Elm Row Nummer 14 wurde in den Tiefen der Küche lebhaft diskutiert. Von Liebe war die Rede, von Sex und von Beinen und Brüsten. Das Familienunternehmen der Pennys auf Hochtouren.

Tony ließ Rum, dunkel und zähflüssig, in sein Glas schwappen. »Da bahnt sich was Großes an«, sagte er. »Das hab ich im Gefühl.«

Tony verlebte einen großartigen Krieg. Zu alt, um zu kämpfen. Zu fett, um einen Löschschlauch zu schwingen. Zu eigenwillig, um einen Bürgerwehrhelm zu tragen. Er war durch und durch Unternehmer. Mädchen und Alkohol, Zigaretten und Rum. Es gab Zeiten, da konnte Mrs. Penny ihn überhaupt nicht ausstehen. Aber was blieb ihr übrig? Es war Tony, der die Räder am Laufen hielt.

»Was schwebt dir vor?« Sie stand über den Küchentisch gebeugt, als wäre es die letzte Verteidigungslinie der Alliierten, und drückte ein heißes Bügeleisen auf Clementines schickste Bluse.

»Sie geht jetzt mit jemandem. Ist was Ernstes.«

»Woher willst du das wissen?« Mrs. Penny schob die Spitze des schweren Eisens in die Plisseefalten rund um den Kragen.

Tony saugte Rum zwischen seinen Schneidezähnen durch. »Bei der Parfumwolke, die sie im Flur hinterlässt, kriege ich kaum Luft.«

»Das heißt nicht, dass etwas daraus wird.« Mrs. Penny hob das Bügeleisen mit Schwung von der Bluse und stellte es zurück auf die Herdplatte. Sie wollte den Chiffon nicht verbrennen. Man wusste nie, welche Schätze er noch heben würde.

Tony machte eine Geste in der Luft, zwei Hände beschrieben je eine Kurve nach außen, dann nach innen und wieder nach außen. »Bei ihren Qualitäten wird das kein Problem sein.« Er lachte, röchelte und hustete einen Brocken Schleim hoch, den er Richtung Kamingitter spuckte, wo er zischend verbrutzelte.

»Sei nicht so ekelhaft, Tony.« Mrs. Penny leckte an ihrem Finger und berührte die heiße Sohle ihres Bügeleisens, wo es ebenfalls zischte und brutzelte. »Sie wird ihren Anteil wollen«, fügte sie hinzu.

»Natürlich«, sagte Tony. »Man muss schon seinen Schnitt machen.«

Oben saß Ruby auf dem Bett, das sie mit Barbara teilte, und lehnte sich an Clementine, die wie ein Flüstern zur Haustür hereingeschlüpft war, nur ein schwacher Mandarinenduft im Flur ließ erahnen, dass sie zurück war. Barbara saß mit gekreuzten Beinen auf dem Boden und fröstelte in ihrem Nachthemd. Sie wünschte, sie könnte auch auf dem Bett sitzen, doch dort war nicht genug Platz für drei. Auf die eine oder andere Weise stellte Ruby stets sicher, dass sie als Erste an der richtigen Stelle saß.

»Wie heißt er, Clemmie?« Ruby blickte hoch zu ihrer älteren Schwester, die Haare lockig und weich.

»Das geht dich nichts an«, sagte Clementine. Sie legte eine

Hand auf Rubys Kopf und berührte eine der ausgefransten Schleifen. Ihre Wangen waren noch rosig von der Nachtluft. Ihrer Kleidung entströmte leichter Zigarettengeruch.

»Ist er der Richtige?« Ruby guckte gespannt.

Clementine lachte darüber. »Wohl kaum«, sagte sie. »Es ist geschäftlich. Tony wollte, dass ich mich um ihn kümmere.«

»Kümmerst du dich immer um die, die Tony aussucht?«

»Normalerweise ja«, sagte Clementine. »Wenn sie gut fürs Geschäft sind.«

»Welches Geschäft, Clemmie?«

Clementine sah Ruby an. »Lass gut sein«, sagte sie, hob eine Fingerspitze an die Stirn und fuhr sich über die Braue. »Ist nichts, was du wissen musst.« Dann senkte sie die Hand und strich stattdessen ihr Kleid glatt, bevor sie sich auf dem Bett umdrehte und nach ihrer Tasche griff. »Sollen wir mal gucken?«

Und zwei Köpfe, einer dunkel, einer farblos, nickten unisono. »Ja, bitte.«

Unten in der Küche tröpfelte Tony mehr Rum auf seine Zunge und sah nachdenklich aus. »Vielleicht sollten wir diesen zu uns nach Hause einladen. Die ganze Nummer abziehen.«

Mrs. Penny wartete darauf, dass ihr Bügeleisen wieder heiß wurde. »Glaubst du, er ist es wert?«

Tony zuckte die Achseln. »Könnte sein. Sie hat einen guten Geschmack. Riecht Geld schon von Weitem.«

Mrs. Penny stemmte ihre Fäuste in die Hüften. »Ich könnte ein Hühnchen auftreiben.«

»Könntest du?« Es war lange her, seit Tony das letzte Mal Hühnchen gegessen hatte.

»Würde aber wohl eine Weile dauern. Vielleicht zwei Wochen. Womöglich länger.«

Da kicherte Tony, es hörte sich seltsam an. »Genau der richtige Zeitraum, damit sie ihn ordentlich scharfmachen kann.«

Photographische Agentur, so hatte Tony es zu Anfang genannt. Kleine Postkarten mit Bildern eines Mädchens mit Korkenzieherlocken und erstaunlichen Augen, die auf einer Chaiselongue für jeden Gentleman posierte, der bereit war zu zahlen. Er verkaufte sie in den Pubs, die Frauen nie besuchten, Clementine in ihrem kurzen Kleid, mit loderndem Haar, die Strümpfe über Schnürschuhen um die Fußknöchel gekräuselt. Eine Weile brachte das reichlich ein, bis sie zu alt wurde.

Dann kam der Krieg. Und mit ihm das erste Familienunternehmen der Pennys. Soldaten, Soldaten, Soldaten – wohin man schaute, standen sie Schlange, um zu nehmen, was sie kriegen konnten. Im Gegenzug nahm Clementine, was sie kriegen konnte. Das Haar mit heißen Papierstreifen gelockt, Lippenstift, erbettelt oder gestohlen, gemalte Linien auf den Waden. »Aber was stellt sie mit ihnen an?«, fragte Mrs. Penny, obwohl sie nicht sicher war, ob sie es wirklich wissen wollte.

»Sie hat ein bisschen Spaß«, insistierte Tony, wobei er nie genau sagte, wie.

Mrs. Penny sah ihnen nach, wenn sie sich allabendlich auf den Weg die Elm Row hinunter machten – ein fetter Kerl mit tabakfleckigen Zähnen und ein schlankes, erstaunliches Mädchen, die in der verdunkelten Nacht auf die Jagd gingen. Mr. Quinn. Mr. Nolan. Mr. Jones. Oder andere Männer wie sie, die in den Schatten darauf warteten, dass Clementine vorbeikam. Als es anfing, war sie erst vierzehn. Mrs. Penny fragte sich oft, wie lange Tony dem Spaß seinen Lauf ließ, bevor er einschritt.

»Erpressung«, verkündete Tony, wenn die beiden heimkehrten, die Taschenlampen in der Dunkelheit nach unten gerichtet. »Klappt immer.« Dann lachte er, schenkte sich zur Feier einen großen Rum ein und stopfte die Einnahmen in seine Westentasche, während Clementine mit ihrem Anteil nach oben verschwand. Ausländische Zigaretten und ein Päckchen Haarklammern. Rasierklingen und Seife, eingewickelt in Papier mit aufgedruckten Blumen. Einmal ein Seidentuch.

»Aber was machen wir, wenn der Krieg vorbei ist?«, sagte Mrs. Penny. Sie stand mit ihrem eigenen Anteil da – einer winzigen Flasche Eau de Cologne –, den sie bei der Frau des Schlachters gegen eine Extraration eintauschen könnte.

»Weiß der Himmel.« Tony saugte am Ende seiner leeren Pfeife. »Uns besaufen wie alle anderen.«

»Aber was, wenn sie nicht weitermachen will?« Mrs. Penny liebte Speck. Doch Eau de Cologne liebte sie noch mehr.

Tony schaute zur Decke hoch. »Es gibt immer eine nächste Generation.«

Oben blätterten zwei kleine und ein großes Mädchen Seite für Seite durch eine ausländische Zeitschrift. Gepolsterte Büstenhalter. Glänzende Küchengeräte. Autos so groß wie Schiffe. Hochglanzbilder, herübergeschmuggelt aus dem Gelobten Land, wo Petticoats aus echtem Tüll waren und es Lippenstifte in jedem erdenklichen Farbton gab.

»Irgendwann würde ich gern ein Auto fahren«, sagte Clementine und starrte auf ein Fahrzeug, so spiegelnd wie Politur auf einer Kirchenbank.

Barbara blickte staunend auf das Bild eines elektrischen Mixers. »Ich würde jede Woche Kuchen backen.«

»Ich würde essen, bis mir schlecht wird«, sagte Ruby und verweilte bei einer Schokoladenreklame.

Die anderen beiden nickten. Darin waren sie sich alle einig.

Die Vereinigten Staaten von Amerika. Land der Freien. Lieferant der Tapferen. Exporteur von Soldaten fürs Penny'sche

Familienunternehmen sowie einigem anderen. »Eines Tages fahre ich dorthin.« Clementine strich mit dem Finger über das Bild von einem Mann, einer Frau und zwei Kindern, die an einem mit Speisen überladenen Tisch saßen. »Sehen sie nicht glänzend aus?« In einer Küche mit stark reflektierendem Boden.

»Aber wie willst du hinkommen, Clemmie?«, sagte Barbara. »Dauert das nicht lange?« Ein Land mit all diesen Dingen konnte unmöglich ganz in der Nähe sein.

»Mit dem Schiff.« Clementine berührte mit ihrem Finger die Mutter auf dem Bild.

»Aber was ist mit den Torpedos?«

»Sei nicht dumm«, sagte Ruby und versetzte Barbara mit dem Ellbogen einen Rippenstoß. »Bis dahin ist der Krieg doch vorbei.«

»Woher willst du das wissen?«

»Ist einfach so.«

»Wann gehst du denn, Clemmie?« Barbara klang angespannt.

»Bald«, sagte Clementine mit entrückter Stimme, als wäre sie schon fort.

»Du nimmst uns doch mit.« Rubys Stimme durchschnitt die Dämmerung. Es war keine Frage.

Clementine klappte die Zeitschrift zu und lachte. »Na klar«, sagte sie. »Ich würde euch nie verlassen.« Dann griff sie wieder nach ihrer Tasche und sagte: »Schaut mal, was ich euch noch mitgebracht habe.«

Zwei kleine Mandarinen glühten im Halbdunkel wie zwei kleine Sonnen.

Am nächsten Tag versteckten sie die Mandarinenschalen, streuten sie in einen kleinen braunen Koffer, den Clementine in ihrem Zimmer oben auf dem Schrank aufbewahrte. Ruby stand auf einem Stuhl, um ihn herunterzuholen, tastete mit den Fingern umher in dem Versuch, ihn besser zu packen. Barbara hielt Ruby mal wieder an den Fußknöcheln, die Fingerspitzen fest gegen die Knochen gepresst.

»Drück nicht so!« Ruby riss ihr Bein aus Barbaras Griff, als sie versuchte, den Koffer nach vorn zu ziehen. Der Schrank schwankte.

»Aber was, wenn jemand uns entdeckt?« Barbaras Finger waren schon glitschig.

»Das passiert nicht, wenn du einfach mal still bist.«

»Ich hab Angst.«

»Zähl einfach, Barbara, so wie Clemmie es uns beigebracht hat. *Ein Elefant, zwei Elefanten,* ganz hinauf bis tausend.«

Barbara schloss die Augen und begann. *Ein Elefant, zwei Elefanten,* ganz hinauf bis ... Doch sie konnte nicht anders. Bei dem Gedanken, was Mrs. Penny sagen würde, drückte sie nur noch fester zu.

Ruby quiekte und trat nach ihr. »Was machst du denn! Lass los!«

Doch es war zu spät. Der Kleiderschrank schwankte erneut. Der Stuhl kippte. Barbara hatte gerade noch Zeit, in Panik zu geraten, bevor der Koffer heruntergepoltert kam, über die Kante glitt wie über einen Abgrund und von ihrem Kopf abprallte. »Au!«, schrie sie, als vor ihren Augen alles verschwamm. Sie wusste, dass sie nicht schreien durfte. Aber es tat weh.

Ruby rappelte sich hoch, wo sie zusammen mit dem Koffer und dem Stuhl zu Boden gestürzt war. Sie wischte sich vorne den Staub vom Kleid und ging dann zur Tür, wo sie eine Weile stand und lauschte, ob irgendwer im Haus sie gehört hatte. Schließlich flüsterte sie: »Die Luft ist rein«, als wäre sie auf einer Mission im besetzten Frankreich und nicht im

Zimmer ihrer älteren Schwester. Dann kam sie zurück und hob Clementines Koffer aufs Bett.

Es war ein ramponiertes kleines Ding, ganz zerschrammt und verbeult, etwa so wie Barbaras Kopf. Barbara befingerte ihre Kopfhaut, wo sich eine Schwellung von der Größe eines der kostbaren rationierten Eier bildete. Ruby streckte zwei kleine Hände zu den Metallverschlüssen des Koffers aus und drückte. *Klick-klack*, öffne dich. Das Gelobte Land war endlich in Reichweite. Dann hob sie den Deckel.

Der Koffer war leer. Ruby starrte hinab in sein nacktes Inneres – ein leeres Rechteck, ausgekleidet mit blau-weiß kariertem Papier. Sie runzelte die Stirn, eine kleine Falte zwischen den Brauen, und strich mit den Händen über die nackten Oberflächen des Papiers.

»Was tust du da?«, fragte Barbara.

»Ich gucke nur was.« Ruby wirkte enttäuscht.

»Wonach guckst du?«, flüsterte Barbara jetzt, als könnte Clementine jeden Moment hereinkommen und sie beim Stöbern erwischen, obwohl sie wussten, dass sie das nicht durften.

»Nach Geheimnissen.«

»Was für Geheimnissen?«

Doch Barbara wusste schon, was Ruby meinte. Clementine hatte einen Geliebten, von dem Tony und Mrs. Penny nichts ahnten. »Er heißt Stanley.« Das hatte Ruby am Vorabend gesagt, als sie Knie in Kniekehle, Bauch an Rücken gepresst im Bett lagen, an ihren verbotenen Mandarinen lutschten und sich den Saft vom Kinn leckten. »Er schenkt ihr Sachen.«

»Was für Sachen?«, fragte Barbara.

»Kleine Karten und so. Schmuck.«

»Woher weißt du das?«

»Weil ich was davon geklaut habe.«

Barbara wusste, dass auch das stimmte. Ruby klaute gern

Dinge, einfach weil sie es konnte. Kleingeld aus Tonys Taschen. Mrs. Pennys Talkumpuder-Quasten. »Nicht verraten, Barbara. Das musst du schwören.« Und streckte ihr die Hand entgegen, der Handteller mit Spucke geweiht. *Erzähl's niemandem.* Das war ihr Motto. Obwohl irgendetwas in Barbara sie stets drängte, einfach zu beichten.

Und natürlich klaute auch Barbara. Aus lebenslanger Gewohnheit. Sie hatte ein Geheimversteck im Garten hinter dem Stumpf des Goldregens. Darin lagen ein silberner Teelöffel, der zu einem Satz gehörte, und ein rosa Blechschweinchen, um das sie ein Nachbarskind erleichtert hatte.

Genau genommen stahl auf die eine oder andere Weise jeder in ihrem Haushalt. Den letzten Keks aus der Dose. Kohlereste für einen kalten Schlafzimmerkamin. Tony rauchte in der Speisekammer, wenn er dachte, dass niemand hinsah. Clementine hatte eine Schublade voller Feuerzeuge, aus den Taschen von Männern gefingert, die nicht wagen würden, sich zu beschweren. Und waren sie selbst nicht von Mrs. Penny gestohlen worden? Zumindest behauptete das Clementine.

»Liebt Clementine diesen Stanley?« Barbara verstand gern, wie die Dinge lagen.

Ruby drehte sich im Bett und zwang Barbara, sich ebenfalls umzudrehen. »Sei nicht dumm.«

»Möchte sie denn nicht heiraten?«

»Nein, du Dussel. Sie will eine Fahrkarte.«

»Wohin?«

»Ins Gelobte Land natürlich.«

Jetzt in Clementines Zimmer, wo überall Strümpfe und Haarnadeln herumlagen, hob Ruby den Koffer hoch, drehte ihn um und inspizierte den Boden. Aber auch da fand sich nichts. Enttäuscht drehte Ruby ihn wieder zurück und vergrub ihre Hände stattdessen in ihrem Kleid, holte ein paar Stückchen Mandarinenschale heraus und verteilte sie in dem leeren Koffer. »Los«, sagte sie zu Barbara. »Du auch.«

Barbara betrachtete die orangefarbenen Schalenkringel auf dem blau-weiß karierten Papier. »Wozu?«

»Um sie daran zu erinnern, nicht ohne uns zu gehen.«

»Das würde sie doch nicht tun, oder?«

»Nur für den Fall.«

Also ließ auch Barbara ein Stückchen Schale nach dem anderen in den Koffer fallen, verstreute sie wie Konfetti bei einer Hochzeit. Oder wie man Blütenblätter auf einen Sarg wirft, während er ins Grab abgesenkt wird. »Aber was, wenn es zu teuer ist für uns alle drei?« Barbara machte sich immer Sorgen wegen Geld. Das hatte Mrs. Penny ihr beigebracht.

»Stanley wird bezahlen.«

»Aber was, wenn Stanley getötet wird?«

»Dann findet sie jemand anderen.« Ruby schob Barbara zur Seite, schloss den Deckel und ließ die Schlösser zuschnappen. *Klack-klick.* Sie stellte sich ein weiteres Mal auf den Stuhl, hob den Koffer hoch über ihren Kopf und schob ihn dahin zurück, wo er hergekommen war. Als sie vom Stuhl stieg, waren ihre Hände ganz schmutzig. »Clementine«, sagte sie, »wird uns nie verlassen.«

Barbara starrte Ruby an. »Vater hat uns verlassen.«

Ruby zerrte den Stuhl zurück neben Clementines Bett, wo er normalerweise stand. »Das ist was anderes.«

»Und Mutter hat uns auch verlassen.«

Ruby schüttelte den Kopf. »Nein, hat sie nicht.«

»Wo ist sie dann?«

Doch Ruby war fort, schlüpfte ohne eine weitere Antwort hinaus auf den Treppenabsatz und die Stufen hinunter.

Einen Monat später fielen die Bomben wie Regen. Eine Kaskade nach der anderen, ganz wie die Soldaten, die erst eine Woche zuvor aus London hinaus und ins Herz Europas geströmt waren.

»Heilige Scheiße«, sagte Tony. »Das ist ja wie die verdammte Apokalypse.«

Nicht einmal Mrs. Penny ermahnte ihn, er solle seine Zunge hüten.

Die Bomben pfiffen, während sie fielen, damit alle wussten, dass sie kamen, aber ohne genug Zeit zum Wegzulaufen zu lassen. Tony nannte es einen miesen Witz. Mrs. Penny nannte es das Verbrechen des Jahrhunderts – Hitlers Geheimwaffen, geschickt, um sie alle endgültig zu vernichten.

Auch im Luftschutzbunker regnete es Erde, sie rieselte auf Ruby herab, die Tony und Mrs. Penny gegenübersaß und sich über Ohrenkneifer, Würmer und kleine Krabbeltiere ereiferte, die unter ihre Kleidung krochen. Ruby hasste den Bunker. Er stank nach Feuchtigkeit und dem Zeug, das sie zum Eier-konservieren benutzten und gegen das Schwitzwasser auf die Wände gestrichen hatten. Wenn Ruby frech war, musste sie ihn ausfegen. Es war immer eiskalt darin, wie warm die Nacht draußen auch sein mochte.

»Warum können wir nicht im Haus bleiben, unter dem Tisch?«, beschwerte sich Ruby.

»Darum«, sagte Mrs. Penny.

»Warum darum?«

»Weil ich es sage.«

Regel Nummer 20. Die Antwort auf alles. So zumindest wirkte es immer.

Ruby wusste, dass sie im Bunker sterben konnte. Unter feuchter Erde und mageren Spinatpflanzen ersticken, während

Wellblech ihre Brust zerquetschte. Sie starb lieber draußen an der Luft unter dem endlosen Nachthimmel, ein Pfeifen wie von Mauerschwalben in ihren Ohren, alles um sie her ein einziges Lodern.

»Vielleicht sollten wir ein Lied singen«, schlug Tony vor. Er klackte mit der leeren Pfeife immer wieder gegen seine Schneidezähne.

»Sei nicht albern, Tony.« Selbst Mrs. Penny wirkte verunsichert. Die Bomben fielen nun schon eine ganze Weile, Tag und Nacht.

»Wo ist Clementine?«, fragte Ruby.

Mrs. Penny und Tony blickten sich kurz an und sahen dann fort. Mrs. Penny strich vorn über ihr Kleid und wischte Erdkrumen von ihrem Schoß.

»Sie kommt später her.« Tony fummelte an seiner leeren Pfeife. »Wahrscheinlich ist sie woanders untergeschlüpft.« Er wusste, Rauchen war im Bunker streng verboten. Er brauchte gar nicht erst zu fragen.

»Ich hoffe, dem Hühnchen geht es gut.« Es hatte Mrs. Penny eine Menge Tauschgeschäfte gekostet, das Herzstück ihres besonderen Mahls zu organisieren. In Papier gewickelte Rasierklingen und Seife, das eine oder andere Paar Strümpfe. Sie musste sechs Päckchen Zigaretten herausrücken, ehe der Vogel unter Dach und Fach war, und sogar etwas von Tonys Rum (wobei sie das Tony bisher nicht erzählt hatte). Und trotz alledem war es ein mageres, unterernährtes Vieh mit kaum Fleisch an den Knochen. Mrs. Penny hegte dennoch große Hoffnungen. Wer wusste, was sich ergab, wenn Beine und Brust erst geopfert waren?

»Ich bin sicher, dem Huhn geht es gut«, sagte Tony. »Schließlich ist es ja schon tot.« Und er presste ein asthmatisches Lachen heraus.

Mrs. Penny verdrehte die Augen zum gerippten Wellblechdach. »Gott steh uns bei«, murmelte sie. Und sie meinte nicht die Bomben.

Ruby dachte an das Hühnchen mit seiner goldenen Kruste, das inzwischen gegrillt zum Abkühlen am Küchenfenster stand. Sie konnte sich nicht erinnern, wann sie das letzte Mal Hühnchen gegessen hatte. Dann fiel ihr etwas anderes ein, das sie alle völlig vergessen hatten.

»Wo ist Barbara?«, fragte sie.

»Ruby! Ruby! Komm sofort zurück!«

Ruby rannte. Sie rannte unter dem schwarzen Himmel. Sie rannte unter den Kaskaden hindurch. Sie rannte quer über das, was von Rasen und Garten übrig war, in Richtung Haus. Sie rannte in die Waschküche mit ihrem riesigen leeren Kupferkessel. Sie rannte durch die Speisekammer mit ihren Paketen und Dosen. Sie rannte in die Küche, wo ein Hühnchen auf einem blauen Teller abkühlte. Sie rannte ins Wohnzimmer, wo die dicke Putte noch immer ohne Arm auf dem Kaminsims stand. Sie rannte hinauf in Mrs. Pennys Zimmer mit den Haarnetzen und der Paranuss. Zu Tonys Tür, abgeschlossen wie immer, hinter der die Schatztruhe unterm Bett versteckt war. Sie rannte ins alleroberste Stockwerk, in das Zimmer, in dem sich zwei kleine Mädchen ein Bett teilten. Dicke Barbara. Plumpe Barbara. Kleines Schweinchen Barbara. Nirgends in Sicht. Dann rannte sie in Clementines Bau.

Draußen fielen die Bomben wie Regen, als Ruby fünf Minuten später vor dem Haus stand und die Straße hinauf- und hinabschaute. Sie hörte es, bevor sie es sah.

Uiiiiiiiiiiiiiiiiieee.

Und es hieß, wenn das passiert …

Dann lauf!

Und das tat Ruby. Genau dorthin, wo die Rakete gleich landen würde.

Da war ein Pfeifen, dann Stille, als sie schließlich eintraf – dieser Moment der Ruhe, der bedeutete, dass sie Ruby direkt auf den Kopf fallen würde. Ruby hörte auf zu rennen und hatte gerade noch Zeit zu denken: *Das könnte es gewesen sein!*, bevor die Kaskade niederging. Ziegel und Staub regneten ihr auf den Kopf. Splitter von Holz, Metall und Glas. Von irgendwo rief eine Stimme: »Hilfe!« Weit weg, wie ein fernes Echo. »Hilfe!« Einen Moment fragte sie sich, ob es Barbara war, die um Hilfe rief und darauf wartete, dass Ruby kam. Dann hörte sie es wieder, dicht an ihrem Ohr, als sie da irgendwie inmitten von Schutt lag. »Hilfe!« Ihre eigene Stimme, die wieder und wieder rief.

Bis …

»Ruby? Was machst du denn da?«

Ruby wachte auf und stellte fest, dass sie mitten auf der Straße saß, ihr Rock in Falten um die Hüfte hochgeschoben, ein Schuh noch am Fuß, der andere verschwunden. Hinter ihr stand unversehrt die Nummer 14. Die Nachbarhäuser vor ihr hatten sich in Staub aufgelöst. Und die Nachbarn auch. Und da war Barbara, die ohne den kleinsten Kratzer im Gesicht vor ihr stand.

»Ruby«, sagte sie. »Was machst du denn? Du weißt doch, dass wir nicht rausdürfen, wenn die Sirenen an sind.«

Mrs. Penny weinte. Weder Ruby noch Barbara (oder auch Tony) hatten Mrs. Penny je zuvor weinen sehen. Echte Tränen zogen sich in kleinen silbernen Spuren über ihre Wangen und verschwanden in der Asche wie alles andere. Ihre Kleidung. Ihre Haare. Und alles in Mrs. Pennys Küche. Jedes einzelne Stück Porzellan gesprungen oder zerschmettert.

»Komm, komm«, sagte Tony, während seine Finger einen zögerlichen Rhythmus auf Mrs. Pennys Arm klopften, wobei kleine Staubwolken von ihrem Ärmel aufstiegen. »Wir besorgen ein neues Hühnchen.«

Denn das Huhn war auch ruiniert. Voller Glassplitter, die vom Küchenfenster hereingeflogen waren. Unmöglich, auch nur den kleinsten Bissen zu retten. Nicht ein Bein oder den Hals, weder Keule noch Brust. Nicht mal einen Wünschelknochen.

»Verdammte Bomben. Verdammte Deutsche.«

Weder Ruby noch Barbara hatten Mrs. Penny je fluchen hören. Sie starrten sie von der Küchenanrichte aus an, wo sie standen wie ein Geisterpaar, eingenebelt in Gipsstaub. Alles war ein völliges Durcheinander. Es waren wirklich außergewöhnliche Zeiten.

Zum Abendessen gab es Brot, die Butter mit einer Art Sand gesprenkelt. Doch sie beschwerten sich nicht. Ruby hörte immer noch alles wie aus weiter Ferne. Tony kehrte leise fluchend Scherben zusammen. Mrs. Penny saß einfach nur in einem Sessel und tat gar nichts.

Sie verbrachten die Nacht in der guten Stube, verschanzten sich hinter den dicken grünen Vorhängen. Mrs. Penny schnarchte, Tony röchelte und Barbara lag still da, als befände sie sich bereits in einem Grab. Sie hatte kein Wort gesprochen, seit sie wie durch Zauberhand aufgetaucht war und Ruby gescholten hatte. Im Halbdunkel musterte Ruby die Wimpern ihrer Schwester und sah, wie sie sich klein und farblos auf ihren pummeligen Wangen bogen. Barbara konnte alles verschlafen; das jedenfalls dachte Ruby.

Ruby schlief überhaupt nicht. Zumindest fühlte es sich so an. Die ganze Nacht rannte und rannte sie im Geiste durch das hohe schmale Haus, in den Kohlenbunker und wieder hinaus, in die Waschküche und all die anderen Räume, und suchte nach etwas, das ihr entgangen war, woran sie sich aber nicht genau erinnerte. Erst als das Morgengrauen unter dem dicken grünen Vorhang hindurch ins Zimmer kroch, fiel es ihr wieder ein. Clementines Koffer. Er war fort, lag nicht mehr auf dem Schrank, genau wie auch Clementine fort war. Und das Haus gegenüber. Eine Lücke, in die noch viele Jahre die Sonne scheinen und der Regen fallen und der Wind blasen würde.

TEIL DREI

Ein smaragdgrünes Kleid

EINWEISUNGSBERICHT

DOROTHEA WALKER, geborene STIRLING
Einweisung Patient Nr.: 641
Tag der Einweisung: 24. August 1939
Vorherige Einweisungen: Keine
Beruf: Keiner
Geburtstag: 18. Juli 1900
Vorheriger Wohnort: Elm Row 14, London

Körperliche & geistige Verfassung: Schlechte
körperliche Verfassung. Leicht abgemagert.
Sehr langes Haar. Neigt zum Beißen, wenn sie sich
bedroht fühlt. Verweigert häufig die Nahrung.
Halluzinationen. Orientierungslos. Irrt ständig
umher. Braucht möglicherweise Zwangsjacke.

Grund der Geisteskrankheit: Tod von Zwillingen

Unterschrift (Direktor): *Dr. Gilbert Sanday*

Zeuge: Mr. William Nye, Rechtsanwalt

Mit dem Zug nach London zu fahren war eine unerwartete Wonne, ein Luxus (selbst in der zweiten Klasse), von dem Margaret fast vergessen hatte, dass es ihn gab. Der Anfang vom Ende war erst ein paar kurze Wochen her, und schon hatte sie sich über die Demütigung des Nachtbusses erhoben und einen Platz im Frühzug gebucht. Während sie auf die Große Metropole zurasten, aß Margaret Chips mit Räucherschinkengeschmack vom Imbisswagen und fragte sich, ob das Leben, das sie dreißig Jahre lang gelebt hatte, vielleicht noch nicht vorbei war. Papierkram war nützlich, genau wie Janie erklärt hatte. London hatte Margaret gerufen, und hier kam sie.

Die Reise war nicht genehmigt. Doch andererseits wusste Margaret, dass der ganze Job in gewisser Weise nicht genehmigt war. Kein Teil der Buchführung. Eine Frau, deren Leben auf der Müllkippe gelandet war, jagte eine tote Person ohne erkennbare Vergangenheit. Bis auf ein um eine Mandarine gewickeltes Stück Papier, etwas, das darauf hinwies, dass Mrs. Walker, wie auch immer ihr Ende aussah, einst über Zahlungsmittel verfügt hatte.

Eine Smaragdkette.

Zwei dazu passende Ohrringe.

Eine Brosche in Sternform.

Margaret hatte natürlich vorher angerufen. Sie rechnete mit einem Verkäufer oder vielleicht einem Geschäftsführer: Rose & Sons, Juweliere von Rang und Namen, bekam aber stattdessen etwas anderes an die Strippe.

»Anwaltskanzlei William Nye & Sons.« Die Stimme in der Leitung klang weich und zurückhaltend. Und irgendwie überraschte es Margaret nicht, dass ihre Suche nach Papierkram schließlich einen Rechtsanwalt zutage förderte.

»Ich rufe bezüglich einer Mrs. Walker an«, sagte sie.

»Mrs. Walker?«

»Aus Edinburgh.«

Die Stimme zögerte einen Moment und fuhr dann geschmeidig fort. »Darf ich fragen, wer anruft?«

»Margaret Penny.«

Diesmal war das Zögern ausgeprägter und in der Stimme der Frau schimmerte Vorsicht durch, als sie weitersprach. »Mit wem möchten Sie sprechen?«

Margaret runzelte die Stirn. »Mit wem, denken Sie, sollte ich sprechen?«

»Dann stelle ich Sie zu Mr. Nye durch, ja?«

»Ja«, sagte Margaret und wurde in die Warteschleife gelegt.

»Nein, meine Gute. Nein.« Mr. William Nyes Stimme hob und senkte sich wie ein fernes Meer, als er in die Leitung kam. Margaret lauschte angestrengt. »Ich hatte nie eine Mandantin von dort.«

»Oh«, sagte Margaret. »Das ist schade.« Mr. Nye war schon recht alt, erkannte sie. »Vielleicht einer Ihrer Kollegen …«

»Einer meiner Kollegen, ja, ja. Aber nein, auch die nicht.«

»Oh.«

»Tut mir leid, Ihnen nicht weiterhelfen zu können. Muss jetzt Schluss machen. Kommen Sie vorbei, wenn Sie in der Gegend sind.«

Mr. Nyes Stimme verebbte und der Hörer wurde aufgelegt. Doch bevor Margaret ihrerseits auflegen konnte, war da ein Klicken in der Leitung und sie hörte erneut diese Stimme wie Karamell. »Ms. Penny. Ich freue mich schon auf Ihr Kommen. Ich habe einen Termin vorgemerkt.«

Das Schweigen zwischen ihnen dehnte sich aus, zwei Frauen,

die neben dem hohlen Echo von etwas Unausgesprochenem atmeten. Es war Margaret, die es brach. »Ich freue mich auch.«

Die Fahrkarte bezahlte sie mit einem zuvor ausgeführten Taschenspielertrick – ein Spesenformular, um das sie Janies Schreibtisch erleichtert hatte, während die Jüngere damit beschäftigt war, in ihrer Schublade nach einem Yale-Schlüssel zu suchen. Bevor sie beim ersten Mal das Bürogebäude verließ, hatte Margaret die Finanzabteilung im Untergeschoss ausgekundschaftet, ganz wie eine Frau, die früher Büroleiterin bei einem Finanzunternehmen war. Was freien Geldzugang betraf, gab es keine Tabuzonen, nicht für Margaret Penny, jedenfalls nicht mehr.

Sie reichte das Formular persönlich ein. »Nicht der übliche Weg«, sagte der Finanzsachbearbeiter und kratzte sich eine Stelle unter dem Kinn. Doch Margaret zeigte nur auf das relevante Kästchen, in dem sie die Unterschrift gefälscht hatte. »Oh, Mrs. Maclure.« Der junge Mann nickte, stempelte das Formular ab und griff nach der Geldkassette. »Sie hat mal für diese Abteilung gearbeitet.« Es war die Edinburgher Art, die Margaret einmal mehr zum Vorteil gereichte.

Viereinhalb komfortable Stunden später (keine Betrunkenen, keine klebrigen Sitze, keine Kotztütchen), und Margaret stieg in ihrem gestohlenen Mantel aus dem Zug, mitten hinein in den Puls von London. Menschen und Lärm und Hektik und Rummel. Eine Explosion all dessen, was sie vermisst hatte. Sie atmete tief ein und füllte ihre Lungen mit Staub und Abgasen, Schweiß und Abwasser, der dreckigen, schmierigen Luft einer Stadt, die ständig in Bewegung war. Dann atmete sie aus und schob den grauen Ort im Norden beiseite, für immer erstarrt unter seiner Kuppel aus Eis. Als sie ihre kleine blaue Reisetasche ergriff (vier Schlüpfer, Reserve-BH, Zahnbürste und eine Flasche von etwas namens Innoxa, ganz hinten aus dem Badschrank ihrer Mutter entliehen), rempelte jemand an ihr vorbei, ohne Anstalten zu machen, sich umzudrehen und zu entschuldigen. Doch das kümmerte Margaret nicht. Im Gegensatz zu Edinburgh, wo sich von einem Tag zum anderen nicht viel zu verändern schien, wandelte sich in London alles stündlich, minütlich, ja fast sekündlich, und jeder wechselte von einer Sache zur nächsten, ohne der Vergangenheit einen zweiten Blick zu schenken. Margaret wusste, was das bedeutete. In London konnte sie sein, wer sie wollte. Und wenn ihr das nicht gefiel, konnte sie einfach jemand anders sein.

Die Anwaltskanzlei Nye & Sons lag versteckt in einer kleinen Seitengasse am Rand der Innenstadt, unweit der Ironmonger Lane; wie bei Dickens, nur in echt. Den Eingang markierte eine schmale schwarze Tür mit einem fast bis zur Unkenntlichkeit polierten Messingschild. Weit über Margaret ragten die gläsernen Hochhäuser auf, deren Fenster in der bleichen Januarsonne funkelten. Doch unten auf Straßenniveau schimmerte das Schild nur schwach im Dämmerlicht, *William Nye & Sons*, zu einem Schatten seiner selbst vernutzt. Auch ein Exemplar einer aussterbenden Art, dachte Margaret und strich über die glatte Oberfläche mit den kleinen Unebenheiten. Dann drückte sie den Klingelknopf.

Der Mann, der die Tür öffnete, war alt. Richtig alt. Jenseits von Altersschwäche. Praktisch ein Kadaver. Margaret stand auf der Türschwelle, eine Schwade Verwesung wehte ihr entgegen, und sie staunte, dass er sich noch auf den Beinen hielt. Dieser Anwalt musste an die neunzig sein und seit langem überfällig für die Grube oder den Ofen.

»Mr. Nye?«, sagte sie.

Der alte Mann runzelte die Stirn, als wäre das einst sein Name gewesen, doch wüsste er nicht, ob es immer noch so war.

»Mr. William Nye?«

»Senior«, sagte er mit zitternder Stimme, bevor er den Kopf zustimmend senkte, die Hand fest am Türknauf, als müsste er sich daran aufrecht halten.

Mr. William Nye senior, Rechtsanwalt von uraltem Schlag, trug die volle Montur eines Leichenbestatters: schwarzes Jackett, schwarze Hose, schwarze Weste mit sechs Knöpfen. Er wirkte winzig darin, ein Gerippe und nicht viel mehr. Margaret fragte sich, ob er unter seiner Weste altmodische Hosenträger anhatte, um alles an seinem Platz zu halten. Die Hose des alten Mannes endete deutlich über seinen Schuhen und sein Jackett war schief geknöpft, so dass eine Seite tiefer hing als die andere. Margaret war sicher, es würde ihm etwas ausmachen, wenn er es wüsste.

»Margaret Penny«, sagte sie und streckte die Hand aus. Der alte Mann blinzelte, die Lider fast nackt. Er schluckte einmal, der Adamsapfel wölbte sich gegen den eng geknöpften Hemdkragen. In seinen Mundwinkeln hatte sich etwas getrockneter Speichel gesammelt wie Salzreif. Margaret gab sich Mühe, nicht hinzustarren. Der alte Mann reichte ihr im Gegenzug nicht die Hand, also ließ sie ihre sinken. »Sie sagten, ich soll vorbeikommen. Wenn ich in der Gegend bin.«

Mr. Nyes Finger auf dem Türknauf zuckten. »Margaret Penny«, murmelte er. »In der Gegend.«

»Darf ich hereinkommen?«

»Hereinkommen?« Unter seinem engen Kragen erglühte ein Hauch von Türkischrot auf seiner Haut, ehe sie zu ihrem fast durchsichtigen Zustand zurückfand. »Ja, ja. Natürlich.« Er schlurfte rückwärts, um sie einzulassen, wobei er selbst und seine düstere Kluft mit der dunklen Wand verschmolzen.

Margaret duckte sich, trat durch die Tür in einen engen Flur, in dem es nach rohen Zwiebeln und gekochtem Fleisch roch, und zwängte sich an dem Mann vorbei. Der Fußboden war ein Labyrinth aus Fliesen, alle angestoßen oder zerbrochen. Von den Wänden blätterte die Farbe. Doch unter der Baufälligkeit lag eine kühle Eleganz, die Margaret alles sagte, was sie wissen musste. Hier gab es Geld oder hatte einst welches gegeben. Aber noch wichtiger: Hier gab es Papierkram. Diktiert, notiert, mit Anmerkungen versehen, abgeheftet und archiviert – kleine Bögen Papier, die die Geheimnisse jener bewachten, die gern munkelten und vertuschten. Margaret wusste, dass sie endlich dicht an etwas dran war.

Der Flur wich einem winzigen Raum, dessen niedrige Putzdecke sich in der Mitte absenkte, als enthielte sie die gesammelten Geheimnisse von zweihundert Jahren. Genau wie der Flur bestand der ganze Raum aus Schatten. In einer Ecke produzierte eine Stehlampe einen wirkungslosen Lichtkegel. Es gab Bücher, jede Menge, vom Boden bis zur Decke. Auf dem Kaminsims stand ein Wiesel mit einem winzigen Loch im Schädel. Das Wiesel blickte Margaret mit zwei schwarzen Augen an, das eine zwinkerte, das andere war trübe. Von seinem Platz unter dem Kragen ihres gestohlenen Mantels zwinkerte der Fuchs zurück.

Der größte Gegenstand im Zimmer war ein riesiger Mahagonischreibtisch, auf dem sich nichts befand außer einer Schreibunterlage und drei Telefonen mit großen runden Wählscheiben. Nirgends ein Hinweis auf die Frau mit der zurückhaltenden Stimme. Der prähistorische Mr. Nye schob sich an Margaret vorbei, um sich hinter den Schreibtisch zu stellen, seine Knöchel bohrten sich tief in die Schreibunterlage, die Hände zitterten vor Anstrengung, sich aufrecht zu halten. »Ich habe so schnell keinen Besuch erwartet«, sagte er, seine Stimme ein fernes Echo dessen, was sie einst gewesen sein musste.

»Ich war gerade in der Nähe«, log Margaret.

»Leben Sie in London?« Mr. Nye musterte sie, seine Pupillen schimmerten wie winzige Kiesel.

»Nein«, sagte Margaret. »Also ja …« Auch das Wiesel beäugte sie. »Also manchmal …« Sie verstummte.

»Manchmal«, wiederholte Mr. Nye, als wäre diese mehrdeutige Antwort alles, was er von einer Frau wie ihr erwarten konnte. Einen kurzen Augenblick erschien seine Zungenspitze zwischen den nicht existenten Lippen. »Nun …«, sagte er, »dann folgen Sie mir mal.« Mit einer seiner Leichenhände tastete er sich vor zu einer Ausgabe des British Bankrupcy Law Band 9, griff zu und zog einen Abschnitt des Bücherregals heraus, der sich als Tür entpuppte. Sesam öffne dich, dachte Margaret, und enthülle allen Papierkram, den Janie sich nur wünschen kann.

Mr. Nyes Allerheiligstes schien sogar noch kleiner zu sein als der Raum davor. Noch eine nach unten gewölbte Decke. Noch eine Stehlampe. Doch was den Raum wirklich füllte, war das, was an der Wand hing. Bilder. Hunderte davon (oder so ungefähr). Alle Formen und Größen, von der Fußleiste bis zum Deckenfries. Tausend nackte Frauen starrten Margaret an.

Hinter ihr bewegte sich die Luft, ein leichtes Pusten. Mr. Nye schien zu lachen. Kein fröhlicher Laut. »Meine Sammlung«, sagte der alte Mann und schloss die verborgene Tür mit einem ganz leisen Klick. »Alle meine Mädchen.«

Zumindest glaubte Margaret, ihn das sagen zu hören.

Mr. Nye schlurfte hinter einen weiteren riesigen Schreibtisch. »Ich würde ja Tee anbieten …« Er presste einen Finger an seine Schläfe, wo ein blauer Schnörkel stetig pulsierte.

»Keine Umstände.« Margaret hielt es für unwahrscheinlich, dass William Nye wusste, wo der Kessel aufbewahrt wurde, von Teebeuteln ganz zu schweigen. Hier ging es um Geschäfte, nicht um die Nettigkeiten eines Kaffeekränzchens.

Mr. Nyes Finger drückte eine kleine Delle in seine Haut. »Normalerweise kümmert sich Mrs. Plymmet um solche Dinge.«

»Mrs. Plymmet?«

»Meine Assistentin.«

Die Frau mit der Karamell-Stimme.

Mr. Nye deutete auf einen Stuhl auf der anderen Seite des Schreibtischs. »Bitte setzen Sie sich.«

Der Stuhl war sehr gerade. Von der bessernden Sonntags-Sorte. Margaret beäugte ihn einen Moment und tat dann wie geheißen. »Arbeitet sie heute? Ich meine Mrs. Plymmet.« Sie hielt ihre uralte Handtasche fest auf dem Schoß, als wollte sie sich gegen eine unspezifische Bedrohung schützen.

»Heute …« Mr. Nye fuhr mit seinen Fingern an dem entlang, was einmal sein Haaransatz gewesen, aber jetzt nur ein nackter Fortsatz seiner Glatze war. »Ja, ja. Aber ich glaube, sie ist unterwegs.«

»Und Ihre Kollegen?«

»Meine Kollegen …«

Er schien verwirrt. Margaret begriff sofort. Es gab keine sonst wie gearteten Kollegen. Sie änderte die Taktik. »Kommen Sie jeden Tag ins Büro?« Mr. Nye konnte kaum verhehlen, dass er deutlich jenseits des erwerbsfähigen Alters war.

»Nicht jeden Tag.« Mr. Nyes Blick wanderte durchs Zimmer, bevor er sich erneut auf Margaret richtete. Erstaunlich ruhig für einen Mann, der ansonsten überall zitterte. »Aber hin und wieder komme ich gern her und sitze bei ihnen.« Er deutete mit bebender Hand auf die nackten Frauen an den Wänden, Brüste, Knöchel und Hüften (unter anderem), die sich alle dorthin reckten, wo Margaret saß.

»Ist eine von ihnen Ihre Frau?« Wenn Mr. Nye gern Spielchen spielte, das konnte sie auch.

Der alte Mann gab eine Art Husten von sich und leckte an der weißen Kruste in seinen Mundwinkeln. »Nein, nein. Sie sind …«

Margaret besah sich wieder die Wände. »Ja, sie sind ziemlich …«

Schmutzig. Auf mehr als eine Art.

Mr. Nyes dünne Lippen entblößten, was von seinen Zähnen übrig war. Margaret war sich nicht sicher, aber er schien zu lächeln. »Sammeln Sie immer noch?«, fragte sie. Kein Grund, unhöflich zu sein.

»Gelegentlich.« Mr. Nyes Blick huschte zu einer kleinen leeren Stelle links von ihm an der Wand. »Hin und wieder.«

Margaret schaute ebenfalls zu der Stelle. »Meine Mutter besitzt eins, das perfekt dorthin passen würde.«

Klein und braun, an die Wand der Rumpelkammer gelehnt.

»Ihre Mutter.« Der Blick des alten Mannes glitt zu ihr zurück. »Lebt sie auch in London?«

Doch Margaret war nicht extra in den Süden gereist, um über den Inhalt der Rumpelkammer ihrer Mutter zu plaudern. »Was ist mit Ihrem Sohn?«, fragte sie. »Sammelt der auch?«

»Mein Sohn?« Die Augen des alten Mannes glommen kurz auf, Nadelspitzen im Halbdunkel.

»Nye & Sons. Ich dachte …«

Nye senior blinzelte zweimal. »Es gibt keine Söhne.«

Margaret wusste, wann ein Thema beendet war. Sie entschied, zum Grund ihres Kommens vorzudringen. Was für einen Unterschied machte für sie schon ein Sohn mehr oder weniger? »Meine Klientin«, sagte sie und griff nach der dünnen braunen Mappe. »Mrs. Walker.«

Sie wartete auf das höfliche Abstreiten der Existenz einer solchen Person. Doch es kam nicht. Stattdessen krümmte er sich mit zitternden Händen in seinem Stuhl nach vorn, wobei seine Zunge über die verblasste Linie seiner Oberlippe fuhr. »Ja. Mrs. Walker«, sagte er. »Warum erzählen Sie mir nicht alles, was Sie wissen?«

Auf der Zugfahrt nach Süden hatte Margaret ein Resümee über Mrs. Walker verfasst in der Hoffnung, es könnte sich als erhellender erweisen, als es seinem Gehalt nach war.

Kaufte beim Krämer ein, trug immer einen roten Mantel, färbte auch ihr Haar rot, rauchte Super Size, trank gern Whisky, zahlte bar. Diebin. Irgendwas zwischen fünfundsiebzig und fünfundachtzig (oder so ungefähr). Weiße Haut, blaue Lippen, Leber wie Brei. Trug einen Rock, eine Strickjacke, Nylonstrumpfhosen und besaß ein grünes Kleid mit Pailletten am Saum. Hinterließ eine Mandarine auf einem Teller, eine halbe Dose Erbsen und eine Nuss, in deren Schale etwas Unleserliches eingeritzt war. Keine Papiere bis auf eine Zeitungsseite mit Geburts-, Heirats- und Todesanzeigen sowie eine Juwelierquittung.

Als sie den *Angel of the North* passiert hatten, der breit und stolz auf seinem Hügel stand, fragte sich Margaret, was von ihr wohl übrig bliebe, wenn es zum Schlimmsten käme – eine katastrophale Entgleisung, Waggons zerschmettert und zerquetscht, alle Insassen zu knusprigen Sticks verbrannt. Es gäbe nichts, um sie zu identifizieren, außer den Resten eines roten gestohlenen Mantels und einem Foto von zwei silberhaarigen Kindern, die ihre hätten sein sollen, es jedoch nicht waren.

Sie hatte sich nicht einmal von ihrer Mutter verabschiedet, war einfach durch die Haustür auf den frostglänzenden

Asphalt geschlüpft und zum Bahnhof geeilt, bevor sonst jemand wach war. Kein schwarzer Wagen wartete auf dem Parkplatz, um zu beobachten, wie Margaret fortging – nichts aus ihrer Vergangenheit verfolgte sie. Und sie machte sich nicht die Mühe, eine Nachricht zu hinterlassen. Wie lange würde es dauern, jemanden von den Toten auferstehen zu lassen? Einen Tag? Zwei Tage? Oder vielleicht ein Leben lang. Es hatte einen gewissen Nervenkitzel. Weglaufen. Erinnerte Margaret an die Person, die sie einst gewesen war. Und vielleicht wieder sein konnte. Denn als sie den Hügel hinauflief, fort von der blau-gelben Luftmatratze ihrer Mutter, wusste Margaret, dass dies der Neuanfang sein könnte, auf den sie aus war. Außerdem, wie sagte Barbara immer? *Keine Spuren hinterlassen.*

Durch die Wand war zu hören, wie in dem kleinen Büro draußen eins der drei großen Telefone klingelte. Margaret brach ihren Vortrag ab – die Liste gefundener und fehlender Gegenstände, der Mundraub und eine Juwelierquittung, auf die vor vielen Jahren die Telefonnummer dieser Kanzlei gekritzelt worden war – und wartete darauf, dass jemand zu sprechen begann. Hundert Frauen (oder so ungefähr) schauten dahin, wo sie saß.

»Anwaltskanzlei Nye & Sons.« Weich fließende Vokale sickerten durch die Wand.

»Ah, Mrs. Plymmet.« Mr. Nye verzog seine Lippen erneut zu dem, was sein Lächeln darstellte, und wartete schweigend, bis sie beide hörten, wie der Hörer aufgelegt wurde. Dann drückte er einen Knopf (ebenfalls versteckt) an der Unterseite des Schreibtischs. Im Vorzimmer läutete eine Glocke, und eine Stimme schallte herein.

»Ja?«

Mr. Nyes Stimme schallte zurück. »Mrs. Plymmet, würden Sie bitte hereinkommen.«

Hinter Margarets Stuhl betrat Mrs. Plymmet den Raum. »Oh, Entschuldigung. Mir war nicht bewusst, dass eine Mandantin bei Ihnen ist.«

»Keine Mandantin, Mrs. Plymmet.« Mr. Nye zeigte auf Margaret. »Sondern eine Besucherin aus dem Norden.« Er machte ein kleines Geräusch, das Belustigung ausdrücken mochte oder vielleicht etwas anderes.

Margaret drehte sich auf dem Stuhl um. »Hallo«, sagte sie.

Mrs. Plymmet errötete, nur ein leichter Hauch Rosa unter ihrer orangefarbenen Haut. Auch sie war alt, aber nicht so alt wie Mr. Nye. Eher um die sechzig als um die neunzig, Ringe rasselten an ihren Fingern, an denen die Knöchel herausstanden.

»Mrs. Penny fragt nach einer Mrs. Walker«, sagte Mr. Nye. »Ich habe ihr gerade versichert, dass wir nie eine Mandantin dieses Namens hatten. Können Sie das bestätigen?«

»Ja, Mr. Nye«, sagte Mrs. Plymmet und nickte zustimmend.

»Danke, Mrs. Plymmet. Das wäre dann alles.« Der alte Mann entließ seine Assistentin, als käme er noch jeden Tag zur Arbeit und würde ihr Dienstanweisungen geben statt andersherum.

Dann beugte er sich über den Tisch, und so, wie er Margaret musterte, fühlte es sich an, als könnte er direkt durch ihren roten gestohlenen Mantel blicken. »Ich denke, das ist dann ebenfalls alles.« Er zeigte auf einen Bogen Notizpapier mit Briefkopf, der plötzlich vor ihnen auf dem Schreibtisch aufgetaucht war. »Aber wenn Sie hier Ihre Adresse aufschreiben. Nur für den Fall. Damit ich Sie erreichen kann, sollte sich etwas ergeben.«

Als sie auf den Stufen standen und der alte Mann mit

erstaunlich festem Griff kurz ihre Hand packte, unternahm Margaret einen letzten Versuch. »Warum, denken Sie, stand Ihre Nummer auf einer Juwelierquittung?«, fragte sie.

Doch Mr. Nye senior zog sich bereits zurück und verschwand in der Dunkelheit.

Margarets eigentliche Verabredung fand keine zwanzig Minuten Fußweg von der Ironmonger Lane entfernt statt, in der dunklen Ecke eines monumentalen Museums, vor einem Ölgemälde, das mit barbarischen Pinselstrichen erschaffen worden war.

»Sehr kostbar«, sagte der Wärter, als er Margaret weiter und weiter durch einen Marmorkorridor zum verabredeten Treffpunkt führte. »Eine Weile aus der Mode. Aber jetzt sehr viel wert.«

Das Mädchen auf dem Gemälde, zurückgelehnt auf einer grünen Chaiselongue, war unerhört jung, ihre Haut glühte wie der Mittelpunkt einer Gasflamme. Bis auf ein Paar grüne Schuhe war sie nackt, die Beine dahin und dorthin. Ihre Augen folgten Margaret, wo immer sie stand.

Margaret wartete zehn Minuten unter der seltsamen Erscheinung, bis der wahre Grund ihrer Londonreise auftauchte – die Adresse für das Treffen stand auf der Rückseite einer Visitenkarte von Nye & Sons, die ihr beim Gehen zugesteckt worden war. Zackig und resolut klackerte sie den Marmorkorridor entlang, ohne sich umzusehen. Eine Londonerin durch und durch, die Handtasche fest mit den Händen gepackt, das Haar ein Helm aus schillernder Bronze. Sie trug einen um die Taille gegürteten Mantel, der kurz über zwei knochigen Knien endete. Die Falten um ihren Mund waren so starr wie ihr Haar, das Ergebnis von dreißig Zigaretten am Tag seit früher Jugend. Jessica Plymmet kam, um Wort zu halten.

Als sie sich näherte, streckte Margaret ihr zur Begrüßung die Hand entgegen. Doch genau wie Mr. Nye behielt sie ihre für sich. Also ließ Margaret die Hand abermals sinken und kam gleich zur Sache. Schließlich war sie in London. Wer hatte schon Zeit für Höflichkeiten? »Danke, dass Sie sich mit mir treffen«, sagte sie und vergaß für einen Moment, dass es Mrs. Plymmet gewesen war, die die Verabredung arrangiert hatte.

Mrs. Plymmet nickte knapp und deutete damit an, dass es nicht der Rede wert sei. »Ihre Mutter war einmal sehr freundlich zu mir«, sagte sie.

»Meine Mutter?« Das war nicht die Einleitung, die Margaret erwartet hatte.

»Ich habe ihr kurz vor Weihnachten geschrieben – Neuigkeiten von einer alten Freundin, die Kontakt aufnehmen möchte.« Die ältere Frau rückte den Kragen ihres Mantels zurecht. »In der Juristerei trifft man auf alle möglichen Leute.«

Rechtsanwälte und Teilhaber. Sachbearbeiter und Partner. Kläger und Beklagte. Sekretärinnen, die sich im Hintergrund abmühten. Als sie heranwuchs, hatte ihr Barbara oft erzählt, wie ermüdend es war, sich jahrzehntelang im Dienst der Justiz abzurackern. Aber eine Bekannte in London hatte sie nie erwähnt.

»Ich wusste nicht, dass Sie meine Mutter kennen.« Hier bot sich eine Gelegenheit, sofern Margaret sie ergreifen wollte. In dreißig Jahren der erste Mensch, der ihr etwas über ihre Vergangenheit verraten könnte.

Aber dafür war Mrs. Plymmet nicht hier. »Die Telefonnummer … auf der Quittung«, sagte sie. »Darf ich die mal sehen?«

»Selbstverständlich.« Margaret öffnete die dünne braune Mappe und holte die Quittung von Rose & Sons, Juweliere von Rang und Namen hervor.

Mrs. Plymmet nahm das alte zerknitterte Stück Papier und

betrachtete es eingehend. »Das ist unsere Nummer«, räumte sie ein, als bräuchte Margaret dafür eine Bestätigung.

»Erkennen Sie die Handschrift?«, fragte Margaret.

»Nein.« Mrs. Plymmet wandte den Blick ab.

»Aber warum, denken Sie, steht Ihre Nummer darauf?«

»Für alle Fälle.« Einen Moment starrte die ältere Frau Margaret herausfordernd an, wie eine Warnung, nicht weiterzufragen. »Und schauen Sie, was passiert ist.«

Da hatte sie natürlich recht.

Margaret holte ihre Kopie der Zeitungsseite mit den Geburts-, Heirats- und Todesanzeigen heraus und faltete sie sorgsam auseinander, um eine staubige Nuss und Papierschnipsel mit einer Reihe Mädchennamen zu enthüllen. »Sagt Ihnen das was?«

Beim Anblick der Nuss runzelte Mrs. Plymmet die Stirn. »Nein«, sagte sie.

Und diesmal glaubte Margaret ihr. Mehr oder weniger. Sie faltete die Zeitungskopie wieder um all ihre Schätze und schloss die dünne braune Mappe. Einen Moment standen die beiden Frauen schweigend da, während Mrs. Plymmet das Bild an der Wand neben ihnen und Margaret wiederum sie anstarrte.

Dann sagte die ältere Frau: »Ich habe etwas, das Sie interessieren könnte.«

»Ah ja?«

»Es ist nicht viel.«

»Aber es ist zumindest etwas.«

Mrs. Plymmet nickte zustimmend und schob eine Hand unter ihren Mantel. Sie zögerte kurz, bevor sie eine verblasste Pappmappe hervorholte, zugebunden mit einer Schleife, die einmal dunkelrosa gewesen sein musste.

»Was ist das?«

»Die Akte Walker.«

Und Margaret spürte es sofort. Dieses Prickeln, das in den Fingern begann und wie Quecksilber geradewegs ins Herz schoss. »Wo kommt die her?«

»Aus dem Aktenschrank natürlich.«

»Mr. Nye hat abgestritten, eine Mandantin namens Walker zu haben.«

Mrs. Plymmet machte eine Geste, mit der sie das unmissverständlich verwarf. »Er ist inzwischen ein sehr alter Mann. Nicht mehr derselbe wie früher.« Für einen Moment leuchteten ihre Augen in der Farbe eines Tigerfells, bevor sie sich wieder der Mappe in ihrer Hand zuwandte.

Da verstand Margaret. Diese Frau war genau wie sie. Rezeptionistin. Sachbearbeiterin. Persönliche Assistentin. Auf mehr als nur eine Art. Eine Beilage, aus der nie wirklich die Hauptspeise wurde. Margaret warf einen langen Blick auf den großen Diamanten, der den Mittelfinger ihrer rechten Hand schmückte. Immerhin hatte Jessica Plymmet aus ihrem Arrangement etwas Nützliches herausgeholt und war nicht bloß eine alleinstehende berufstätige Frau, die in die Falle ihrer Jugendsünden getappt war.

»Vielleicht ist es nicht von Belang.« Mrs. Plymmet hielt Margaret die Mappe hin. »Aber ich fand, Sie sollten es haben.«

Margaret streckte die Hand aus, um zu nehmen, was ihr angeboten wurde. Mrs. Walker einmal mehr in greifbarer Nähe.

Die andere zögerte, nur ganz kurz, bevor sie Margaret die Walker-Akte übergab. »Es ist doch wichtig, finden Sie nicht?«, sagte sie mit einem kurzen Blick auf das Gemälde. »Seine Schuld zu begleichen, wenn man kann.«

Ruby mit den Strahleaugen, ein Stein, geschliffen kostbarer, getränkt in (eimerweise) Blut weit dünner als Wasser, schlenderte durch die Galerie, als gehörte sie ihr. Was in gewisser Weise zutraf. Denn heute war sie es, die von allen Wänden blickte. Die Beine dahin und dorthin.

Sie schillerte beim Gehen, schlängelte sich in einem knapp knielangen smaragdgrünen Kleid mit hohem Halsausschnitt durch die Menge. Sie war erst fünfundzwanzig, stolzierte jedoch durchs Gedränge, als wüsste sie alles, was man vom Leben wissen muss. Und mehr.

Auch Mr. William Nye senior glaubte, er wüsste alles, was man vom Leben wissen muss. Ein lebhafter Mann mit lebhaftem Haar und Durst auf das Außergewöhnliche innerhalb des Konventionellen. Dazu eine Narbe auf dem Rücken, wo einst ein Granatsplitter seine Innereien durchbohrt hatte. »Glück gehabt«, erklärte der Arzt im Lazarett und polkte in der Wunde. Dabei wusste William Nye senior, dass es mehr damit zu tun hatte, zur rechten Zeit am rechten Ort zu sein. Das lehrte ihn die Sauerei, die der Mann neben ihm hinterließ. Danach gab es nur noch eins: das Leben packen, wann immer es ging.

Jetzt betrachtete er Ruby, während sie auf ihn zu durch die Menge glitt – eine junge Frau, der nichts fehlte als ein oder zwei Juwelen, um den Glanz ihres Haars zu unterstreichen. Mr. Nye begeisterte sich für junge Frauen und er begeisterte sich für Kunst. Und hier verschmolz beides. Von hoch an den Wänden blickte eine nackte Ruby auf ihn herab, Ölfarbe mit dicken Pinselstrichen auf die Leinwand geklatscht. Auf dem Porträt hatte Ruby nichts an außer dem gleichen Paar Schuhe, das sie jetzt trug.

»Ihre azurblauen Adern. Ihre Alabasterhaut. Ihre korallen-roten Lippen. Ihr schneeweißes Grübchenkinn.«

Die geschändete Lukretia. Wie passend. Doch das eigentlich Entscheidende waren die Augen.

Eine andere junge Frau, die neben ihm stand, wandte sich mit bösem Blick um. Er hatte gar nicht laut sprechen wollen, es aber wohl getan. Die junge Frau war kleiner als das abge-bildete Modell, mit runderen Hüften und Wangen, auf denen schon rosa Flecke zu sehen waren. Sie trug ihr Haar in einer Dauerwelle, dabei konnte sie nicht älter als fünfundzwanzig sein. »Entschuldigung, sagten Sie etwas?«

»Shakespeare«, sagte Mr. Nye und nickte leicht.

Die junge Frau errötete und blinzelte dann. »Ich wusste nicht …«

»Nie in der Schule gehabt, was?«

Die junge Frau setzte zu einer Antwort an, doch Mr. Nye hatte sich bereits abgewandt und blickte in die andere Richtung.

Schule war öde gewesen. Schule war streng geregelt gewesen. Schule war ein Ort gewesen, den man Tag für Tag ertragen musste, genau wie jetzt ihr Zuhause, bis sie endlich eine Möglichkeit fand zu entkommen. Barbara, ebenfalls in ihrem besten Kleid, jedoch glanzlos und unbeachtet, starrte einen Moment auf diesen lebhaften Mann und sein lebhaftes Haar und dann wie er auf ihre Zwillingsschwester.

»Komm zur Vernissage«, hatte Ruby gesagt, als sie sich auf ihrer üblichen Bank im üblichen Regen trafen. »Das wird lustig.«

»Ich weiß nicht, Mrs. Penny könnte etwas dagegen haben.« Barbara hatte mit zugeknöpftem Mantel und fest verschlosse-ner Handtasche dagesessen.

»Wen kümmert, was Mrs. Penny denkt!« Ruby trug einen

Regenmantel mit Gürtel und einen schwarzen Rollkragen-pullover. Selbst im Niesel schaffte sie es noch zu funkeln, während ihre schlanken Finger eine Mandarine zerlegten, als wären sie eins mit ihr. »Du musst auch mal Spaß haben, Barbara. Das habe ich schon tausendmal gesagt. Komm und arbeite für Mrs. Withers. Ich bin sicher, sie hätte nichts dagegen.«

Barbara sah zu, wie die Mandarinenschale in einer langen Spirale unbeachtet auf den nassen Boden fiel. Weg, weg, dachte sie, hinaus ans Licht, hinaus in die Welt, wo man eine Mandarine essen kann, wann immer man will. »Ich kann nicht«, sagte sie. »Mrs. Penny hat sonst niemanden.«

»Sie hat Tony.«

»Tony lebt nicht ewig.«

»Genauso wenig wie du.«

Barbara blinzelte, als ein Regentropfen an ihrer Wimper hängen blieb und die Welt plötzlich verschwamm. Sie konnte sich vorstellen, was Mrs. Penny sagen würde, wenn sie die Seiten wechselte. »Lumpenpack sieht man am liebsten von hinten!« Genau wie vor vielen Jahren, als sie feststellten, dass Ruby in den Osten der Stadt gezogen war und lieber auf Mrs. Withers' Geheiß Eimer schleppte als bei ihnen.

Wobei sich Barbara schon damals gefragt hatte, ob Mrs. Penny damit auch sie meinte.

»Was hat sie denn je für dich getan?« Ruby lutschte an einer Mandarinenspalte, als wäre es ein Lolli.

Barbara starrte auf die Frucht zwischen Rubys Lippen. Mrs. Penny hatte sie nie verlassen, *das* hatte sie für Barbara getan. Drei Stockwerke und ein Kohlenkeller, alles noch intakt. Der einzige Mensch, der Barbara wirklich brauchte, während Ruby nie jemanden gebraucht hatte außer sich selbst.

Dennoch, wohin hatte es Barbara gebracht, jetzt, da sie erwachsen war? Eine Arbeit, bei der sie Frauen in Not die Tür öffnete, ihre Mäntel nahm und Eimer mit ihrem Abfall hinaustrug, den sie selbst nicht ansehen konnten. Wie sie da im Regen saß, ein klebriges Stück Mandarine in der Hand, fühlte sich Barbara erhitzt und unbeholfen. Ruby hatte recht. Was war sie letztlich anderes als eine, bei der der Coronation-Penny immer bei Zahl landete.

»Also gut«, sagte sie zu ihrer Schwester. »Ich komme hin.«

Als der besagte Abend nahte, saß Barbara in ihrem Zimmer im höchsten, entferntesten Stockwerk und schraubte den Deckel einer glänzenden Flasche Nagellack auf, als wäre es die kostbarste Sache der Welt. Normalerweise trug Barbara keinen Nagellack. Er rieb sich beim Waschen immer ab. Doch diesmal lackierte sie ihre Finger einen nach dem anderen mit drei sorgfältigen Pinselstrichen in einer modischen Farbe – Rosa Göttin – passend zum Rosa ihrer Wangen. Als sie fertig war, setzte sie sich auf die Kante des schmalen Betts und wedelte mit den Händen, um die Nägel zu trocknen, bevor sie nach unten ging und das beste Kleid bügelte, das sie besaß.

»Was hast du überhaupt vor?« Mrs. Penny saß am Küchentisch und sortierte Knöpfe in eine Kiste und Garnrollen in eine andere. Sie erwartete immer noch, über alles informiert zu werden, was im Haus in der Elm Row vor sich ging, obwohl von der ursprünglichen Familie Walker fast niemand mehr übrig war.

»Ausgehen«, sagte Barbara und drückte das Bügeleisen auf weitere selbstgenähte Falten.

»Mit wem?«

»Jemand, mit dem ich befreundet bin.«

Mrs. Penny legte eine Sortierpause ein und beugte sich vor, um ihre Beine zu reiben. »Es ist doch kein Junge, oder?« Sie hatte jetzt Krampfadern, dunkle Fäden, die sich durch ihre Haut zogen.

Barbara hob das schwere Bügeleisen und stellte es aufrecht hin. »Ein Junge?«, sagte sie.

»Dann eben ein junger Mann. Du weißt sehr wohl, was ich meine.«

Barbara wurde rot, ein hässlicher Farbton, und verbarg ihre lackierten Nägel in den Fäusten. »Nein«, sagte sie.

Mrs. Penny lehnte sich zurück, zufrieden, das klargestellt zu haben. »Solange du für die Morgentermine hier bist. Ich will die Tür nicht selbst öffnen.« Mrs. Penny mochte ein Haus für Frauen in schlimmer Lage führen, aber niemand sollte denken, sie selbst sei schlimm dran.

Barbara hob das Kleid vom Bügelbrett und schüttelte es sorgfältig aus. Beide betrachteten das handgenähte Kleidungsstück: enge Taille, ausgestellter Rock, sittsamer Ausschnitt. Nicht so viel anders als das, was sie vor all den Jahren für die Krönung genäht hatte. Beide nahmen zur Kenntnis, dass der Saum nicht so gleichmäßig war, wie er hätte sein können.

»Du wirst eine Strickjacke brauchen.« Mrs. Penny trug stets eine Strickjacke. Braun, mit zwei ausgeleierten Taschen in Hüfthöhe. »Sonst frierst du dich zu Tode.«

Barbara faltete das Kleid über ihrem Arm und gab acht, den Rock nicht zu zerknittern. »Bestimmt nicht. Ich komme schon zurecht.«

»Sag nicht, ich hätte dich nicht gewarnt.« Mrs. Penny hatte immer noch gern das letzte Wort. »Und komm nicht so spät, sonst ist die Tür abgeschlossen.«

Als sie das Haus in der Elm Row 14 an diesem Abend verließ, nahm Barbara doch eine Strickjacke mit. Um für alles gewappnet zu sein. In Handschuhen und bis oben zugeknöpftem Mantel, ihr Täschchen fest umklammert, eilte sie zur Bushaltestelle. Auf den Mund hatte sie sorgfältig Lippenstift aufgetragen. Sie war noch nie auf einer Vernissage oder etwas dergleichen gewesen und wusste nicht, was sie erwartete. Ungeachtet dessen hätte sie sich nie träumen lassen, was sie zu Gesicht bekam, als sie schließlich eintraf. Tausend nackte Rubys, die sie von allen Wänden anstarrten.

»Tut mir leid.« Der Mann neben ihr drehte sich jetzt zu ihr um und berührte leicht ihren Arm. »Ich wollte Ihnen nicht zu nahe treten.« Seine Lippen glänzten einen Moment im Licht der Galeriestrahler, als hätte er sie saubergeleckt.

Wo seine Finger ihren Ärmel berührten, prickelte Hitze ihren Arm auf und ab. Sie wünschte, sie hätte doch keine Strickjacke angezogen. »Nein«, sagte sie und die kleinen Flecke auf ihren runden Wangen röteten sich. »Es ist nur …« Sie deutete mit einer Hand in Rubys Richtung. »Meine Schwester.«

»Oh.« Der Mann war überrascht.

»Ja.« Barbara nahm einen Schluck aus dem Weinglas, das sie fest gepackt hielt. Der Wein schmeckte sauer. Auf die eine oder andere Weise waren alle Männer überrascht.

»Und Sie sind?« Der Mann hatte inzwischen die Hand von Barbaras Arm genommen.

»Barbara«, murmelte sie in ihr Glas. »Barbara Penny.«

»Und sie ist?« Der Mann deutete auf die Bilder an der Wand.

Barbara drehte den Kopf zu ihrer nackten Schwester und dann dorthin, wo eine junge Frau in einem grünen Kleid im Zentrum des Raums erstrahlte. »Ruby«, antwortete sie.

Mr. Nye senior blinzelte und hob die Hand an sein lebhaftes Haar, um eine lebhafte Locke glattzustreichen. Dann begann er zu lächeln. Keine Frage von Glück, vielmehr zur rechten Zeit am rechten Ort. So war das im Leben von Mr. Nye. Denn er war diesen Mädchen schon einmal begegnet, an einem anderen Ort, wo ihre Gesichter wie kleine Monde vom höchsten, entferntesten Stockwerk eines hohen schmalen Hauses auf ihn herabstarrten. Und noch ein weiteres Mädchen war dort, das »Mummy! Mummy! Mummy!« schrie, als sein Vater (der ursprüngliche Nye senior) seinerseits Anweisungen brüllte. »Nicht so! So! So!« Während die nackten Füße der Frau sich in seinen Händen wanden.

Die Mutter der Mädchen hatte auch gebrüllt, als sie sie hinaustrugen, wobei ihr Nachthemd durch den Staub schleifte. Beinahe hätte sie seinen Vater ins Handgelenk gebissen. »Verdammt noch mal!« Und sie schrie wieder und wieder »Nein! Nein! Nein!«, bis sie sie im Wagen hatten.

Er war damals ein junger Mann, kaum achtzehn und noch nicht durchdrungen von sengendem Metall und dem Wissen, dass man das Leben packen musste, wann immer es ging. Er befolgte nur die Anweisungen seines Vaters, als er half, die Frau auf den Rücksitz zu manövrieren.

Doch an eines erinnerte er sich. Wie ihr Nachthemd wie eine Ziehharmonika hochgerutscht war. Die Entblößung ihrer langen bleichen Beine. Der Schock angesichts der Spalte ganz oben, das Haar gekringelt und rau, und dieses Stückchen Fleisch, glänzend und rosa, das in der Kluft zwischen ihren Beinen offenbart wurde. William Nye hatte noch nie zuvor unter die Kleidung einer Frau geblickt, und ganz sicher nicht so.

Wie angewiesen, versuchte er die Frau gegen den Ledersitz des Wagens zu drücken und ruhig zu halten, doch sie krümmte und wand sich. Blut jagte durch jedes einzelne seiner Körperteile, als er sie fest gepackt hielt und einen Halbmond aus weißen Abdrücken in ihre Haut presste. Sie drosch und trat um sich wie ein wildes Tier, die Haare dahin und dorthin. Er hatte es nicht geschafft, sie in Schach zu halten, und dachte, sie würde sich losreißen, bis jemand an der offenen Wagentür ihr einen Schlag versetzte, *klatsch-knack*, da war die Frau wie ein totes Ding zusammengeklappt, mit schiefem Kopf und schlaffen Gliedern.

Die Wagentür wurde zugeschlagen und sie fuhren durch die Dunkelheit, während er hinten saß, die schlaffen Füße der Frau auf dem Schoß. Er hatte nicht versucht, ihr Nachthemd herunterzuziehen oder ihr Haar glattzustreichen. Oder die fleischige Spalte zu bedecken. Stattdessen fuhr er mit ihr, wie sie war. Entblößt.

Irgendwann schaffte es Ruby durch die Menge zu ihnen – ein älterer Mann mit einem Strahlen im Gesicht, daneben ihre Zwillingsschwester, die in ihrem selbstgemachten Kleid unbeholfen dastand. Sie beugte sich zu Barbara hin und küsste sie auf die Wange. Barbara zuckte zusammen, wich beinahe zurück. Seit wann taten sie denn so was? Dann richtete Ruby sich wieder auf und wartete darauf, vorgestellt zu werden. »Barbara«, sagte sie. »Wie schön, dass du gekommen bist.« Als hätte nicht sie ihre Schwester überhaupt erst eingeladen. »Und das ist …?« Sie ließ den Satz versickern. Aufgereiht an ihrem Kleidersaum blinzelten und zwinkerten Pailletten wie tausend winzige Augen, passend zu Rubys eigenen erstaunlichen Augen. Sie duftete nach Mandarinen. Und darunter ein hartnäckiger Hauch von Leinöl.

Barbara wandte sich dem Mann zu, um ihn vorzustellen, doch er hatte ihr seinen Namen nicht genannt. »Tut mir leid …«

»Mr. William Nye«, unterbrach er nun, »Rechtsanwalt«, und streckte eine elegante Hand aus.

»Sehr erfreut.« Ruby schob ihre eigene kleine Hand in seine Handfläche und ließ sie dort einen Augenblick ruhen wie einen verletzten Vogel.

Mr. Nye hob Rubys Hand an seine Lippen und sagte: »Die Freude ist ganz meinerseits.«

Dann zog sie ihre Hand zurück und wandte sich wieder

ihrer Schwester zu. »Lass uns nach draußen gehen, Barbara«, sagte sie. »Ich will eine rauchen.«

»Sie können hier drinnen rauchen.« Mr. Nye hielt ihr bereits ein Päckchen hin, aus dem die weißen Spitzen von zwei Zigaretten herausstanden. Eine für sich. Eine für Ruby. Keine für Barbara mit ihrem schiefen Saum.

Ruby runzelte die Stirn und hakte sich bei Barbara unter, als täten sie das jeden Tag. »Nein danke«, sagte sie. »Meine Schwester und ich wären lieber allein.«

Draußen, außerhalb des grellen Lichts der Galerie, in einer Gasse, die sich mehr wie zu Hause anfühlte, zog Barbara ein Päckchen Craven A aus ihrer Tasche und zündete zwei Zigaretten gleichzeitig an. Sie saugte fest an den hellen Filtern und gab dann eine an Ruby weiter, die an der rauen Mauer lehnte. »Ich wusste gar nicht, dass du rauchst, Ruby.« Barbara zog die Strickjacke enger um die Schultern und warf einen flüchtigen Blick auf die Fingernägel ihrer Schwester, wo verglichen mit ihrem eigenen grellbunten Lack ein schöner neutraler Farbton in der Dunkelheit schimmerte.

»Jeder raucht doch.« Ruby hielt die Zigarette für einen kurzen Zug an den Mund, bevor sie sie lässig neben sich hängen ließ. »Außerdem hast du noch nie gefragt.«

Barbara zog an ihrer eigenen Zigarette, begierig auf den Rausch. Ruby hatte recht. Jeder rauchte. Selbst Mrs. Penny gönnte sich inzwischen hin und wieder eine Kensitas, wenn sie dachte, dass niemand hinsah.

Seite an Seite standen die beiden Schwestern in der Dunkelheit. Ruby stieß langsam Rauch aus den Nasenlöchern. »Wie findest du die Ausstellung?«, fragte sie.

Barbara schnipste etwas Asche auf den dreckigen Boden. »Ganz gut.«

»Ganz gut?«

»Man sieht ziemlich viel von dir.«

Ruby lachte. Regel Nummer 23 – immer anständig bleiben. »Weiß Mrs. Penny, dass du hier bist?«

Barbara ignorierte die Frage. »Bezahlt der Künstler dich dafür?«

Rubys Zigarette gab ein sanftes Knistern von sich, als sie daran zog. »So könnte man es nennen.«

Barbara runzelte die Stirn und nahm auch einen Zug. Regel Nummer 5 – immer darauf achten, dass man zum gängigen Preis bezahlt wird.

»Aber er meinte, ich kann eins von seinen neuen Bildern haben.« Ruby tippte rechts von sich ihre Asche ab, ein kleiner grauer Schauer.

»Wie sind die denn?«

»Klein. Und braun.«

Diesmal lachten beide. Niemand, der Ruby je kennengelernt hatte, würde sie auch nur annähernd so beschreiben.

»Und sind sie wertvoll?« Barbara konnte sich Kunst nicht als etwas anderes als eine Domäne der Reichen vorstellen.

»Ich glaube nicht. Er ist schrecklich arm.«

»Warum machst du's dann?«

»Weil er mich darum gebeten hat.«

Barbara fröstelte in ihrer Jacke. Das war seit jeher der Unterschied zwischen ihnen. Sie sagte zu allem »Nein«, während Ruby zu allem »Ja« sagte.

»Abgesehen davon könnte er in Zukunft nützlich sein.« Ruby blies eine kleine Rauchwolke in den Nachthimmel. »Egal, genug von ihm. Was hältst du von Mr. Nye?«

»Mr. Nye?« Barbara zuckte die Schultern. Doch sie konnte immer noch das Prickeln seiner Finger spüren, wo sie sich durch die Wolle auf ihre Haut gedrückt hatten.

»Ich bin ihm schon mal begegnet, weißt du.« Ruby rieb

mit ihrer grünen Schuhspitze über die verstreute Asche am Boden.

Barbara sog den Rauch tief und hart in ihre Lungen. »Das hat er nicht erwähnt.«

»Er erinnert sich vermutlich nicht daran.«

»Wo war das?«

»Bei Mrs. Withers natürlich.«

Acht Jahre seit der Krönung der jungen Königin, und Mrs. Withers öffnete die Tür immer noch lieber selbst. »Nur für alle Fälle. Sollte ich ablehnen wollen.«

Rubys Aufgabe bestand seit jeher darin, hinten im dunklen Flur zu warten, eine schattenhafte Gestalt, die in einem Moment die Mäntel hielt und im nächsten die schmutzigen Emailleschüsseln ausschrubbte. Wenn es klingelte, wartete sie und sah zu, wie Mrs. Withers zur Tür eilte, um ihre Gäste zu begutachten, als hätte sie den Besuch gar nicht erwartet. »Mr. und Mrs. Smith«, murmelten sie, wenn sie eintraten.

Was ihn unterschied, war die Stimme. Diese eleganten Vokale, tönend und klar. Und die Tatsache, dass er sich nicht scheute, sich als er selbst vorzustellen.

»Mr. Nye«, sagte er.

»Natürlich.« Mrs. Withers hatte sogar kurz den Kopf geneigt, als sie beiseitetrat, um ihn einzulassen.

Ruby wusste sofort, was das bedeutete. Dieser Mann bestand aus Geld, von seinem dichten Haar bis zu den polierten Schuhspitzen. Hier war ein Mann, der zahlte – für Unannehmlichkeiten, für alles, was besser unausgesprochen blieb. Ihm war nicht wichtig, was es kostete, sondern dass er als Erster bekam, was er wollte.

Von ihrem Platz im Dunkeln konnte Ruby es förmlich riechen: die Geldscheine, die im Wohnzimmer von Hand zu

Hand gingen, gefolgt vom Ritual des Whiskys, der in geschliffene Gläser geschenkt wurde. Sie hatte es viele Male durchs Schlüsselloch beobachtet, war jedoch nie dazugebeten worden. Acht Jahre, und Mrs. Withers vertraute ihr diese schmuddeligen Papierlappen immer noch nicht an. Obwohl sie Ruby an jedem einzelnen Abend zum Trinken ermunterte.

Gleich hinter der Haustür, auf den kalten Fliesen des Flurs, stockte das Mädchen, das mit Mr. Nye gekommen war, als hätte sie Angst, die Sache fortzusetzen. Mit ihren hellgelben Handschuhen und dem passenden Hut war sie wie zum Kirchgang gekleidet. Ruby trat aus den Schatten und versuchte sich das Lachen zu verkneifen. Sie konnte sich nicht erinnern, wann sie zuletzt einen Hut getragen hatte, wenn überhaupt. Es war eher etwas, das ihre Schwester Barbara besitzen könnte.

Ruby berührte das Mädchen am Arm. »Hallo«, sagte sie. »Ich bin Ruby.« Das Mädchen zitterte am ganzen Körper. Sie schien noch jünger zu sein als Ruby, als sie zum ersten Mal in Mrs. Withers' Haus kam, ohne jede Habe außer einer Paranuss und einem vom Waschen ergrauten Handtuch. Ruby streckte die Hand aus. »Soll ich Ihre Handschuhe nehmen?«

Das Mädchen blickte überrascht auf ihre Hände, als wäre ihr nicht bewusst, dass sie überhaupt Handschuhe trug. Ihr Gesicht war blutleer, nichts als Schatten und Konturen. Sie presste eine Handtasche gegen ihren Bauch, als wollte sie ihn schützen. Zu spät, dachte Ruby, zu spät. »Vielleicht auch Ihren Hut?«, sagte sie.

Das Mädchen schüttelte kurz den Kopf, als würde Ruby, wenn sie die Handschuhe oder den Hut nähme, noch etwas anderes, Kostbareres nehmen. Dann begann sie zu weinen.

»Sie war erst sechzehn.« Ruby zupfte sich ein winziges Stück Tabak von der Lippe. »Zumindest sagte das Mrs. Withers. Ich nehme an, dass sie sogar noch jünger war.«

Barbara sog eine dicke Rauchschwade in ihre Lunge. »Das würde Mrs. Penny nicht zulassen.« Regel Nummer 42 – nur verheiratete Frauen. Selbst die, die ihre Schwangerschaften Abwegen zu verdanken hatten, die sie im Nachhinein lieber vermieden hätten. Barbara hatte plötzlich das dringende Verlangen nach einem Glas Rum, um den Schmutz zu versüßen und wegzuspülen.

Ruby lachte. »Ich wette, es kommt nicht mehr so viel Geld rein, jetzt, wo Tony alt wird. Niemand, der sie aufs Sofa locken könnte, weder vorher noch hinterher.«

Barbara zuckte die Achseln. Ruby hatte recht. Die Frauen standen in der Elm Row nicht mehr Schlange wie früher. Tony war inzwischen richtig fett. Seine Finger waren vergilbt. Er trank zu viel. Doch von seinem Platz beim Ofen zwinkerte er Barbara immer noch zu – der einzige Mann, der das je getan hatte.

»Du solltest ihn nach einer Arbeit fragen, Barbara.« Ruby nahm einen letzten Zug von ihrer schrumpfenden Zigarette.

»Wen, Tony?«

»Mr. Nye natürlich.«

»Warum sollte ich das tun?«

»Er ist Anwalt.«

Barbara runzelte die Stirn. »Welche Verwendung sollte ein Anwalt für mich haben?«

»Du bist ein Arbeitstier, oder nicht? Da kannst du genauso gut für ihn schuften statt für Mrs. Penny. Immerhin würdest du einen Schreibtisch bekommen.«

»Warum fragst du ihn nicht selbst?«

Ruby schleuderte den Zigarettenstummel in den Rinnstein. »Das tu ich vielleicht, aber nicht wegen einer Arbeit in seiner Kanzlei.«

Auch Barbara warf ihre Zigarette weg, zwei glühende kleine Stummel, die zusammen ins Dunkel rollten. »Was meinst du damit?«

Ruby streckte ihren eleganten Schuh vor und trat die beiden Glutreste aus. »Du wirst schon sehen. Er ist für mich viel wertvoller als das.«

Drinnen in der Galerie, wo es inzwischen heiß war und nach Alkohol und Zigaretten stank, stand Mr. William Nye senior vor einem Bild. Ruby mit ihren Armen dahin und dorthin. Ruby mit gespreizten Beinen. Ruby mit ihren erstaunlichen Augen, die einen direkt ansahen. Die Sorte Mädchen, in die man sich verlieben könnte, wenn man nicht achtgab.

Der Künstler, ein Mann mit sprießendem Bart und altmodischen Schuhen, stand neben Mr. Nye. Er war noch jung, doch er tat gern so, als wüsste er mehr, als tatsächlich der Fall war.

»Ich denke, dieses hier.« Mr. Nye zeigte auf ein Bild.

»Eine gute Wahl.« Der Künstler nickte.

Gemeinsam betrachteten die beiden Männer die barbarischen Farbstriche.

Mr. Nye beugte sich zu dem kleinen Schild vor, das an der Wand befestigt war. »Wie heißt es?«

»*Eimer-Mädchen Nummer 3.*«

»Eimer-Mädchen?«

Der Künstler lachte und kaute kurz an einem seiner Fingernägel, an dem sich dunkle Farbe festgesetzt hatte. »Genau das tut sie. Verbringt ihre Tage damit, Eimer voller Blut zu tragen. Wie ein Schlachter.« Dann lachte er wieder.

Mr. Nye senior sah den dünnen roten Schmutzrand oben an Mrs. Withers' Schüsseln, bevor sie sie hinaustrug. »Malen Sie sie oft?«

»Ja. Sie ist meine derzeitige Inspiration.« Er wandte sich Mr. Nye zu. »Würden Sie gern mehr sehen?«

»Könnte ich möglicherweise in Ihr Atelier kommen?«

»Ja, das ginge.«

Die beiden Männer schüttelten sich die Hand. Beide verstanden. Alles war zu verkaufen, wenn der Preis stimmte.

»Kaufst du mal wieder ein Bild, Vater?«

»Ah, der verlorene Sohn.« Mit leicht angewidertem Grinsen drehte sich Mr. Nye zu einem hochgewachsenen jungen Schlaks um, der mit einem Glas Wasser in der Hand hinter ihm stand. »Wo bist du gewesen?«

»Im Büro.«

»Du arbeitest zu hart, Junge. Musst mal ausgehen, das Leben packen, solange du kannst.« Nye senior schaute seinen Sohn einen Moment unverwandt an und dann an ihm vorbei auf Ruby, die sich wieder auf sie zuschlängelte. Die Blicke aller Männer begleiteten sie.

»Wer ist das?«, fragte Ruby, als sie bei ihnen ankam. Barbara folgte in Rubys Kielwasser.

Mr. Nye senior machte eine wegwerfende Handbewegung. »Mein Sohn, William junior.«

»Wie reizend.« Ruby wartete nicht einmal, dass der junge Mann seine Hand ausstreckte, sondern griff zu und küsste ihn auf beide Wangen.

Noch bevor Ruby sich zurückzog, nahm das Gesicht von William junior die Farbe von Roter Bete an. »Erfreut, Sie kennenzulernen«, sagte er, weil ... nun, weil man das so machte.

Ruby lachte. »Die Freude ist ganz meinerseits.«

Mr. Nye senior starrte zornig. Der Künstler schnaubte Wein in sein Glas. Barbara stand hinter ihrer Schwester und runzelte die Stirn.

»Oh«, sagte Ruby und machte ebenfalls eine wegwerfende Handbewegung. »Das ist meine Schwester Barbara.«

Der junge Mann, gerade eben einundzwanzig, wandte sich Barbara zu und reichte ihr seine Hand. »Freut mich, Sie kennenzulernen. Ich bin Will.«

Barbara reichte ihm ihre Hand. »Ja«, sagte sie.

Beide Handflächen waren feucht.

Unterdessen glitt der Rest der Gruppe irgendwie davon und sie blieben auf sich allein gestellt zurück – Kleines Schweinchen Barbara, inzwischen ausgewachsen, und der reizlose Junior Nye, zwischen ihnen nichts als tausend nackte Rubys, die von jeder Wand herabschauten. Der junge Mr. Nye, unbeholfen und eckig, sah Ruby hinterher, wie sie an der Seite seines Vaters den Raum durchquerte. Er nestelte ein großes Taschentuch aus seiner Tasche und wischte sich die Schläfen. Warum waren Vernissagen immer so klaustrophobisch? Selbst seine Füße waren heiß. Rubys kleine Reihe Pailletten zwinkerte ihm von Ferne zu. »Kennt jeder Ihre Schwester?«, fragte er Barbara.

»Niemand kennt meine Schwester«, sagte Barbara. »Nicht einmal ich.«

Drei Wochen vergangen, und Ruby legte sich im Atelier des Künstlers auf die Chaiselongue. Der Bezug fühlte sich rau an auf ihrer nackten Haut. Um ihren Hals, verdreht zwischen den Brüsten, hing an einer dünnen Goldkette ein winziger Smaragd. Sie schloss die Augen, als Mr. Nye senior sich vorbeugte, um ihre Gliedmaßen zu arrangieren – ihre Beine, ihre Arme, ihre Hüften drapierte, so und nicht anders. Er atmete schwer, als er sich obenauf hievte und mit einem Finger von ihrem Schlüsselbein bis zum bleichen Ring ihrer Brustwarze fuhr, dann weiter über ihren Bauch zu den Hüften. Die passte er mit selbstsicherem Griff seiner eigenen an.

Unter seinen heißen Lenden spürte Mr. Nye, wie die scharfen Kanten von Rubys Beckenknochen sich seinen halbherzig entgegenhoben. Sie roch nach Tod, dachte er. Nach der Seife, die Mrs. Withers benutzte, um all die Mädchen zu waschen. Er stieß einmal zu, dann ein zweites Mal, während sich unter seinem Kinn ein kleiner Smaragd scharf in seine Haut bohrte. Als er mit gesenktem Kopf noch einmal zustieß, sah er die in Mrs. Withers' Hals eingegrabenen Perlen vor sich. Ihre wulstigen Arme. Mr. Nye mochte Fleisch. Einen Haufen davon. Leicht zu packen. Doch Rubys Fleisch ließ sich fast gar nicht greifen, es schlängelte sich ganz weiß und gespreizt unter ihm wie irgendein Fisch. Er dachte an die Frau im Wagen mit ihren schlaffen Füßen und grunzte, als er mit generösem Strahl kam. Einmal, zweimal, dreimal, und am Schluss herauszog. Sein Sperma tropfte auf Rubys Bein und besudelte den Bezug der Chaiselongue. Ihre erstaunlichen Augen sahen ihn an, als er sich herunterwälzte, erst die eine Farbe, dann die andere. Unter ihrer Haut konnte er das Azurblau spüren, das kalt durch ihre Venen lief.

Drei Wochen vergangen, und Barbara und ihre Sehnsüchte und ihr Anwaltssohn (auf ewig junior, wie alt er auch werden mochte) steckten in einer feuchten Umarmung in einer Pension am Meer. Abgesehen von einem kleinen Becken in der Ecke konnte man sich nirgendwo waschen. Das Bett war kaum breiter als das, in dem sie als Kind geschlafen hatte, zwei Schwestern eng aneinander, Knie in Knie gepresst, der Atem der einen heiß im Nacken der anderen.

Die ganze Zeit, während sie es taten, hielt Barbara die Augen geöffnet, betrachtete die Decke, die Wände, die Glühbirne und die Gardinen mit ihren kleinen blauen Blumen, die tanzten und sich wiegten. Für Nye junior war es sein erstes Mal. Und es war auch ihr erstes Mal. Er suchte fummelnd den Eingang. Lag meist daneben. Drückte und zwackte Barbaras weiche Haut, während er stocherte und buckelte. Sein Körper war straff und knochig, ganz dürr und flach, ihrer dagegen prall und rosig wie der eines Mädchens vom Bauernhof.

Als Nye junior über ihr hing wie eine Krabbe und gegen den Bettrahmen stieß, wusste Barbara, dass auch er daran dachte. Ruby mit zurückgelegtem Kopf. Ruby mit gespreizten Beinen. Ruby voller Erwartung. Nicht an das handgenähte Kleid mit dem schiefen Saum und den sorgsam gebügelten Falten, sondern an eine geringelte Mandarinenschale und den Duft eines warmen Nackens, der einen Moment lang neben seinem eigenen pulsierte. Und doch, als Nye junior schließlich hineinstieß, ein, zwei, drei Mal, bevor er keuchte und es vorbei war, dachte Barbara an all das Gute, das aus ihrer unbeholfenen Umarmung erwachsen könnte.

Ein Vater, der an einem Ofen saß.

Eine Mutter, die Knöpfe an ein Hemd nähte.

Während oben, im höchsten, entferntesten Stockwerk, ein Kind sich lächelnd im Schlaf umdrehte. Keine Falle, wie ihre Schwester Ruby es nennen würde. Sondern eine Familie, von Barbara selbst erschaffen. Eine, die sie für sich behalten konnte.

2011

Das Gebäude am Londoner Stadtrand war so grau und asketisch wie die Bewohner, die darin gefangen waren. Eine Zugfahrt entfernt vom Zentrum von allem (mal wieder an der Peripherie) erreichte Margaret ihr nächstes Ziel – ein Heim für alte Leute, vollgestopft mit greisen, unbrauchbaren Menschen, von ihren Angehörigen zum Sterben zurückgelassen. Es wäre kein erbauliches Ende, an einem Ort wie diesem zu landen, nichts zwischen ihr und ihrem Schöpfer als der gelöffelte Fraß aus einer Plastikschale. Aber wie Margaret gerade feststellte, waren die meisten Enden nicht erbaulich, egal wie sie aussahen.

Auch der Fall Walker hatte sich nicht als erbaulich erwiesen. Oder zumindest nicht so sehr, wie sie gehofft hatte. Eine dünne Pappmappe mit nichts weiter als einem alten Einweisungsbericht.

»Wo ist der Rest?«, hatte Margaret Mrs. Plymmet gefragt und die Mappe dahin und dorthin gedreht. Keine Geburtsurkunde. Keine Heiratsurkunde. Überhaupt kein Papierkram, wie ihn Janie sich erhoffte.

Die Frau hatte nur die Achseln gezuckt und den Gürtel um die Taille enger geschnallt, als müsse sie nun wirklich gehen. »Vernichtet«, sagte sie. »Oder vielleicht gab es nie etwas anderes.«

»Aber Sie sind sicher, dass dies dieselbe Mrs. Walker ist wie meine Klientin?«

»Nun, es ist die einzige Mrs. Walker, die wir in unseren Unterlagen haben.«

Das Formular war genauso verfärbt und gelb wie die Zähne von Mr. Nye senior. Es datierte auf einen Zeitpunkt kurz vor dem Krieg. Rund siebzig Jahre her, für Margaret praktisch Steinzeit. Es stand bestimmt nichts darin, was sich auf eine Mrs. Walker im Alter ihrer Klientin bezog.

Doch es gab eine Adresse. Ein Altersheim am Stadtrand von London, für seine Bewohner ein letzter Außenposten vor der Gewissheit des Todes. Und auch einen Namen. Dorothea Walker. Eine neue Person, die ihren Kopf hob, um Margaret aus den Schatten der Vergangenheit anzublicken.

Die Leiterin des Altersheims empfing Margaret an der Tür. »Freut mich, Sie kennenzulernen«, sagte sie. »Mrs. Fielding. Aber sagen Sie Susan. Kommen Sie herein.« Sie trug ein modisches, maßgeschneidertes Kostüm, Blazer mit passendem Rock, und als sie vorwegging, hörte man ein feines Zischen, als Nylon über Nylon rieb. Ein Echo von Barbara, die Margaret aus dem Norden verfolgte.

Die Eingangshalle war eine merkwürdige Kombination aus Anstalt und Pracht, der Boden mit PVC ausgelegt, die Decke so hoch wie ein Haus. In der Luft lag der Geruch von Industriereiniger, durchbrochen von etwas Blumigem aus der Spraydose. Pflegekräfte und Personal von allen Kontinenten liefen kreuz und quer über die weite Fläche, einige schoben Gerätewagen oder einen mit Tellern beladenen Rollkarren, andere trugen Bettpfannen oder Tabletts voller Pillen. Sie tauchten aus einem Durchgang auf und verschwanden im nächsten, wuselten auf weichen Sohlen umher, während Margaret sicher war, von irgendwo tief aus der Substanz des Gebäudes Rufe zu hören, hoch und flehentlich, ein wenig wie die Laute der Kinder, die draußen vor Mrs. Walkers Wohnung spielten.

»Willkommen in meinem Heim!« Mrs. Fielding lächelte, als würde alles, was sie sah, ihr gehören, und trieb Margaret weiter zu einem kleinen Büro, das von der Eingangshalle abgeteilt worden war. Der Raum ähnelte Margarets Rumpelkammer oben im Norden, nur war er von Wand zu Wand mit Papierkram vollgestopft statt mit Krempel.

Susan Fielding setzte sich hinter einen funktionalen Schreibtisch, rückte ihr Kostüm zurecht, damit es nicht knitterte, und sagte: »Sie haben also eine Bedürftige, richtig?«

»Ja«, erwiderte Margaret. »Gut möglich. Das versuche ich gerade herauszufinden.«

»Eine Mrs. Walker. So um die achtzig?«

»Soweit ich sagen kann, ja.«

»Nun …« Susan Fielding tippte auf einen blauen Plastik-Ringordner vor ihr auf dem Tisch. »Ich habe in meinen Akten nachgesehen, und niemand dieses Namens oder Alters scheint hier gewohnt zu haben.« Sie runzelte die Stirn, als Margaret die Hand hob. »Auch keine Dorothea, falls Sie das gerade fragen wollten.«

»Oh. Das ist schade.« Margaret war enttäuscht. Sie war erst ein paar Minuten in dem Heim und schon war ihre einzige Spur zunichte.

»Ja, das ist schade«, stimmte Mrs. Fielding zu. »Ich helfe gern, wenn ich kann. Besonders bei denen, die mutterseelenallein sind.«

»Landen denn hier viele davon?« Margaret hätte nicht gedacht, dass eine so imposante Einrichtung ein Trauernetz für die Bedürftigen nötig hatte.

»Oh ja.« Susan Fielding lehnte sich einen Moment in ihrem Stuhl zurück. »Ich war schon auf mehr Beerdigungen, als ich zählen kann, bei denen nur der Krematoriumsbeamte und ich die Person verabschiedet haben.«

»Aber was ist mit den Angehörigen? Kommen die denn nicht zur Bestattung?«

»Oft gibt es keine. Oder sie sind nicht auffindbar. Oder unsere Bewohner haben sie einfach überlebt. Das passiert häufiger, als man denkt.« Susan Fielding schüttelte leicht den Kopf. »Es heißt, jeder stirbt für sich allein, nicht wahr? Aber auf solche Leute trifft das noch mehr zu als auf die meisten.«

»Solche Leute?«

»London zieht sie an.«

»Wen?«

»Die Vernachlässigten. Die Missbrauchten. Die Verlassenen. Die Verlorenen.« Susan Fielding zählte die Kategorien an ihren Fingern ab, als ginge es um ein Register von Museumsstücken und nicht um den gesammelten Ausschuss des menschlichen Geschlechts. »Irgendwo müssen sie hin, und das ist dann hier. Wir versuchen so gut für sie zu sorgen, wie wir können.« Sie verstummte einen Moment und zupfte etwas vom Kragen ihres Blazers. Dann sah sie Margaret an. »Und Sie, Ms. Penny, leben Sie in London?«

Und zum ersten Mal seit ihrer Rückkehr in den Süden fragte sich Margaret, ob London wirklich so ein Gewinn war, wie sie einmal gedacht hatte.

Margaret war sechs Jahre alt gewesen (oder so ungefähr), als Barbara und sie in der Stadt im Norden landeten, letztlich die einzige Heimat, die sie je wirklich kennengelernt hatte. Daumennägel abgekaut bis aufs Fleisch, das Bett nachts häufiger eingenässt als nicht. »Keine Sorge, das liegt in der Familie«, murmelte Barbara immer, trotzdem war es Margaret, die ein weiteres urinnasses Laken von einem weiteren gemieteten Bett abziehen musste.

»Warum müssen wir wieder umziehen, Mummy?«, hatte sie gefragt, als sie in einem weiteren Waschsalon saßen und zusahen, wie das Laken sich in einer großen Industriemaschine im Kreis drehte. Sie vermisste bereits die dreckige Hitze der Londoner Sommer. Das Rumpeln der Untergrundbahnen, die wie

Monster unter den Straßen knurrten. Und einmal einen Mann, der sie gekitzelt hatte, während oben all die Babys schrien.

»Weil –«, Barbara schlug mit ihrem Kopftuch nach Margarets Daumen, der wieder im Mund steckte, »es eben so ist.« Was immer Barbara einst gewesen war, jetzt war sie Mrs. Penny.

Sie kamen mit einem zerbeulten Koffer und sie gingen nie wieder fort. Über alle Berge und ganz weit weg. Das letzte in einer Serie anonymer möblierter Zimmer, die sich von Süd nach Nord aneinanderreihten, nicht mehr als spärlich eingerichtete Schlafkammern und zum Abtropfen im Waschbecken liegende Schlüpfer. Teppichkehrer und Dosensuppen. Flaschenweise Bleiche und zehn Pence Taschengeld für den Laden an der Ecke. Veilchenbonbons in Zellophanpapier und der durchweichte Karton von Brausepulver-Lollis.

»Bleiben wir diesmal?«, fragte Margaret, als sie wieder einmal den Koffer packten und zum letzten Bus Richtung Norden aufbrachen.

»Vielleicht« sagte ihre Mutter. Und das war, wie Margaret noch herausfand, so ziemlich das Beste, was bei ihr zu kriegen war.

Sie trafen in einem kalten, geduckten Edinburgh ein, in einer Wohnung, die ganz aus hohen Fenstern und gähnend fernen Decken mit Feuchtigkeitsflecken bestand. Bis auf das enge Bad, das eine abgehängte Decke und eine Verkleidung aus orangefarbenem Kiefernholz hatte, was, wie sich herausstellte, die Schimmelbildung begünstigte. Nachts ratterte der Edinburgher Wind durch die uralten Fensterrahmen und hielt Margaret wach. Die Böden waren mit billigem Teppich ausgelegt, der sich statisch auflud, wenn sie mit den Socken darüber rieb. Die Möbel stammten vom Trödler und waren so ramponiert, dass Margaret obszöne Botschaften hätte in die Unterseite ritzen, stechen, brennen oder meißeln können, wenn sie keine Angst gehabt hätte, dass Barbara sofort dahinterkäme. Sie schlief unter gelber Polyesterbettwäsche vom nächstgelegenen Woolworth und einer Daunendecke, die ihre Mutter schon gefühlte hundert Jahre besaß, und hegte die eigentlich aussichtslose Hoffnung, nachts nicht wieder ins Bett zu machen.

Die Wohnung lag im dritten Stock eines großen schwarzen Mietshauses, das bei Regen Wasser weinte. Hoch oben über einem Buchladen und einem Pub, sechs dunkle Treppenabsätze mit engen Stufen. Tag und Nacht herrschte Lärm vom ständigen Busverkehr, dem Gebrüll von Zockern und Betrunkenen, die aller Welt zeigten, dass sie nichts Besseres zu tun hatten. Die Nachbarin gegenüber lebte davon, Männer aufzunehmen. Die Frau ein Stockwerk tiefer öffnete nie die Tür. Nahrung gab es bei der Frittenbude, für Vergnügungen den Pub. Sowie eine Sauna, an der Margaret auf dem Schulweg im Laufschritt vorbeirennen musste, darauf bestand Barbara.

Wenn sie entdeckten, dass jemand Neues eingezogen war, versammelten sich die Kinder der Gegend unten im Treppenhaus: nackte Beine, dreckige Röcke und Hochwasserhosen. »Wo kommst du her?«, fragten sie, pulten in der Nase und wischten sich die Finger an den grauen Schulpullovern ab. Barbara wäre schockiert gewesen, das zu sehen.

Aber auf diese Frage wusste Margaret nie eine Antwort.

Im Altenheim der Verlassenen unten im Süden bot Susan Fielding jetzt Kaffee an. »Hilft beim Nachdenken, finden Sie nicht?«, sagte sie, ging zu einem Schrank und holte zwei Becher und eine Schale Zuckerwürfel heraus. Auch wenn Margaret in dieser Hinsicht Rotwein lieber war.

Wie Patis Wohnungs-Wunderland war auch Susan Fieldings Schreibtisch mit einer bunten Truppe von Nippes geschmückt.

Ein winziger Porzellanhund. Ein bemalter und lackierter Stein mit dem Bild von einem Edelweiß. Es gab sogar eine silberne Zuckerzange, die eher zu einer altenglischen Teegesellschaft gepasst hätte als auf einen Büroschreibtisch. Souvenirs. Andenken. Erinnerungen an die Toten. Oder eine Horde nutzloser Dinge, zurückgelassen von jenen, die niemanden hatten, der sie mitnehmen konnte. Margaret fuhr mit dem Finger über die glatte Oberfläche der winzigen Matrioschkapuppe, die in ihrer Manteltasche verborgen war. Hatte Mrs. Fielding all diese Schätze geerbt?, fragte sie sich. Oder war die Aneignung einfach eine Art Jobprämie?

Susan Fielding griff nach der Zuckerzange und ließ in jeden dampfenden Becher ein Stück Zucker ploppen, als wären es kleine Haustiere, die gefüttert werden mussten. »Heiß und süß, Ms. Penny. Heiß und süß.« Die Zuckerzange glänzte im hellen Bürolicht wie Susan Fieldings Zähne. Die Leiterin reichte Margaret einen Becher, bevor sie selbst einen kleinen zufriedenen Schluck nahm. Als sie den Becher abstellte, trug der dicke Porzellanrand den Stempel ihrer Lippen wie einen orangefarbenen Kuss. »Nun«, sagte sie und räumte einen Stapel Papiere von einer Schreibtischseite zur anderen. »Sollen wir weitermachen?«

Margaret stellte ihren Becher ab. »Aber ich dachte, Mrs. Walker befände sich nicht in Ihren Akten.«

»Oh, die meine ich nicht. Ich meine Dorothea.«

»Aber Sie sagten doch, die befände sich auch nicht darin.«

Mrs. Fielding schüttelte den Kopf. »Oh, in diesen Unterlagen würden Sie Dorothea auch nicht finden.« Sie tippte mit einem resoluten Finger auf den blauen Ordner und wandte sich dann einem anderen Aktenstapel zu. »Dorothea war eine von den Enteigneten.«

Tölpelhaft. Widerspenstig. Unzuträglich. Verrückt. Bevor es zum Altersheim wurde, war das Heim etwas anderes gewesen. Eine Irrenanstalt mit langen Korridoren und hohen hallenden Räumen; Betten von Wand zu Wand. Elektro- und Insulinschocktherapie. Lobotomie und Psychopharmaka. Eintausend Patienten streiften durch die Säle, und niemand nahm Notiz von ihrem Kommen, Gehen und Ableben außer den Krankenschwestern in gestärkten Uniformen.

»Jetzt sind sie natürlich alle fort.« Susan Fielding fuhr mit der Hand durch die Luft, als hätte sie die Verrückten persönlich hinweggefegt.

»Was ist mit ihnen passiert?« Margaret war fasziniert. Verloren an die Erde, das Meer oder die vier Winde aus Norden, Süden, Osten, Westen? Oder vielleicht an einen Sessel in einer leeren Wohnung in Edinburgh.

»Umverteilt«, verkündete Susan Fielding. »Oder begraben.« Ihre Stimme senkte sich. »Oder eingeäschert und anderweitig entsorgt.«

Entsorgt. So konnte man das nennen, was geschah, nachdem die blauen Gasbrenner ihren Job erledigt hatten.

»Und Dorothea Walker?« Margaret hatte immer noch die Hoffnung, das hier, ihre einzige Spur, könnte zu einer belastbaren Erkenntnis führen.

»Verrückt wie ein Hutmacher«, erklärte Susan Fielding. »Starb, bevor man sie rauswerfen konnte.«

»Sie rauswerfen?«

»Damals das klassische Vorgehen von Staatsseite. In den Achtzigern der letzte Schrei – Hilfe zur Selbsthilfe.« Susan Fielding rutschte auf ihrem Stuhl herum, ein weiteres Knistern von Nylon unter dem Rock. »Das läuft heutzutage natürlich sehr viel besser.«

Eine Bleicheschwade zog durch die dünne Trennwand,

gemischt mit einer Bassnote Gulasch, am Topfboden ange-
brannt. »Wann ist Dorothea Walker denn gestorben?«, erkundigte sich Margaret und fragte sich, ob es wirklich stimmte,
dass sich die Dinge derart gebessert hatten.

»1980.«

Eine kurze Stille hing zwischen ihnen in der Luft. 1980?
1980 war das Jahr, in dem Margaret aus der stillen, unerbittlichen Stadt im Norden in diese große, ausufernde Stadt
im Süden geflohen war. Siebzehn, mit nichts als einem Paar
schwarzer Stiefel und einer Reisetasche auf der Hüfte. Es
schien unvorstellbar, dass sie zur selben Zeit am Leben gewesen war wie Dorothea Walker. »Aber das Einweisungsformular
ist von 1939«, sagte sie.

Susan Fielding schwieg einen Moment, als rechnete auch sie
die Jahre nach. »Ja«, sagte sie stirnrunzelnd. »Dorothea Walker
hat über vierzig Jahre hier gelebt.« Dann sprach sie hastig weiter. »Leider Gottes ist nichts von ihr geblieben.«

Verloren an den Wind, das Meer, die Luft.

»Bis auf …« Der Blick der Leiterin zuckte zu dem Aktenstapel.

»Was meinen Sie?«, fragte Margaret.

»Die Sache ist die, ich benötige wirklich einen Nachweis.«

»Nachweis?«

»Über Ihre Verwandtschaft mit der Verstorbenen.«

»Aber ich bin mit der Verstorbenen nicht verwandt.«

»Dann irgendeine Genehmigung – im Namen der Verstorbenen.«

Im Namen der Verstorbenen? Aber Susan Fielding wollte
keine Botschaft aus dem Jenseits. Es ging natürlich um Papierkram.

Margaret wühlte in ihrer Tasche und holte die dünne braune
Mappe hervor. Daraus entnahm sie eine Kopie des Schreibens

mit den Kringeln über den *is*, das sie mit sämtlichen Befugnissen ausstattete, die sie eventuell benötigen würde.

»Ja«, sagte Susan Fielding nach kurzer Prüfung. »Das genügt.« Dann stand sie auf und ging zur Tür. »Maricel«, rief sie einer vorbeilaufenden Pflegerin zu, »können Sie Beverley sagen, sie soll bitte direkt in mein Büro kommen.« Dann wandte sie sich wieder an Margaret. »Maricel kommt von den Philippinen«, sagte sie mit einem Lächeln. »Sie ist eine unserer Besten.«

Beverley kam nicht von den Philippinen oder sonst woher. Sie kam aus Neasden. »Hab mein Leben lang da gelebt«, sagte sie, als sie Margaret an Feuerschutztüren vorbeiführte, an Schränken mit Reinigungsmitteln, kleinen Personalräumen und allen möglichen Notausgängen. »Wollte nie woandershin.«

Margaret folgte Beverley durch die langen Flure, und ihr wiederum folgte der schwache Geruch von altbackenen Keksen und kanisterweise angeschafftem Desinfektionsmittel.

»Wollen Sie zu mir?«, flüsterte eine alte Dame in ausgeleiertem Polyesterkleid Margaret zu, als sie durch einen der diversen Aufenthaltsräume gingen, und schob sich schlurfend dicht genug heran, um einen knotigen Finger in Margarets roten gestohlenen Mantel zu haken. Die alte Dame trug einen dünnen Umhang der Melancholie, den Margaret sofort bemerkte.

»Na, na, Mrs. Storey«, sagte Beverley und drehte sich um. »Heute nehmen wir keine Gefangene.« Sie hakte den Finger der alten Dame los und hielt Margaret beim Hinausgehen die Tür auf. »Sie denkt, Sie sind ihre Tochter, die kommt, um sie nach Hause zu holen«, sagte sie, als sie weiterliefen, vorbei an kalten Keramikfliesen, die dem Schwung der Wände folgten.

»Besucht ihre Tochter sie oft?« Margaret schaute über die Schulter zurück zu der Stelle, wo Mrs. Storey stand und sie durch das Sicherheitsglas anstarrte.

»Sie hat keine Tochter.«

Sie durchschritten weitere Flure, vorbei an Zimmern mit fest verschlossenen Türen und anderen, die offen standen, wo Margaret einen Blick auf Männer und Frauen erhaschte, die tief gebeugt in ihren Sesseln saßen, sich wiegten und murmelten oder reglos und schweigend mitten im Raum standen, als wären sie unsicher, welche Richtung sie einschlagen sollten, nun, da sie am Ende ihres Lebens angekommen waren. In nicht allzu ferner Zukunft könnte das Barbara sein, dachte sie, adipös und entmündigt, mit schnell schütter werdendem Haar, auf ewig ans Bett gefesselt. Entweder das oder mit irgendeiner Krankheit, die ihre Lungen zerfraß, auf einer Krankenstation gestrandet, wo sie ihrem Ende entgegenröchelte. Andererseits könnte es in gar nicht so viel mehr Jahren auch Margaret selbst sein, nichts vorzuweisen als ein Paar Hosen mit Elastikbund und ein struppiges Fuchsfell um den Hals. Schließlich hatte nicht jede eine Beverley, die sie bis zum Schluss begleitete. Neasden. Dieses Gelobte Land. Das brachte Margaret zu der Frage, ob ihr Rückzug aus dem Norden nicht eine Spur übereilt gewesen war.

»Und wo kommen Sie her?« Beverly blieb plötzlich vor einer verschlossenen Tür stehen, drehte sich um und sah Margaret an, als hätte sie jeden einzelnen ihrer Gedanken gelesen.

»Edinburgh«, erwiderte Margaret. Die Alternative schien ihr zu kompliziert zu erklären.

»Zauberhafte Stadt«, sagte Beverley und drehte sich wieder um. »Nur etwas kalt.«

Auch Dorothea Walkers Akte war kalt gewesen, ein längst vergangener Fall (so tot wie die Patientin selbst) und seit einigen Jahren bereit für den Schredder. Sie enthielt Aufzeichnungen über die letzten vierzig Jahre vor ihrem Tod – ihre Einweisungsnummer, ihren Gesundheitszustand und verschiedene Diagnosen zu ihrer geistigen Verfassung. Das alles hatte sich anscheinend über die Jahre mehrfach verändert, was zahlreiche Behandlungen erforderte, da sich auch die gängigen Therapiemethoden änderten. Schocks. Bäder. Psychopharmaka. Korbflechten. Und schließlich Gesprächstherapie (aber Letzteres erst, als es viel zu spät dafür war.) Irgendwann hatte man Dorothea wohl nur noch unbehelligt durch die Flure irren lassen, ein Meerschweinchen, das am Boden seines Käfigs langsam verrottete. Dann, als die nächste Innovation anstand (schickt sie weg, damit sie für sich selbst sorgen), tat Dorothea das einzig Vernünftige und starb.

Es gab keinen Hinweis auf ein Vorleben oder trauernde Hinterbliebene. So wie bei Margarets Klientin war Dorotheas Vergangenheit nichts als ein Land im Nebel. Einst hier, nun fort, dazwischen nichts, was irgendwer für nennenswert hielt. Es gab Papierkram, genau wie Janie gefordert hatte, doch nichts davon war von Nutzen.

Und doch, obwohl Dorothea vor nun über dreißig Jahren zu Staub geworden war, schien es nicht genug, die Akte zurückzugeben und einfach zu gehen. Diese tote Frau war ihre einzige Verbindung zu einer frischeren Leiche oben im Norden.

»Weiß irgendjemand, wie Dorothea so war?«, fragte sie mehr aus Verzweiflung, als sie die Akte der Irren zuschlug.

»Oh ja.« Susan Fielding nahm einen Briefbeschwerer aus Glas von ihrem Schreibtisch, als wollte sie sein Gewicht prüfen. Und die Pflegerin aus Neasden bekam ihren großen Auftritt.

Beverley hatte Dorothea Walker gekannt.

Margaret war überrascht. »Aber so alt sind Sie doch gar nicht.«

»Oh, danke, Liebes, aber das bin ich. Hab hier '79 als ganz junges Ding angefangen. Bin jetzt fast sechzig!« Beverley trug eine narzissengelbe Uniform mit dunkelgrünen Paspeln an den Hosenbeinen, die ihre üppigen Fünfzig-plus-Kurven auf durchaus schmeichelhafte Weise umspielten.

»Beverley ist unsere dienstälteste Mitarbeiterin.« Susan Fielding lächelte mehrdeutig. »Sie erinnert sich an alle.«

»Wie war sie? Wissen Sie das noch?« Margarets Interesse war geweckt.

Beverley hob den Blick zu der Neonröhre, die von der Decke hing. »Oh, sie war traurig. Traurig. Bürstete wieder und wieder ihr Haar.«

»Heute halten wir die Haare von allen möglichst kurz«, unterbrach Susan Fielding, eine Hand an ihrem eigenen gut kalibrierten Schnitt.

Beverley fuhr fort, als hätte Mrs. Fielding nichts gesagt. »Es war silbern. Hat sich gebauscht wie eine Wolke.«

»Hat sie viel gesprochen?«

»Oh ja, Liebes, aber nichts, was man verstand. Immer dasselbe, wieder und wieder. ›Meine Engel, meine Engel.‹« Beverley hob die Hände zur Decke, als wolle auch sie himmlische Heerscharen herbeirufen.

»Meine Engel?«

»So hat sie sie genannt. Ihre kleinen Zwillinge, die gestorben sind.«

»War sie deshalb hier?«

»Wer weiß?« Beverley schüttelte den Kopf. »Konnte damals alles sein.« Susan Fielding räusperte sich, um anzudeuten, dass die Fragestunde vorüber sei, aber Beverley war noch nicht fertig. »Sie hat auch gesungen. ›Oh my darling‹. Kennen Sie das?«

Und für einen Moment dachte Margaret, die Pflegerin aus Neasden würde anfangen zu singen. *Ruby lips* und *forty-niner. Kissed her little sister.*

Susan Fielding dachte offenbar das Gleiche, denn sie stand unvermittelt auf und schob ihren Stuhl zurück. »Ich glaube …«

»Hat irgendwer sie besucht?«, drängte Margaret. Falls das ihre letzte Chance war, wollte sie sie nicht verpassen.

»Nicht, dass ich wüsste.« Beverley schüttelte den Kopf. »Aber ich hatte ja auch nicht immer Dienst.«

»Aber was war, als sie starb? Hat sie etwas hinterlassen?«

»Oh nein, Liebes.« Jetzt stand Beverley auf und strich die Hose ihrer Uniform glatt. »Sie besaß nie etwas anderes, als was das Krankenhaus ihr zur Verfügung gestellt hat. Am Ende hat ihr Anwalt alles geregelt.«

William Nye von der Anwaltskanzlei Nye & Sons. Der selbst langsam in seinem Käfig verrottete.

Susan Fielding ging zur Tür. »Danke, Beverley. Sie waren eine große Hilfe.« Und sie hielt ihrer dienstältesten Pflegerin auffordernd die Tür auf.

»Andererseits«, sagte Beverley und lehnte sich gegen Susan Fieldings Schreibtisch, »sind da ja noch die Kisten.«

»Die Kisten?«

»Alles, was die Patienten bei der Einlieferung dabeihatten.«

Abwärts ging es, tief hinab in die Eingeweide des Altenheims, wo der Geruch nach Feuchtigkeit immer stärker wurde, je weiter sie in den Keller vordrangen. Sie passierten eine Reihe von quadratischen Räumen, einer dunkler als der andere, voll mit alten Stühlen und dreibeinigen Tischen und gähnend leeren Schränken, denen Türen fehlten. Schließlich kamen sie an eine schwere Holztür mit schwarz gestrichenem Schloss. Beverley holte einen großen Schlüssel aus der Tasche ihrer Uniform. Beide Hände. Zwei Umdrehungen. Und schließlich gab sie nach. »Sesam, öffne dich!«, sagte sie.

Sie waren in einem kleinen staubigen Raum angekommen, in dem vom Fußboden bis zur Decke Krempel aufgestapelt war. Ein Duplikat von Barbara Pennys Rumpelkammer oben im Norden. Kein Notausgang. Kein Fenster nach draußen zum Licht.

»Das ist alles Kram aus dem früheren Krankenhaus.« Beverley berührte einen Schalter neben der Tür, und in dem dunklen Raum flammte ein schwaches gelbes Licht auf. »Ein paar von den Sachen waren oben auf der Galerie über dem Speisesaal ausgestellt. Aber dann kam *sie* …« Beverley zeigte hoch zur Decke. »Danach wurde alles weggepackt.«

Steingutblumentöpfe. Porzellanseifenschalen. Riesige Thermometer. Trillerpfeifen an Kordeln. Schwere wollene Uniformen. Emaillierte Bettpfannen. Haushalts- und Kassenbücher aller Art.

Und das da.

»Einlieferungskisten«, sagte Beverley. »Auf die bin ich eines Tages gestoßen, als ich hier unten herumgestöbert habe.«

Margaret schielte auf die Stapel solider Holzkisten. »Was ist da drin?«

»Oh, alles Mögliche. Kleidung. Schmuck. Handtaschen und Kämme. Zeug, das die Patienten bei sich hatten, als sie ankamen.«

Und da war es wieder, dieses Prickeln in jedem einzelnen von Margarets Knochen. Das hier war kein Papierkram. Es war etwas viel Kostbareres.

Beverley brauchte drei Anläufe, ehe sie den richtigen Stapel fand, und die Vorderseite ihrer Uniform war von oben bis unten voller Staub, aber irgendwie hatte Margaret den Eindruck, dass es der Pflegerin aus Neasden nicht das Geringste ausmachte.

»Gott sei Dank war sie eine der Letzten«, sagte Beverley, als sie schließlich eine ramponierte, zerkratzte Holzkiste hervorzog und nach unten reichte, wo Margaret sie entgegennahm. Beide reckten den Hals, als Margaret den Deckel hob, auf Knien vor dem Altar einer lange toten Frau in der Hoffnung, sie könnte irgendwie Licht auf eine alte Dame werfen, die erst kürzlich verstorben war.

Ein Nachthemd mit einem durch den Ausschnitt gefädelten rosa Band.

Eine Haarbürste mit beinernem Griff.

Zwei Dollarscheine, weich wie Lumpen.

Und ein unverschlossener Umschlag.

Margaret griff nach dem Umschlag. Er war leicht wie Luft. Vielleicht ein einseitiges Testament. Eine Geburtsurkunde. Ein Brief mit Anweisungen der Toten. Tatsächlich waren darin:

Drei Haarlocken, stark verblasst. Eine blond. Eine farblos. Eine dunkel. Jede mit einer Schleife zusammengebunden, die ebenfalls einmal rosa gewesen war.

Margaret und die Pflegerin aus Neasden starrten schweigend auf die kleinen Strähnen, als versuchten sie, eine Botschaft aus der Vergangenheit zu entziffern. Dann sagte Margaret: »Warum drei?«

»Wie meinen Sie das?«

»Sie sagten Zwillinge.«

»Oh ja.« Beverley nahm Margaret den Umschlag aus der Hand und spähte tiefer hinein, als befände sich die Antwort dort drinnen (was sie tat). »Sie sagte damals, es gäbe noch eine, die irgendwann kommen und sie abholen würde. Was natürlich nie passiert ist. Wir dachten, sie hätte das erfunden.«

Beverley starrte ans dunkle Gewölbe der Kellerdecke. »Wie hieß sie denn noch mal?«, sagte sie.

Eine Mandarine, die auf einem Teller verrottete. Eine Juwelierquittung, die um ein Weihnachtsgeschenk gewickelt war. Margaret starrte auf die drei kleinen Haarlocken hinab.

Oh my darling.

»Es war nicht Clementine, oder?«

»Doch.« Beverleys Gesicht leuchtete auf. »Das war's. Clementine. Wie haben Sie das erraten?«

Clementine Walker, leicht wie ein Reh und genauso schnell, rannte mit nach unten gerichteter Taschenlampe durch die Dunkelheit. Eben aus dem Zug gestiegen, mal wieder zu spät, aber sei's drum. Sie würde heute Abend ohnehin nicht in die Elm Row Nummer 14 zurückkehren. Und auch sonst nie mehr, wenn ihr Plan aufging. Weit im Osten fielen Bomben, *wumm wumm wumm*, wenn sie einschlugen, gefolgt von einem *japp japp japp* der Geschütze als Antwort. Die Straßen waren verlassen; die Menschen in die unterirdische Geborgenheit geflüchtet, Knie an Knie in ihren Wellblechbunkern oder zusammengedrängt auf den Bahnsteigen tief unter der Straße.

Doch Clementine zeigte keine Angst, als sie rannte, keine Neigung, sich von Hauseingang zu Hauseingang zu ducken oder in irgendeinen ebenerdigen Unterschlupf, den sie finden konnte. Sie war lieber draußen an der Luft als eingesperrt. Wolken. Sterne. Bäume, die in den Nachthimmel aufragten. Feuer auf fernen Dächern. Heulende Sirenen. Das ständige Dröhnen von Flugzeugen. Clementine gefiel der Gedanke, eben noch hier und im nächsten Augenblick fort zu sein. Außerdem musste sie zu einer wichtigen Verabredung.

Aus einer Seitengasse kam ein Wächter, der seinen Zinnhelm festhielt. »Gehen Sie in Deckung, Miss!«

Doch sie rannte weiter. Achtzehn und ausgewachsen. Haare gezähmt und gelockt. Augen, die alles sahen. So rannte sie in ihren lautlosen Schuhen die Gehwege entlang auf das Herz einer Stadt zu, die sie nicht länger als Heimat betrachtete.

Die Soldaten, die noch letzten Monat durch die Straßen geschwärmt waren, waren nun alle fort, über das kurze Stück Meer zwischen zwei verfeindeten Küsten an die Front verschwunden. Marschierten jenseits des schmalen Kanals dem Ruhm entgegen oder trieben schlingernd und schaukelnd in der Brandung; wateten durchs Wasser, während sich Seetang um ihre Stiefel schlang, schossen sich den Weg über die Dünen frei oder beendeten ihr Leben mit dem Gesicht nach unten an einem kalten französischen Strand.

Als Clementine durch die Dunkelheit rannte, dachte sie an sie alle. Die Patina ihrer Fingerspitzen auf ihrem Hals. Der Druck ihrer rauen Uniformen gegen ihre Brust. Sie war wochenlang damit beschäftigt gewesen, einem jeden zuteilwerden zu lassen, was er brauchte, ehe er weiterzog: Kinne, die in der Beuge ihres Schlüsselbeins ruhten, Gesichter, die sich einen Moment im Glanz ihrer Haare verbargen. In diesen Augenblicken hatte sie jeden Einzelnen geliebt. Jetzt konnte sie sich an keinen ihrer Namen erinnern.

Indes …

Im Gastraum eines Pubs, versteckt in einer Ecke, hatten sie Knie an Knie gesessen, während er erzählte, was auf sie zukam. »Sie sagen es uns nicht, aber wir wissen es alle. Es geht nach Frankreich. Großangriff.«

Stanley Shaw. Ein Gesicht wie der bleiche Herbstmond, das vor Schweiß glänzte und noch von etwas anderem. Glaubte an den Allmächtigen. Und seinen Plan.

»Die Bomben legen los, nachdem wir weg sind. Nach einer Woche. Ein paar Tagen. Wer weiß?«

Soldaten auf Stränden, nassen Sand im Mund. Das Pfeifen von Kugeln, die tausend Leiber durchbohren. Männer im flachen Wasser versenkt, Gewehre mit Salz blockiert.

Clementine presste ihr Knie dicht an Stanleys, als wollte sie das Schlimmste abwehren. Doch Stanley rückte leicht ab, so dass sie sich noch berührten, aber nicht mehr so fest. Im Gegensatz zu allen anderen Männern, denen Clementine je begegnet war, hatte Stanley Shaw nie auf unbotmäßige Weise Hand an sie gelegt.

»Was sollen wir tun, wenn es passiert?«, sagte Clementine und schob ihr Knie wieder dichter heran.

Stanleys Finger lagen locker um sein Bierglas. »Für alles gewappnet sein«, sagte er.

Und Clementine wusste sofort, was er meinte.

Wo war dieser Fotograf jetzt wohl, der seine Knöpfe zwirbelte, während er auf den Auslöser drückte? Vielleicht schon verschollen unter dem Schlamm eines Schlachtfelds. Oder durch die kalte Nachtluft gefallen, um an einem seltsamen fremden Ort zu landen. Auf den Grund eines Ozeans gesunken, über ihm ein Sargtuch aus Schlick. Oder er wartete in genauso einem Pub wie diesem auf die Ansage, von der sie alle wussten, dass sie kommen würde. *Alle Infanteristen. Alle Piloten. Alle Matrosen. Alle Männer. Auf nach Frankreich.*

Rings um Clementine waberte Qualm und bildete Spiralen in der Luft. Aus einer Ecke kam ein bellendes Lachen, zu laut, brach jäh ab. Im Saal hatte man ein Lied angestimmt, das zerhackt durch das Gedränge wogte, anstieg und abfiel, einen Moment verebbte, bis jemand es lautstark wieder aufnahm. Clementine hielt sich an dem kleinen Glas Gin fest, das den ganzen Abend vorhalten musste. Er war warm und sämig im Hals. Sie legte die andere Hand auf Stanleys Arm und sagte: »Erzähl mir noch mal von zu Hause.«

Im Gastraum eines Pubs, versteckt in einer Ecke, erzählte Stanley Shaw. Von Ebenen so endlos wie der Himmel. Von Wind, der durch Maisfelder wehte. Von Pferden, schlank und braun, die an endlosen Holzzäunen entlanggaloppierten. Clementines ganzes Leben war eng und dunkel gewesen, vollgepfropft mit den Geheimnissen anderer und ihren nie eingelösten Versprechen. Ein Haus voller Zimmer, die erst einem

Zweck gedient hatten und dann einen schlimmeren bekamen. Ein Kaminsims geschmückt mit Beeren. Ein Kopf, geschoren und stachelig. Ein Kohlenbunker, der ihren Saum schwärzte. Sowie ein Penny, der in der Dunkelheit wirbelte. Kopf: in die Zukunft. Zahl: woandershin.

Stanley Shaw erzählte weiter. Von Bohnen in einem Seiher. Von Tomaten so groß wie seine Hand. Von zwei Jungen, die an einem Tisch saßen, hinter ihnen ein Mann und seine Frau. Und von seinem Platz an der Wand sah ein kleiner gestickter Spruch auf das Ganze herab: *Gott liebt uns alle.*

Der Gin rann durch Clementines Kehle, brannte sich seinen Weg, während sie alles anhörte, was Stanley zu sagen hatte. Sie wusste, was ihr angeboten wurde. Das Gelobte Land, endlich in greifbarer Nähe.

Unten, tief unten im Bunker, in einem in die Erde gegrabenen Loch, saß die achtjährige Ruby und lauschte auf die Bomben, während weit weg, im Zentrum der Stadt, ihre Schwester Clementine durch die Nacht rannte. Ruby mit den Strahleaugen, ein Juwel, das nur darauf wartete, geschliffen zu werden, Ruby wusste, dass der große Amerikaner heute nicht kommen würde. Da war das kostbare Hühnchen, schon gegrillt und zum Auskühlen auf einem blauen Porzellanteller ruhend. Auf dem Herd ein Topf Kartoffeln, geschält und kochbereit. Ein Haufen Besteck, das darauf wartete, ausgelegt zu werden. Sechs Messer, sechs Gabeln, sechs Löffel. Doch das Zeichen, das Clementine versprochen hatte, wenn es so weit war, war nicht gekommen.

Draußen, irgendwo weit weg, fielen Bomben. Einhundert pro Stunde, mit einem Pfeifen und einem Sirren. Wenn sie sich konzentrierte, konnte sie das ferne *UIIIIEEEE* hören, wenn sie herunterkamen, das Krachen und Knirschen, wenn sie einschlugen. In ihrem Luftschutzbunker rieselte Erde vom Wellblechdach. Genau wie ihre Schwester wäre Ruby lieber draußen gewesen. Bei den Schwalben. Den dunklen Wolken, durchzogen von Blau. Stünde trotzig mitten auf der Straße, während die Raketen über ihren Kopf flogen. Zumindest könnte sie dort Ausschau halten, ob Clementine heimkam.

In ihrer heißen feuchten Handfläche drehte und drehte Ruby einen Gegenstand, für alle Fälle. Kopf: ab nach Norden. Zahl: Richtung Süden. Ein Penny, der darauf wartete, endlich wieder Glück zu bringen.

»Was hast du da?« Selbst im Dunkeln entging Mrs. Penny nie etwas.

Ruby schloss die Finger fest um die Münze und schob die kleine Faust tief zwischen ihre Rockfalten. »Nichts.«

»Nichts. Wer's glaubt, wird selig.« Aber Mrs. Penny bohrte nicht weiter nach. Ruby war schon immer verschlagen gewesen. Eine Lügnerin und Diebin. Pausenlos dazu verdonnert, im Kohlenbunker unter der Straße zu hocken. Aber heute Abend würde Mrs. Penny nicht nachhaken. Hier unten, wo der Gestank des Londoner Matschs sich sammelte wie in einem Grab, verschoben sich die Regeln und nahmen andere Gestalt an. Jeder brauchte etwas, an das er glaubte, besonders in so gottlosen Zeiten wie diesen. Im Übrigen hielt Mrs. Penny selbst einen Talisman in der Hand. Eine Paranuss mit den Zehn Geboten eingeritzt.

Du sollst nicht.

In einem dunklen Moment, in einem dunklen Winkel des Hauses, als Clementine ein paar Wochen zuvor aus ihrer Ecke im Pub zurückkehrte, hatte sich Tony ihr in den Weg gestellt. Auf seinen Lippen glänzte feucht der Rum. »Wie läuft's mit dem Amerikaner?«, sagte er, eine Hand flach an der schmutzigen Wand, die andere fest um das Holzgeländer, so dass Clementine nicht entschlüpfen konnte. »Deine Mutter besorgt ein Hühnchen. Wollen es doch nicht verschwenden.«

Clementine wandte ihre erstaunlichen Augen ab von dem Mann, der sie einst aus dem Kohlenbunker gerettet hatte, aber jetzt nach Schweiß und den schwarzen Resten seiner Pfeife stank. »Sie ist nicht meine Mutter.«

Tony starrte Clementine lüstern an. »Aber so gut wie.« Ein Kuchen mit Buttercremespirale. Ein ausgekratzter Name auf einem Schild.

»Geh mir aus dem Weg, Tony.« Clementine legte eine Hand an die Täfelung, als wollte sie sich hoch in die Luft und aus seiner Reichweite schwingen.

»Erst wenn du es mir sagst.« Tony rückte ihr auf die Pelle, sein Atem pfiff in der Brust.

»Was soll ich dir sagen?« Clementine wich aus, stand jetzt mit dem Rücken zur Wand und starrte den fettwanstigen Mann vor sich angewidert an.

»Ich habe alle möglichen Sachen gehört.«

»Was für Sachen?«

»Dass sie bald ausrücken.«

Clementine berührte mit dem Finger eine Haarsträhne, die ihr in die Stirn hing. »Na, dann scheinst du mehr zu wissen als ich.«

Da lachte Tony, dass der Schleim in seiner Brust rasselte. »Ich merke es genau, wenn du lügst, Clemmie.«

»Warum sollte ich lügen?«

»All die Schätze ganz für dich allein.«

Rasierklingen und Feuerzeuge. Zeitschriften mit Autos so groß wie Schiffe.

Clementine löste ihre Hand von der Wand und strich vorn über ihr Kleid, als wollte sie allen möglichen Schmutz von sich abstreifen. »Du denkst immer nur ans Geld, Tony. Ist dir nicht klar, dass es mehr im Leben gibt als das?«

»Was denn, Clementine?«

Bohnen im Seiher. Pferde, die an endlosen Holzzäunen entlanggaloppierten.

»Tja, wenn du das immer noch nicht weißt, kann ich dir auch nicht helfen.« Clementine machte einen Schritt nach vorn, um sich vorbeizudrängen.

Tony rückte näher, bis nur noch ein Fingerbreit Abstand zwischen ihnen lag, sein Atem stank nach Milch auf der Kippe und süßlich nach billigem Rum. »Ich war doch immer nur gut zu dir, oder nicht?«, sagte er und trieb Clementine mit seinem massigen Körper in die Enge, als würde er ein Schaf gegen ein Gatter drängen. »Ich dachte, es gibt vielleicht eine Gegenleistung.«

Da lachte Clementine, ein hohler Klang, der im engen Treppenhaus widerhallte. »Davon hattest du doch reichlich, findest du nicht?«

Tony legte seinen Mund an Clementines Ohr. »Hab immer Platz für mehr«, flüsterte er und lehnte seinen Körper noch etwas weiter vor, bis er die Stelle berührte, wo Clementines Beine unter dem weichen Stoff ihres Kleides gekreuzt waren.

Plötzlich blitzten Clementines Augen auf, flach und kalt im Halbdunkel. »Das mache ich nicht mehr«, sagte sie.

Tonys Atem war feucht an ihrem Hals und besudelte ihre Haut, wo all die Soldaten Schlange gestanden hatten, um ihren Kopf anzulehnen. »Ich gebe dir was als Gegenleistung«, raunte er.

Clementine drehte sich weg. »Ich will dein Geld nicht, Tony.«

Tonys Fingerspitzen drückten sich in den Knochen oberhalb von Clementines Brüsten. »Kein Geld.«

»Was dann?« Sie atmete flach, um seinen Gestank nicht in sich aufzunehmen.

»Ich erzähle dir ein Geheimnis.«

Clementine schwieg kurz. »Was für ein Geheimnis?« Geheimnisse waren die Währung, die ihr im Blut lag.

»Eins, das du hören willst. Über deine Mutter.«

»Ich habe dir schon gesagt, sie ist nicht meine Mutter.«

»Nicht Mrs. P. Deine richtige Mutter«, sagte er.

Einen Moment herrschte Stille zwischen ihnen, das ganze Haus in Erwartung dessen, was enthüllt werden mochte. Dann rührte sich Clementine und ihr Körper streifte kurz seinen. »In Ordnung«, sagte sie und nickte leicht.

Endlich lehnte Tony sich zurück. »Gut.«

Da schnellte Clementine vor, flink wie ein Reh im Wald, eine Stufe hoch, dann die nächste. »Aber nicht ich«, sagte sie, bevor er nach ihr greifen konnte. »Ich gebe dir Ruby. Hast du kleine Mädchen nicht sowieso am liebsten?«

Zwei Tage vergangen, und Clementine nahm ihre Schwestern mit auf einen Ausflug. Ein kleines Vergnügen, sagte sie, nur für sie beide und sonst niemanden. Eine Fahrt ins Herz der Stadt, um eine Kathedrale zu besuchen, die niemals fallen würde.

Hoch, hoch und noch höher war es gegangen, eine geheime Wendeltreppe im Turm hinauf dorthin, wo eine Kuppel über ihnen aufragen würde wie das Himmelszelt. Hoch und höher, vorbei an kleinen verdreckten Fenstern. An schwarzem Schmiedeeisen und bündig ins Mauerwerk eingelassenen winzigen Holztüren. Hoch und höher, vorbei an einem Labyrinth aus versteckten Korridoren mit Blick auf Männer in Helmen, die sich grinsend oder zwinkernd umdrehten, das Gemurmel ihrer Stimmen sickerte durch die Steine. Clementine hatte schon immer gewusst, wie man an Orte gelangte, die anderen verwehrt blieben. »Erzählt es niemandem«, hatte sie gesagt, als sie aufbrachen. »Dann zeige euch etwas Besonderes, das nur uns gehört.«

Wie sollten sie ihr da nicht folgen?

Es war Ruby, die als Erste hinaustrat, durch eine schmale Tür in einen riesigen offenen Raum – eine Galerie weit oben im Dach, nichts als ein Eisengeländer zwischen ihr und dem Vergessen auf den schwarz-weißen Fliesen tief unten. Sie ging schnurstracks zum Rand, stellte sich auf die Zehenspitzen und linste hinab, das Herz klopfend vom Höhenrausch.

Als Nächstes kam Barbara, schwer atmend und mit angstgeweiteten Augen, ihr Herz machte *galopp, galopp* bei der Vorstellung, wie sie fiel und fiel. Sie drückte sich fest an die Wand, heiße Handflächen gegen kalten Stein, so fern vom Geländer wie möglich.

Als Letzte kam Clementine, deren Lachen wie eine Lerche in das hohe Gewölbe der Kuppel aufstieg. »Keine Sorge, Barbara«, sagte sie. »Es ist nicht gefährlich. Diese Kirche kann nichts umwerfen.« Nicht ihre Zinnen noch ihre Türmchen. Ihre mit Eisen beschlagenen Statuen. Noch ihre Engel mit den breiten Flügeln. St. Paul's war ein Monument der Beständigkeit in einer Ödnis aus Trümmern und Schutt.

Ruby zeigte dorthin, wo der Laufgang um die schmutzige Wand herumführte und wieder dorthin zurückkehrte, wo sie standen. »Wofür ist das?«, fragte sie.

Clementine lachte wieder. »Geheimnisse. Das hier ist die Flüstergalerie. Du stellst dich hierhin und flüsterst deine Geheimnisse, und sie kommen drüben auf der anderen Seite an.« Sie deutete über den gewaltigen leeren Raum hinweg. »Sollen wir es ausprobieren?«

»Ja«, sagte Ruby und klatschte in die Hände. Das Echo kam

zurück, als ob sie sich selbst applaudierte. Geheimnisse waren etwas, worin sie gut war.

»Aber eine Sache ist da noch.« Clementine stand mit einer Hand am Rand des Abgrunds. »Es müssen echte Geheimnisse sein, sonst funktioniert es nicht.«

Clementine schickte zuerst Barbara zur anderen Seite, ein kleines Schweinchen, das sich an die Wand drückte und mit winzigen Schritten vorwärtsschob, als würde sie das irgendwie retten, sollte es zum Schlimmsten kommen. Sie war erst auf halber Strecke, als Clementine ihren Mund an Rubys Ohr legte und sagte: »Willst du ein echtes Geheimnis wissen?«, fragte sie.

Ruby war aufgeregt. »Haben wir schon angefangen?«

»Noch nicht. Das ist nur für dich bestimmt und für niemand sonst.«

Ruby sah hinüber zu Barbara, die sich nach wie vor ihren Weg auf die andere Seite bahnte. »Was ist es?«, hauchte sie.

»Ich gehe Mummy besuchen.«

»Mummy ist tot.«

»Nein, ist sie nicht.«

Von beiden Seiten eines großen weiten Raums flüsterten sich zwei Mädchen, eines erstaunlich, das andere in jeder Hinsicht gewöhnlich, Geheimnisse zu in der Hoffnung, etwas Neues zu erfahren. Zehn Minuten lang immer im Kreis herum, Ruby schickte ein Geheimnis los und Barbara, allein auf der anderen Seite gestrandet, versuchte es aufzufangen. »Ich kann nichts hören!«, rief Barbara immer wieder und ihr dünnes, klagendes Stimmchen schwebte durch den gewölbten Raum.

»Du hörst nicht richtig hin!«, rief Ruby zurück.

»Du flüsterst nicht laut genug!«, erwiderte Barbara.

»Sei nicht dumm. Man kann doch beim Flüstern nicht brüllen.«

Dabei kannte Ruby die Wahrheit. Nicht die Lautstärke war schuld. Es war die Art des Geheimnisses, die den Ausschlag gab.

Sie probierten es weitere fünf Minuten ohne Erfolg. Dann sagte Ruby: »Lass uns mal tauschen.« Und wandte sich zu Clementine um, ob sie einverstanden war.

Doch Clementine war verschwunden. War durch die enge Holztür geschlüpft und die Wendeltreppe hinunter wie ihr ganz eigenes Geflüster. Ruby lehnte sich übers Geländer und schaute hinab auf die schwarz-weißen Fliesen, auf einen Mann, der im Schatten einer Säule stand. Sie wusste sofort, was das bedeutete. Denn das wahre Geheimnis war Stanley. Und bei ihm stand ihre Schwester Clementine, ihre kleine Hand zwischen den Mantelknöpfen ihres Geliebten. Ruby starrte hinab in den Abgrund und spürte das Piksen eines anderen Geheimnisses in ihrer Hand. Klein und sternförmig mit einem roten Stein in der Mitte, eine winzige Brosche, Clementines Gegengeschenk für ein Versprechen, das gegeben, aber noch nicht eingelöst war.

»Wenn ich dir das hier gebe …«, hatte Clementine gesagt, während Kleines Schweinchen Barbara sich langsam zur anderen Seite der Kuppel schob, »musst du es gut verstecken. Sonst denken sie, du hättest es gestohlen.«

Kleingeld aus Tonys Tasche. Puderquasten aus Mrs. Pennys Schublade. Ruby wusste, dass Clementine recht hatte. Jeder in ihrem Haushalt stahl. Selbst Barbara hatte ein Geheimversteck, hinten im verwilderten Teil des Gartens, worin sich nichts befand außer einem kleinen rosa Blechschwein und einem blauen Pantoffel mit Stockflecken wie Sommersprossen. Dazu etwas, das Ruby nicht erwartet hatte – einer von Mrs. Pennys silbernen Teelöffeln mit einem winzigen Apostel am Ende. Sowie sie ihn sah, wollte sie auch einen haben. Als also Barbara das nächste Mal in der Waschküche ein Bettlaken wusch und Mrs. Penny beim Schlachter nach Fleisch anstand, stahl Ruby einen, holte sich den Silberlöffel aus seinem lila Samtkokon: nicht länger zwölf Apostel, sondern zehn.

Ruby bestaunte das kleine glitzernde Ding, das in der Hand ihrer älteren Schwester lag. »Ist sie wertvoll?«, fragte sie.

Da lachte Clementine. »Natürlich, Stanley hat sie mir geschenkt. Aber ich glaube, dir steht sie am besten.« Ruby streckte die Hand aus, um die kleine Brosche zu nehmen, doch Clementine schloss ihre Faust. »Du kannst sie haben«, sagte sie. »Aber erst musst du etwas für mich tun.«

Ruby sah jetzt zu, wie die beiden Liebenden tief unten sich ihre eigenen Geheimnisse zuflüsterten – Stanley neigte sich ihrer Schwester entgegen, Clementine stand auf Zehenspitzen, kleine Schneidezähne schimmerten im Dunkeln. Sie hielt den Atem an, als Stanley die Hand in seine Manteltasche steckte und etwas hochhielt. Zwei Streifen Papier, wie zwei Schiffsfahrkarten. Und in der anderen eine Mandarine voll süßem Saft und harten kleinen Kernen. Da spürte Ruby ein Rauschen in ihrer Brust. Denn sie wusste, dass das Versprechen, das sie Clementine gegeben hatte, bald eingelöst werden musste.

Einen Monat später, als Ruby im Bunker kauerte und die Bomben wie Regen fielen, nahm Clementine einen Zug von der Londoner Innenstadt zu einem Ort, wo sich graue Anstaltsmauern aus einem Landschaftsgarten erhoben. Bei ihrer Ankunft wusste sie sofort, dass sie hier richtig war.

Sie stand in der riesigen heruntergekommenen Eingangshalle mit ihrer verblassenden Pracht und starrte zum gewölbten Dach hinauf. Die Decke war grau wie alles andere in Clementines Leben. Aber nicht mehr lange, hoffte sie.

»Kann ich helfen?« Von ihrem Platz hinter einem Aktenstapel sprach eine Frau in Uniform sie an.

»Ich suche Station drei«, sagte Clementine und senkte den Blick.

»Oh ja. Dort entlang.« Die Frau zeigte auf einen langen leeren Korridor hinter verschlossenen Türen. »Aber Sie brauchen eine Begleitung. Der Rest des Hauses wurde an die Verwundeten abgetreten. Ich bringe Sie hin, wenn Sie möchten.«

Korridore hinunter, Gänge entlang und durch Räume, die nach Blut und Jod stanken. Auf dem harten Boden morsten die Absätze von Clementines besten Schuhen einen drängenden Rhythmus, er hallte an den Keramikfliesen wider, die dem Schwung der Wände folgten. Sie kamen an fest verschlossenen Türen vorbei und an anderen, die offen standen und den Blick freigaben auf eine Million verwundeter Soldaten (oder so ungefähr), auf Betten hingestreckt. Beine und Arme weggeschossen. Schädel, deren fehlende Stücke durch kleine Metallplatten ersetzt waren. Hier waren sie, all die Männer, mit über den Kopf erhobenen Gewehren zum Ruhm marschiert. Platschend aus der Brandung gestiegen. Über einen triefnassen Strand gerannt. Auf die Sicherheit einer Düne zugekraxelt, die unter ihren Stiefeln ständig zerbröckelte. Männer, die an Geschützstellungen und Stacheldrahtrollen vorbeigekrochen waren, an deutschen Soldaten, nicht älter als neunzehn, mit ihren jäh gehetzten Gesichtern und ihren Schreien: »Nein! Nein! Nein!« Männer, die hinter den Klippen über Felder und Ebenen marschiert waren, vorbei an den Körpern der Toten, vornübergekippt, Gesicht auf der Straße, oder aufgebläht im Regen. Hier waren sie nun, schliefen mit hundert anderen in einem Krankensaal, gerettet, um weiterzuleben. Erlösung. Das wünschte Clementine sich auch. Und dass Stanley sie mit nach Hause nahm.

Vorher nur noch etwas erledigen.

Weit, weit abgelegen, am Ende eines Korridors, der nur dorthin führte und nirgendwohin sonst, erreichten Clementine und ihre Begleitung eine weitere Reihe verschlossener Türen. »Es ist nicht ideal«, sagte die Frau in Uniform. »Aber irgendwo mussten sie ja hin, als der Krieg anfing.«

Durch die Scheibe sah Clementine eine kleine Schwesternstation, die vom Rest des Raums abgeteilt worden war. Dahinter erstreckten sich reihenweise Betten wie Gräber. »Es sind so viele«, murmelte sie.

»Oh ja.«

»Dürfen sie je hinaus?«

»Oh nein.« Darin war sich ihre Begleitung sicher. Sie pochte an die Scheibe, um dahinter jemandes Aufmerksamkeit zu wecken. »Wir können nicht riskieren, dass sie durch die Gegend irren, jetzt, wo die Soldaten da sind.«

Drinnen roch es entsetzlich. Eine stinkende Hülle aus Desinfektionsmittel, abgestandenem Urin und dem süßlichen Geruch von ungewaschenem Schweiß. Clementine legte eine Hand über die Nase und versuchte durch den Mund zu atmen. Zu ihrer Linken fläzte sich eine Pflegerin, fett und rosagesichtig, auf einem Stuhl. Daneben eine Oberschwester in grauem Kleid. Die Frau in Uniform, die sie begleitet hatte, redete mit der Oberschwester und zeigte auf Clementine. Die Oberschwester nickte und zeigte auf jemanden am Ende des Saals.

Am denkbar fernsten Punkt saß eine Frau im Anstaltskittel auf einem Bett. Zuerst sah sie für Clementine aus wie alle anderen. Ausgemergelt. Barfuß. Der Körper eckig und hager. Die Frau wiegte sich im Sitzen vor und zurück, genau wie die anderen sich wiegten, manche standen zwischen den Betten oder wanderten den Mittelgang auf und ab. Sie alle schienen Selbstgespräche zu führen, murmelten Worte, hoben gelegentlich die Hand oder schüttelten den Kopf. Doch während die Schädel der anderen Patienten geschoren waren, umgab den Kopf dieser Patientin eine Wolke aus silbernem Haar.

Clementine lief los, schnell, bevor die Oberschwester oder die fette Pflegerin sie aufhalten konnten.

»Zehn Minuten!«, rief ihr die Oberschwester hinterher. »Nicht mehr.«

Eine andere Patientin tauchte an Clementines Seite auf und lief einige Schritte neben ihr her wie ein Geist. »Bist du meinetwegen hier? Bist du meinetwegen hier?«, flüsterte sie.

»Nein«, sagte Clementine.

»Tut mir leid.« Die Frau ließ den Kopf hängen. »Tut mir so leid.«

»Ivy!«, brüllte die Pflegerin mit den roten Wangen. »Ich habe dich gewarnt. Nicht anfassen.«

Ivy verdrehte die Augen nach hinten. »So leid. So leid.« Ein plötzliches weißes Blitzen, bevor ihr normales Starren zurückkehrte.

Clementine hielt ihre eigenen erstaunlichen Augen zu Boden gerichtet, bis sie beim letzten Bett ankam und niemandem mehr begegnen konnte als der Frau mit dem Haar wie ein Heiligenschein. Sie sah die Fußnägel der Frau auf dem Linoleumboden, dünn und gekrümmt wie Vogelkrallen. Dann hob die Frau den Kopf.

Clementine starrte sie einen Augenblick an, so wie die seltsame blasse Frau sie anstarrte. Es war Clementine, die als Erste sprach. »Hallo, Mummy«, sagte sie.

Sie saßen Seite an Seite auf einem Bett mit einer dünnen Stoffdecke – eine Mutter und eine Tochter, endlich beisammen. Dorothea wiegte sich vor und zurück, vor und zurück, Clementines Handgelenk fest im Griff. »Meine Engel«, wiederholte sie wieder und wieder. »Meine Engel.«

»Nein, Mummy. Ich bin's, Clementine.«

Doch Dorothea schaukelte und wiegte sich nur, die Federn der Matratze ächzten und sangen unter ihnen, als wollten sie die Musik in ihren Köpfen begleiten.

Es war Clementine, die einen Weg aus der Sackgasse fand, als sie nach dem kleinen braunen Koffer griff, den sie mitgebracht hatte. Nylonstrümpfe und Schlüpfer. Ein Unterkleid so dünn wie ein Geist. Ein Nachthemd. Eine Flasche Eau de Toilette. Und eine Bürste mit beinernem Griff. »Soll ich dein Haar bürsten, Mummy?«, sagte sie.

Sofort hörte Dorothea auf sich zu wiegen. »Sie haben es genommen«, sagte sie. »Sie haben es genommen.«

»Oder möchtest du dich lieber selbst bürsten?«

Clementine legte die Bürste zwischen sie beide auf das Bett. Dorothea starrte sie an, wie gelähmt, dann hob sie die Hand an ihr Haar, als bemerkte sie jetzt erst die Wolke aus Gespinst um ihren Kopf.

Zehn Minuten, und Clementine saß da und bürstete Dorotheas Haar, bürstete und bürstete vom Scheitel bis zu den Spitzen. Unablässig bürstete Clementine und sang dabei, bis auch das Haar beinah sang. »Oh my darling …« So lange, bis ringsum im Saal ein holpriger Chor einstimmte.

Oh my darling, oh my darling
Oh my darling, Clementine …

Strich um Strich schwebten silberne Strähnen von Dorotheas Kopf und hefteten sich an die Ärmel von Clementines Mantel. Zehn Minuten, um auszugleichen, was sie beide verloren hatten.

Es würde niemals genug sein.

Als die Zeit fast abgelaufen war, warf Clementine einen Blick über die Schulter und vergewisserte sich, dass die fette Krankenschwester sich nicht in der Nähe aufhielt. Dann griff sie in ihre Tasche und holte eine kleine Puderdose und ein Nageletui mit einer silbernen Schere heraus, die im Licht glänzte. Sie öffnete die Puderdose und legte sie in Dorotheas Hände, so dass Dorothea ihr Spiegelbild sehen konnte – eine Dame, ausgezehrt, aber immer noch hier, umgeben von einer schimmernden Wolke aus Licht.

Dorothea betrachtete sich verzaubert, während Clementine sich vorbeugte und die Spitze einer Haarsträhne nahm. Sie machte einen Schnitt, *schnipp-schnapp*, worauf Dorothea die Puderdose in den Schoß fallen ließ. »Ich habe sie abgeschnitten«, sagte sie. »Ich habe sie abgeschnitten.« Packte Clementine am Handgelenk.

Ein Engel in der Nacht. Eine kalte Klinge am warmen Hals eines kleinen Mädchens.

»Ja, Mummy«, sagte Clementine und berührte Dorothea am Arm. »Ich weiß.« Und sie steckte die kleine silberne Strähne in ihr Etui.

»Zeit zu gehen!«, rief ihr die Oberschwester zu. »Die Raketen werden Sie erwischen, wenn Sie nicht aufpassen.«

»Ist gut«, erwiderte Clementine und nahm die Puderdose an sich. Sie schloss die Handtasche, dann den Koffer, hielt die Haarbürste einen Moment in der Hand, bevor sie sie in Dorotheas Schoß legte. »Wiedersehen, Mummy«, sagte sie, beugte sich vor und legte kurz ihre Lippen an die Wange ihrer Mutter. Dann, als sie sich zum Gehen aufrichtete, steckte sie ihrer Mutter etwas in die Faust. Zwei Dollarscheine von nicht unbeträchtlichem Wert. Und ein Stück Papier, auf das der Name eines Schiffes gedruckt war.

Eine Fahrkarte ins Gelobte Land. Nur für den Fall.

Drei Jahre nach dem Börsencrash, und Margaret konnte das Geld förmlich riechen, das in den Häusern ringsum aufgelaufen war, es steckte in den sauberen roten Ziegeln, den weißen Säulengängen und den hübschen kleinen, zu Quadraten geschnittenen Hecken. Es war hinter den Sicherheitsrollläden eingesperrt und in den Balkonkästen vergraben, die bereits bepflanzt waren und blühten, obwohl das Jahr gerade erst anfing. Anders als in der kalten Sparsamkeit Edinburghs war es, als hätte der finanzielle Winter hier nie stattgefunden. Keine verrammelten Läden. Kein Matsch im Rinnstein. Keine *Zu vermieten*-Schilder oder schwarze Wagen, die ihren Mantel mit Schlamm bespritzten. Nur saubere, leere Bürgersteige und Fahrzeuge so groß wie Traktoren ohne Dreck an den Reifen.

In ihrer dünnen braunen Mappe (jetzt nicht mehr gar so dünn) hatte Margaret erste Grundlagen für ein Protokoll von Leben und Tod:

eine Quittung für eine Smaragdkette,

ein Einweisungsformular für eine Verrückte.

Und nun die Kopie einer Sterbeurkunde für eine Dorothea Walker, von Susan Fielding erhalten gegen eine kleine Gebühr. Denn wo ein Tod war, da war auch ein Leben. Oder zumindest eine Geburt.

Hier war Margaret also, zurück im Herzen von allem, in Londons stillem Geldland. *Royal Borough.* Eine Gemeinde, kein Stadtteil. Königlich, nicht kommunal. Eine Oase für jene, die sich gleichzeitig mehrere Häuser und ein Boot leisten konnten. Die Straßen von Kensington und Chelsea, wo niemand auf die Idee käme, dass je etwas schiefgelaufen war.

Das Chelsea Old Town Hall and Register Office war wie alle vor über hundert Jahren errichteten städtischen Gebäude – massiv, Giebeldreieck über der Tür, Güte und Eleganz ausstrahlend. Ganz anders als die aus heutigem Wohlstand erschaffenen Bauten voller Glas und Sicherheitsschleusen, nirgends ein Ort, wo Kinder herumtollen oder gar ihre Namen einritzen konnten. Dennoch lag die Abteilung, die Margaret aufsuchen musste, sehr versteckt – an der Gebäudeseite entlang und durch eine kleine Tür in einen Anbau, der mit städtischem Braun ausgelegt war. Geburten, Eheschließungen und Tode. Nichts als gewöhnlicher Alltag.

Auch der Mann hinter der Auskunftstheke war klein. Als Margaret ihre Bitte vorbrachte, nahm er seine Brille ab und putzte sie mit einer Ecke seines blau gestreiften Hemdes. »Haben Sie es mit dem Internet probiert?«, fragte er. »Da findet man alles Mögliche.«

»Oh ja«, log Margaret. »Aber ich dachte, ich komme persönlich, um von Ihrer Expertise zu profitieren. Außerdem bin ich etwas in Eile. Es geht um Leben und Tod.«

Margaret war persönlich gekommen, weil man fürs Internet eine Debit- oder Kreditkarte benötigte – dieses kleine Plastikrechteck, das bestätigte, dass man Geld besaß oder zumindest in Aussicht hatte. Der persönliche Ansatz ermöglichte Barzahlung. Eben noch hier, im nächsten Moment fort, eine hübsche saubere Transaktion ohne weitere Fragen. Schon immer gab es in Margaret diesen Impuls, möglichst keine Spuren zu hinterlassen.

Der Mann setzte seine Brille wieder auf. »Nun, vermutlich könnte ich helfen, wenn es nicht zu lange dauert.« Schmeichelei. Wirkte jedes Mal. »Was Sie machen können, wenn Sie mögen, ist eine generelle Verzeichnissuche, dann übernehme ich die Verifikationen.«

»Verifikationen?«

»Da gehe ich im Archiv nachsehen und sage Ihnen, ob wir die Dokumente haben, die Sie brauchen.«

Margaret wollte fragen, warum sie nicht einfach selbst nachsehen konnte. Andererseits waren es Menschenleben, mit denen sie es hier zu tun hatte, und nicht nur belanglose Papierstücke voll schwarzer und roter Schreibmaschinenschrift.

»Achtzehn Pfund …«, sagte der Mann und rieb erneut seine Brille ab. »Sie bekommen bis zu sechs Stunden Suchzeit, acht Verifikationen und dann eine Schnellsuche in den Dokumenten selbst. *Alles, um zu helfen*«, sagte er und zitierte damit den Slogan seiner königlichen Gemeinde oder etwas in der Art.

Papierkram, dachte Margaret. Endlich in greifbarer Nähe.

Die Verzeichnisse waren auf Mikrofiche, geordnet nach Jahren. Zeile für Zeile Nachnamen für jedes Quartal, gefolgt von den dazugehörigen Vornamen, Daten und dem Band und der Seitenzahl, die der Beamte brauchte, um die Spur der eigentlichen Dokumente zu ihrem finalen Lagerplatz zurückzuverfolgen. Margaret suchte unter ›Stirling‹, laut Einweisungsbericht und Sterbeurkunde Dorotheas Mädchenname. Es gab auf Anhieb ein Ergebnis, das vor Margaret auf dem kleinen grauen Schirm schwebte.

Geburten im 3. Quartal: Stirling, Dorothea, 18. Juli 1900.

Margaret spürte ein leichtes Kribbeln in der Brust, als sie sich sorgfältig die entsprechende Verzeichnisnummer notierte. Eine Urkunde weniger. Wer wusste, was als Nächstes zutage trat? Sie bog und streckte ihre Finger, hoffte, dass Dorothea im selben Stadtteil geheiratet hatte, in dem sie geboren wurde, und machte sich erneut auf die Suche.

Eine Stunde später, und der glückbringende Coronation-Penny bewies wieder, was er konnte. *Eheschließungen im*

2. Quartal: Stirling, Dorothea, ehelicht Walker, Alfred, 6. April 1922. Ein neues Kleid, die besten Sonntagsschuhe, vielleicht ein kleiner Hut, Konfetti oder Reis über die Köpfe der Brautleute geworfen, dann ein Hochzeitsfrühstück aus Schinken, Toast und Eiern. Margaret lehnte sich auf ihrem Stuhl zurück und starrte auf die zwischen all die anderen gequetschte Textzeile auf dem Mikrofiche-Bildschirm. Dorothea Walker, geborene Stirling, gerade mal zweiundzwanzig Jahre alt. Besitzerin einer Bürste mit beinernem Griff und eines Nachthemds mit rosa Schleifenband. Liebste. Ehefrau. Wahnsinnige. Leiche. Mutter von kleinen Zwillingen (verstorben) und einer Tochter namens Clementine alias Mrs. Walker, jetzt ebenfalls tot. Mochte Mandarinen, Whisky und rote Mäntel wie ihren. Es gefiel Margaret, dass sie etwas mit ihrer toten Klientin gemeinsam hatte. Auf die eine oder andere Weise hatte man sie beide bis aufs Hemd ausgezogen, und nun besorgte Margaret ihnen neue Kleidung.

Sie begann ihre Suche nach der dritten Urkunde mit dem Jahr 1922, in dem Dorothea und Alfred geheiratet hatten, in der Annahme, dass ihre Tochter ehelich war. Anders als bei ›Stirling‹ gab es ›Walkers‹ ohne Ende, viele von ihnen mit der Initiale ›C‹. Als Margaret vom letzten Quartal 1924 zum ersten Quartal 1925 überging, verstand sie, warum man sechs Stunden benötigen könnte. Ihre Augen juckten und ihr Blick verschwamm, während sie erneut mit dem Finger über den Bildschirm glitt und die vielen Walker-Geburten im zweiten Quartal nachverfolgte:

Walker, Charles
Walker, Clarinda
Walker, Crispin
Walker, David
Zu weit.

Sie hielt inne und fuhr mit dem Finger die Liste wieder hoch. Etwas rückwärts zu machen hatte manchmal den Effekt, dass sich etwas offenbarte, was man vorher übersehen hatte. Walker, Elizabeth. Walker, David. Walker, Crispin. Und da war es. Der krönende Abschluss einer Spur aus in den Rinnstein geworfenen Mandarinenschalen.

Geburten im 2. Quartal: Walker, Clementine, 12. Juni 1925.

Nicht länger tot, sondern einmal mehr gesund und munter.

Als sie vor dreißig Jahren nach London kam, hatte Margaret selbstverständlich die Geburten, Eheschließungen und Tode überprüft. Hinein in die hohen Hallen von Somerset House, gerade erst siebzehn und als einzige Habe ein Paar schwarzer Stiefel und eine über die Jacke geschlungene Segeltuchtasche. »Margaret Penny«, hatte sie geflüstert, als sie nach ihrem Namen gefragt wurde. »19. Juli 1963.«

Sie wurden fündig, noch ehe sie Zeit gehabt hatte, sich zu setzen. Penny, M., geboren von Penny, B., Wingfield-Entbindungsklinik (inzwischen abgerissen). »Da steht nicht adoptiert, oder?«, fragte sie mit mehr Hoffnung als Erwartung. Doch die Frau, die die einschlägige Urkunde aufgerufen hatte, schüttelte nur den Kopf. Hier war die endgültige Bestätigung dessen, was Margaret immer gewusst, aber nie geglaubt hatte. Ihre Mutter war ihre Mutter. Punktum.

Die erste Bestätigung hatte sie erhalten, als sie dreizehn war und im Wohnzimmer ihrer jüngsten Wohnung in Edinburgh ihre Hausaufgaben machte.

»Wo kommen Babys her?«, hatte sie gefragt und mit dem Bleistift an der Unterseite des Tisches gekratzt, weil sie wusste, dass niemand nachsehen würde.

»Woher glaubst du wohl!«, hatte Barbara geantwortet und ihren neuen Hoover-Staubsauger vor und zurück über den

Teppich geschoben, dass das Polyester knisterte und funkte. Barbara hatte Margaret, seit sie laufen konnte, über die biologischen Fakten des Lebens aufgeklärt. »Sieh zu, dass dich nie einer kriegt.« Das war ihr Mantra. »Du weißt nie, wohin das führt.«

Margaret seufzte und hob die Füße, als der Hoover unter ihr entlangröhrte. »Ich meine, wo wurde ich geboren?«, sagte sie.

Barbara löste die Verriegelung des Hoover und legte den Stiel fast ganz flach. »Unten im Süden natürlich. Habe ich dir doch erzählt. In London.« Barbara war sehr angetan von dem Hoover und seiner verblüffenden Saugkraft, als ob sie bisher ihr ganzes Leben damit zugebracht hätte, Staub von einer dreckigen Stelle zur anderen zu kehren.

»Aber wo in London?« Margaret blieb beharrlich. Ein Charakterzug, den sie, soweit sie wusste, von ihrer Mutter hatte.

»In einem Pflegeheim. Das es nicht mehr gibt.« Zumindest war es das, was Margaret glaubte verstanden zu haben.

»Was ist mit meinem Vater, wo ist er?«

Barbara schob den Hoover so weit unter das Sofa, wie es ging. »Über alle Berge und ganz weit weg.«

»Wo ist das?«

»Wer weiß?« Auch Barbaras Stimme hörte sich weit weg an, während sie sich verrenkte, genau wie der Hoover, um sicherzustellen, dass sie jeden Krümel Dreck aufgesaugt hatte. »Schlafende Hunde soll man nicht wecken, sage ich immer.« Sie richtete sich wieder auf und strich sich über das Haar. »Außerdem geht es ihn gar nichts an. Dich übrigens auch nicht.«

Doch schon mit dreizehn fand Margaret, dass es sie durchaus etwas angehen mochte.

Trotzdem fragte sie nicht weiter nach. Barbaras Gebärmutter sollte am nächsten Tag herausgeschnitten werden, was

Margaret veranlasste, über das Wunder der Geburt nachzudenken, während ihre Mutter fest entschlossen war, ihre Wohnung in Schuss zu bringen. »Frauen sind verflucht«, hatte Barbara gesagt, als sie die Neuigkeit erfuhr. Hormone und körperliche Veränderungen. Brustkrebs. »Es ist trotzdem besser, loszuwerden, was nutzlos ist.« Und sie hatte Margaret dabei so böse angefunkelt, dass die den Eindruck bekam, sie selbst wäre gemeint und kein wichtiges (aber entbehrliches) Organ.

Doch als wollte sie es wiedergutmachen, war Barbara an jenem Abend in die beißende Kälte einer Edinburgher Nacht hinausgegangen und hatte ihnen Fritten gekauft, in Papier gewickelt, weich und feucht. Salz und der Duft von scharfer Essigsoße, die Teller auf einem Tablett arrangiert. Zwei Gabeln. Zwei Tunnock's Tea Cakes zum Nachtisch. Das Ganze verzehrt vor einem winzigen Schwarz-Weiß-Fernseher. Es war ein seltener Moment des Friedens zwischen ihnen, mitten in allen Widrigkeiten.

Am nächsten Morgen, nachdem jede Oberfläche geschrubbt war, legte Barbara ein gemustertes Kopftuch über das extra für den OP-Besuch frisch dauergewellte Haar. Dann knöpfte sie ihren dunkelblauen Regenmantel bis zum Hals zu und sagte: »Ich habe Mrs. Hamill gebeten, nach dir zu sehen«, während Margaret in der Tür stand und auf die obligatorische flüchtige Berührung der braunen Lippen ihrer Mutter an ihrer Wange wartete. Das erste Mal seit langem packte Barbara die Schultern ihrer Tochter mit festem Griff. Es war Margaret, die sich von ihr löste.

Barbara rückte ihren Mantel am Saum zurecht und strich mit einer Hand glättend über die Vorderseite. Sie sah aus, als wollte sie Toastbrot und Dosenerbsen einkaufen gehen und nicht den Bus zum Royal nehmen, wo sie unters Messer kommen würde. »Du brauchst mich nicht zu besuchen«, sagte sie.

»Warte bis Donnerstag, wenn ich wieder auf den Beinen bin.«
Dann war sie fort.

An jenem Abend kam Margaret aus der Schule in eine leere
Wohnung und wartete wie geheißen. Die Hausaufgaben fertig. Die Teetassen bereit. Ein ganzes Paket klebriges Soreen's
Früchtebrot aufgeschnitten und gebuttert. Sie saß auf der
Kante des Dralon-Sofas, bis es schon ziemlich dunkel war, und
wartete darauf, dass Mrs. Hamill kam und nach ihr sah. Erst
nach drei Stunden fiel ihr ein, dass womöglich das Schlimmste
passiert war (»Tot, fürchte ich, ein ausgerutschtes Skalpell, ein
Missgeschick«), und ging bei der Nachbarin klopfen.

»Verreist«, sagte Mr. Hamill. »Besucht ihre Schwester.
Kommt morgen zurück, oder übermorgen.« Er stank nach
dem Qualm einer Pfeife, die seine Frau ihm nicht zu rauchen
erlaubte, wie Margaret wusste.

»Oh«, sagte Margaret. »Es ist bloß …«

»Alles in Ordnung, Spatz?« Mr. Hamills künstliches Gebiss
leuchtete im Halbdunkel des Treppenhauses, die strahlenden
Zähne passten nicht zum Verfall seines Gesichts. Er trat im
Türrahmen von einem Fuß auf den anderen, die karamell-
farbene Strickjacke um den Bauch herum ausgeleiert. »Du
kannst hereinkommen, wenn du möchtest.« Er winkte mit
dem feuchten Ende seiner Pfeife, an deren Stiel Spucke glänzte.

Margaret errötete bis zu den Zehenspitzen und zurück.
»Nein«, flüsterte sie. »Ich meine, ja. Alles in Ordnung. Gute
Nacht.« Dann ging sie wieder hoch und aß in einem Rutsch
neun Scheiben Soreen's Früchtebrot, einfach nur, weil sie es
konnte.

Am nächsten Tag, nichts im Küchenschrank außer den üblichen Dosenerbsen und -suppen, nahm Margaret die Pfundnote, die ihre Mutter auf dem Küchentisch zurückgelassen
hatte (»Nur für den Notfall!«), und holte sich stattdessen

Fritten. Hinab, hinab durch das schmutzige Treppenhaus. Hinaus in die kalte Edinburgher Nacht. Damals stellte sie fest, dass Edinburgh im Dunkeln ganz anders war als bei Tag. Ausgelassener. Voller Flüche und Rufe. Männer, die in Gruppen an der Ecke standen. Eine Sauna mit lockender Beleuchtung. Der Pub mit seinem Schwall aus Palaver und Qualm. Margaret hastete an allem vorüber in dem Wissen, dass dies die Welt war, die sie erforschen wollte, sollte sich je die Gelegenheit bieten.

Wieder zu Hause aß sie die Fritten direkt aus der Papiertüte und leckte sich Fett und Salz von den Fingerspitzen, bevor sie sie am Hinterteil ihres Rocks abwischte. Sie spülte die Fritten mit einer Dose Limonade hinunter, gefolgt von einem Tunnock's Snowball, der Kokosraspel auf ihrem Schoß hinterließ. Als sie fertig war, stand sie auf, und die Kokosraspel rieselten zu Boden wie ein erster Schneeschauer. Sie machte sich nicht die Mühe zu putzen.

Stattdessen begann sie zu stöbern, einfach weil sie es konnte, ging im Schlafzimmer ihrer Mutter umher, blieb stehen, ging weiter, als hätte sie einen Tatort abzustecken, wachsam, um nichts zu übersehen. Auf dem Nachttisch ihrer Mutter fand sie ein leeres Glas mit klebrigem Rand und ein Taschenbuch mit lauter umgeknickten Ecken, als ob Barbara abends nur ein bis zwei Seiten schaffte, bevor sie einschlief. In der Schublade fand sie einen Kamm aus Schildpatt, ganz fleckig und gelb, und ein Päckchen Zigaretten, in dem nur noch zwei übrig waren. Außerdem einen schmutzigen Teelöffel mit einer winzigen Figur am Griff. Der Teelöffel reizte Margaret. Aber sie wusste, dass ihre Mutter wissen würde, wer schuld war, wenn der Löffel verschwand wie die Gebärmutter, die Barbara einst besaß, aber jetzt nicht mehr.

In einer Schublade auf der anderen Seite des Betts fand sie eine schmale eckige Schachtel aus rotem Plastik. Und darin eine Gummischeibe, eingepudert mit Boots Best aus der Dose, die im Regal über dem Waschbecken im Bad wohnte. Die Gummischeibe wölbte sich in der Mitte nach oben, genau wie Margaret sich vorstellte, dass Barbaras Bauch sich hob, um den ersten Schnitt des Chirurgen zu empfangen. Sie drückte mit ihrem fettigen Finger das Gummi hinunter, das mit einer kleinen Puderwolke wieder hochpoppte. Margaret starrte auf den perfekten Fingerabdruck, den sie hinterlassen hatte, schloss dann die Schachtel, *klick-klack*, und legte sie zurück in die Schublade. Vielleicht würde ihre Mutter es nicht bemerken. Was auch immer dieses Gummiding war, es sah nicht aus, als würde es häufig benutzt.

Unten in der großen Kommode ihrer Mutter fand sie eine zum Rechteck gefaltete Schürze und eine angeknackste Putte aus Porzellan in einer Decke, die mit einem zerschlissenen Satinband gesäumt war. Darunter lag ein Bild, ganz schmutzig und braun, das nach Leinöl roch und dick in staubiges Zeitungspapier gewickelt war. Und ganz unten am Boden der Schublade, als wollte Barbara es nicht nur vor Margaret verstecken, sondern auch vor sich selbst, war ein Schwarz-Weiß-Foto von zwei schlafenden Kindern.

In der hereinbrechenden Dunkelheit einer Edinburgher Nacht betrachtete Margaret das Foto ausgiebig. Die Kinder waren bleich, die Lippen zu kleinen Schmollmündern verzogen. Die Hände lagen im Schoß, still wie im Grab. Das Haar ein Gewirr von Locken. Wangen so hell wie Porzellan, genau wie die Putte. Margaret berührte das kalte Glas mit einem Finger. Sie hatte sich immer eine Familie gewünscht. Und hier war sie endlich.

Am dritten Tag kam Mrs. Hamill vorbei. »Ach, mein Schatz«, sagte sie, das Gesicht ganz rot unter ihrem Wollhut aus Mohair. »Du erzählst es doch nicht deiner Mutter, oder?«

»Nein«, sagte Margaret und spielte mit einem großen braunen Penny, den sie neben dem Foto gefunden hatte. Er war zu gewöhnlich, um vermisst zu werden, hatte sie entschieden.

»Es bleibt unser Geheimnis.«

»Ja«, sagte Margaret. *Erzähl's niemandem.* Im Hüten von Geheimnissen war sie bereits gut. Sie bewahrte sie alle – wie die Mutter, so die Tochter.

Am Donnerstag ging sie wie geheißen ins Krankenhaus, wo sie Barbara im Bett sitzend antraf, ernst und unbeugsam wie zuvor. Es gab keine Anzeichen einer frischen Operation, schon gar nicht einer, die die Möglichkeit neuen Lebens beendet hatte. Ihre Unterhaltung dauerte drei Minuten, bevor ihnen der Gesprächsstoff ausging.

»Benimmst du dich anständig?« Ihre Mutter trug ein Nachthemd in einer Farbe, die eher zu einem Baby gepasst hätte als zu einer Frau mittleren Alters, der man gerade die Gebärmutter herausgeschnitten hatte.

»Ja«, sagte Margaret und überlegte, wann sie am besten nach den zwei schlafenden Kindern fragte. Vielleicht ein Bruder und eine Schwester. Cousine und Cousin von früher.

»Tust du, was Mrs. Hamill dir sagt?« Barbaras Stimme hatte eine leichte Schärfe, als wüsste sie, dass Margaret bereits unfolgsam gewesen war (was natürlich stimmte).

»Ja«, sagte Margaret und hoffte, man sah ihr nicht an, dass sie die vergangenen vier Tage nur Fritten gegessen hatte. »Tut es weh?«, sagte sie, denn was sonst sollte sie vorbringen, abgesehen von einer Frage, die die Vergangenheit aufreißen könnte?

Barbaras Augen waren wie zwei Pinkellöcher in einem Haufen grauen Schnees. »Ein bisschen«, sagte sie und rückte ihren Körper zurecht, als wäre er aus demselben Porzellan wie die verdreckte Putte. »Aber mir geht es bald wieder besser.«

Margaret gab ihr eine Tafel Trauben-Nuss-Schokolade, die sie vom Rest der Pfundnote gekauft hatte. »Möchtest du?«

»Danke, Liebes.« Barbara brach sich einen Riegel ab, bevor sie sie zurückgab. »Du kannst den Rest haben.«

Gemeinsam aßen sie ihre Schokolade, während sie die gelben Gaze-Vorhänge betrachteten, die das Bett umgaben. Margaret schluckte ihr Stück herunter und fragte sich, ob es in Ordnung war, wenn sie sich noch eins nahm. »Kommst du bald nach Hause?«

»Früh genug.« Einen Moment wirkte Barbara wehmütig, als wären fünf Tage im Krankenhaus die einzigen Ferien, die sie je gehabt hatte. »Dann kommt ein neuer Anfang.«

Margaret war nicht sicher, was das bedeutete. Sie hielt eine zerknitterte Papiertüte mit einer weiteren Leckerei hoch, von ihrem Taschengeld gekauft bei dem kleinen pakistanischen Lebensmittelladen, der neu in der Straße war. »Möchtest du eine Mandarine?«

»Nein danke, Liebes.« Dabei verzog ihre Mutter das Gesicht, bis die Haut am Mund Falten warf. »Zu mühsam zu schälen.«

Als man Margaret einige Jahre später in den hohen Hallen von Somerset House ihre Geburtsurkunde zeigte, war an der Stelle, wo der Name des Vaters stehen sollte, nur eine große Leere. Also war es doch eine unbefleckte Empfängnis gewesen. *Vater unser, der du bist im Himmel.* Oder über alle Berge und ganz weit weg, genau wie ihre Mutter gesagt hatte. Allerdings wusste Margaret da bereits, was auch immer passiert war, hatte mit Gott herzlich wenig zu tun.

»Was bedeutet es, wenn sein Name da nicht steht?«, hatte sie gefragt, nur um sicherzugehen.

»Oh, alles Mögliche, Liebes. Das kommt häufig vor.« Die Art, wie die Frau sie anlächelte, deutete darauf hin, dass sie diese Frage schon viele Male gehört hatte und wusste, was auf dem Spiel stand. »Der Mann könnte vielleicht gestorben sein. Oder er und deine Mutter waren nie verheiratet. Hast du sie mal gefragt?«

Barbara, noch mit intakter Gebärmutter, wie sie den Hoover ausklappte, auf den roten Knopf trat und das Röhren startete. »Lumpenpack sieht man am liebsten von hinten.« Die einzige Information über ihren Vater, die Margaret je bekam.

»Nein«, sagte sie.

»Oder er war vielleicht schon verheiratet«, sagte die Frau lächelnd, »mit jemand anderem.«

Also bat Margaret darum, auch nach Barbaras Heiratsurkunde zu schauen, nur für alle Fälle. Doch die existierte nicht. »Tut mir sehr leid«, sagte die Frau, von deren Hals eine weiche Schleifenkrawatte aus Rayon hing. »Manchmal ist das eben so.«

»Ist schon gut«, sagte Margaret. Und in gewisser Weise war es das. Sie hatte nie einen Vater gehabt, was sollte sie also groß vermissen? Außerdem war sie in Edinburgh aufgewachsen. In dieser Stadt konnte ein »Mrs.« genauso gut eine Willenserklärung wie ein Tatbestand sein.

Margaret verließ Somerset House mit nichts außer ihren schwarzen Stiefeln und einer geliehenen Segeltuchtasche auf der Hüfte, trat hinaus den wogenden Londoner Verkehr, in eine Stadt voller Palaver und Qualm. Da erkannte sie, dass dies, wie ein paar Jahre zuvor die Entfernung von Barbaras Gebärmutter, das Ende von etwas war. Aber vielleicht auch ein Anfang. Sie sah sich um, nach links und nach rechts, nahm dann einen großen braunen Penny aus der Tasche, um ihn zu werfen. Kopf: nach Osten. Zahl: nach Westen. So oder so, sie war jetzt siebzehn. Zeit, das Leben neu zu beginnen.

Unten in London dreißig Jahre später, und Margaret setzte ihre Jagd nach den Toten fort. Moyra. Anne. Rose. Oder Mary. Vielleicht eine Tochter von Clementine Walker. Eine Person, die nichts davon ahnte, dass die Frau, die sie geboren hatte, nun tot im Norden lag.

Während sie suchte, fragte sich Margaret, ob sie Barbara anrufen und sie wissen lassen sollte, dass alles in Ordnung war. Dann erinnerte sie sich an den Gesichtsausdruck ihrer Mutter, als Mr. Wingrove aus West Leigh wegen des Trauernetzes für die Bedürftigen angerufen hatte. Empört. Als würde man, wenn man ans Telefon ging, die Apokalypse zu sich einladen – vielleicht in Gestalt einer Verdruss bringenden Tochter, zurück aus dem Süden, keine von beiden imstande, die Fehler der Vergangenheit einzugestehen. Im Übrigen wusste Margaret, dass Barbara noch nie im Telefonbuch gestanden und auch sonst mit An- und Abmelden nichts im Sinn hatte. Also kam es nicht drauf an. Außerdem verstand Margaret jetzt noch etwas, das sie zuvor nie begriffen hatte. An Kinder gelangte man leicht. Und wurde sie genauso leicht los. Zwei Fremde mit silberfarbenem Haar in knittrigem Technicolor hatten sie das gelehrt.

Wie um ihr recht zu geben, fand sich im stetigen Mikrofiche-Dunst des Computerverzeichnisses vom Standesamt Chelsea keinerlei Hinweis auf ein Kind von Clementine Walker. Auch nicht mit anderen Suchanfragen, bei denen Margaret Mrs. Walkers Namen und Geburtsdatum kombinierte. Genau wie bei Margarets nebliger Herkunft lag die eigentliche Substanz des Lebens ihrer Klientin im Dunkeln, der Welt verlorengegangen. Kein Ehemann, keine Nachkommen. Nicht mal ein Hund. Nur zwei tote Geschwister, ein Vater, der aus den Akten verschwunden, und eine Mutter, die verrückt geworden war.

Der Beamte zuckte bloß die Achseln, als sie nachfragte. »Das war damals nicht ungewöhnlich«, sagte er. »Der Krieg, wissen Sie. Viele waren auf der Flucht. Akten wurden zerstört. Sie könnte ausgebombt worden sein. Sie könnte geheiratet und ihren Namen geändert haben. Sie könnte nach Übersee gegangen sein. Das haben eine Menge Leute gemacht.«

Aus Neugier suchte Margaret auch nach den verstorbenen Walker-Zwillingen. Sie waren natürlich im Grunde nicht relevant, aber diese kleinen Tode hatten etwas an sich, das sie beachten wollte. Sie fand sie im dritten Quartal von 1933, Juli–September. Zwei Walkers, Initialen A und D. Eines Sommerabends entschwunden, um nie mehr zurückzukehren. Margaret starrte einen Moment darauf, zwei kleine Tode, verzeichnet auf einer langen Liste. Einst hier, nun fort, der Mittelpunkt einer Familie ins Nichts verstreut.

Dann blinzelte sie und machte das Lesegerät aus.

Die Familie Walker – geboren, verheiratet, gestorben – jetzt vollzählig. Eine Geburtsurkunde für eine Dorothea Stirling, datiert 1900. Ein Eintrag über Dorotheas und Alfreds Hochzeit 1922. Zwei Stücke Papier von 1933, die das Ableben von zwei kleinen Zwillingen beurkundeten. Ein Einweisungsformular, als Dorothea ins Irrenhaus kam, und ein weiteres Formular, um ihren Tod zu dokumentieren. Und von 1925 eine Geburtsurkunde für eine Clementine Amelia Walker. Margarets tote Klientin, wiederauferstanden.

Damit hatte Margaret ausreichend Papierkram, um den Fall endgültig abzuschließen. Zumindest dachte sie das. Es gab nur noch eins, was sie erledigen musste, dann konnte sie ihre Rechnung für erbrachte Leistungen einreichen und ihr neues Leben im Süden antreten.

1963

Sie stand auf der Türschwelle mit einem Korb und einer Wolldecke. Nicht viel mehr als das, womit sie zehn Jahre zuvor gegangen war, nur dass sie nicht länger schlank genug war, um in Clementines Sachen zu passen. Barbara öffnete die Tür und rechnete mit einem Hausierer, der sein Glück versuchte. Doch an seiner Stelle fand sie Ruby, die auch ihr Glück versuchte.

»Was machst du denn hier, Ruby?«, sagte sie. Es war nicht wirklich eine Frage.

Ruby blieb im Schatten, ein oder zwei Stufen unter ihr. »Na, das ist ja eine nette Begrüßung, wenn endlich deine lange verschollene Schwester zurückkehrt.«

Barbara zog die Tür hinter sich heran, bis sie fast ganz geschlossen war, nur noch ein nadelfeiner Spalt, durch den Licht auf die Stufen fiel. »Du kannst hier nicht bleiben. Meine Vermieterin erlaubt keine Besuche.«

»Was geht die das an?« Ruby verlagerte den Korb auf den anderen Arm. »Du zahlst doch deine Miete, oder?« Ruby hatte immer schon streiten müssen. So weit alles beim Alten.

»Was willst du überhaupt?« Barbara schaute kurz zu den dunklen Fenstern hinauf, die drei Stockwerke hoch über ihnen aufragten. Sie konnte sie nicht sehen, aber sie wusste, dass sie da waren. All die anderen alleinstehenden Frauen, die ihre Gesichter an die Scheibe drückten.

Ruby legte sich eine Hand ins Kreuz, als ob es schmerzte. »Ich brauche Hilfe«, sagte sie und ihr Mantel öffnete sich. »Da bin ich als Erstes zu dir gekommen.«

Ruby war als Erstes zu dem Künstler geflüchtet, ein paar Straßen von Mrs. Withers' Haus entfernt, eine dreckige Gasse hinunter und eine enge Stiege hinauf. Oben blieb sie keuchend stehen, stützte sich an der Wand ab, deren Putz unter der Berührung bröckelte, und wartete darauf, dass ein Mann mit Farbe unter den Fingernägeln auf ihr Klopfen reagierte. Sie hörte ihn, bevor sie ihn sah, seine farbbespritzten Füße auf dem nackten Dielenboden, klimpernde Musik, die unter der Tür durchsickerte, im Kielwasser den Duft von Leinöl.

»Mein Eimer-Mädchen!« Der Künstler hatte gelacht, als er die Tür öffnete. »Was führt dich hierher?« Er trug jetzt einen Bart. Sein Haar war länger. In seinen farbverschmierten Händen hing eine Zigarette, fast bis zum Stummel heruntergebrannt.

Ruby glättete eine Strähne ihres Haars zwischen Daumen und Zeigefinger. »Ich habe mich gefragt, ob du mich für deine Arbeit brauchen kannst.«

Der Künstler schnippte etwas Asche in ihre Richtung und blickte auf die Wölbung unter Rubys Kleid. »Tut mir leid, Schätzchen. Solche Arbeiten mache ich nicht mehr.«

Rubys Wangen wurden heiß. »Na ja, vielleicht könnte ich eine Weile bleiben. Bis du wieder arbeitsbereit bist.«

Der Künstler zuckte die Achseln. »Aber wo willst du schlafen?«

»Auf der Chaiselongue.«

»Die Chaiselongue ist derzeit besetzt.« Und der Künstler lachte wieder, so wie er immer über sie gelacht hatte.

Jetzt roch Ruby von drinnen Terpentin und Farbe. Und darunter wehte etwas wie ein Hauch Jasmin durch den Flur. Die Musik brandete in einem weichen, stetigen Strom zu ihnen hin. Sie legte eine Hand an den Türrahmen. »Wie heißt sie?«

Der Künstler trat heraus und zog die Tür hinter sich zu, so dass Ruby nicht hineinsehen konnte und die Person drinnen nicht heraus. »Du weißt doch, dass ich keine Namen nenne«, sagte er.

»Kannst du mir dann etwas borgen? Nur für ein paar Monate.« Zwischen ihnen wölbte sich Rubys Bauch hart wie eine Glocke.

Der Maler spreizte die Finger, als wollte er zeigen, dass Geld hindurchrann wie Wasser durch ein Sieb. »Du kennst mich.«

»Ich gebe dir das Bild zurück.« Ruby fing an, in ihrem Korb zu wühlen. »Du kannst es verkaufen.«

»Das braune Ding.« Der Künstler lachte wieder und schnipste in einem kleinen grauen Gestöber noch mehr Asche auf den Boden. »Keine meiner besten Arbeiten.«

Ruby hörte mit Wühlen auf und starrte diesen Mann an, der sie mit ihren Beinen dahin und dorthin gesehen hatte. Es war der Künstler, der sich als Erster abwandte. »Du solltest es bei deinem Gönner versuchen«, sagte er und begann die Tür zu schließen. »Er hat alles von dir gekauft, was er konnte.«

Mrs. Withers hatte Ruby hinausgeworfen, als es allmählich sichtbar wurde. Zumindest war das die Geschichte, die Ruby gern erzählte. »Den Patientinnen würde es nicht gefallen«, sagte Mrs. Withers, schenkte sich einen großen Whisky ein und kippte ihn in einem Zug hinunter.

Ruby stand neben dem Wohnzimmerkamin und starrte auf das leere Glas in Mrs. Withers' Hand. Wie gern hätte sie auch einen großen Whisky gehabt – diese züngelnde Flamme, die ihren Rachen hinunterjagte.

»Wann wolltest du es mir sagen?« Mrs. Withers nestelte an der Perlenkette, die um ihren Hals ins Fleisch gegraben war. Sie war viel fetter geworden über die Jahre, seit Ruby gekommen war, um all die Eimer hin und her zu tragen.

Ruby zuckte die Achseln und starrte auf die Stelle, wo

Mrs. Withers' Bauch sich unter der geblümten Schürze ausdehnte wie ein Teig. Unter ihrem eigenen Rock spannte sich Rubys Haut.

Mrs. Withers schenkte sich noch einen Schluck Whisky ein und kippte ihn hinunter. »Ich bin kein Wohlfahrtsverein, weißt du.« Sie wischte sich mit dem Handrücken über die feuchten Lippen. »Wenn du es mir früher gesagt hättest, hätten wir vielleicht noch etwas tun können.« Mrs. Withers tastete mit der Fingerspitze ihren Hals ab, als suchte sie einen Halt gegen das Unglück, das auf sie zukam.

Irgendwo in Ruby scharrte etwas: ein kleines blindes Wesen, das sein neues Zuhause erkundete.

»Andererseits …« Mrs. Withers hörte mit dem Abtasten auf, als zwei Finger endlich eine kleine Perle liebkosten. »Es könnte noch gehen.« Sie fixierte Ruby mit Augen, die im Abendlicht glommen. »Selbst in deinem Stadium lässt sich immer noch etwas machen.«

Ruby ging am selben Abend. Zur Haustür hinaus, nichts blieb zurück. Sie nahm den Korb mit, den sie bei ihrer Ankunft dabeigehabt hatte, ein Bild, das auf mehr als eine Art schmutzig war, und einen angelaufenen Silberlöffel mit einem Apostel am Ende. Dazu eine Paranuss, in deren Schale die Zehn Gebote geritzt waren. Ein paar Stunden später stand sie auf der Türschwelle ihrer Schwester, während von allen Seiten die Dunkelheit herandrängte.

Barbaras möbliertes Zimmer war winzig im Vergleich zu dem Haus, in dem Mrs. Penny und Tony immer noch herrschten. Doch im Gegensatz zur Elm Row Nummer 14 war es allein Barbaras Eigen. Es roch nach überm Gaskocher gegrillten Speckkrusten, nach billigem Kaffee und noch billigerem Parfum. Es war ein Paradies aus abgeteilten Zimmern und zwei seichten Bädern pro Woche. Jede Nacht rannten Mäuse über alle Decken. Jeden Morgen nahm die Vermieterin eine neue Flasche Brandy in Angriff. Jeden Abend kamen junge Männer in engen Hosen zu Besuch. Es war nichts Besonderes, aber es war endlich Barbaras eigenes Gelobtes Land.

Barbaras Gehalt als Bürokraft in einer Anwaltskanzlei reichte für ein Zimmer mit Bettnische. Was brauchte sie mehr? In dem Alkoven hinter einem Vorhang lag das Bett mit seiner klammen klumpigen Matratze. Auf dem Kaminsims über dem Ofen standen zwei gestapelte Teetassen neben einer Schale und einem Teller. Darüber hing an einer Kette ein Spiegel mit blinden Flecken. Auf der gegenüberliegenden Seite gab es einen zweiflammigen Gaskocher und ein Becken, um sowohl Geschirr als auch Wäsche zu waschen. Die Tapete an den Wänden hatte einst ein Rosenmuster gehabt, das unter einem Schmierfilm längst unkenntlich war. Das einzelne Giebelfenster war von rissiger, abblätternder Farbe umgeben, doch das Glas war hell und klar und wurde von Barbara einmal im Monat mit Essig und Zeitungspapier geputzt. Davor hing eine Tüllgardine, erstaunlich weiß in all dem Grau ringsum. Von draußen, weit unten, schallte ständig der Lärm von auf der Straße spielenden Kindern herauf.

Ruby und Barbara, Zwillinge, die sich kein bisschen ähnelten, standen im Türrahmen – eine junge Frau mit kräftigen Armen, die andere mit einem kleinen flatternden Geschöpf in sich. Ruby betrachtete Barbaras Zimmer und sah, was es zu holen gab. Barbara betrachtete Ruby und sah, was sie verloren hatte. Zwei Schwestern auf der Schwelle eines neuen Lebens. Barbara hatte schon einmal eine Gelegenheit versäumt, ihrer Schwester zu helfen, als Ruby sie darum gebeten hatte. Sie musste nicht zweimal gefragt werden.

Mehr oder weniger drei Monate, um alles reinzuwaschen. Die Lieder zu singen, die ihre Mutter ihnen hätte vorsingen sollen. Die Mahlzeiten zu kochen, die ihre Mutter hätte kochen sollen. Drei Monate, um wieder nachts in einem Bett zu liegen, Barbara mit dem Rücken an die Alkovenwand gepresst, Ruby mit dem Rücken an ihre Zwillingsschwester. Drei Monate, um aus dem alten Leben ein neues zu bauen.

Die Zeit würde nie im Leben reichen.

Ein Monat vergangen, und es war Barbara, die jeden Tag in Hut und Handschuhen zur Arbeit ging und jeden Abend mit in Pergamentpapier gewickelten Essenspaketen zurückkehrte. Cracker und Milchflaschen. Ein Laib Brot. Drei Tomaten und ein paar Scheiben Speck. Im Gegenzug verbrachte Ruby den ganzen Tag faulenzend im Alkoven oder stromerte durch die anderen abgeteilten Zimmer und brachte ihre eigenen kleinen Geschenke nach Hause. In Papier gewickelte Seife. Parfum in einer Flasche mit einem Glasstöpsel. Ein Stück gemusterter Stoff für eine Tischdecke. Sogar zwei Mandarinen, geschält und zerteilt auf einem Teller angerichtet.

Ein Monat vergangen, und Barbara hockte am Gaskocher und nähte etwas, das ein Babykittel werden sollte. »Wird es ein Junge oder ein Mädchen, was glaubst du?«, sagte sie. Vom Kaminsims über ihr sah ein Bild dorthin herab, wo sie saß – der einzige Gegenstand, den Ruby mitgebracht und nicht zuvor jemand anderem entwendet hatte.

»Es wird ein Mädchen«, sagte Ruby, die am Fenster stand, eine Hand gegen ihre Wirbelsäule drückte und auf eine Traube Kinder hinunterblickte, die auf der Straße herumsprangen. Der Tisch neben ihr war voll mit Brotkrumen, Teepfützen und einer Zeitschrift mit Hochglanzumschlag, die Ecken geknickt und eingerissen. Schmutziges Besteck verstopfte das Spülbecken. Zahnbürsten mit weißen Flecken standen in einem ihrer einzigen zwei Becher. Das Bett war zerwühlt, die Kopfkissen irgendwo hingepfeffert, eine Chiffonbluse zerknüllt am Boden. Ruby sollte das Zimmer eigentlich jeden Morgen aufräumen, doch es schien immer nur noch unordentlicher zu werden.

»Woher weißt du, dass es ein Mädchen wird?« Barbara kämpfte mit der Nadel. Der Stoff war steif. Völlig ungeeignet für das, was ein Kleinkind brauchen mochte.

Ruby fuhr mit dem Finger über die dreckige Fensterbank und rieb dann den schwarzen Schmutzfleck an ihrem Rock ab. »Ich weiß es einfach.«

»Wenn es ein Mädchen ist …« Barbara war nach wie vor eine Person, die gern wusste, woran sie war, »wie willst du sie dann nennen?«

»Clementine natürlich.«

»Clementine?« Barbara sah kurz auf, runzelte die Stirn, fand sich plötzlich Auge in Auge mit einem braunen Bild und schaute schnell weg. »Clementine Penny?« Das hörte sich selbst für sie merkwürdig an.

»Clementine Walker natürlich«, sagte Ruby. »Wir müssen zurück zu unseren Wurzeln.«

Barbara hielt den Kopf gesenkt. Sie stieß ihre Nadel fest durch den steifen Stoff und stach sich in den Daumen. Was sie anging, hatten sie keine anderen Wurzeln als Mrs. Penny.

Zwei Monate, und Ruby stand am Gaskocher und ließ gerade irgendeine Suppe anbrennen, als Barbara von der Arbeit kam. »Was riecht hier so?«, sagte Barbara, die behandschuhte Hand am Mund, mit wirrem Haar und diesem elenden Gefühl, das sie jetzt schon seit einigen Wochen im Magen hatte.

»Das ist französisch«, sagte Ruby und guckte stirnrunzelnd auf die schwarzen Flecken im Topf, die zwischen glänzenden Fettaugen an die Oberfläche stiegen. »Jeder kocht das.«

»Woher hast du die Zutaten?« Ein Topf voll mit Zwiebeln und Rinderbrühe, bei dem Barbara sich am liebsten übergeben hätte. Es erinnerte sie an jemanden, der in einem fernen Zimmer weinte, und niemand kam und folgte dem Ruf.

Ruby wedelte mit einem Holzlöffel durch die Luft, wobei ein kleiner Schauer brauner Tropfen überall Flecken hinterließ. »Oh, hier und da. Zum Nachtisch habe ich eine Dose Ambrosia.«

Barbara hasste Reispudding. Als sie klein waren, hatte Mrs. Penny sie immer gezwungen, ihn kalt zu essen. Sie pulte ihre Handschuhe von den verschwitzten Fingern und linste in den kleinen Schrank, der auch als Vorratskammer diente. Abgesehen von einer Dose Erbsen, die sie vor einigen Wochen gekauft hatte, war er leer. Erst heute Morgen waren noch zwei Mandarinen da gewesen und ein halber Laib Brot.

Sie richtete sich wieder auf und stemmte die Hände in die Hüften. »Du weißt, dass wir uns nichts Schickes leisten können«, sagte sie. Nahrung war für Barbara ein ständiger Quell der Sorge (neben allem anderen).

»Was ist das Leben schon, wenn es nicht schick ist?« Ruby stippte einen kleinen angelaufenen Teelöffel in den Topf. Dann pustete sie über die Oberfläche der dünnen Flüssigkeit.

»Wo ist das Brot?« Barbara nahm ein Paar Strumpfhosen von der Rückenlehne eines Stuhls, um sich zu setzen.

»Ich habe es schon aufgeschnitten.«

»Aber wir brauchen es fürs Frühstück.« Barbara sah sich nach einer Stelle um, wo sie die Strumpfhose ablegen konnte, doch alles war belegt, also faltete sie sie und behielt sie auf dem Schoß.

»Nein, Barbara.« Ruby zeigte mit ihrem Holzlöffel auf die Suppe im Topf, die mit einer Masse aus durchweichtem Brot bedeckt war. »Es schwimmt obenauf. So wie hier.«

Zweieinhalb Monate, und sie hatten kein Geld mehr für Gas, die zischenden kleinen Flammen wurden eines Abends schwächer und schwächer, bevor sie mit einem Popp erstarben. Barbara versuchte sie wieder und wieder zu entfachen, wobei das Streichholz jedes Mal ganz herunterbrannte. »Herrgott!« Sie richtete sich auf den Knien halb auf und beäugte die verkohlten kleinen Kadaver auf der Kochstelle, ihre Stirn heiß und kalt zugleich. »Wir müssen uns einen Schilling für den Zähler leihen.«

»Ich schulde ihnen schon was«, sagte Ruby und fläzte sich wie eine Robbe auf dem zerknüllten Federbett. Sie trug nichts außer Schlüpfer und Unterhemd.

Dunkle Schatten gruben sich in Barbaras Wangen. »Was schuldest du ihnen?«

»Schillinge«, sagte Ruby. »Für den Zähler. Ziemlich viele.« Sie strich mit der Hand über ihren unter dem Leibchen hervortretenden Bauch. »Du hast ja keine Ahnung, wie kalt es hier manchmal ist, selbst wenn draußen die Sonne scheint.«

Danach war es der Kaffee. Dann die Zahnpasta. Dann die Seife. Dann der Stromzähler, dessen Zeiger sich immer weiter gegen null bewegte, und keine hatte mehr einen Penny, um ihn in den Schlitz zu stecken.

»Ich hatte mal einen Penny.« Ruby saß an dem kleinen Tisch und rieb sich die geschwollenen Füße. »Aber er ist verschwunden.«

Barbara hobelte eine möglichst dünne Scheibe von ihrem letzten Stück Ochsenzunge und schwieg.

Dann war es die Miete. »Es ist jetzt das Doppelte.« Die Vermieterin stand im Flur, als Barbara abends nach Hause kam, hinter sich einen langen Tag mit anderer Leute Schreibarbeit. Die Arme verschränkt, die Bluse bis ans Kinn zugeknöpft, stieß die Vermieterin beim Sprechen eine Wolke billigen Brandys aus.

»Wie meinen Sie das?«, sagte Barbara und hob eine behandschuhte Hand, um ihre Nase zu bedecken.

»Sie sind doch zu zweit. Und bald zu dritt.« Die Vermieterin tippte mit den Fingern dreimal auf ihren Unterarm, um ihre Worte zu unterstreichen. »Vielleicht sogar noch mehr.« Und sie musterte Barbara von oben bis unten, als wüsste sie etwas, das Barbara nicht wusste.

»Aber es ist trotzdem nur ein Zimmer.«

»Hier werden keine Zimmer geteilt, solange es nur ein Bett gibt.«

Barbara hob ihre Handtasche und öffnete den vergoldeten Clip. »Ich bin nicht sicher, ob ich jetzt so viel zusätzlich habe. Könnten Sie bis Ende des Monats warten?«

Die Vermieterin löste ihre Arme aus der Verschränkung und stemmte die Hände in die Hüften. »Ist sie verheiratet?«

»Wie meinen Sie das?« Barbara sah von ihrem Portemonnaie auf.

»Miete oder nicht, Sie können nicht hierbleiben, wenn sie nicht verheiratet ist. So ein Haus sind wir nicht.«

»Aber Sie haben doch gerade gesagt …«

»Nun, ich habe meine Meinung geändert.«

Die beiden Frauen starrten sich einen Augenblick an. »Aber wo sollen wir dann hin?«, sagte Barbara.

»Das ist Ihre Angelegenheit. Ich gebe Ihnen eine Woche.« Dann beugte die Vermieterin sich vor und ergriff Barbaras Arm, als täte sie ihr einen Gefallen. »Ach, übrigens, wissen Sie, dass sie stiehlt?«

»Was?«

»Fragen Sie doch mal die anderen Mädchen.«

Oben stand Ruby vor dem Spiegel und trug Farbe aus einem brandneuen Lippenstift auf. »Was meint sie damit, Ruby?«, verlangte Barbara zu wissen. Sie hatte noch nicht einmal ihre Handschuhe ausgezogen.

»Ich habe keine Ahnung.« Ruby machte vor dem Spiegel einen Schmollmund. »Sie ist nur eine alte Hexe.«

»Aber wir brauchen Geld«, beharrte Barbara. »Was ist mit dem Vater des Babys? Kannst du ihn nicht in die Pflicht nehmen?«

»Nein.« Ruby hörte auf, sich die Lippen anzumalen, und nahm stattdessen einen Stift, um Linien um ihre Augen zu ziehen.

»Warum nicht?«

»Darum.«

Und darauf, wusste Barbara, gab es keine Entgegnung. Überhaupt konnte der Vater sonst wer sein, so sah es Barbara.

»Wie auch immer …« Ruby verwischte die Linien mit der Kuppe ihres Zeigefingers. »Gibt es nicht jemand anders, den wir fragen können?«

»Wen denn?«

»Zum Beispiel deinen Mr. Nye.« Ruby wedelte in einer nonchalanten Geste mit dem Stift durch die Luft, als wäre es nicht ihr Problem, dass sie in sieben Tagen auf der Straße sitzen würden.

Barbara wandte den Blick ab. »Er ist nicht mein Mr. Nye«, sagte sie. Wenn es eines gab, das sie nicht bereit war mit Ruby zu teilen, dann war das Nye junior.

Ruby drehte sich wieder zum Spiegel. »Aber dir würde es gefallen, wenn's so wäre.«

Mr. Nye senior war mit Frau und Sohn beim Abendessen gewesen, als Ruby knapp drei Monate zuvor dort ankam. Sie beobachtete durch einen Spalt in der Tür, wie alle drei mit dem

Besteck zwischen Teller und Mund erstarrten, als die Haushälterin sie meldete. »Eine Mandantin«, sagte er, schob seinen Stuhl zurück und trat hinaus in die Diele, wo Ruby mit ihrem Korb auf der Hüfte wartete. Nachdem sie der Künstler der Tür verwiesen hatte, war sie geradewegs zu Nye senior gegangen.

Sie musterten einander in der eleganten Diele – der ältere Mann mit der Narbe auf dem Rücken, die junge Frau, in der zwei Herzen schlugen. Dann machte Mr. Nye senior eine halbe Verbeugung und reichte ihr seinen Arm. »Miss Ruby Penny«, sagte er. »Ich bin entzückt.«

Das Arbeitszimmer war wie der Mann selbst. Akkurat, doch mit einem gewissen Flair. Bücher mit goldenen Buchrücken. Ein gewebter Damast-Teppich. Ein Schreibtisch aus tiefglänzendem Walnussholz. Mr. Nye senior nahm wie selbstverständlich auf dem Schreibtischstuhl Platz.

»Seit wann?« Nye senior war Anwalt. Er kam gern direkt zur Sache.

»Zu lang.«

Mr. Nye nahm einen silbernen Brieföffner von seinem Schreibtisch und strich mit einem Finger über die gravierte Schneide. »Man kann etwas dagegen unternehmen.«

Ruby schüttelte den Kopf. »Dazu ist es zu spät.«

»Mrs. Withers kann doch sicherlich …«

Doch Ruby zuckte nur die Achseln. Sie konnte den Gummischlauch immer noch in sich spüren. Diesmal würde sie behalten, was sie konnte.

Mr. Nye senior nahm mit einem Nicken zur Kenntnis, dass seine übliche Art, die Dinge zu regeln, hier nicht akzeptiert wurde. »Dann bin ich nicht sicher, was ich Ihres Erachtens tun kann, meine Liebe.« Er hob die Hände und hielt sie ausgestreckt, als wollte er auf die Nutzlosigkeit eines Zimmers voller Bücher hinweisen.

Ruby stemmte eine Hand in die Hüfte. »Ich brauche eine Bleibe.«

»Nun, hier können Sie nicht bleiben.« Mr. Nye senior neigte den Kopf Richtung Esszimmer, von wo er gerade gekommen war. »Familie bleibt schließlich Familie.«

»Ich habe niemand anders, den ich fragen könnte.«

»Haben Sie es bei unserem gemeinsamen Freund versucht?« Ein Künstler mit Farbe zwischen den Zehen.

Ruby senkte die Lider und Röte stieg an ihrem Hals auf. »Er ist nicht gewillt.«

»Nun, meine Liebe«, sagte Mr. Nye und starrte auf Rubys Bauch. »Dann kann ich nur sagen, dass auch ich nicht gewillt bin.«

»Aber Sie haben mehr Geld.«

Mr. Nye lächelte und fuhr sich durch eine Locke seines lebhaften Haars, die ihm in die Stirn gefallen war. »Ich denke, Sie werden feststellen, dass ich in dieser Hinsicht mehr als großzügig war.«

Ruby senkte die Lider, dachte an eine Kette und zwei dazu passende Ohrringe, eingenäht im Saum eines smaragdgrünen Kleides. »Was ist mit Ihrem Sohn?«, sagte sie. »Vielleicht möchte er helfen.«

Einen Moment blickten die Augen von Mr. Nye senior so starr wie das Wiesel auf seinem Kaminsims. »Mein Sohn? Was hat er damit zu tun?« Ruby erwiderte sein Starren und strich mit der Hand über ihren Bauch, wo er aus ihrem Mantel herausragte. Da wurde Nye senior rot, ein tiefdunkler Fleck in der Mitte jeder Wange. Als er weitersprach, war seine Stimme eisig. »Vielleicht sollten Sie es bei Ihrer Mutter versuchen – Mrs. Penny, richtig? Ich bin sicher, sie könnte helfen.«

Ruby errötete ihrerseits, es war ein rohes Rot. »Mrs. Penny ist nicht meine Mutter.«

»Dann eben bei Ihrer Schwester.« Mr. Nye kam hinter dem Schreibtisch hervor. »Sie dürfte besonders interessiert sein an dem, was Sie zu sagen haben.« Er streckte einen Arm aus, um Ruby die Tür zu weisen. »Dafür ist Familie doch da, nicht wahr? In Zeiten wie diesen.«

Zweidreiviertel gemeinsame Monate, und Ruby und Barbara gingen zurück zur Elm Row Nummer 14. Nicht zerstört. Nicht unterteilt. Drei Stockwerke und ein Souterrain, hoch aufragend bis zu einem Giebelfenster im Dach. Es war ja nicht für immer, da war sich Barbara sicher, nur für was immer sie herausholen konnten. Sie ging geradewegs zur Haustür, um zu klingeln. Ruby ging zur Hintertür.

Durchs Küchenfenster sah Ruby, wie Mrs. Penny auf einen Teig einhieb, als wäre es das Letzte, was sie je im Leben tun würde. Tony saß immer noch am Ofen und pulte in seiner Pfeife. Aber er sah alt aus, grauhaarig, sein Gesicht eine dichte Landkarte aus Adern. In seiner Armbeuge saß ein Kleinkind mit hochgerutschtem Rüschenröckchen. In ihrem geschwollenen Bauch spürte Ruby plötzlich, wie ihr Geschöpf nach unten drückte.

»Ruby!« Aus der schmalen Gasse seitlich am Haus tauchte Barbaras Gesicht auf. »Was machst du da?«

»Ich gucke nur.« Ruby gab sich keine Mühe, leise zu sprechen.

»Dann hör auf zu gucken«, zischte Barbara. »Und komm nach vorne.«

Die Haustür wurde von einer jungen Frau mit kurzem Rock und Baby auf dem Arm geöffnet. Sie warf einen Blick auf Rubys gewölbten Bauch. »Na, wollt ihr euch der Meute anschließen?«

»Wohl kaum«, sagte Ruby, schob sich vorbei und ging auf die Treppe zu.

»Entschuldigung«, sagte Barbara, als auch sie eintrat. Sie trug nach wie vor ihre Handschuhe.

Der Flur war neu gestrichen worden, dunkelbraun bis zum Sockel, darüber schmuddelig cremefarben. Die Bodendielen waren mit einer langen Bahn aus rotem Linoleum abgedeckt, leicht zu schrubben. Am Fuß der Treppe warteten stapelweise gefaltete Baumwollwindeln darauf, dass jemand sie nach oben trug. Aus den oberen Stockwerken drangen entfernt die Stimmen von jungen Frauen, die miteinander redeten, und gelegentliches Türenknallen. Durch die Rohre lief unablässig Wasser, begleitet vom klagenden Geschrei von hundert Babys (oder so ungefähr). Das jüngste Familienunternehmen der Pennys. Gefallene Mädchen wie zuvor, nur diesmal solche, die ihre Babys behielten, zumindest für kurze Zeit.

Unten saß Barbara in der Küche und trank Tee, eingeschenkt aus Dorotheas Kanne. Tony saß gegenüber, ein lüstern schielendes Auge zwinkerte unablässig. Am Tisch knetete Mrs. Penny immer noch ihren Teig mit einem Elan, den man ihr in ihrem Alter nicht zugetraut hätte. »Tja«, sagte sie. »Was hast du denn erwartet?«

Es war keine Frage und Barbara machte sie nicht die Mühe zu antworten. Wie kam es, dachte sie (nicht zum ersten Mal), dass Mrs. Penny alles besaß, während Ruby und sie nur einander hatten?

»Mutwillig, so nennt man das. Nichts als Verdruss.« Mrs. Penny begann ihre Teigreste zusammenzukratzen. »Ich habe dich gewarnt. Das liegt in der Familie.«

Auf der anderen Seite des Ofens schenkte Tony sich einen wackligen Schwenker Rum ein. Barbara presste die Arme an den Bauch, um ein plötzliches Stechen zu unterdrücken. Wie gern hätte sie jetzt selbst einen Schluck Rum gehabt. Seit sie dieses Haus wieder betreten hatte, hatte sie Unterleibskrämpfe.

»Ich höre, ihr habt kein Geld.« Mrs. Penny quetschte den Teig mit dem Handballen zu einem grauen Klumpen zusammen.

»Wer hat dir das erzählt?«

»Man hat so seine Quellen.« Über Mrs. Penny knackte und funkte eine Neonröhre. »Ich denke, ihr könntet zurückkommen«, sagte sie. »Ein Paar zusätzliche Hände schaden nie. Allerdings kann ich mir kaum vorstellen, dass Madam damit einverstanden wäre.«

Barbara hielt sich den Arm an die Stirn, wo sich am Haaransatz plötzlich kalter Schweiß bildete. »Nein, vermutlich nicht.«

Mrs. Penny wischte ihre Hände an einem Geschirrtuch ab, kam näher und stellte sich vor Barbara. »Du weißt, sie wird nehmen, was sie kriegen kann, und dich mit leeren Händen sitzenlassen.«

»Das macht sie nicht.« Barbara ließ den Arm sinken und hielt sich stattdessen an ihrer Teetasse fest, um das Zittern ihrer Hand zu beruhigen.

»Sie hat es schon mal getan. Ist abgehauen zu Mrs. Withers, oder nicht? Ohne einen Gedanken an dich zu verschwenden.«

Lumpenpack sieht man am liebsten von hinten. Hatte Mrs. Penny das nicht damals gesagt?

»Aber sie ist meine Schwester.« Trotz ihres festen Griffs klapperte Barbaras Tasse auf dem Unterteller.

»Was spielt das schon für eine Rolle?« Mrs. Penny blickte auf Barbara hinab und schüttelte den Kopf, als wüsste sie schon seit Jahren, worauf das alles hinauslaufen würde, und wäre soeben bestätigt worden. »Keine deiner Schwestern hat sich als besonders verlässlich erwiesen. Wo sind sie, wenn du sie am meisten brauchst?« Plötzlich beugte Mrs. Penny sich vor, nahm Barbara die klappernde Teetasse aus der Hand und stellte sie mit einem eigenen Scheppern auf den Tisch. »Ich habe mein Bestes getan«, sagte sie. »Ganz besonders bei dir. Aber all die gemeinsame Zeit – und du hast nichts gelernt.«

Barbara starrte die einzige Mutter an, die sie je gekannt hatte, alarmiert, weil ihr anscheinend etwas entgangen war. »Wovon sprichst du?«, fragte sie mit vor Verwirrung und Krämpfen verkniffenem Gesicht.

Mrs. Penny stand vor Barbara, zwei mehlige Hände in die Hüften gestemmt. »Siehst du denn nicht, was direkt vor deiner Nase liegt?« Sie schüttelte den Kopf. »Von deiner Schwester natürlich. War mit dem Vater nicht zufrieden, musste auch den Sohn haben.«

Ruby wartete draußen auf Barbara, an der Ecke, wo Clementine einmal gestanden hatte, lässig an die Mauer gelehnt. Barbara kam auf sie zumarschiert, hastig und zittrig, die Handtasche vor sich festgekrallt wie ein Schild. Ruby, schon dick, aber noch nicht behäbig, stieß sich von der Wand ab. Neben ihren Füßen stand ein alter vollgestopfter Koffer.

»Wo warst du denn?«, beschwerte sich Ruby, als Barbara herankam. »Ich warte schon ewig.« Sie deutete auf den Koffer. »Den kann ich nicht tragen, der ist zu schwer für mich.«

Barbara blieb dicht vor ihrer Schwester stehen, das Gesicht grau wie die Reste von Mrs. Pennys Teig. »Was hat Mrs. Penny damit gemeint?«, sagte sie. »War mit dem Vater nicht zufrieden, musste auch den Sohn haben?«

Ruby zuckte zusammen und wandte ihre erstaunlichen Augen von ihrer Zwillingsschwester ab. »Wir sollten jetzt gehen, Barbara, bevor sie versucht uns aufzuhalten.«

»Spricht sie von Mr. Nye? Meinem Mr. Nye?«

»Ich habe keine Ahnung.« Ruby sackte zurück gegen die Mauer, wie Clementine einst zurückgesackt war.

»Was meint sie damit, Ruby?« Barbara wurde selten laut, aber diesmal konnten all die jungen Frauen, die aus den Giebelfenstern zusahen, sie hören.

Ruby richtete ihren Blick wieder auf das Schweinchengesicht ihrer Schwester. »Brüll nicht herum, Barbara, das steht dir nicht.«

»Sag mir einfach die Wahrheit, Ruby, nur einmal in deinem Leben, oder ich muss Mrs. Pennys Worte für bare Münze nehmen.«

Da lachte Ruby. Ein grässlicher, haltloser Klang. »Du glaubst lieber Mrs. Penny als mir. Der Frau, die alles gestohlen hat, was wir je hatten. Ich habe es dir gesagt, aber du hast nie zugehört. Sie ist eine Diebin, nichts als ein Schmarotzer. Warum soll ich mir nicht nehmen, was ich will, wo sie mir alles weggenommen hat?«

Eine entsetzliche bleierne Kälte breitete sich in Barbara aus. Kleingeld aus Tonys Taschen. Mrs. Pennys Puderquaste. Seife in gemustertem Einwickelpapier. Oder Parfum mit einem Glasstöpsel als Deckel. Mrs. Penny hatte recht. Es gab nichts, was sich Ruby nicht nehmen würde, wenn sie es haben wollte. Ein silberner Apostellöffel, weil Barbara zuerst einen genommen hatte. Das Zimmer einer toten Schwester, weil Ruby Clementine immer am meisten geliebt hatte. Und jetzt, nur weil sie es konnte, einen hochgewachsenen Mann in einem schmalen Bett am Meer. Einen, der von Mandarinen träumte, während Barbara von etwas anderem träumte.

Ein Vater, der lesend am Ofen saß.

Eine Mutter, die Knöpfe an ein Hemd nähte.

Ein Kind, das sich lächelnd in seinem Bettchen umdrehte.

Barbara griff sich plötzlich in die Seite, als sich ein heißer Schmerz mitten in ihre Eingeweide bohrte. Keine Krämpfe diesmal, sondern all das, was sie immer direkt vor der Nase gehabt, aber sich nie zu sehen gestattet hatte.

»Nicht Mrs. Penny ist hier die Diebin, Ruby«, sagte sie dann. »Du bist es.«

Die Nacht legte sich wie ein Mantel über alles, als Barbara durch die Straßen von London rannte, nichts außer einer Handtasche fest in ihren Armen. Hauptstraßen entlang, Seitenstraßen entlang, Sackgassen entlang und wieder zurück. Weiter, weiter, immer in Richtung des vertrauten Gestanks vom Fluss und vom Londoner Gezeitenschlamm.

Sie rannte, bis sie nicht mehr rennen konnte, geradewegs dorthin, wo tief unter ihr das Wasser dick und schimmernd in der Dunkelheit floss. Dann stand sie schwankend an der Kante, während die Kälte durch ihre Schuhsohlen sickerte, und stellte sich vor, wie ihr Körper fiel, fiel und verschwand, so wie Clementine verschwunden war. Nichts blieb zurück außer Ruby, die tun und lassen konnte, was sie wollte.

Blut rauschte durch Barbaras Adern und in ihr Gehirn, es klang wie ein großer Ozean mitten in ihrem Kopf. Was hatte ihr Mrs. Penny einmal gesagt? Es liegt in der Familie. Fette Barbara. Schweine-Barbara. Immer nur zweite Wahl. Und jetzt brauchte sie es, nur für einen Moment. Erlösung. Oder etwas in der Art. Das Gewicht des Wassers, das sie nach unten zog, das durch ihr Haar strich wie die kalten Finger einer Krankenschwester, brausend ihre Ohren und ihren Mund füllte. Denn alles, was Barbara je gewollt hatte, war Ruby. Während Ruby immer alles gewollt hatte, was sie für sich kriegen konnte.

Dann trat sie zurück. Beugte sich vornüber. Erbrach sich. Heiße Galle spritzte auf das Betonpflaster und auf den Saum ihres zweitbesten Mantels.

Drei Stunden später, Dunkelheit wickelte sich um alles, was sie berührte, humpelte Barbara zurück zu ihrem möblierten Zimmer, wo sie alle Fenster hell erleuchtet vorfand. Sie kramte in ihrer Handtasche nach den Schlüsseln, nur um festzustellen, dass die Tür bereits offen war und im Flur ein kleiner Wirbelsturm auf sie wartete.

»Ich hab's Ihnen doch gesagt!«, kreischte die Vermieterin. »Ich hab's gesagt. Solche Mädchen will ich nicht in meinem Haus!« Die kleine Frau krallte ihre Finger um Barbaras Oberarm.

»Was?«, sagte Barbara. »Lassen Sie mich los.«

»Ich hab's Ihnen gesagt.« Die Frau riss Barbara zu sich heran, Spucke sprühte auf Barbaras Wange. »Ich hab's gesagt. Ich dulde das nicht!«

»Lassen Sie mich in Ruhe!«, schrie Barbara. Sie entwand ihren Arm und taumelte zur Treppe, strauchelte auf dem Weg nach oben.

Auf der obersten Stufe wartete ein Mädchen, dessen Nachthemd ihr bis zu den Knien ging. »Wir haben einen Krankenwagen gerufen«, sagte sie, als Barbara an ihr vorbeistolperte. »Da war fürchterlich viel Blut.«

An ihrer Zimmertür starrte Barbara hinüber zum Alkoven, wo ein Fleck, leuchtend rot wie ein Briefkasten, alles von der Daunendecke bis zur Matratze durchtränkt hatte. Ein Stuhl lag umgekippt am Boden, auf der Sitzfläche ein blutiger Handabdruck. Auf dem Tisch lag der geöffnete Koffer von Mrs. Penny, sein Inhalt überall verstreut. Ein Schmuckkästchen, gefüttert mit abgewetztem Waschsamt. Ein mottenzerfressenes Fuchsfell. Eine Porzellanputte, angeknackst und dreckig, der rosige Mund blassgerubbelt. Eine Flasche von Mrs. Pennys Innoxa. Ein Foto von zwei Kindern, die hinter gesprungenem Glas schliefen. Und daneben zwei Löffel, einst silbern, jetzt angelaufen, mit zwei winzigen Aposteln am Ende.

Barbara starrte auf die Löffel, eine Wölbung lag in der anderen, und da begannen zwischen ihren Beinen dicke Blutklumpen herauszusickern. Eine letzte Chance, für alle Zeiten vertan. Dann hob sie die Hände, noch immer in Handschuhen, und fegte alles zu Boden.

TEIL VIER

Ein Foto

BEGLAUBIGTE KOPIE EINER GEBURTSURKUNDE

ÖRTLICHES STANDESAMT

Antrag Nr. B 056112

STANDESAMTSBEZIRK: Kensington
GEBURT IM UNTERBEZIRK VON: Chelsea

Geburtstag & Geburtsort: 12. Juni 1925, Elm Row 14, London

Name, wenn bekannt: Clementine Amelia Walker

Geschlecht: Weiblich

Name & Nachname des Vaters: Alfred Walker

Name, Nachname & Geburtsname der Mutter: Dorothea Walker, geb. Stirling

Beruf des Vaters: Werksleiter

Unterschrift, Status & Wohnort der Auskunftsperson:
A. Walker, Vater, Elm Row 14, London

Datum der Meldung: 18. Juni 1925

Unterschrift des Standesbeamten: *M. G. Ellison*

BEGLAUBIGTE KOPIE eines Eintrags in der amtlich beglaubigten Ausgabe eines Geburtenregisters des oben angegebenen Bezirks.

Das Beerdigungsinstitut gehörte zu Scotmid, derselben Organisation, die den Supermarkt betrieb, wo Barbara ihre Rumvorräte aufstockte. Billig. Familienorientiert. *Ein Mitglied Ihrer Gemeinde von der Wiege bis zum Grab.* Kein Wunder, dass Margarets Suche nach einer vermissten Leiche hierhergeführt hatte. Mit Sicherheit brachte man alle verlorenen Seelen hierher.

Sie hatte aus London angerufen, um Janie die gute Nachricht mitzuteilen. Endlich gab es eine Geschichte zu erzählen. »Ausgezeichnet«, hatte Janie geantwortet. »Dann sehe ich Sie morgen mit den Papieren.«

Indes …

London war nicht genehmigt. Margaret sollte eigentlich noch im Norden sein. Sie drückte ihre letzte Pfund-Münze in den Schlitz der Telefonzelle vor der Chelsea Old Town Hall. »Wann soll ich kommen?« Und hoffte zumindest auf den Nachmittag.

»Zehn Uhr«, sagte Janie. »Und bringen Sie Mrs. Walkers Habe mit.«

»Ihre Habe?«

»Sie finden sie bei der Leiche. Wir haben sie offenbar wieder.«

Margaret fuhr heimwärts mit dem letzten Zug nach Norden, glitt vom einen in den nächsten Tag, während er sich die Ostküste hoch keuchte und pfiff. In enge Kojen gequetscht verschliefen die meisten Leute die Fahrt, doch dafür reichten die Reste von Margarets Spesen nicht aus. Stattdessen reiste sie in einem leeren Waggon nordwärts – leer bis auf sie und eine braune Mappe, die auf dem Tisch lag und weniger dünn war als noch ein paar Tage zuvor.

Der Nachtzug war teuer, aber Margaret wusste jetzt, dass sich so die kleinen Sorgenfalten des Lebens manchmal ganz von selbst glattzogen. Zudem öffnete hinter Newcastle der Speisewagen und sie schwelgte ein weiteres Mal in Chips mit Räucherschinkengeschmack. Das Leben hatte eine witzige Art, sich im Kreis zu drehen, und Margaret fing gerade an, das zu genießen.

»Wir haben sie vor drei Tagen abgeholt.« Der Leiter des Beerdigungsinstituts war ein sanfter Mann in dunklem Anzug und mit einem Gesichtsausdruck, der eher zum Betreuer bei Kinderpartys passte als zu jemandem, der die Toten begrub. »Uns war gar nicht bewusst, dass ein Fehler vorlag, bis wir in die Unterlagen geschaut haben. Nicht vollständig, wissen Sie. Kein Geburtsdatum.«

»Ja«, sagte Margaret. Aber nicht mehr lange, dachte sie.

»Fristloser Kündigungsgrund, wenn wir die falsche Person beisetzen.« Der Bestatter hielt ihr eine Visitenkarte hin, die verriet, dass er gleichzeitig Beauftragter für Nachbarschaftsbeziehungen war. »Habe früher mal im Finanzwesen gearbeitet«, sagte er. »Ist lange her.«

Margaret wünschte, auch bei ihr wäre es lange her. Lange vor der Katastrophe mit einem Mann, dessen Haar die Farbe nassen Schiefers hatte. Oder den zwei Kindern in knittrigem Technicolor, die ihre hätten sein sollen, es jedoch nicht waren. Lange vor den Briefen der Anwälte und Gerichtsvollzieher. Lange bevor ein terpentingetränkter Lappen durch einen Briefschlitz fiel und ein Streichholz folgte. Ganz zu schweigen von zwölf staubigen Pillen auf einem kalten Küchenboden und einer Flasche sauer gewordenem Billigwein.

Zumindest hätte sie dann vielleicht bessere Klamotten. Dem Bestatter und Nachbarschaftsbeauftragten standen seine gut – schwarz, aber mit feinen Streifen in Dunkelgrau, dazu eine bordeauxrot tauchgefärbte Krawatte. Obwohl Margaret meinte, noch eins draufsetzen zu können. Denn unter ihrem Mantel hatte sie einen toten Fuchs.

Mrs. Walker befand sich im Untergeschoss und wurde reingewaschen. Eine enge Treppe hinab, vorbei an einigen leeren, an der Wand hochgestellten Särgen. Mitten im Raum stand ein langer Tisch, mit einem Tuch bedeckt. Unter dem Tuch war eine Leiche.

Mrs. Clementine Walker, endlich.

Margarets Klientin erwies sich als zart wie ein Zaunkönig, nur winzige Knochen und nicht viel mehr, genau wie Dr. Atkinson gesagt hatte. Es war, als hätte sie irgendwo auf ihrem Lebensweg das ganze Fläschchen mit dem Trunk geleert und wäre geschrumpft, bis nichts blieb als ein Schatten ihrer selbst. Kein Wunder, dass sie so leicht zu übersehen gewesen war.

»Ich lasse Sie dann mal allein.« Der Bestatter war schon wieder auf dem Weg nach oben. »Michaela wird sich um Sie kümmern. Sie ist unsere Expertin fürs Einbalsamieren.«

Michaela war jung. Mitte zwanzig, höchstens dreißig. »Nennen Sie mich Micky«, sagte sie zu Margaret. »Das machen alle.« Sie war von Kopf bis Fuß in eine gigantische Schürze gehüllt, die Hände steckten in Latexhandschuhen. »Bin ich froh, dass mir jemand zu Hilfe kommt. Hab mich schon gefragt, ob sich gar niemand zu ihr bekannt.« Micky rückte einige silberne Schläuche zurecht, die unter Mrs. Walkers Tuch hervorkamen, Flüssigkeit rann wie Quecksilber durch die lebenswichtigen Organe der Toten, das Blut wurde abgesaugt, der ganze Rest durchgespült.

Margaret war beunruhigt, als könnte ihre Klientin aufs Neue fortgeschwemmt werden, bevor sie dazu kam, den Fall vollends abzuschließen. Sie hielt die braune Mappe hoch. »Ich bin nur hier, um ihre Habseligkeiten abzuholen.« Wobei selbst Margaret inzwischen wusste, dass es um mehr ging als das.

»Aber es ist immer gut, Tipps zu bekommen.« Micky nahm einen großen Make-up-Pinsel in die Hand.

»Ich kann's ja mal probieren.« Eine Karriere als Einbalsamiererin hatte Margaret nie in Betracht gezogen, auch wenn bis jetzt ihr ganzes Leben so einbalsamiert gewesen war, wie man nur sein konnte, ohne regelrecht tot zu sein.

»Ich muss wissen, was ihr gefallen könnte«, sagte Micky. »Haar und Make-up, all so was. Ich möchte sie ungern in den falschen Farben auf die Reise schicken.«

Mrs. Walkers Haar war gefärbt, genau wie Pati gesagt hatte. Weiß an den Wurzeln und an den Spitzen eine Art selbstgebrautes feuriges Orange. Margaret sah, dass es dringend nachgefärbt gehört hätte, und bedauerte plötzlich, dass ihre Klientin dafür nicht lange genug durchgehalten hatte. »Können Sie etwas mit ihren Haaren machen?«, fragte sie.

Micky hatte Mrs. Walkers Haar glatt nach hinten gekämmt, und obwohl sie so mager war (oder vielleicht gerade deshalb), stand Margarets Klientin die neue Frisur. Sie wirkte damit mehr wie eine anmutige ruhende Königin, nur ein Hauch Violett auf den Lidern und ein kleiner Mund, ausgebleicht, bis er kaum noch da war. Es war fast, als betrachtete man die Porzellanputte, nur ohne den fehlenden Arm.

»Sie meinen Färben?«, fragte Micky.

»Ja, vermutlich.«

»Das machen wir normalerweise nicht.« Micky legte die Hand auf Mrs. Walkers Stirn und strich vom Scheitel bis zu den Spitzen über das Haar der toten Frau. »Aber für sie vielleicht schon.«

Auch Mrs. Walkers Haut war wie die der Putte, beinahe durchscheinend, was, wie Margaret jetzt bewusst wurde, bei

Toten normal war. Sie griff in ihre Handtasche und holte eine altmodische Puderdose heraus, verbraucht bis auf wenige Krümel. »Ich denke, das hier würde ihr für ihr Gesicht gefallen.« Mrs. Walker mochte innerlich mariniert sein, aber was sie gern auf den Wangen hätte, das wusste Margaret. »Und auch Lippenstift«, sagte sie.

Micky holte eine Mappe hervor und schrieb auf den Deckel: *Mrs. Walker, verstorben.* »Farbe?«, fragte sie.

»Scharlachrot«, erwiderte Margaret.

Micky begann sich in einer fließenden, kringeligen Schrift Notizen zu machen. »Und was, denken Sie, würde sie gern anhaben?«, fragte sie. »Wir haben die Sachen, in denen sie gefunden wurde.« Sie zeigte mit dem Kuli auf die wenigen Habseligkeiten, die von Mrs. Walker übrig waren: ein Tweedrock; eine gemusterte Polyesterbluse; Strumpfhosen, an Knien und Fesseln ganz faltig; und obenauf ein Paar zerschrammte braune Schnürstiefel in der Größe eines Schulkinds, als wäre Mrs. Walker nie richtig erwachsen geworden.

Beide Frauen betrachteten den Stapel schäbiger Kleidung, dann die zierliche Leiche. Genau wie Margaret schien Mrs. Walker sich aus dem Kleiderschrank von jemand anders bedient zu haben. Eine Art Stadtstreicherin vielleicht, die den Müll anderer Leute durchwühlte, um über die Runden zu kommen, und einen Einkaufswagen voller Flohmarktfunde durch teure Straßen schob. Das würde das Fehlen von irgendetwas Brauchbarem erklären. Rentennachweise und Kontoauszüge, Mietquittungen oder Briefe von einer Nichte oder Cousine. Margarets Herz tat einen kleinen Satz. Würde sie auch so enden, wenn sie sich entschied, in den Süden zurückzukehren? Von Stadtteil zu Stadtteil driftend mit nichts als einer kleinen blauen Reisetasche und ungeeigneten (inzwischen ruinierten) Schuhen?

Micky blickte stirnrunzelnd zu Mrs. Walker, die still und stumm unter ihrem Tuch lag. »Wir können ihr natürlich ein Totenhemd anziehen.«

Saubergeschrubbt, weiß wie der frisch gefallene Schnee draußen.

»Aber eventuell haben Sie eine bessere Idee?«

Und Margaret wusste sofort, dass sie die hatte.

Micky berührte das Tuch etwa an der Stelle, wo Mrs. Walkers Fußgelenke waren. »Ich ermuntere die Leute auch immer, den Verstorbenen etwas in den Sarg zu legen. Irgendein Andenken.«

Eine verstaubte Nuss vielleicht. Eine Mandarine auf einem Teller. Oder auch nur ein paar über die Leiche verstreute Papierschnipsel. Moyra Walker. Mary Walker. Ann. All die Kinder, die Mrs. Walker sich vielleicht gewünscht, aber nie bekommen hatte.

»Am beliebtesten sind Handys.«

»Handys?« Margaret konnte sich nicht vorstellen, warum jemand mit seinem Handy begraben werden wollte. Ging es beim Tod nicht gerade darum, all das hinter sich zu lassen?

Micky lachte. »Die Angehörigen finden das gut. Manchmal auch die Verstorbenen. Für den Fall, dass sie doch noch nicht tot sind.«

»Wäre es dafür dann nicht zu spät?«, fragte Margaret.

»Ja, aber der Tod ist nicht rational, oder? Wir bekommen es hier mit allen möglichen Leuten zu tun.«

»Ja«, sagte Margaret, »das kann ich mir denken.«

»Wissen Sie, wo sie ursprünglich herkam?« Micky hakte Kästchen auf ihrem Formular ab.

»Ursprünglich aus London. Aber danach, wer weiß?«

»London«, strahlte Micky. »Das ist mal eine Stadt.« So konnte man es auch ausdrücken. Sie justierte wieder die silbernen Schläuche, während der letzte Rest von Mrs. Walker in einen großen Plastikbehälter darunter tropfte. »Kommen Sie aus London?«

»Ja«, sagte Margaret. »Na ja, gewissermaßen. Wie ist es mit Ihnen?«

»Ich? Nein.« Micky sah auf und lächelte. »Irland«, sagte sie. »Der keltische Tiger, bevor er das Brüllen verlernt hat. Hört man das nicht?«

Und da hörte Margaret es natürlich.

»Vielleicht versuche ich mein Glück mal in London«, sagte Micky. »Ich schlag hier nur die Zeit tot, wenn Sie wissen, was ich meine. Warte auf den Kunden, unter dessen Kleidung Geld steckt mit einem Zettel dran, auf dem steht: ›Für die Einbalsamiererin‹.« Und da lachte sie wie eine Lerche, die auf einer irischen Brise dahingleitet.

»Kommt das oft vor?«

»Geld? Hin und wieder. Aber nie mit dem Zettel.« Micky lachte wieder. »Normalerweise ist es in den Saum eingenähter Schmuck.«

Bibeln und Soldbücher bei den Ehemännern. Schmuck bei den Ehefrauen. Margaret warf einen Blick auf Mrs. Walkers sauber gestapelte Kleidung. Vielleicht war in den Bund des Flohmarktrocks ein Vermögen eingenäht. Tausend Fünfzig-Pfund-Scheine, wie Leporellos gefaltet und auf ewig mit Nadel und Faden gesichert. Oder wenn schon nicht das, dann eine Brosche.

Micky lachte wieder, als wüsste sie genau, was Margaret durch den Kopf ging (was natürlich zutraf). »Da ist nichts. Ich habe es überprüft. Aber Sie können gern nachsehen, wenn Sie wollen. Ich will ja niemandes Erbe verbrennen, bevor er oder sie überhaupt Gelegenheit hat, das Testament zu lesen.«

Margaret ging zu dem Kleiderstapel und hob alles einmal an, eins nach dem anderen, um ganz sicher zu sein, tastete

Säume und Manschetten ab, steckte ihre Finger tief zwischen Falten und Nähte. Aber Micky hatte recht. Da war nichts, was nicht so sein sollte, bis auf das völlige Fehlen von irgendetwas Aussagekräftigem.

Micky legte ihre Akte weg, in der nun alle Kästchen abgehakt waren. »Wir warten, bis Sie die Details mit Janie geklärt haben, bevor wir sie fertig machen. Gibt es noch etwas, womit ich Ihnen helfen kann?«

»Das hier«, sagte Margaret und zog ein Stück Zeitung unter Mrs. Walkers Kleiderstapel hervor. Augenscheinlich der einzige verbliebene Besitz ihrer Klientin. »Darf ich das mitnehmen?«

»Selbstverständlich«, sagte Micky. »Alles, was sie hatte, gehört jetzt Ihnen.«

Im Amt für Verlorengegangene (verstorben) legte Margaret mit einer braunen Mappe voller Papierkram los und kam dann zu einer Geschichte über Kinder (lange tot), Mütter (verrückt) und eine Frau, die geboren wurde, dann verloren ging und nun unter dem Leichentuch einer Einbalsamiererin in Leith wiedergeboren war. Sie breitete sämtliche Schätze, die sie angehäuft hatte, auf Janies Schreibtisch aus und hoffte im Gegenzug auf die zügige Bezahlung einer Rechnung für erbrachte Leistungen.

Eine Juwelierquittung.

Ein Einweisungsformular.

Eine Sterbeurkunde.

Eine Urkunde über eine Eheschließung.

Und eine weitere über eine Geburt.

»Das Krematorium wird sich freuen«, sagte Janie und tippte mit ihrem Kuli gegen diese hübschen Zähne, während sie alles begutachtete, was Margaret mitgebracht hatte. »Es ist höchste Zeit, dass sie Mrs. Walker von ihrer Liste noch klärungsbedürftiger Fälle streichen können.«

»Dorothea und Alfred«, sagte Margaret. »Zwei tote Zwillinge.«

Janie schob ein paar Papiere auf dem Schreibtisch umher. »Clementine, sagten Sie?«

»Ja. Clementine Amelia Walker, geboren 1925. Hier ist ihre Geburtsurkunde.«

»Ausgezeichnet.« Janie sah auf ihren Monitor und tippte etwas auf der Tastatur. »Was am Ende zählt, ist Papierkram.« Sie begann durch die Dokumente zu blättern, alles musste korrekt sein bis aufs i-Tüpfelchen, und schenkte den anderen Dingen, die Margaret mitgebracht hatte, kaum Beachtung.

Ein Kringel Mandarinenschale.

Einige Papierschnipsel.

Ein Umschlag mit drei kleinen Haarsträhnen.

Dokumente waren Janies Metier. Der Rest waren nur Gerüchte und Spekulationen, sentimentales Zeug ohne Stempel und Unterschrift. Als sie zu den Urkunden aus Chelsea kam, betrachtete sie sie einen Augenblick stirnrunzelnd, während Margaret den Atem anhielt. »Das scheint alles sehr schnell gekommen zu sein. Normalerweise brauchen solche offiziellen Dokumente eine Woche oder länger, bis sie hier sind, außer natürlich, man holt sie persönlich ab.«

»Oh.« Unter Margarets Mantel stieg Hitze auf. Ihr Gesicht fühlte sich an wie ein Leuchtturm, der seinen Strahl direkt auf eine nicht genehmigte Fahrt nach London richtete, unternommen mit erschlichenem Spesengeld.

»Sie müssen über besondere Überzeugungskräfte verfügen, dass man Ihnen die Urkunden so schnell zugeschickt hat.«

Margaret schluckte. »Ich habe gesagt, es handelt sich um einen Notfall. Eine hohe Sterberate in Edinburgh, die bearbeitet werden muss.«

»Ja«, sagte Janie. »Richtig.« Und auch sie errötete, ein zarter Ton, der zu ihrem Pullover passte.

Daraufhin kam Margarets Herz wieder zur Ruhe. Ihre Lüge war gar keine Lüge gewesen, nur eine Umgestaltung der Wahrheit.

»Sie war doch als ›Mrs.‹ bekannt, oder?« Janie starrte wieder auf ihren Monitor und fügte Wörter in ein Formular ein. »Aber Sie sagen, dass sie nie geheiratet hat.«

»Ja«, sagte Margaret. »Nein. Ich meine, nicht, soweit ich feststellen konnte.«

»Also …« Janie setzte die Anrede ›Miss‹ vor den Namen ›Clementine‹. »Alle möglichen Frauen tun so, als wären sie verheiratet. Selbst heutzutage noch.«

Margaret nickte. Das war die Edinburgher Art.

»1925 macht sie ein wenig älter, als wir dachten. Vielleicht hat die Kälte sie konserviert.«

Schwarze Lunge. Leber wie Brei. Ganz zu schweigen von den Löchern in Mrs. Walkers Knochen und Hirn. Margaret war sich nicht sicher, ob es nicht eher der Whisky als die Kälte gewesen war, was ihre Klientin so lange haltbar gemacht hatte.

So oder so gab Janie das kostbare Geburtsdatum in ihren Computer ein. »Und Sie wissen mit Bestimmtheit, dass sie es ist und keine Verwechslung vorliegt.« Janie prüfte offensichtlich gern gegen, für den Fall, dass sie selbst gegengeprüft wurde.

»Na ja, wir haben die Juwelierquittung.«

Janie wühlte in der Mappe nach dem zerknitterten Stück Papier, von dem noch ein leiser Nelkengeruch ausging. »Wie passt das zu der anschließenden Identifizierung?«

»Clementine Walker war ihre Kundin.«

Rose & Sons, Juweliere von Rang und Namen, aufgesucht vor dem Streifzug durch eine lange verwaiste Einlieferungskiste. Eine Ladentür, die sich mit dem Bimmeln einer altmodischen Glocke öffnete. Eine schicke junge Dame, die von irgendwo aus den Tiefen auftauchte. Eine Firma, die selbst nach fünfzig Jahren noch in Familienhand war. Magie, hatte Margaret da gedacht. Kommt häufiger vor, als man denkt.

»Ja«, hatte die junge Frau auf Margarets Nachfrage geantwortet. »Wir bewahren alle Bücher auf. Selbst nach so langer Zeit. Geben Sie mir nur eine Minute.«

Und eine Minute war alles, was nötig war, bis sie mit der Bestätigung zurückkam. »Walker, Miss. Initiale C«, und dieselbe Telefonnummer, die Margaret zu ihrer Stippvisite im Süden veranlasst hatte. Ihre Klientin war ihre Klientin. Ohne jeden Zweifel.

»Dann ist da noch das hier«, sagte Margaret zu Janie und zeigte auf die Zeitungsseite, die sich vormals unter Mrs. Walkers Kleidung befunden hatte.

»Was ist das?«, fragte Janie und kräuselte ihre hübsche kleine Nase.

Nicht Geburten, Hochzeiten oder Todesfälle, sondern ein Bibelvers. Margaret zeigte auf den schwarz umrandeten Kasten. »*Lasset die Kinder zu mir kommen …* Matthäus 19, Vers 14«, sagte sie.

»Und?« Janie tippte auf die Zeitungsseite. Sie schien nicht so überzeugt wie Margaret, dass diese alltägliche Ermahnung, Gutes zu tun, den letzten Beweis dafür lieferte, dass die Leiche, die unten in Leith ruhte, tatsächlich Clementine Walker war.

»Die Zehn Gebote«, sagte Margaret. »Damit geht dieser Vers weiter. Nicht töten und ehebrechen. Den Nächsten lieben wie sich selbst. Ganz abgesehen vom Stehlen, natürlich.«

»Aber was hat das mit Mrs. Walker zu tun?« In Janies Stimme schlich sich jetzt eine leichte Gereiztheit.

»Sie stehen auf der Paranuss.«

»Der Paranuss?«

Und die staubige Nuss, geborgen aus den Tiefen einer Schublade, kam zu ihrem Recht.

»Sehen Sie das?« Die schicke junge Frau bei Rose & Sons, Juweliere von Rang und Namen, winkte Margaret bei dieser Frage näher zu sich heran. »Es sind die Zehn Gebote.« Und sie hatte gelacht, die Lupe vor dem Gesicht. »Du sollst nicht.«

Als sie selbst durch die Lupe schaute, war Margaret verblüfft, wie die unlesbaren Kratzer plötzlich ein Eigenleben annahmen. *Du sollst nicht töten. Du sollst nicht ehebrechen. Du sollst nicht stehlen. Du sollst nicht falsch Zeugnis reden. Ehre Vater und Mutter. Du sollst deinen Nächsten lieben wie dich selbst.* Barbaras Zehn Gebote, eingeritzt in Mrs. Walkers Paranuss.

»Nun, ich denke, das lässt einen gewissen Rückschluss zu«, sagte Janie. »Zumindest was die Konfession betrifft. Sagen wir Church of England? Sie kam doch aus London, nicht wahr? So wie Sie.«

»Ja«, sagte Margaret, obwohl sie sich nicht erinnerte, Janie erzählt zu haben, dass sie aus der Großen Metropole unten im Süden kam.

»Und haben Sie eine Ahnung, warum sie in Edinburgh war?«

»Nein«, sagte Margaret. Für einen Moment gruben sich die kleinen Krallen eines toten Fuchses in eine Stelle knapp oberhalb ihrer Brust. Über diese Frage hatte sie während der Zugfahrt gen Norden mehrmals selbst gegrübelt, ohne Ergebnis. Mrs. Walker war nichts als ein Flüchtling in einem kalten Land, so wie sie, auf dem Sprung zum nächsten Schritt, woandershin.

Janie seufzte. »Ich muss die Nuss der Ordnung halber wohl in die Amtsakte legen. Haben Sie sie dabei?«

»Ja«, sagte Margaret und fischte in ihrer Manteltasche danach. Doch genau wie Mrs. Walker vor ihr war die staubige Paranuss verschwunden.

»Tut mir leid«, sagte Margaret und zog eine Mandarinenschale und ein winziges Blechschwein mitsamt einem Sprühregen aus Würstchen-im-Schlafrock-Krümeln hervor. »Die scheint entwischt zu sein.« Gefolgt von einem Coronation-Penny. Momentan eher glücklos.

Janie war verärgert. »Und was ist mit der Brosche passiert?«, sagte sie. »Die würde die Verbindung ohne jeden Zweifel beweisen.«

Klein und sternförmig, mit einem roten Stein als Herzstück. Margaret hatte nach der Brosche gefragt, bevor sie Rose & Sons endgültig verließ, ebenso nach dem übrigen Schmuck, der auf der Quittung aufgeführt war. Ein glänzender Sarg. Oder ein größerer Leichenwagen. Vielleicht sogar ein paar Blumen. Was zählte, war Geld, das wusste Margaret. Für eine Smaragdkette mit passenden Ohrringen konnte man eine sehr schöne Beerdigung kaufen, sollte von den Schätzen noch etwas übrig sein.

»Tut mir leid«, hatte die junge Frau gesagt. »Diesen Aufzeichnungen zufolge wurden sie schon vor langer Zeit verkauft. Anonymer Käufer. Abgewickelt über eine Anwaltskanzlei. Nye & Sons?« Und sie hob eine Braue. »Alles bis auf die Brosche natürlich. Die ist einfach verschwunden.«

Margaret hatte sich gefragt, wo die Brosche abgeblieben war. Sie hätte gern etwas in der Hand gehalten, das ihrer Klientin wirklich gehört hatte – vielleicht ein Familienerbstück, von Mutter zu Tochter weitergegeben. Schmuck. War es nicht das, was Frauen meist hinterließen?

»Sie war nicht in der Wohnung, oder?« Kurz klang Janie hoffnungsvoll.

»Ich glaube nicht«, sagte Margaret und verschob das Fuchsfell, so dass seine Pfoten weniger gefährlich unter ihrem Mantel saßen. Ihr war bereits klar, dass ihre Rechnung für erbrachte Leistungen nicht so zügig beglichen werden würde, wie sie gehofft hatte. Anscheinend war Mrs. Walkers Geschichte noch nicht zu Ende.

»Nun.« Janie schob ihre Dokumente einen Moment beiseite. »Vielleicht gehen Sie besser hin und vergewissern sich. Ohne sie können wir den Fall nicht abschließen.« Sie klopfte wieder mit dem Kuli gegen ihre Zähne. *Tipp-tapp, und jetzt ab!* »Außerdem …« Jetzt senkte sie ihren Stift und fesselte Margaret mit dem blassen Glitzer ihrer Augen, »hinterlässt jeder etwas. Man muss nur wissen, wo man suchen muss.«

1980

Der Anruf kam an einem gewöhnlichen, windigen Septembertag, der dreckige Blätter durch Edinburghs Straßen fegte.

»Ich muss zu einer Beerdigung«, sagte Barbara, während sie in ihrem jüngsten Wohnzimmer neben dem Sideboard stand und den Telefonhörer festhielt, als hätte er zum allerersten Mal gute Neuigkeiten übermittelt.

Von ihrem Platz am Tisch, wo sie mit ins Gesicht hängenden Haaren und türkis lackierten Zehennägeln saß, konnte die siebzehnjährige Margaret das Amtszeichen hören. »Wessen Beerdigung?«

»Eine alte Freundin. In London.«

»Was für eine alte Freundin?« Soweit Margaret wusste, war ihre Mutter mit niemandem befreundet. Nicht in Edinburgh und auch nicht im Süden.

»Geht dich nichts an.« Wie üblich war Barbara nicht an Erläuterungen interessiert, sondern nur daran, was als Nächstes passieren könnte. »Ich fahre morgen«, sagte sie.

»Kann ich mit?« Zum ersten Mal seit Monaten sah Margaret, wie sich mit einer Explosion aus Palaver und Qualm eine Zukunft vor ihr auftat.

»Nein.« Darin war Barbara sehr entschieden. »Du musst dir Arbeit suchen.«

»Warum?«

»Darum.«

Und wie Margaret bereits wusste, würde es darauf nie eine Entgegnung geben.

Unten, weit unten in der großen Stadt im Süden, lag die ursprüngliche Mrs. Penny tot auf einer Bahre. Eine krebszerfressene alte Frau, die schließlich dem Umstand erlag, dass niemand (nicht einmal sie) ewig weitermachen konnte, sosehr man sich auch bemühte. Es war wirklich eine wundersame Fügung, dachte Barbara, als sie, eingeschnürt in ihren neuesten Mantel, beim Bestatter eintraf. Mrs. Penny hatte immer gesagt, im Herzen der Familie Walker wuchere ein Krebs. Nun hatte er auch sie gefressen.

Barbara schaute zu, wie aus einem Schlauch Flüssigkeiten hineinliefen und aus dem anderen Mrs. Penny heraussickerte. Typisch für die einzige Mutter, die sie je gekannt hatte, dass sie eine Einbalsamierung gewählt hatte. So lange wie möglich erhalten bleiben, selbst noch im Grab.

Der Leiter des Beerdigungsinstituts war erfreut, Barbara endlich kennenzulernen. »Man wird sie auf dem Friedhof von St. Pancras begraben.« Er nickte anerkennend. »Ich dachte, das werden Sie wissen wollen.«

»Danke«, erwiderte Barbara, deren diskrete Nachforschungen sich schließlich zusammenfügten. Wenn Barbara eines war, dann effizient; das hatte Mrs. Penny sie gelehrt.

»Nye & Sons organisieren das Ganze«, fuhr der Leiter des Beerdigungsinstituts fort. »Keine Angehörigen mehr übrig, sagen sie.«

»Tatsächlich.« Barbara legte einen Finger auf den gemusterten Schal, der fest um ihren Hals geknotet war. Das würde man ja noch sehen.

Das Büro in der Nähe der Ironmonger Lane hatte sich kein bisschen verändert. Das Wiesel zwinkerte immer noch vom Kaminsims. Die Bücher reichten immer noch bis unter die Decke. Dasselbe Mädchen saß immer noch hinter einem riesigen Schreibtisch, älter jetzt und mit mehr Ringen an den Fingern, das Haar immer noch bronzeschimmernd wie ein Helm. Barbara Penny wurde hineingeleitet und nahm vor

Mr. Nyes Schreibtisch Platz, die Hände um die Handtasche geklammert, die Beine fest verschränkt. Was war das bloß mit dem Leben, dachte sie, dass es sich in einem Kreis bewegte, aus dem sie nie ganz auszubrechen vermochte?

Auch Mr. Nye senior war inzwischen älter, er hatte Ansätze von Geheimratsecken und eine glatte blaue Vene unter der Haut seiner Stirn. Diesmal kam er nicht hinter seinem Schreibtisch hervor, hüstelte nur einen Moment, bevor er anfing, und lehnte sich in seinem Stuhl zurück, bis er knarzte. Dann las er Barbara Penny die sie betreffenden Stellen aus Mrs. Pennys Testament vor.

Als er fertig war, saßen beide da und blickten auf eine schmale Schachtel mit silbernen Apostellöffeln vor ihnen auf dem Schreibtisch. Barbara Pennys Erbe, wie es aussah.

»Wem hat Mrs. Penny das Haus vermacht?« Barbara wusste, dass es in London einen Schatz zu holen gab. Backstein. Und Mörtel. Und Schiefer. Warum sonst hätte sie sich die Mühe machen sollen, in den Süden zu kommen?

Der Blick von Mr. Nye senior huschte kurz von Barbara fort. »Es wird verkauft.«

»Und der Erlös?«

»Geht an die Children's Society. In Gedenken an ihre Arbeit.« Mr. Nye senior legte seine Finger um die silberne Schneide eines Brieföffners. »Ein sehr ehrenwertes Anliegen.« Er hob die Klinge an und ließ sie in der gedämpften Bürobeleuchtung aufblitzen. »Nicht, dass es sonderlich viel Erlös bringen wird. Das Haus ist ziemlich heruntergekommen.«

Auf der anderen Seite des Schreibtischs, auf dem geradlehnigen Stuhl, nahm Barbara das übergeschlagene Bein vom anderen und kreuzte die Beine dann andersherum. Sie war jetzt im mittleren Alter, eine Regenhaube sicher in der Handtasche verstaut. Dicke Arme, deren Fleisch erste Anzeichen von Schlaffheit zeigte. »Möglicherweise könnte ich Anspruch erheben«, sagte sie. »Als ihre Tochter.«

»Adoptivtochter«, korrigierte Mr. Nye senior und legte den Brieföffner hin, als befände er sich jetzt auf sichererem Terrain.

»Ja, aber …«

»Nur wenn die Adoption offiziell war. Von einem Gericht anerkannt, meine ich.«

»War sie das nicht?«

Mr. Nye wedelte mit der Hand. »Soweit ich weiß nicht. Ich fürchte, ich habe keine Urkunden darüber. Der Krieg und all das. Inoffizielle Adoption. Kam damals häufig vor.«

Barbara beugte sich vor. »Vielleicht könnten Sie mir ja helfen, es zu beweisen. Bei all Ihrer Erfahrung mit dem Regeln von heiklen Situationen.«

Mr. Nye senior lächelte nur, ein Lächeln, dessen Wirkung sich immer mehr abnutzte. »Da bin ich nicht sicher«, sagte er und blickte über die Wände seines Büros auf all die nackten Frauen. »Vielleicht gibt es einen Interessenkonflikt.«

»Einen Interessenkonflikt?« Barbara runzelte die Stirn.

»Da war die Sache mit dem Bild.«

»Dem Bild?«

Mr. Nye senior stupste mit dem Zeigefinger gegen die Spitze des Brieföffners. »Ich meine mich zu erinnern, Sie schon einmal danach gefragt zu haben.«

Zwanzig Minuten später, in einer dunklen Ecke eines Museums an einer belebten Londoner Straße, stand Barbara Penny vor einem Ölgemälde, das mit barbarischen Pinselstrichen erschaffen worden war. Das Mädchen auf dem Bild war unerhört jung, auf eine grüne Chaiselongue drapiert und bis auf die farblich dazu passenden Schuhe nackt.

Ein Museumswärter stellte sich neben Barbara, die Hände

in Handschuhen wie jene, die Barbara für gewöhnlich trug. »Unsere Neuerwerbung«, sagte er. »Nicht beliebt. Aber bedeutsam innerhalb der britischen Tradition. Es ist recht verführerisch, finden Sie nicht?«

Haut, die aufloderte wie das Zentrum einer Gasflamme. Blicke, die Barbara folgten, wo immer sie stand.

Der Wärter zeigte auf das Schild unten rechts. »*Eimer-Mädchen Nr. 1*. Der Künstler hat eine ganze Serie davon gemalt.«

Einschließlich eines kleinen braunen Bildes, auf mehr als eine Art schmutzig, das unten in einer von Barbaras Schubladen wohnte und sie stets daran erinnerte, nicht zu vergessen.

»Er ist inzwischen tot. Wirklich tragisch.«

Tweedanzug. Barfuß mit Farbe in den Poren.

»Hat sich zu Tode getrunken. Gar nicht mal so ungewöhnlich. Unter Künstlern.«

»Was ist mit den restlichen Bildern?« Barbara trug eine schmale Schachtel Silberlöffel unter dem Arm. Zehn von zwölf. Immerhin etwas.

Der Museumswärter zuckte die Schultern. »Wer weiß? Überall und nirgends. Von Zeit zu Zeit taucht mal eins auf.«

In einem Tresor. In einer Kiste. Im Haus eines Sammlers. In einem Container unterwegs nach Übersee, um irgendjemanden zu ergötzen.

»Kommen derzeit selten aus dem Depot, sind noch nicht in Mode.«

Verschwunden in einem Nichts, einer Lücke zwischen Zeit und Raum. Und doch schaffte Ruby es immer wieder, mit Samthandschuhen angefasst zu werden.

»Ich danke Ihnen«, sagte Barbara zu dem Wärter, als über den harten Museumsboden klackernd eine andere Frau in ihre Richtung kam. »So weiß ich, wo ich es finde, sollte ich je wieder herkommen.« Dann wandte sie sich zu Jessica Plymmet um, die jetzt neben ihnen stand. »Hallo«, sagte sie. »Ich glaube, Sie haben etwas für mich.«

Zwei Frauen, zwei Seiten einer Medaille (fast, nicht ganz), saßen im Teesalon des Museums, beide noch im Mantel.

»Danke, dass Sie gekommen sind«, sagte Jessica Plymmet, eine Tasse Tee neben ihrem Ellbogen, und vergaß dabei, dass nicht sie, sondern Barbara Penny die Verabredung getroffen hatte.

»Gern geschehen«, sagte Barbara. »Was immer ich tun kann, um zu helfen.«

»Ich nehme an, es war Glück. Dass Sie gerade zu diesem Zeitpunkt angerufen haben.«

»Ja«, sagte Barbara. Obwohl sie schon da eigentlich nicht fand, dass zehn Silberlöffel alles an Glück waren, was sie verdiente. Einen Augenblick fragte sich Barbara, was mit dem Coronation-Penny passiert sein mochte, der vor Jahren in irgendeiner ranzigen Edinburgher Wohnung verschwunden war. Jetzt, wieder im Süden, hätte sie ein bisschen Glück gut gebrauchen können.

»Ich habe Ihnen geschrieben«, sagte Mrs. Plymmet, hob ihre Teetasse und sah Barbara über den Rand hinweg an. »Mehrfach.«

»Wirklich?«, sagte Barbara. »Da müssen Sie wohl eine falsche Adresse haben.«

Mrs. Plymmet blinzelte, als wäre das ein sehr unwahrscheinliches Szenario. »Und wo leben Sie jetzt?«

»Oh, hier und da.« Barbara wandte den Blick ab. »Sie müssen mich mal besuchen.«

Doch sie gab Jessica Plymmet nie die Adresse.

Die Frauen, jede auf ihre Art Überlebenskünstlerin, stellten gleichzeitig ihre Teetassen ab und führten stattdessen je eine Gabel mit Biskuitkuchen zum Mund. Puderzucker rieselte auf ihre Teller wie ein erster Schneeschauer, und in der Mitte beider Stücke verlief eine Marmeladenschicht, die einer dünnen blutigen Narbe glich. Es war Jessica Plymmet, die den ersten Schritt machte.

»Wie geht es Ihrer Tochter?«, fragte sie.

Oben, hoch oben inmitten dunkler Bauten im Athen des Nordens, packte die siebzehnjährige Margaret ihre Tasche. Vier Schlüpfer, ein an den Schultern ausgeleierter Pulli und ein Paar unmöglich enge Jeans. Sie schnürte schwarze Stiefel an den Knöcheln, schlang sich eine (von einer Freundin geliehene und nie zurückgegebene) Segeltuchtasche über die Brust und stopfte einen Coronation-Penny in eine fest an der Hüfte anliegende Tasche. Es war nicht viel, aber es reichte für einen Neuanfang. Ein Leben voller Palaver und Qualm.

Denn Margaret ging fort. Margaret war auf dem Weg in die Welt hinaus. Über alle Berge und ganz weit weg. Kopf: nach Süden. Zahl: woandershin. Fort von den grauen Gebäuden. Fort von Mietshäusern, die im Regen weinten. Fort aus einer Stadt, in der alle immer nur übers Wetter redeten, selbst wenn sie etwas anderes meinten.

»Such dir Arbeit«, hatte ihre Mutter gesagt, »wenn du etwas aus dir machen willst.«

Also tat Margaret das. Drei Monate Büroerfahrung bei einem ortsansässigen Rechtsanwalt – dank eines Anrufs bei einem Teilhaber der Kanzlei, in der ihre Mutter arbeitete. Der einzige Rat, den Barbara ihr gab, als sie es herausfand, war dieser: »Du musst einen Rock tragen.«

An ihrem ersten Tag erschien Margaret mit frisch gekämmten Haaren und nylonumhüllten Beinen, was im Schritt zwickte. »Ah, das neue Mädchen.« Der Seniorpartner rieb sich die Hände, als Margaret hereingeführt wurde, um sich ihm vorzustellen. Seit kurzem siebzehn, ein leichter Hauch Braun auf den Lippen und sorgsam aufgetragenes Kompaktpuder auf den Wangen. Margaret stand auf dem schweren Wollteppich im Büro des Partners und sah zu, wie er eine Hand mit der anderen rieb, wieder und wieder, als bekäme er sie nie sauber. Trotz seines höheren Rangs (oder vielleicht gerade deshalb) ließ der Partner Margaret nicht Platz nehmen. Stattdessen lehnte er sich in seinem Sessel zurück und sagte: »Sie haben eine große Zukunft vor sich, wenn Sie wissen, was harte Arbeit bedeutet. Sehen Sie sich an, was Ihre Mutter alles erreicht hat.«

Barbara Penny, eine ›Mrs.‹ ohne Gatten, eine Mutter ohne Gebärmutter, eine Frau, die sich jede Woche die Finger wund arbeitete, aber nie irgendwas im Leben zu genießen schien. Wenn ich so ende wie meine Mutter, dachte Margaret damals, bringe ich mich um. Doch das hatte sie keineswegs vor.

Margaret schaffte einen Monat und drei Tage, dann war es vorbei. »Kein Durchhaltevermögen, die jungen Leute«, murmelte der Seniorpartner ins Telefon, als Barbara nachfragte, was schiefgelaufen sei. »Können nicht richtig zupacken.«

»Was hast du gemacht?«, fragte Barbara streng. Sie stand in einer Küche, die vor lauter Schrubberei schon fast nicht mehr da war.

»Nichts«, beharrte Margaret, die sich am Tresen lümmelte und eine Scheibe Toast aß, ohne einen Teller zu benutzen. Krümel fielen auf das Linoleum, das Barbara erst am Abend zuvor gewienert hatte. »Es war nicht so, wie ich dachte«, sagte Margaret mit dem Mund voll Marmelade. Als würde das alles erklären.

»Tja, was hast du erwartet?« Barbara kniete sich ungelenk

hin, wobei ihr Dienstrock sich fest über den Oberschenkeln spannte. Sie fegte die Krümel mit einer energischen Handbewegung auf ein Kehrblech. »Das Leben ist kein Zuckerschlecken.«

Nicht dass Margaret das je geglaubt hatte.

»Manchmal gibt es mit der einen Hand«, sagte Barbara, richtete sich auf und warf die Krümel in den Treteimer, »und nimmt mit der anderen.«

Margaret schluckte den letzten Bissen ihres Toasts herunter und legte weitere Scheiben auf den in Augenhöhe platzierten Grill. Sie wusste, dass ihre Mutter recht hatte. Denn sie hatte sich genau das genommen, was sie wollte. Und auch etwas gegeben.

Zehn Minuten später ging Barbara zur Arbeit (der Fußboden gefegt, die Tür mit einem satten *Rums* geschlossen) und Margaret schloss sich im feuchten, kargen Badezimmer ein, wo sie sich vor dem Spiegel drehte, um einen Blick auf die Blutergüsse zu werfen, die auf ihren Hüften blühten. Die Fingerabdrücke waren deutlich zu sehen, in ihr Fleisch gepresste Halbmonde in Braun und Gelb. Margaret berührte mit dem Finger die Stellen, wo die Haut noch empfindlich war. Er war gröber gewesen als nötig. Ziemlich übel angesichts dessen, was sie anbot. Trotzdem hatte Margaret aus dem Tauschgeschäft bekommen, was sie brauchte. Geldscheine mit hohem Nennwert, um die sie den Schreibtisch des Seniorpartners erleichtert hatte, während er sich am Waschbecken säuberte. Genug für einen schnellen Abgang. Wenn die Zeit reif war.

Margaret nahm den Coronation-Penny ihrer Mutter von der Stelle, wo sie ihn am Wannenrand abgelegt hatte, und wog ihn in der Hand. Kopf: Richtung Süden. Zahl: woandershin. Margaret drehte die Münze auf den kalten Bodenfliesen, während heiß und mit sattem Strahl das Badewasser einlief. Sollte der König entscheiden, dachte sie.

Was er tat.

Im Teesalon eines Museums unten im Süden wurde ein kleines Päckchen von Frau zu Frau gereicht. »Ihre Schwester bat mich, Ihnen das hier zu geben«, sagte Jessica Plymmet, »sollte ich Ihnen je persönlich begegnen.«

Barbara Pennys Hand zuckte leicht, als sie den Umschlag entgegennahm, auf dem quer über der Vorderseite in Rubys schlaufiger Kinderschrift ihr Name stand. »Was ist das?«, fragte sie, als würde das Öffnen des Umschlags an einen Ort führen, wo sie nicht hinwollte.

»Ich bin nicht sicher.« Jessica Plymmet verstand, warum Barbara Penny skeptisch war. Nach allem, was sie in der Walker-Akte gelesen hatte, hatte auch sie ihre Zweifel, wohin das führen mochte.

Barbara hob ihre leere Tasse an, wie um in den das Innere sprenkelnden Teeblättern zu lesen, und stellte sie, als nichts dabei herauskam, wieder ab. Sie legte einen Finger an den Knoten ihres Schals, der inzwischen so fest saß wie die Schlinge über einer Falle. Dann hob sie den kleinen Umschlag und machte sich dran.

Es war ein kleines dünnes Ding aus Papier. Doch davon ließ Barbara sich nicht täuschen. Ein Liebesbeweis vielleicht. Ein besiegelter Pakt. Oder etwas, um Barbara an alles zu erinnern, was sie je falsch gemacht hatte. Und alles, was sie versucht hatte richtig zu machen. Die Rückseite trug den Stempel einer psychiatrischen Klinik irgendwo am Rand der Stadt. Hoch und grau. Aus dem Boden aufragend wie schon seit vierzig Jahren. Barbara hielt kurz inne und fuhr mit dem Daumen über die Insignien.

Dann hob sie die Klappe.

Im Umschlag steckte eine Zeitschriftenseite, schon so oft gefaltet, dass das Bild fast unkenntlich war. Aber Barbara wusste, noch bevor sie die Seite geglättet hatte, was sie zeigen würde. Einen Mann, eine Frau und zwei Kinder an einem Tisch in einer Küche mit blitzblankem Boden. Sie faltete das Bild vorsichtig auf, um das Papier nicht zu zerreißen. Dann starrte sie hinab auf das, was sich darin befand.

Diesmal war es Barbara, die als Erste sprach. »Wo ist sie?«, sagte sie. Unter dem Puder war die Farbe aus ihrem Gesicht gewichen.

»Ich weiß es nicht.« Jessica Plymmet senkte den Blick auf die Tischplatte. Sie fragte sich das selbst schon seit einiger Zeit. »Ich glaube, sie ist nach Übersee gegangen.«

»Übersee?« Doch es war eigentlich keine Frage. Barbara wusste, was es bedeutete. Verloren an das Meer, den Wind, die Erde. Verloren für den Norden und den Süden und den Osten. Aber vermutlich nicht den Westen. Ein Land mit einer Milliarde Menschen (oder so ungefähr), der perfekte Ort, um eine Spur zu verfolgen. Oder um als eine Person anzufangen und dann eine andere zu werden. Ruby war ins Gelobte Land gegangen, genau wie sie immer gesagt hatte.

»Haben Sie in letzter Zeit von ihr gehört?«, fragte Barbara, nicht sicher, welche Antwort ihr am liebsten wäre.

Einen Moment wirkte Jessica Plymmet verloren, beinahe trauernd, als wäre etwas Wichtiges aus ihrem Leben gelöscht worden. »Nein«, sagte sie und hob ihre Tasse, um ihre Verwirrung zu überspielen. »Schon lange nicht mehr. Seit zehn Jahren.«

»Und Sie wissen nicht, wo sie jetzt lebt?«

»Leider nein.« Mrs. Plymmet stellte ihre Tasse ab. »Ich habe mich bemüht, es herauszufinden, aber Ihre Schwester ist genauso schwer aufzuspüren wie Sie.«

Barbara rutschte auf ihrem Stuhl herum. Zumindest ein Teil ihres Plans war aufgegangen. »Hat Mr. Nye etwas damit zu tun?«, fragte sie.

»Der Jüngere oder der Ältere?«

»Der Ältere.« Doch selbst nach all den Jahren galoppierte ihr Herz los bei dem Gedanken, dass auch der jüngere Mr. Nye wieder auftauchen könnte.

»Nein.« Darin war Jessica Plymmet sehr entschieden. »Mr. Nye senior ist bei einer Beerdigung«, fügte sie hinzu.

»Einer Beerdigung?« Barbara war überrascht. Gleich zwei in nur zwei Tagen.

»Ja«, sagte Jessica Plymmet und tupfte sich mit der Serviette Puderzucker von der Lippe. »Eine Mandantin. In einem Pflegeheim am Stadtrand.«

»Und der Jüngere?« Barbara war nicht sicher, ob sie das wirklich erfahren wollte, aber es war vermutlich besser, Bescheid zu wissen.

»Der Jüngere ist auch nach Übersee gegangen. Er …« Jessica Plymmet räusperte sich umständlich, als hätte sie etwas Heikles zu übermitteln (was auch so war). »Er ist gestorben. Bei einem Autounfall. Schon vor einiger Zeit.«

Ein Mann, dürr und flach, der in einem klammen Bett am Meer buckelte. Barbara seufzte und hob ihre Teetasse, um das kleine Aufflackern von Enttäuschung zu verbergen, das selbst nach all den Jahren über ihr Gesicht huschte. Was war das bloß mit all ihren Chancen, dass sie ausnahmslos alle zu nichts führten?

Auf der anderen Seite des Tischs rückte Jessica Plymmet ihre Gabel zurecht. »Tut mir leid«, sagte sie.

Barbara stellte ihre Tasse ab. »Ja, mir auch.«

Beide Frauen wussten, was die jeweils andere meinte.

Barbara berührte die Ecke der Zeitschriftenseite. »Und das

hier«, sagte sie und zeigte auf die Haarsträhne, die in den Falten lag. Silbern, wie von den Locken eines Engels abgeschnitten. »Von wem stammt die?«

»Von Ihrer Mutter«, erwiderte Jessica Plymmet.

»Mrs. Penny?«

»Nein. Ihrer richtigen Mutter«, sagte sie.

In der Elm Row Nummer 14, nach seiner Rückkehr von dort, wo Dorothea Walker zu guter Letzt dem Wind übergeben worden war, machte Mr. Nye senior Feuer im Kamin des Vorderzimmers. Einst eine gute Stube mit dicken grünen Vorhängen, war der Raum jetzt leer, nur dreckige Wände und nackte Böden. Doch Nye senior wusste bereits, dass er für ihn das perfekte Arbeitszimmer sein würde. Ein Ort, um Geheimnisse zu wirken und zu bewahren.

Trotz jahrelanger Vernachlässigung und Flickschusterei stand die Elm Road Nummer 14 noch, inmitten der allgemeinen Zerrüttung. Bergarbeiterstreiks. Müllwerkerstreiks. Die Drei-Tage-Woche. Briefträger und Totengräber weigerten sich auszutragen und einzugraben. Das Haus hatte alles erlebt und überlebt. Die Dachrinnen erstickten in Flieder. Von Fenster- und Türstürzen leckte es ins Gemäuer. Manche nannten es ein Groschengrab. Was Mr. Nye senior sah, war eine Gelegenheit. Und Mr. Nye senior hatte immer schon gewusst, wie er sich sichern konnte, was ihm eigentlich nicht zustand.

Im erkalteten Prunk der einstigen Walker'schen guten Stube hockte er nun vor dem Kaminrost, in der einen Hand eine anonyme Akte und in der anderen eine alte Teedose. Darin befanden sich die Überbleibsel einer anderen Ära – ein Verzeichnis all dessen, was er je falsch gemacht hatte. Und all dessen, was er je richtig gemacht hatte. Geburtsurkunden für zwei Kinder, getauft in Weißzeug und Spitze. Sterbeurkunden für dieselben. Amtliche Adoptionsurkunden, gestempelt und gezeichnet von einem entgegenkommenden Richter, die zwei kleine Mädchen über Nacht von Walkers zu Pennys machten. Ein Einlieferungsformular mit der Unterschrift seines Vaters, das ärztlichen Gewahrsam für so lange wie nötig sicherstellte. Ein Ausweis mit dem Stempel *VERSTORBEN*. Und die Verkaufsurkunde für ein Haus. Sowie ein Testament zugunsten der verbliebenen Tochter, erst an diesem Morgen laut verlesen, jedenfalls zum Teil.

Mr. Nye senior zerknüllte Mrs. Pennys Testament und legte es mit den übrigen Dokumenten der Walkers auf den Kaminrost. *Lumpenpack sieht man am liebsten von hinten.* Hatte sie das nicht immer gesagt? Er kippte den Inhalt der zerbeulten Teedose obenauf. Ein paar steife kleine Fotos von einer Frau, die mit einem dummen Baby auf dem Schoß auf einer Chaiselongue saß. Und eine ganze Reihe Briefe aus Amerika mit der Bitte, jemand möge doch zurückschreiben. Es brauchte nur einen kurzen Augenblick, bis alles lichterloh brannte.

Die Flammen rauschten durch Mr. Nyes Geheimnisse wie durch frische Luft, brannten mit blau-orangenem Licht und sprühten Funken. Als das Feuer sich ausbreitete, warf er die letzten Teile von ganz unten aus der Teedose hinein – zwei winzige Haarsträhnen, in ihren ersten Momenten so golden wie nun in ihren letzten. Alles, was übrig war von einem Zwillingspaar, nun längst in seinem Grab verschrumpelt. Auch das Haar verschrumpelte, und Mr. Nye senior sah zu, wie es sich in nichts auflöste. Dann richtete er sich auf, ging zum Sideboard und schenkte sich einen Drink ein.

Es gab nur eines, was Mr. Nye senior nicht den Flammen übergab. Ein Einweisungsformular für eine Dorothea Walker, eine Art Andenken an die Frau, deren Füße schlaff in seinem Schoß gelegen hatten. Mr. Nyes Finger zitterten einen

Augenblick an seinem Glas, als er der fleischigen Spalte in der Kluft zwischen ihren Beinen gedachte. Trotz all der Frauen in seinem Leben fragte er sich jetzt, ob je irgendetwas noch besser gewesen war als das damals. Vielleicht, wenn sein Sohn überlebt hätte? Ihm Enkelkinder geschenkt hätte, die lachend von der Haustür zur Hintertür rannten? Mr. Nye wischte über die Schultern seines Anzugs, auf denen die hochfliegende Asche der Unterlagen von Dorothea Walkers sämtlichen Nachkommen gelandet war.

Dennoch, das Leben war das, was man daraus machte. Und hatte er dies hier etwa nicht möglich gemacht? Drei Stockwerke und ein Kohlenkeller, alles intakt. In einem Stadtteil, der ab jetzt nur noch teurer werden würde. Dazu ein neues Dienstmädchen, das morgen jeden Dreck entfernen würde, auf den Knien wie das brave Mädchen, das sie war – frisch von den Philippinen auf der Suche nach einem neuen Leben. Das Dienstmädchen erkannte eine Gelegenheit, wenn sie sie sah. Und Mr. Nye würde sie belohnen, so wie er in der Vergangenheit alle seine jungen Frauen belohnt hatte.

Doch zuvor gab es da noch eine letzte Belohnung, die Mr. Nye senior für sich selbst wollte, einfach nur, weil er es konnte. Ein Bild, klein und braun, die perfekte Größe, um die Lücke an seiner Bürowand zu füllen. Barbara Pennys Besuch mochte unerwartet gewesen sein; hätte möglicherweise sogar Ärger bedeutet, wäre er nicht so umsichtig gewesen, alles zu vernichten, was übrig war. Doch er brachte auch eine Gelegenheit mit sich – die Chance, zurückzubekommen, was rechtmäßig ihm gehörte. Solche Gelegenheiten waren es, die einen Mann wie Mr. Nye senior aufrecht hielten, mochten auch noch so viele Jahre vergehen.

Mr. Nye ließ sein Feuer weiterbrennen und ging in den Flur zu dem großen altmodischen Telefon. Mrs. Plymmet war nicht mehr das, was sie einmal war, doch zumindest war auf sie immer noch Verlass. Imstande, jede Adresse zu ermitteln, nach der er verlangte, egal wie nebelhaft sie nach so langer Zeit auch war. Der Hörer lag schwer in Mr. Nyes Hand, während er auf diese weichen Vokale wartete.

»Anwaltskanzlei William Nye & Sons.«

»Mrs. Plymmet. Ich möchte, dass Sie eine Adresse für mich ausfindig machen. Und ein Diktat aufnehmen. Einen Brief.«

»Selbstverständlich, Mr. Nye. Fangen Sie an.«

»Sehr geehrte Miss Penny …«

Am anderen Ende entstand eine Pause, als träfe Jessica Plymmet gerade eine Entscheidung (was sie natürlich tat). Dann hörte William Nye senior ein Geräusch, an das er nicht gewöhnt war. Ein Klicken, als der Hörer aufgelegt wurde.

Barbara Penny fuhr nach Hause in den Norden mit nichts als einer in ihrer Tasche verstauten Schachtel silberner Apostellöffel und einem in ihrem Portemonnaie verstauten Strähnchen von Dorotheas Haar. Die letzten Relikte der Walker-Penny-Familie, abgesehen natürlich von ihr selbst und der Schwester, die sie an den Westen verloren hatte.

Doch Barbara rechnete nicht damit, in absehbarer Zeit von Ruby zu hören. Schließlich war sie in ein Land mit einer Milliarde Seelen entschwunden, wenn stimmte, was Jessica Plymmet gesagt hatte. Auf der Jagd nach dem Geist einer Person, von der Barbara sicher wusste, dass sie seit beinahe vierzig Jahren tot war. Als sie die Brücken von Berwick und von Süden aus die Grenze passierte, spürte Barbara dennoch das Echo dieser Leere, die sie zeit ihres Lebens in sich trug. Typisch Ruby, dass sie in einem Punkt recht behalten hatte. Ihre Mutter war noch am Leben gewesen, jedenfalls bis letzte Woche.

Sie kam in Edinburgh an, als Dunkelheit vom Himmel herabkroch, stieg aus dem Zug in das geruhsame Treiben von Waverly, endlich bereit, ihre Geschichte zu erzählen. Von Kindern, geboren und gestorben. Von verrückten Frauen, mit Gewalt auf die Straße hinausgezerrt. Von verlorenen und sitzengelassenen Schwestern. Von einer Mutter, die auf ihre Art versucht hatte, ihre Tochter zu schützen.

Auf dem Heimweg kaufte sie Fritten, ein Leckerbissen für sie und Margaret, bevor sie sich allem anderen widmeten. Warm und feucht im Papier, nach Salz und scharfer Essigsauce duftend. Sie kam mit aufgeknöpftem Mantel an ihrer Haustür an, den gemusterten Schal lose um den Hals. Denn was war jetzt zu tun, wo ihre beiden Mütter tot waren? Ein Klagelied anstimmen, dass alle sie immer nur verlassen hatten? Oder nach Hause gehen und tun, was jede richtige Mutter am besten konnte. Zu ihrem Kind halten, wie unbeholfen sie sich auch immer dabei anstellte.

»Margaret!«

Barbaras Rufen hatte etwas Dringliches, als sie durchs Treppenhaus hochlief und die Tür zu der Wohnung aufschloss, die sie mit ihrer Tochter teilte, eine Mutter und eine Tochter, zwischen denen nichts stand außer Leuten, von denen Barbara jetzt sicher war, dass sie nie mehr wiederkehren würden. Sie rief noch einmal, als sie ihren Mantel auszog, um ihn an den Garderobenhaken zu hängen, und eilte mit den Fritten in die Küche.

»Margaret!«

Doch die Antwort war nur Stille.

Und da war es wieder, dieses Loch in der Luft, das Barbara schon einmal gespürt hatte. Die Küche verwaist bis auf einen Zettel auf dem Tisch, beschwert mit einer Dose Erbsen:

Eier
Brot
Milch, 1 Liter
Marmelade

Barbara Pennys eigene Auftragsliste, tags zuvor zurückgelassen für eine Tochter, die nun sie zurückgelassen hatte.

Die Wege von Margaret Penny und ihrer Mutter kreuzten sich an der Grenze. Die eine strebte nach Norden. Die andere nach Süden. Und nie würden beide zueinanderfinden. Die eine umklammerte eine Schachtel Silberlöffel. Die andere trug einen Coronation-Penny eng an ihrer Hüfte.

Als der richtige Moment für einen schnellen Abgang kam, hatte Margaret ihn genutzt, wie sie es immer vorgehabt hatte. War in den erstbesten Bus nach Süden gestiegen und hatte es sich hinten gemütlich gemacht. Ab, ab, lange Autobahnen hinab, vorbei an Tankstellen und Cafés, deren Fenster bis tief in die Nacht hell erleuchtet waren. Weiter und weiter, bis in den frühen Morgen, auf orangenen Velourssitzen, die an ihren Kniekehlen kratzten. Männer tranken eine Dose Bier nach der anderen, bis sie komatös gegen die Vordersitze kippten. Weiter und weiter, hin zu den schmutzigen quirligen Straßen von London, wo niemand ihren Namen kannte oder wusste, woher sie kam. Oder wo sie noch hinwollte.

Sie hatte den Coronation-Penny mitgenommen, nur für alle Fälle. *Findst einen Penny, nimm ihn mit, dann folgt dir das Glück auf Schritt und Tritt.* Denn Glück, wusste Margaret, brauchte sie jetzt, mehr als alles andere. Sie hatte sich nicht die Mühe gemacht, eine Nachricht zu hinterlassen. Weil Margaret Penny doch immerhin etwas von ihrer Mutter gelernt hatte.

Keine Spuren hinterlassen.

Ein zartlila Hut. Ein türkisfarbenes Kostüm. Ein Mantel in der Farbe von nassem Sand. Und eine Regenhaube, nur für alle Fälle. Am zweiten Tatort war es nicht so kalt wie am ersten, er hatte jedoch den Nachteil, dass er so viele Besitztümer umfasste, dass Margaret gar nicht wusste, wo sie anfangen sollte.

Zurück im The Court, draußen wartete das Taxi, um sie zu Mrs. Walkers Wohnung zu bringen, damit sie ihre Mission abschließen konnte, durchwühlte Margaret die persönliche Habe ihrer Mutter, wie es ihr in Barbaras Beisein nie gestattet worden wäre.

Geräumige Unterwäsche. Eine ganze Schublade voller Thermounterhemden. Bettsocken und Lesebrille. Ein Glas mit klebrigem Rand. Manches hatte sich über die letzten dreißig Jahre verändert, aber weniger, als Margaret gedacht hätte. Doch so gründlich sie auch stöberte, es fand sich keine Spur von dem, wonach sie suchte. Keine Paranuss, in deren Schale die Zehn Gebote geritzt waren. Kein Hinweis auf die Frau, die sie gestohlen haben musste und sich plötzlich verflüchtigt hatte, genau wie Mrs. Walkers Leiche.

Zum ersten Mal, seit Margaret aus ihrem Londoner Leben zurück war, war Barbara nirgends zu finden, verschwunden wie das letzte Teil von Janies Puzzle. Hatte sich nicht einmal die Mühe gemacht, eine Nachricht zu hinterlassen. Als Margaret die leere Wohnung betrat, war sie erst nicht sicher, ob sie über diese neue Entwicklung erfreut oder besorgt sein sollte. Dann, nachdem sie gerufen und keine Antwort erhalten hatte, verwarf sie beides. Im Grunde ging es niemanden etwas an, was Barbara tat – das hatte sie stets sehr deutlich gemacht. Und Margaret erkannte eine Gelegenheit, wenn sie sich bot.

Sie durchforstete systematisch alle Räume und förderte alles Mögliche zutage. Schmierigen braunen Lippenstift im Bad. Eine halbe Flasche Rum, versteckt hinter dem Leergut unter der Küchenspüle. Den Plastikbaum, den ihre Mutter stur jedes Jahr aufgestellt hatte, als Margaret klein war, jetzt unterm Wohnzimmerschrank verstaut, als wäre sein silbernes Geäst zum letzten Fest gar nicht entfaltet worden. Da war sogar ein uralter Koffer, dessen Inhalt um Margaret herum niederfiel und den Teppich sprenkelte wie Schrapnell, als sie ihn mit weit offenem Deckel vom Kleiderschrank zog. Ein Schmuckkästchen, gefüttert mit abgewetztem Waschsamt. Eine Schürze, die sich anmutig entfaltete wie ein Vogel. Eine Flasche mit Glasstöpsel, der vom Bett abprallte. Margaret wusste, irgendwo zwischen all diesem Zeug steckte eine Geschichte. Aber das war nicht die Geschichte, mit der sie sich jetzt befassen musste.

Dennoch war es seltsam, die Habseligkeiten ihrer Mutter in Abwesenheit der Besitzerin durchzugehen, so als wäre es zum Schlimmsten gekommen, während Margaret anderswo zu tun gehabt hatte. Womöglich war Barbara losgezogen, um in einer ihrer vielen Kirchen zu beten, und war stattdessen unter einen Bus der Linie 24 geraten. Dann bliebe für Margaret nichts mehr zu tun als zu sortieren, was behalten und was gespendet werden sollte. Der Krimskrams von Barbaras Leben in Müllsäcke gestopft und auf die Wohlfahrtsläden von Edinburgh verteilt. Recycling, das war die neue Religion. Genau wie Mrs. Walker eine Zeitungsseite recycelt und zu einer provisorischen Schicht Kleidung umfunktioniert hatte.

Immerhin hatte Margaret erst heute Morgen Barbara um

Erlösung beten sehen. Sieben Uhr früh, eben dem Nachtzug entstiegen, hereingeweht auf dem Höhepunkt eines Schneesturms und bereit, ihren Fall endgültig abzuschließen. Nur um ihre Mutter auf Knien vor dem Fernseher anzutreffen, die Stirn auf den Teppich gedrückt, der wattierte Morgenmantel straff gespannt über ihrem ausladenden Hinterteil. *Hilf mir, Jesus. Hilf mir, Allah. Hilf mir, Gott.* Wobei Margaret nicht genau wusste, wovon Barbara eigentlich erlöst werden musste.

»Was machst du da?« Margaret starrte auf die merkwürdige Erscheinung ihrer Mutter, die irgendeinen Segen erbat.

Bei der unerwarteten Störung zuckte Barbara zusammen, fuhr auf und stieß sich den Kopf am Fernsehtisch, als sie hochzukommen versuchte. »Himmel!« Als hätte man sie bei einer besonders beschämenden Beichte ertappt (was vielleicht so war). »Ich habe die Fernbedienung fallen lassen«, murmelte sie und wälzte sich auf ihren Hintern, gefolgt von einem langen und quälenden Pfeifen ihrer Lungen.

Doch die Fernbedienung lag, wo sie immer lag, auf der Armlehne von Barbaras Sessel, von der Fernsehzeitschrift verdeckt.

Margaret ging zu ihr. »Komm, ich helfe dir.« Denn es mutete seltsam an, ihre Mutter so am Boden zu sehen – als gäbe sie eine Art Hilferuf von sich.

Aber Barbara wehrte ab und hievte sich schwerfällig in kniende Position, ihr Gesicht alarmierend puterrot. »Mach kein Theater.« Ihr Atem pfiff und kreischte wie ein Expresszug, der ohne die Absicht zu halten auf einen Bahnhof zuraste.

»Hast du etwas verloren?« Margaret schickte sich an, anstelle ihrer Mutter auf die Knie zu gehen. »Ich suche es, wenn du willst.«

»Nein«, beharrte Barbara und umklammerte die Taschen ihres Morgenmantels, als wollte sie alles an Ort und Stelle halten. »Kann ich selbst. Bin noch nicht nutzlos.« Dann griff sie nach ihrem grauen NHS-Krückstock und begann sich hochzustemmen.

Margaret hatte die klebrige Flüssigkeit gesehen, die auf den Lippen ihrer Mutter glänzte. Noch keine acht Uhr und schon die heutige Kommunion empfangen.

Als Barbara wieder im Sessel saß, wo ihre Oberschenkel die ganze Sitzfläche ausfüllten, starrten sich die beiden Frauen über das Beige hinweg an.

»So schnell schon zurück«, sagte Barbara. Es schien keine Frage zu sein.

»Ich wollte dich noch anrufen.«

Aber Mutter und Tochter wussten beide, dass das nicht stimmte. Trotzdem machte Margaret weiter. Wer wagt, gewinnt (und so). »Ich bin noch mal hier, um den Fall abzuschließen«, sagte sie. »Und dann bist du mich los.«

»Tja, dann ist das geklärt.«

Und da war er wieder. Dieser Blick. Angst. Oder etwas in der Art. Huschte über das Gesicht ihrer Mutter.

Margaret starrte Barbara an, Haare wie eine Vogelscheuche, weiße Büschel standen in alle Richtungen. Sie waren so dünn geworden, merkte Margaret plötzlich, dass sie Barbaras Kopfhaut sehen konnte. »Genau genommen hast du mir bei der Lösung geholfen«, sagte sie, wieder ein Kind, das es der Mutter recht machen wollte. »Matthäus 19, Vers 14.« Und sie holte die Paranuss aus ihrer Manteltasche, um es ihrer Mutter zu zeigen.

»Was?« Barbaras gesamter Körper zuckte, die Hände flatterten, als hätte sie einen elektrischen Schlag bekommen.

»Die Zehn Gebote. Ist das zu glauben?«

Doch nach Barbaras Gesichtsausdruck zu urteilen, glaubte sie es durchaus. Für einen Moment wurde sie wieder puterrot, vom Kragen ihres Morgenmantels und bis hoch zum Scheitel. Ein Notsignal, das den trüben Morgen durchbrach, bevor die

Farbe wieder verschwand. Dann begann in Barbaras Brust ein großes Ächzen und Stöhnen, als wäre sie drauf und dran, in ihrem Sessel zu sterben, gleich hier, gleich jetzt. Kein Unterschied mehr zwischen ihr und Mrs. Walker außer einer Jalousie und einer Küche, die nach Bleiche statt nach Asche roch.

»Mum!« Margaret eilte an die Seite ihrer Mutter und ließ vor Schreck die Paranuss fallen. Sie hüpfte einmal auf dem Teppich, dann rollte sie fort.

Barbara röchelte, japste, rang nach Luft und wehrte Margaret ab, schwenkte den Arm wie das letzte verzweifelte Rudern einer Ertrinkenden und erwischte dabei mit der Fernbedienung, die sie wie eine Waffe hielt, *zack*, den Wangenknochen ihrer Tochter. »Bloß Touristen-Nepp. Gibt's zu tausenden.« Das jedenfalls glaubte Margaret herauszuhören, ehe sie zurückwich.

Der Fernseher blinkte auf und schaltete sich in dröhnender Lautstärke ein, während Barbaras mühsames Hecheln zu einzelnen sumpfigen Keuchern abflaute. »Lass mich einfach in Ruhe«, sagte sie erstickt, die Augen eisern geradeaus.

»Aber …«

»Mach du mit deinem Leben weiter. Und ich mit meinem.«

Zurück ins Rumpelkammer-Verlies. Zurück zu einer Rechnung für erbrachte Leistungen, die nur darauf wartete, beglichen zu werden. Und danach, was dann? Eine Welle der vertrauten Melancholie schlug über Margaret zusammen, als sie dort im Wohnzimmer auf den Hinterkopf ihrer Mutter starrte. Was war das bloß mit ihrem Leben, dass der einzige Mensch, der Margaret wirklich brauchte, eine Tote auf einer Bahre im Präparationsraum einer unbekannten Einbalsamiererin war?

»Ach, übrigens, dieses Mädel hat angerufen.« Barbara in ihrem Sessel hatte Mühe, den Fernseher zu übertönen. »Ich soll dir ausrichten, sie ist in Leith.«

Margaret war einen Augenblick verwirrt. »In Leith. Janie?«

»Sagte, du würdest sie dort finden.« Barbara drehte sich in ihrem Sessel um.

»Wen finden?«

»Deine Klientin.«

»Mrs. Walker?«

Erst viel später wurde Margaret bewusst, dass ihre Mutter in diesem Moment dreinsah, als wäre soeben ein Geist über ihr Grab getanzt.

Margaret fand das, wonach sie suchte, mehr durch Zufall. Sie kniete auf dem Linoleum der kleinen Küche ihrer Mutter und fragte sich, wo sie noch nachsehen konnte. Wattiert und fadenscheinig, in einer Farbe, die einmal Rosa gewesen war, war der Morgenmantel ihrer Mutter in die Waschmaschine gestopft, als erwarte ihn dort sein jährliches Bad. Wenn die Paranuss irgendwo war, dann sicher hier.

Margaret zog den Morgenmantel aus der Trommel, noch trocken, und versuchte die Knitterfalten auszuschütteln. Dann breitete sie ihn auf dem Küchentisch ihrer Mutter aus, als würde sie eine Leiche aufbahren. Dieses Kleidungsstück ohne ihre Mutter darin hatte etwas Verlorenes. Als müsste Barbara ohne den Morgenmantel ohnmächtig irgendwo an der Umgehungsstraße liegen, ohne dass eine Tochter ihr zur Hilfe kam, während das letzte Gebet auf ihren Lippen erstarb. Oder vielleicht war sie nur mit Mrs. Maclure einen trinken gegangen, um über die Verfehlungen lange abwesender und plötzlich wieder aufgetauchter Kinder zu reden. Selbst jetzt konnte Margaret bei ihrer Mutter nie einschätzen, wie der Hase lief.

Der Morgenmantel war noch genau so, wie Margaret ihn zuletzt gesehen hatte, mit vertrockneten Weizenfasern an der Vorderseite. Margaret zupfte sie eine nach der anderen ab und strich dabei die Rüschen glatt, damit alles ordentlich aussah. Dann tauchte sie ihre Finger tief in jede Tasche des Morgenmantels und stieß auf Staub, lose Fädchen und einen einzelnen Knopf, der mit rosa Stretch-Stoff bezogen war. Und dann noch etwas. Keine Paranuss, in deren Schale die Zehn Gebote geritzt waren, sondern einen leeren Briefumschlag mit einem Poststempel von kurz vor Weihnachten. Und hinten auf der Klappe der Aufdruck einer Anwaltskanzlei. Nye & Sons in London. Von Jessica Plymmet, Neuigkeiten über eine alte Freundin.

Drei Wochen Katz-und-Maus im Schnee und Eis von Edinburgh, und dann erwischte der schwarze Wagen Margaret, just als sie auf die Straße trat. Ihr einziger Fluchtweg war zurück in die Rumpelkammer ohne Notausgang. Margaret wusste, dass sie diesmal geliefert war. Es gab keinen Ausweg.

Der Wagen beschrieb eine elegante Kurve, der Schnee knirschte unter den schweren Reifen, und als er neben ihr hielt, glitt ein Fenster herunter. Die Fahrerin lehnte sich über den Sitz, um sie anzusprechen. »Margaret Penny.«

Es war keine Frage.

»Lust auf etwas zu trinken?«

Für Margaret bedeutete etwas zu trinken Rotwein. Für Detective Chief Inspector Franklin bedeutete etwas zu trinken Kaffee. Als Gesetzeshüterin hatte sie das Sagen. Es gab kein langes Vorgeplänkel. Tatsächlich zog die Ermittlerin nicht einmal ihren Mantel aus, sondern klemmte sich nur Margaret gegenüber auf den Sitz in einem Coffeeshop und begann mit der Befragung. »Sie waren im Leichenschauhaus.«

»Ja.« Margaret errötete leicht, als hätte sie etwas angestellt.

»Dachte ich's mir.« DCI Franklin rührte den Schaum auf

ihrem Cappuccino unter und leckte den Löffel ab. »Ich habe Sie überprüft«, sagte sie, hob den Becher und schien die Hälfte des Inhalts in einem Schluck zu leeren. »Janie hat mir die Adresse gegeben. Ich weiß gern, wer in meinem Revier herumschnüffelt.«

Margaret tröpfelte Milch aus einem Plastiknäpfchen in ihren Kaffee, sah zu, wie sie verwirbelte und dann sank. »Ich mache Nachforschungen im Fall von Mrs. Walker.«

»Mrs. Walker?«

»Die alte Dame aus der Nilstrum Street. Ist einsam in ihrer Wohnung gestorben. Ich bin gerade auf dem Weg dorthin.«

»Ach ja. Eine von denen.« Die Ermittlerin klang, als wäre das etwas Alltägliches. Sie wischte sich den Mund mit einer Papierserviette ab. »Ich hätte meine Officer ja etwas tiefer graben lassen, aber Sie wissen ja, die Kürzungen.« Sie zuckte die Achseln.

Margaret nickte. Britische Austerität.

»Wir mussten unsere Ressourcen umschichten«, sagte die Ermittlerin. »Es gab einen Mord.«

Aber Margaret beschwerte sich gar nicht. Die Kombination aus Kürzungen und einem Tod ungeklärter Ursache hatte ihr den Job beschert.

»Wir würden normalerweise keine Zivilistin einbeziehen.« DCI Franklin trank noch einen Schluck Kaffee (der Becher war jetzt fast leer) und starrte Margaret an, als erwarte sie eine Erwiderung.

»Nein.« Margaret setzte sich etwas anders hin und war auf einmal verschwitzt. Der Kaffee war lauwarm, an den Fenstern liefen Kondenstropfen hinunter. Genau wie ihre Mutter hatte sie ihren Mantel bis zum Hals zugeknöpft gelassen. Trotz ihres Erfolgs bei toten Menschen war sie nicht sicher, ob ein toter Fuchs bei der Polizei einen guten Eindruck machte.

Die Ermittlerin beugte sich vor und tippte auf die braune Mappe, die zwischen ihnen lag. »Und?«, sagte sie. »Haben Sie den Fall gelöst?«

Mrs. Walker (Clementine). Kaufte beim Krämer ein. Trug immer einen roten Mantel. Trank gern Whisky. Bezahlte bar. Aß Brötchen und Dosenerbsen, bis sie mit fünfundachtzig an diversen Krankheiten starb. Diebin.

»Tatsächlich?« Jetzt wirkte DCI Franklin interessiert. Sie stellte ihren leeren Becher ab. »Vielleicht hat sie eine Akte.«

Auch Margaret stellte ihren Becher ab, obwohl er noch halbvoll war. »Das wurde bereits überprüft. Geburten, Eheschließungen und Tode. Die Papiere sind heute gekommen.«

DCI Franklin lachte und schwenkte ihre Beine unter dem Tisch hervor, wobei das Futter ihres dunkelblauen Mantels sonnengelb aufblitzte. »Nicht solche Akten. Strafregister.«

»Ach ja.« Margaret wurde wieder rot. »Aber hätten Ihre Leute das nicht überprüft?«

»Doch, vermutlich. Edinburgh hat da mit seiner Rechercheeinheit ein gutes Team. Selbstmord, Drogen, Autounfälle.« DCI Franklin wedelte mit der Hand. »Die haben mit allem zu tun.«

Irgendwie hatte Margaret den Eindruck, auch DCI Franklin hätte mit allem zu tun. »Ist das Ihr Team?«

»Himmel, nein. Das ist nicht mein Ding. Tod aus dem Nichts, keine Schuldigen.« DCI Franklin verzog das Gesicht. »Ich bin nur für Verdächtiges zuständig. Mord, wissen Sie. DNA.«

Schafdieb. Falschmünzer. Wie leicht man zum Unruhestifter wurde. Anscheinend brauchte man nur da hineingeboren zu werden. »Ist es wahrscheinlich, dass Mrs. Walker einen Eintrag im Strafregister hat?«, fragte Margaret. »Schließlich war sie bloß eine alte Dame.«

»Selbst Kriminelle werden alt, wissen Sie. Bisweilen jedenfalls.« DCI Franklin lachte. »Aber manche Leute vermeiden es, im System aufzutauchen. Wenn man unbedingt will, ist es leicht, zu verschwinden. Leute tun das ständig.«

»Ja.« Margaret dachte an ihr auf einer Londoner Müllkippe gelandetes Vorleben und wusste, dass dies zutraf.

DCI Franklin stand auf und begann ihre Handschuhe anzuziehen. »Sollen wir?«

»Was?« Margaret sah von den schlammigen Resten ihres Kaffees auf, ihre Handflächen plötzlich feucht. Also holten ihre Londoner Eskapaden sie doch noch ein. »Ich dachte, es gibt einen Mordfall …«

Die Ermittlerin lächelte. »Ja.« Ein müdes Lächeln, als würde ein nicht unerheblicher Teil von ihr sich wünschen, niemals wieder einen toten Menschen zu sehen. »Aber Sie müssen sich um eine Leiche kümmern, die unser System verstopft. Und zunächst einen Tatort durchsuchen. Ich dachte, ich helfe Ihnen, es diesmal gründlich zu machen.«

Am ersten Tatort war es noch genauso kalt und bedrückend wie vor ein paar Tagen. Die Glühbirne im Flur immer noch in Staub gehüllt. An den Wänden die Schatten lange verschwundener Bilder. Im Bad das Häufchen kleiner Leichen in der Wanne. Aus allen Ecken krochen Schatten. Die Stunde des Zwielichts, so hatte Barbara es mal genannt, wenn die Geister erschienen.

»Himmel«, sagte DCI Franklin, als sie in den Flur traten, und schlang sich ihren dunklen Wollmantel fester um die Beine. »Kein Wunder, dass sie tot ist. Hier ist es wie in einer Tiefkühltruhe.« Sie blies auf ihre Finger und wandte sich Margaret zu. »Also, wo wollen Sie anfangen?«

»Im Schlafzimmer.« Dessen war sie gewiss. »Ich muss dort etwas holen.«

»Gut. Dann sehen Sie da nach und ich befasse mich mit dem Rest.« DCI Franklin ging grundsätzlich sparsam mit ihren Ressourcen um. »So oder so, wir schließen diesen Fall heute ab.«

Unten aus Mrs. Walkers Kleiderschrank holte Margaret den Grund ihres Kommens hervor. Ein Etuikleid, passend für eine letzte Feier. Die perfekte Alternative zu einem Totenhemd. Sie zog das smaragdgrüne Kleid aus seinem Plastiksack und hielt es ins schwindende Licht. Flutschend entfaltete es sich zu voller Länge, die paar verbliebenen Pailletten tanzten noch einmal. Das Kleid war nicht im besten Zustand: Löcher hier und dort, von Motten zerfressene Stellen. Micky würde auch noch ›Näherin‹ in ihr Leistungsverzeichnis aufnehmen müssen, um es wieder aufzuhübschen. Margaret breitete das Kleid auf Mrs. Walkers Bett aus und untersuchte den Saum. Es war nicht schwer, das zu finden, weswegen sie hier war. Eine einzelne Paillette, die an einem Faden hing. Selbst im Halbdunkel von Mrs. Walkers Schlafzimmer konnte Margaret erkennen, dass sie anders war als der Rest. Nicht grün wie das Meer oder die Augen einer Hexe. Sondern rot wie eine einzelne Blutspur.

Mit schlüpfrigem Stoff in den Fingern und galoppierendem Herzen hob Margaret den Faden und begann ihm um den Saum herum zu folgen. Er verlief in einer etwas willkürlichen Zickzacklinie, als wäre er in Eile genäht worden. Oder von jemandem, die Handarbeit und die Zeit, die sie verschlang, nicht mochte. Margaret folgte dem Faden fast bis zum Ausgangspunkt zurück, ehe sie fand, womit sie fest gerechnet hatte. Knubbelig und klumpig, versteckt in einer Falte smaragdfarbenen Stoffs. Eine Brosche vielleicht, klein und glänzend mit fünf Sternspitzen.

Indes …

Es war etwas viel Gewöhnlicheres als das.

Margaret setzte sich aufs Bett und bestaunte ihren Fund. Ein Mandarinenkern, vertrocknet und skelettartig, genau wie Mrs. Walker, die nun in Leith nackt unter einem Tuch lag. Sie seufzte, und kurz rasselte Enttäuschung in ihrer Brust. Was war das bloß mit Mrs. Walker, dass offenbar nichts in ihrem Leben ein Ende nahm?

DCI Franklin erschien im Türrahmen. »Etwas gefunden?«, fragte sie.

»Nichts«, sagte Margaret. »Einen Mandarinenkern. Eingenäht in den Saum.«

DCI Franklin kam es sich anschauen, zwei Frauen starrten auf das winzige weiße Auge. »Das ist kein Mandarinenkern«, sagte die Kommissarin, »das ist eine Spur.«

Unter sich wellendem Linoleum. Unter allen Kissen. Zwischen den Laken. Margaret und die Kommissarin suchten, bis sie eine Handvoll Kerne hatten, allerdings nicht viel mehr. In den Küchenschränken. Zwischen zusammengewürfelten Schalen. Zwischen Gabeln und Teelöffeln. Unter der Badewanne.

Es gab sogar einen einzelnen Kern, der für immer in einer von Mrs. Walkers leeren Whiskyflaschen gestrandet war. DCI Franklin war fasziniert. »Was sagten Sie noch, woran sie gestorben ist?«

»An allem«, antwortete Margaret. »Suchen Sie sich was aus.«

Als Letztes durchsuchten sie das Wohnzimmer, wo die Kommissarin mit einem Finger über den Rand des Kaminsimses fuhr, bis er fast schwarz war. Die Feuerstelle darunter war ebenfalls schwarz, dunkel und leer, wo es einst gelodert hatte. Margaret bückte sich und sah zwischen den Eisenstangen des Rosts zwei blankgelutschte Kerne stecken.

»Schauen Sie sich das an«, sagte die Kommissarin und zeigte

auf etwas auf dem Kaminsims, wobei Staub auf Margarets Kopf rieselte.

»Was denn?« Margaret richtete sich wieder auf und strich sich durchs Haar. Sie konnte in all dem Dreck nichts Ungewöhnliches erkennen. Keine Fotos oder mit inbrünstig betenden Heiligen bedruckte Kerzen. Keine Herden blankpolierter Holztiere. Doch dann, als die Kommissarin weiter hinzeigte, verstand Margaret. Kein Mandarinenkern diesmal, sondern ein Grat aus Staub, dünn, aber deutlich, als wäre dahinter vor nicht allzu langer Zeit etwas angelehnt gewesen. Beide Frauen starrten einen Moment auf die feine Staubspur. Dann drehten sie sich um und blickten in die Gegenrichtung, direkt in den Schoß des Sessels, in dem Mrs. Walker ihren letzten Atemzug getan hatte.

»Haben Sie den schon abgesucht?«, fragte DCI Franklin.

Margaret schüttelte den Kopf. »Das ist doch Sache der Polizei, oder?«

Da lachte die Kommissarin, bevor sie in ihre Manteltasche griff und ihr blaue Latexhandschuhe reichte. »Jetzt sind Sie die Ermittlerin.«

Tiefer, tiefer, tiefer, tiefer. Margaret suchte den Sessel mit einer Sorgfalt ab, die sie vorher nicht aufgebracht hatte. Angriff. Die beste Verteidigung. Sagte Barbara das nicht immer? Sie schob ihre Hände zwischen die Polster und den uralten Rahmen. Über Stoff, den die Überreste der Toten besudelt hatten. Schwarze Hände. Schwarze Füße. Versuchte, nicht über Verwesung nachzudenken, während sie ihre Finger an Haarsträhnen und winzigen verklebten Federn vorbeischob. An Stückchen spröder, harter Mandarinenschale. An speckigem Tuch und altem Schaumstoff, der bei ihrer Berührung zerfiel. An einer verbogenen Haarklammer und Krümeln altbackener Brötchen. An Nagelspänen und Staub, Staub, Staub, die Arme fast bis zu den Ellbogen in den Überbleibseln einer toten Person, bis sie zu fassen bekam, wonach sie die ganze Zeit gesucht hatte.

Einen über jeden Zweifel erhabenen Beweis.

Keine Brosche, sondern ein Foto. Schwarz-weiß und stockfleckig vor Alter. Auf der Rückseite ein Aufdruck. *W. H. SYMMONS & Co. Est. London 1933.* Auf der Vorderseite das Bild einer Frau auf einem Stuhl, bekleidet mit einer Art Kittel, der ihre Beine nicht ganz bedeckte. Sie wirkte perplex, als befände sich etwas direkt neben der Kamera, das sie kennen sollte, aber nicht ganz verstand. Und auf Höhe ihres Brustbeins angeheftet – eine winzige sternförmige Brosche.

Magie, dachte Margaret. Kommt ständig vor.

Sie hielt das Foto hoch, um es DCI Franklin zu zeigen. Doch DCI Franklin war anderweitig beschäftigt. Mit dem Telefon am Ohr starrte sie Margaret stirnrunzelnd an.

»Es geht um Ihre Mutter«, sagte sie.

1970

Ruby mit den Strahleaugen, einst ein Juwel von einem Mädchen, jetzt da und dort geschliffen, tauchte aus dem jüngsten von etlichen Freiheitsentzügen auf und öffnete ihre Einlieferungskiste, worin sich Folgendes befand:

Eine staubige Paranuss.

Ein angelaufener Löffel.

Eine sternförmige Brosche mit einem roten Stein als Herzstück.

Und eine Fahrkarte nach Amerika. Dem Gelobten Land, endlich.

Während sie alles herausnahm, summte sie ›Oh my darling‹ vor sich hin, um das Summen zu begleiten, das nunmehr dauerhaft unter der knöchernen Schicht ihres Schädels wohnte. Man übergab ihr auch die Kleidung, die sie bei ihrer Ankunft getragen hatte – ein an den Ellbogen abgewetzter Pullover und ein Rock mit einer Sicherheitsnadel, um ihn an der Taille zusammenzuhalten. Außerdem ein grünes Kleid, an dessen Saum Pailletten tanzten. Ruby lachte, als sie das Kleid sah. Es erinnerte sie an etwas, das sie verloren hatte, jedoch fest entschlossen war wiederzubekommen.

»Also, Miss Penny …«

»Walker.«

»Ja.« Die Stationsleiterin wandte den Blick ab, als hätte sie diese Diskussion schon etliche Male geführt (was natürlich so war). »Wir haben es leider nicht geschafft, Ihre Schwester zu kontaktieren. Barbara, nicht wahr?«

»Ja.«

»Oder sonstige Verwandte.«

»Was ist mit dem Kind?« Ruby fixierte die Stationsleiterin mit diesem irritierenden starren Blick. Sie saßen in einem kleinen Büro, abgeteilt von einer riesigen Eingangshalle, um die herum die grauen Wände der Anstalt aufragten.

»Ja.« Die Stationsleiterin schloss die dicke Akte vor sich und legte ihre Hand darauf. »Es tut mir leid. Aber Sie wissen so gut wie ich, Miss Penny, dass das Kind nicht überlebt hat.«

»Doch, hat sie.« Ruby schaute die Stationsleiterin mit diesen erstaunlichen Augen unverwandt an.

Die Stationsleiterin wandte den Blick ab. »Aber wie kommen Sie darauf, Miss Penny?« Bei allem, was geschehen war, war es immer noch schwer, Ruby zu widerstehen.

»Darum.«

Die Leiterin seufzte, ein kleines verzweifeltes Geräusch. Seit einigen Jahren hatten sie jetzt wiederholt mit Ruby Penny gearbeitet, doch es schien nicht zu helfen. Wenn überhaupt, dann beharrte ihre Patientin nur noch mehr auf Dingen, die es nie gegeben hatte. »Nun«, sagte die Leiterin und versuchte das Thema zu wechseln, »es wäre gut, eine Vorstellung davon zu bekommen, was Sie als Nächstes planen.«

Ruby blinzelte und klimperte mit den wenigen Münzen, die man ihr mit auf den Weg gegeben hatte. »Vermutlich werde ich den Bus nehmen.«

»Ja, aber wohin?«

»Wozu müssen Sie das wissen?«

Die Stationsleiterin hatte einen Kurs absolviert, wie man Patienten am besten in die Welt hinaus begleitete. Aber hier half ihr ihre Schulung überhaupt nicht weiter. »Haben Sie das Rehabilitationszentrum in Erwägung gezogen, das ich Ihnen genannt habe?«, fragte sie, als könnte das etwas bewirken.

Ruby machte sich nicht einmal die Mühe, den Kopf zu

schütteln. Sie war nicht absichtlich störrisch. Sie war einfach sie selbst. »Ich werde nach London fahren«, sagte sie.

»Halten Sie das für eine gute Idee? Sie wissen, was das letzte Mal passiert ist, als Sie einen Tag Freigang hatten.«

Das letzte Mal hatte Mr. Nye senior die Polizei gerufen. Das Mal davor hatte auch der Maler die Polizei gerufen.

»Ich verspreche, dass ich mich ihnen nicht mehr nähern werde«, sagte Ruby mit hinter dem Rücken gekreuzten Fingern, als wäre sie wieder fünf Jahre alt und keine erwachsene Frau von über dreißig.

»Sie wissen, es wäre besser für Sie, wenn man künftig keinen Verdruss mehr mit Ihnen hat.«

Ruby lachte. Hatte Mrs. Penny das nicht immer gesagt? Von Anfang an nichts als Verdruss.

Die Stationsleiterin presste einen Finger an die Seite ihres Schädels, wo sich gerade ein nachdrückliches Pochen festsetzte. Sie hustete. »Und dann sind da natürlich noch Ihre Medikamente«, sagte sie und hielt ihr ein bereits krakelig ausgefülltes Rezept hin. Medikamente waren wichtig, sie waren der Anker, den man ihnen auszuwerfen riet, wenn alles andere versagte.

Ruby hörte kurz auf, den Inhalt ihrer Einlieferungskiste in ihren alten Korb zu stopfen, und schaute auf. »Ich brauche keine Pillen mehr.«

»Sie sind dazu da, Ihnen zu helfen.«

»Ich dachte, es geht mir besser.«

»Ja, aber …«

»Warum sollte ich dann noch Pillen brauchen.«

Es war keine Frage. Und überdies hatte die Stationsleiterin keine Antwort. Stattdessen begann sie, an einer langen Kette aus Holzperlen herumzuspielen, die wie ein Rosenkranz vorn über ihrer Polyesterbluse hing. Addierte Patienten hinzu, wenn sie eingewiesen wurden, und zog sie wieder ab, wenn sie geheilt waren. »Also, wenn es noch etwas gibt, was wir für Sie tun können«, sagte sie und legte das Rezept gut erreichbar auf den Tisch.

Es überraschte sie, als Ruby sagte: »Ja. Eines wäre da.«

»Ach?« Trotz allem war die Stationsleiterin stets bereit zu helfen.

»Ich muss jemanden anrufen.«

»Jemanden anrufen?«

»Ja, meinen Anwalt natürlich.«

Menschen, die sich das Gehirn wegbrutzelten. Menschen, die sich die Pulsadern aufschlitzten. Menschen, die im Kopf Stimmen hörten. Menschen, die im Nachthemd auf die Straße liefen. In den sechseinhalb Jahren, in denen sie auf Geheiß von jemand anderem weggesperrt gewesen war, hatte Ruby alles gesehen und noch mehr. Mitunter war sie eine der Schlimmsten gewesen.

In einer ganzen Reihe von Anstalten, auf der Jagd nach etwas, das sie nicht richtig greifen konnte, von dem sie aber wusste, dass sie es verloren hatte, lernte Ruby auf die harte Tour, was mit Frauen passierte, die sich nicht fügten. In Polizeizellen. Auf Krankenstationen. In Räumen mit gepolsterten Wänden. Ganz zu schweigen von allen möglichen Behandlungen. Elektroschocks für das Gehirn. Der Boom kleiner blauer Pillen. Tropfen aus einer Spritze, während sich die Nadel in die Vene drückte. Auch was in der Nacht hinter hohen grauen Mauern geschah, wenn Frauen ans Bett gefesselt und alle Lichter gelöscht waren.

Dennoch fand Ruby einen Weg zu prosperieren, wenn rings um sie alles verloren schien. Rasierklingen und Zigaretten. Kleine Tabletten jeglicher Sorte, verborgen unter der Zunge.

Schätze, hinter Toilettenkästen und in Seifenstücken versteckt oder in den Saum eingenäht, um sie sicher zu verwahren.

Obwohl ihr Leben nicht so verlief, wie Ruby es sich vorgestellt hatte, fühlte sie sich unter den Irren wie zu Hause, als erst mal klar war, dass die da draußen ihre Entlassung nicht befördern wollten. In gewisser Weise hatte sie nicht einmal etwas dagegen. Ruby war schon immer eine der Ausgestoßenen gewesen. Oder schlicht und einfach eine, die sich weigerte, klein beizugeben.

Doch jetzt, wo sie gefunden hatte, was sie wollte, war es Zeit weiterzuziehen.

Am Schreibtisch sitzend mit dem Hörer am Ohr, während die Stationsleiterin sich draußen vor der Tür herumdrückte, erkannte Ruby die Stimme am anderen Ende sofort. Zartgelbe Handschuhe und passender Hut, die Handtasche an den Bauch gepresst, als wollte sie das Schlimmste abwehren. Ein Mädchen, das am ganzen Leib gezittert hatte, als sie darauf wartete, dass das Schlachten begann. Über zehn Jahre waren vergangen, seit Ruby Jessica Plymmet das erste Mal begegnet war. Doch schon damals hatte sie gewusst, dass die junge Frau es nie vergessen würde.

»Anwaltskanzlei Nye & Sons.« Diese weichen Karamelltöne.

»Hier ist Ruby Walker.«

»Ruby Walker?« Argwohn schlang sich um jeden einzelnen Vokal.

»Wir sind uns schon mal begegnet. Ich würde Sie gern wiedertreffen.«

Ruby lauschte auf die Pause am anderen Ende. Sie wusste aus Erfahrung, wann sie besser schwieg und wann der richtige Moment kam, etwas zu sagen.

Schließlich brach die Frau am anderen Ende der Leitung das Schweigen, wobei es klang, als wollte sie verhindern, dass jemand durch die Wand mithörte. »In Ordnung.« Und Ruby stellte freudig fest, dass Jessica Plymmet nach all den Jahren immer noch etwas daran lag, anderen gefällig zu sein.

Sie verabredeten sich bei einem Juwelier in der Tidbury Street. Rose & Sons, Juweliere von Rang und Namen, nur wenige Straßen entfernt vom Büro mit dem ausgestopften Wiesel. Ruby traf zuerst ein, in einem schicken Mantel, den sie von einem Haken an der Bürotür der Stationsleiterin befreit und bis zur Bushaltestelle in einem Korb transportiert hatte, in den hineinzusehen niemandem eingefallen war. Es war erstaunlich, was die Leute törichterweise in Ruby Walkers Reichweite liegen ließen.

Als Ruby den diskreten Klingelknopf rechts neben der Ladentür drückte, trug sie ein schräges Ensemble. Ein grünes Kleid mit offenem Saum. Strandschuhe, von einer Krankenschwester geborgt. Strumpfhosen, die hatte sie einer Patientin weggenommen, die sich nur bei erster Gelegenheit damit aufgehängt hätte. Doch Ruby wusste, im Juweliergeschäft würde das niemanden groß kümmern. Denn allen Äußerlichkeiten zum Trotz erwiesen sich die Übergeschnappten oft als die Lukrativsten.

Im Geschäft wurde Ruby von einem kleinen Mann empfangen, der sich verbeugte, als sie durch die Tür trat, und sie mit dem gleichen Blick ansah wie einige Psychiater bei ihrer ersten Begegnung. Als Ruby dem alten Mann zeigte, weswegen sie gekommen war, nahm er sie gleich mit nach hinten in sein Büro. Sie wusste, er konnte es bereits riechen. Dass hier Profit zu machen war.

Dort im dunklen Hinterzimmer des Juweliers breitete Ruby alles aus, was zu erringen sie geschafft hatte, sowie alles, was zu behalten ihr gelungen war.

Eine Smaragdkette.

Zwei dazu passende Ohrringe.

Eine Brosche mit einem einzelnen roten Stein als Herzstück.

Und diverse andere Dinge, eher kostbar als wertlos.

Der Juwelier klemmte sein Auge an ein winziges Vergrößerungsglas und begutachtete die Schätze Stück für Stück. Ruby sah ihm über den Tisch hinweg zu und wusste, dass gute Nachrichten auf sie zukamen. Jedes Mal, wenn der Mann ein neues Stück aufnahm, zuckte seine Wange. »Ausgezeichneter Zustand«, murmelte er und hielt einen Ohrring dicht vor die Augen. »Gut ausgewählt. Sehr schön gefasst. Wo kommt er her?«

»Ein Geschenk.«

»Und die hier?« Der Händler hob eine graue Perlenkette hoch, kleine Monde, befreit aus den fleischigen Falten eines Halses.

»Oh, hier und da.« Ruby sah einen Moment fort. Sie war schon immer gut darin gewesen, sich Dinge anzueignen, die ihr eigentlich nicht zustanden.

Einzige Ausnahme war die sternförmige Brosche mit dem kleinen roten Herzstück. Als der Juwelier sie ans Auge hob, zuckte seine Wange überhaupt nicht. »Die behalten Sie besser«, sagte er und ließ die Lupe zurück auf den Tisch fallen. »Völlig wertlos leider. Strass, meine Gute. Nur Talmi.« Der Juwelier hielt Ruby die Brosche hin. »Während des Krieges wurden viele davon gefertigt. Liebesgaben. Andenken. So etwas. Aber hübsch.« Er lächelte Ruby an und entblößte dabei zum ersten Mal seine Zähne. »Sie sollten sie selbst tragen.«

Vorne im Geschäft wartete Jessica Plymmet, als Ruby mit dem Juwelier wieder ans Licht kam. Inzwischen sechsundzwanzig, oder so ungefähr, noch immer mit diesen knochigen Knien, die sie nie verstecken konnte, wirkte Jessica Plymmet nicht viel anders als bei ihrer ersten Begegnung in Mrs. Withers'

Flur. Sie hielt nach wie vor ihre Handtasche an den Bauch gepresst, als wappne sie sich für einen Angriff. Doch ihre Frisur war jetzt mehr wie ein Helm, ihr Gesicht eine Art Maske.

Ruby wusste, dass auch sie sich seit damals verändert hatte. Nicht mehr die lebenshungrige junge Frau, die im Halbdunkel darauf wartete, dass man ihr einen Mantel aushändigte. Um ihren Mund waren jetzt Falten, die sich offenbar für immer eingegraben hatten. Die Handgelenke nicht dicker als dünne Zweige. Ihr Haar war von feinen weißen Strähnen durchzogen. Und sie vermutete, dass der Wind sie fortpusten würde, wenn er zu stark blies. Hoch und höher, hinauf in den Himmel. Über alle Berge und ganz weit weg. In die Gosse, ins Bett eines reichen Mannes oder in die Besinnungslosigkeit einer Bar, die um vier Uhr morgens noch geöffnet war. Oder vielleicht über den Ozean. Aber Ruby Walker war freundlich zu Jessica Plymmet gewesen, als sie allen anderen egal war. Das war es, was damals den Ausschlag gab. Und es war auch das, wusste Ruby, was jetzt den Ausschlag geben würde.

Es gab kein Geplänkel. Ruby kam unmittelbar zur Sache. »Ich möchte, dass Sie das hier für mich aufbewahren.« Sie legte ein Samtsäckchen auf den Glastresen des Juweliers. Eine winzige sternförmige Brosche zwinkerte Jessica Plymmet über den Raum hinweg zu, und Ruby sah, wie Jessica Plymmet zurückzwinkerte.

»Was ist das?« Jessica Plymmet näherte sich, aber fasste es wohlweislich nicht an.

Ruby zog an der Kordel des Säckchens, ein ganz leichtes Zupfen, und enthüllte einen glitzernden Teich, damit Jessica Plymmet ihn sich ansehen konnte. »Ich möchte, dass Sie für mich darauf aufpassen. Und sollte ich je Geld brauchen, melde ich mich.«

Ruby beobachtete, wie Jessica Plymmet den Ring drehte,

den sie jetzt an der rechten Hand trug – ein nicht unerheblicher Splitter, glitzernder als Glas. Ruby war froh zu sehen, dass etwas von dem, was Mr. Nye senior der jungen Frau schuldete, endlich in ihre Richtung floss.

Jessica Plymmet starrte auf das Häuflein Schätze in seinem Samtsäckchen. »Warum behalten Sie es nicht selbst?«, fragte sie.

Ladendiebe. Drogensüchtige. Kleptomanen. Räuber. Ruby hatte gefühlt ihr ganzes Leben damit zugebracht, die paar Dinge, die sie besaß, vor allen möglichen Irren zu beschützen. »Es ist besser, wenn jemand anders sie sicher verwahrt«, sagte sie. »Ich weiß nicht genau, wo ich als Nächstes leben werde.« Sie wollte nicht, dass all ihre Schätze in die falschen Hände gerieten, wenn sie erneut in einer Zelle landete.

»Gehen Sie fort?« Jessica Plymmet verstand gern, worum es genau ging. Nur damit sie dafür sorgen konnte, dass alles seine Ordnung hatte.

Ruby blickte kurz zur Seite. »Es gibt da jemanden, den ich finden möchte«, sagte sie.

»In Übersee?«

»Möglicherweise.«

Jessica Plymmet nickte. Der jüngere Mr. Nye war in Übersee. Schon eine ganze Weile.

Ruby zog die Kordel des Samtsäckchens fest zu. »Sie werden meine letzte Zuflucht sein«, sagte sie zu Jessica Plymmet. »Nur für den Fall.«

»Für welchen Fall?«

»Katastrophen. Oder andere Notfälle.«

»Nun, ich nehme an …« Die jüngere Frau stockte. »Wenn Sie mir vertrauen.« Niemand hatte Jessica Plymmet je darum gebeten, ihre letzte Zuflucht zu sein. Noch ihre Rettung im Fall einer Katastrophe.

Ruby schob das Säckchen über den Tresen. »Der Juwelier hat notiert, was die Sachen jetzt wert sind. Verlangen Sie nie weniger. Wenn ich Geld brauche, rufe ich an und Sie können etwas davon verkaufen und mir dann das Geld schicken.«

»Aber warum nehmen Sie das Geld nicht gleich jetzt?«

»Geld kann sehr unzuverlässig sein«, erwiderte Ruby. »Eben noch hat man es. Im nächsten Moment ist es verschwunden.«

In den Taschen von Hilfskräften. Den Kitteln von Oberschwestern. Den Händen anderer Patientinnen, wenn man sich ihrer Annäherungsversuche nicht mehr erwehren kann. Harte Münzen, hart erarbeitet, genau wie in Rubys Jugend. Geld für einen Spaziergang im Hof. Für eine Extraportion Nachtisch. Oder für Rasierklingen, bereit für den Moment, wenn alles zu viel wird. Ein Schnitt ins Handgelenk, dann das Spritzen und Rinnen von Blut. Ruby hatte es versucht, mehrfach.

Indes …

Sie hatten sie jedes Mal gefunden, bevor es zu spät war. Hatten sie danach zu den anderen Frauen gesperrt, für die es seit langem zu spät war, die zwischen den Betten standen oder die Gänge auf und ab liefen, als könnten sie sich nicht erinnern, wie sie dorthin gekommen waren oder wohin sie als Nächstes wollten. Flüsterten in die Wände, um die Geheimnisse der anderen zu erfahren, so wie sie und Barbara in die Wände von St. Paul's hätten flüstern müssen, hätten sie einander wirklich hören wollen.

Trotzdem hatte Ruby dort gefunden, wonach sie seit ihrem achten Lebensjahr gesucht hatte.

»Mama?«

Genau wie Clementine behauptet hatte. Saß am Ende eines Bettes, am Ende eines langen Saals und sang ›Oh my darling‹, genau wie Clementine es Ruby erzählt hatte. Könnte Barbara es doch bloß sehen, dachte Ruby, dann wüsste sie, dass ich ihr die Wahrheit gesagt habe. Ihre Mutter, ihre richtige Mutter, die nur ein Anstaltskittel trug und deren Zehennägel sich zu den Fußsohlen einrollten, schaukelte und wiegte sich, während sie ihr Haar bürstete und bürstete.

Bevor man sie wegzerrte, saß auch Ruby bei Dorothea und sang mit ihr, hielt eine Hand ihrer Mutter in der eigenen, während sie mit der anderen Dorotheas Nachttischschublade durchsuchte. Eine Haarbürste mit beinernem Griff. Zwei Dollarscheine von nicht unbeträchtlichem Wert. Und eine uralte Fahrkarte nach Amerika. Das Gelobte Land, endlich.

Wenn Ruby etwas war, dann pragmatisch. Sie wusste, was das alles bedeutete. Ihre Mutter mochte am Leben sein. Aber sie war auch verrückt. Während Clementine in Übersee nur darauf wartete, dass ihre kleine Schwester sie suchen kam.

Jessica Plymmet nickte, als Ruby ihr den Schatz überreichte – ein Säckchen voll hart verdienter Edelsteine. »Ich kann Ihnen eine Arbeit besorgen, wenn Sie wollen«, sagte sie. »Und ein Bankkonto.« Ruby Walker könnte Hilfe brauchen, dachte sie, um zu heilen, was auch immer in ihr kaputt war. Vielleicht konnte Jessica Plymmet etwas dazu beitragen.

Aber Ruby schüttelte den Kopf. Sie wusste, dass die andere es im Grunde nicht verstand. Was nützte Ruby ein Konto, wenn sie schon ihr Leben lang auf der falschen Seite der Gleise lebte? Also ließ sie Jessica Plymmet stattdessen schwören.

Erzähl's niemandem.

Und bat sie, eine Quittung auszustellen. Auf einem Stück Papier, das gerade zur Hand war: *Rose & Sons, Juweliere von Rang und Namen.* Nur für alle Fälle.

»Könnten Sie hier Ihre Nummer aufschreiben, damit ich sie nicht vergesse?« Ruby zeigte unten auf das Papier.

»Selbstverständlich.« Und mit schnellen Strichen notierte Jessica Plymmet die Nummer der Anwaltskanzlei Nye & Sons.

»Aber woher weiß ich, dass Sie es wirklich sind?«, sagte sie. »Wenn Sie anrufen, meine ich.« Wenn Jessica Plymmet eines war, dann gründlich. Das gefiel Ruby.

»Wir haben ein Codewort.«

»Ein Codewort?«

»Ja.« Ruby lächelte. »Das wird unser Geheimnis.«

Jessica Plymmet errötete. Ein ansprechender Farbton. Sie hatte in ihrem Leben erst ein Geheimnis, und auch das hatte mit Ruby Walker zu tun. »Welches Wort möchten Sie benutzen?«

Ruby faltete die Quittung für die Juwelen und steckte sie in die Tasche ihres gestohlenen Mantels. »Clementine«, sagte sie.

Jessica Plymmet zögerte einen Augenblick und packte dann ihre Handtasche fester. »In Ordnung. Ich mach's.« Sie war mit der Akte Walker vertraut, die im Schreibtisch von Mr. Nye senior unter Verschluss lag. Genau wie mit allen anderen Geheimnissen von Mr. Nye senior, ob er es wusste oder nicht.

Ruby lächelte. »Und Sie werden es nicht Mr. Nye erzählen.«

Da zögerte Jessica Plymmet nicht. »Nein«, sagte sie. »Dazu besteht kein Grund.«

Erst kurz bevor sie gingen und sich draußen auf dem Gehweg verabschiedeten, bat Ruby um noch etwas. Eigentlich zweierlei, wenn man es genau nahm. »Es geht um meine Schwestern. Könnten Sie ihnen das hier geben, wenn der Augenblick passend erscheint?«

Zwei Umschläge, beide mit dem Stempel einer psychiatrischen Anstalt irgendwo weiter südlich. Einer bereits zugeklebt und an Barbara Walker gerichtet, flach und dünn, darin ein gefaltetes Stück Papier. Auf dem anderen stand in breiten Lettern *Clementine*.

»Ist Ihre ältere Schwester nicht …« Jessica Plymmet war

nicht sicher, wie sie es ausdrücken sollte. ›Tot‹ wirkte so endgültig, zumal Ruby gerade erst entlassen worden war.

»Nein«, sagte Ruby. Und sie löste die sternförmige Brosche von ihrem Revers, warf sie in den Umschlag, leckte ihn kurz an und klebte den unebenen Brief zu.

»Haben Sie beide Adressen?«, fragte Jessica Plymmet.

»Oh nein.« Ruby schüttelte den Kopf. »Aber vielleicht könnten Sie mir auch dabei helfen. Speziell bei meiner Schwester Barbara. Ich wüsste gern, wo sie lebt.«

Jessica Plymmet drehte kurz den Ring an ihrem Finger, so dass der Diamantsplitter nach innen zur Handfläche zeigte. »Ja«, sagte sie. »Warum nicht.« Letztlich war sie eine Frau der Mittel und Wege. In offiziellen Briefen war sie am besten. *Sehr geehrte Miss Penny …* Vielleicht traf er ja ins Ziel.

Ein paar Wochen später kam der Brief in Barbaras möblierter Bleibe an.

Sehr geehrte Miss Penny …

Noch keine ›Mrs.‹.

Sie öffnete ihn am Frühstückstisch, ohne Vorahnung, dass es etwas anderes sein könnte als ein unaufdringlicher dünner Umschlag. Barbara überflog den Inhalt, bevor sie ihn in die Krümel sinken ließ. Die Nachricht, auf die sie gewartet hatte, hatte sie schließlich aufgespürt.

Der Brief holte Barbara ein, als sie in einer Einzimmerwohnung in einem anderen Teil der Stadt lebte, ohne Nachsendeanschrift. Und doch war er da, unter all der anderen Post auf einem Tisch im Flur, ohne Hinweis darauf, dass er bei ihrer Berührung explodieren könnte. Sie hatte jetzt eine neue Stelle, obwohl sie nicht so viel verdiente wie bei ihrer letzten, und teilte sich immer noch ein Bad mit fußkalten Fliesen am Ende des Flurs. Doch genau wie alle ihre Schwestern, ob tot, sitzengelassen oder verschollen, war Barbara Penny fest entschlossen, alles so zu machen, wie sie es für richtig hielt. Oder gar nicht.

In dem Brief stand nicht das Gleiche wie in denen aus den Jahren zuvor. *Sehr geehrte Miss Penny ...* Aus Krankenhäusern oder Arrestzellen oder anderen Orten, wo man Verrückte sicher verwahrte ... *Ihre Schwester benötigt Ihre Hilfe.* Adresse durchgestrichen, umgeleitet, von einer möblierten Wohnung zur nächsten nachgesendet, bis sie sie wieder fanden. Dann in der Handtasche gelagert, bis sie sie irgendwann in kleine Stücke zerriss und in den Wind streute. Barbara konnte nie verstehen, wie Ruby die Leute immer dazu brachte, wo deren Aufgabe doch darin bestand, ihre Schwester wegzusperren. Menschen, die sich das Gehirn wegbrutzelten. Menschen, die sich die Pulsadern aufschlitzten. Menschen, die im Kopf Stimmen hörten. Barbara wusste, dass der Irrsinn bei ihr in der Familie lag – hatte Mrs. Penny das nicht immer gesagt? Trotzdem hielt sie an der Überzeugung fest, dass durch Rubys Venen am meisten Irrsinn strömte.

Auf die anderen Umschläge war stets ›Bitte nachsenden‹ oder ›Unbekannt verzogen‹ gekritzelt worden, ehe sie schließlich am Ziel anlangten. Und dann wusste Barbara, dass sie in Sicherheit war, zumindest noch für eine Weile. Doch dieser erreichte sie ohne Umwege, in einem Umschlag weiß wie Neuschnee mit nur einem einzigen Poststempel, unterschrieben von einer Jessica Plymmet auf Papier mit dem Briefkopf von Nye & Sons. Lange Beine. Knochige Knie. Und eine Hand an einer silbernen Schneide. Barbara begriff sofort, dass dieser Brief eine Bedrohung für alles Mögliche darstellte. Jessica Plymmet. Eine junge Frau, die sich gegen die Enttäuschungen ihres Alters bereits abgehärtet hatte, ganz wie Barbara selbst. Es gab nur noch einen Menschen, zu dem Barbara unter diesen Umständen gehen konnte.

An jenem Abend plärrten die Babys in Mrs. Pennys Wohnheim für gefallene Mädchen, als wollten sie nie mehr aufhören. Im gesamten Haus, von der Küche bis zum höchsten, entferntesten Stockwerk, kreischten und brüllten Kleinkinder jeder Größe und Gemütslage, als würden sie gleich platzen. Barbara saß da mit einer Tasse Tee in der Hand und dankte Gott oder wem auch immer, dass sie es geschafft hatte zu entkommen. Ihr gegenüber saß Tony am üblichen Platz mit einem Kind auf dem Knie. Sechseinhalb Jahre alt, oder so ungefähr, der Rock über ihre kleinen Knie hochgerutscht. Tony hielt die Kleine an der Taille fest und kitzelte sie unter den Achseln, so dass sie kicherte und ebenfalls kreischte.

»Und was, meinst du, soll ich da tun?« Mrs. Penny reihte für all die kleinen Bastarde oben Milchflaschen in Sterilisationstöpfen auf. »Ich will sie auch nicht sehen. Hat alles gestohlen, was ich hatte.«

Einen Fuchs mit mottenzerfressenem Kopf. Ein Foto von zwei toten Kindern. Eine Decke mit zerschlissenem Satinband am Saum. Barbara nippte an ihrer Tasse Tee. Unsere Sachen, dachte sie. Zumindest einiges davon.

Gegenüber, auf der anderen Seite am Ofen, hustete Tony und zwinkerte dem Kind zu, das von seinem Schoß gerutscht war und nun mit einer verbeulten und zerkratzten alten Teedose spielte.

»Was ist mit Mr. Nye?«, sagte Barbara. »Könnte er vielleicht etwas tun?«

Mrs. Penny hob den schweren Kessel und begann kochendes Wasser in die Töpfe zu füllen, um die Milch zu erhitzen. Sie gab dabei kleine Keucher von sich. Ihre Lungen hörten sich derzeit nicht gut an. Vielleicht strömte auch durch ihre Venen etwas Übles. »Mr. Nye hat vor Jahren seinen Teil getan, denkst du nicht?«, sagte sie.

Beide Frauen starrten auf das kleine Mädchen, das sich an Tonys Knie schlängelte und wand.

»Aber was dich angeht …« Etwas Milch tröpfelte von Mrs. Pennys Handgelenk, als sie die Temperatur prüfte. »Ich kann immer jemanden brauchen, der weiß, was harte Arbeit bedeutet.«

Barbara warf einen Blick zu Tony, der daraufhin den Kopf neigte und lüstern in ihre Richtung schielte. Sie schaute wieder auf die Flaschenreihen auf dem Küchentisch. Die Windeleimer, die neben der Waschküche auf ihre Reinigung warteten. Dann stand sie auf, stellte Tasse und Untertasse ab und gab dem Kind ein Zeichen, ihr zu folgen.

»Nein danke«, sagte sie.

Die Büroarbeit hatte Barbara verwöhnt. Unter keinen Umständen würde sie je wieder Eimer schleppen, um ihren Lebensunterhalt zu verdienen. Außerdem sah sie, wie Tony die kleinen Finger des Mädchens mit Blicken verschlang, als sie gingen.

Lauf, dachte sie da. Lauf.

Und genau das tat Barbara.

Nordwärts, immer weiter nordwärts, zu dunklen Himmeln und traurigen Männern in dreiteiligen Anzügen. Von einer Kanzlei-Empfehlung zur nächsten. Nordwärts, immer weiter nordwärts, zu Juniorpartnern, die bei ihr in der Küche saßen, und Teilhabern in ihrem Bett. Nordwärts, immer weiter nordwärts, zu Partnern, die sie zum Mittagessen lieber in zweifelhafte Hotels ausführten, als die Orte aufzusuchen, die sie ihr Zuhause zu nennen sich leisten konnte; wo sie buckelten und brüllten, genau wie beim ersten Mal, obwohl es nie zu dem Ergebnis führte, das sie sich erhoffte. Denn Barbara war innerlich vernarbt, das dachte sie seit jeher. Von Anfang an etwas Verdorbenes in ihrem Bauch, genau wie Mrs. Penny gesagt hatte.

Es war einer von Barbaras Anwaltsfreunden, der ihr letztes Umzugsziel vorschlug, als die Briefe aus dem Süden sie weiter verfolgten. »Schottland«, sagte er und zog seine Unterhose über zwei dünne Beine hoch. »Dahin fahre ich nächste Woche in Urlaub. Ganz anderes Land. Da handhaben sie alles anders.«

Barbara nahm nicht viel mit, als sie die Grenze von England in die kalte Welt des Nordens überquerte. Eine Putte mit abgebrochenem Arm. Ein Foto von zwei toten Kindern hinter kaltes Glas gepresst. Und ein kleines braunes Gemälde, auf mehr als eine Art schmutzig. Die einzigen Wurzeln, die Barbara blieben.

Sie überquerte die Grenze um Mitternacht, ein kleines Mädchen schlief schwer an ihrem Knie. Sie lächelte, als sie in die Dunkelheit verschwanden. Dies würde Barbaras neuentdecktes Land werden – ein Ort, wo niemand sie kommen sah, es sei denn, sie sah ihn zuerst.

Das Krankenhaus lag am Stadtrand. Eine weitere Peripherie, ein ganzes Stück vom Zentrum entfernt, diesmal keine Bäcker und Krämer, sondern Parkplätze und eine Hauptstraße, die geradewegs nach Süden führte. Genau wie im Leichenschauhaus näherte sich Margaret mit Vorsicht. Dies war ein Ort, wo Leben und Tod sich ständig aneinanderkuschelten. Sie konnte nicht sicher sein, was sie vorfinden würde.

Auch bei ihrer Mutter kuschelten sie schon: noch nicht tot, aber bewusstlos in einem Bett am Ende des Krankensaals. Auf einer Seite lehnte ein grauer NHS-Krückstock am Nachttisch. Auf der anderen hockte Mrs. Maclure.

Mrs. Maclure war so gebeugt und unaufdringlich wie beim letzten Mal, als Margaret sie nach der Beerdigung eines Menschen, den keine von beiden lebend gekannt hatte, draußen vor der Kapelle hatte stehen sehen. Nur dass sie diesmal auf einem orangefarbenen Plastikstuhl saß, neben einer bewusstlosen Barbara und einem kleinen Monitor, dessen blinkende Vitaldaten-Kurve zeigte, dass es noch Hoffnung gab. Margaret zog sich einen Stuhl heran und setzte sich auf die andere Seite von Barbaras Bett, unsicher, an wen sie sich wenden sollte. Ihre Mutter war außer Gefecht gesetzt. Und erst kürzlich hatte Margaret den Namen von Mrs. Maclure benutzt, um einen Betrug durchzuziehen. *Du sollst nicht stehlen. Du sollst nicht falsch Zeugnis reden.* Doch am Ende war es Mrs. Maclure, die ihr den Weg wies.

»War Ihr Abstecher nach London ergiebig?«, fragte sie mit einem minimalen Kopfneigen. Es war nicht das, was Margaret als erste Frage erwartet hätte.

»Ja, danke.« Es platzte heraus, noch ehe sie eine passende Lüge hervorzaubern konnte.

»Oh, gut.« Mrs. Maclure nickte. »So eine interessante Stadt, dieses London. Von allem etwas dabei. Aber das wissen Sie natürlich, da Sie … wie lange haben Sie da gelebt?«

»Dreißig Jahre.«

»Tatsächlich, so lange? Wenn man Ihre Mutter reden hört, meint man, Sie wären erst gestern in den Süden gegangen.«

Margaret zog ihren Mantel hoch auf den Schoß wie ein Schutz suchendes Kind. Ihr fiel darauf keinerlei Antwort ein.

Mrs. Maclure wippte ein Weilchen auf ihrem Stuhl. »Und war es eine gute Reise?«

»Ja«, sagte Margaret. »Sehr nützlich, danke.«

»Das habe ich gehört.«

Urkunden in Schwarz und Rot. Geburten, Eheschließungen und Tode. Ganz zu schweigen von einem ungenehmigten Spesenformular. Gab es etwas, das Mrs. Maclure nicht wusste, noch ehe Margaret es aussprach? Sie beschloss, das Thema zu wechseln – zurück zu dem dringenden Fall, der vor ihnen lag. »Wissen Sie, wo man sie gefunden hat?«

»Oh, irgendwo draußen.« Mrs. Maclure machte eine vage Handbewegung. »Unten in Leith, glaube ich, in einer Aufbahrungshalle.«

»Einer Aufbahrungshalle.«

Eine Leiche unter einem Tuch.

»Oder vielleicht in einer Kirche.« Mrs. Maclure verneigte sich kurz Richtung Barbara, als wollte auch sie ein kleines Gebet senden.

Margaret rutschte auf ihrem Sitz herum. Jedes Szenario klang plausibel. Schon seit sie mit einem gestohlenen Mantel und einer Flasche Rum auf Barbaras Türschwelle aufgekreuzt war, schien ihre Mutter besessen von der Vorstellung, der Tod könnte bei ihr anklopfen. Oder von der Möglichkeit, sich ewiges Leben zu sichern. »War schon ein Arzt oder eine Ärztin hier?«, fragte sie.

»Oh ja, Liebes.« Mrs. Maclure lächelte und entblößte ihre zwei langen Eckzähne. Eine Wölfin im Schafspelz. Oder auch eine Person, die wirklich wusste, wo die Leichen im Keller lagen, genau wie Barbara sagte. »Aber ich habe sie gebeten wiederzukommen, wenn Sie da sind.«

»Danke sehr.« Margaret fühlte sich plötzlich müde, die lange Nacht in dem langsamen Zug holte sie schließlich ein. Außerdem hatte Mrs. Maclure etwas Verunsicherndes an sich, als wüsste sie mehr über Margaret als sie selbst.

Plötzlich stand Mrs. Maclure auf und begann ihren Mantel zuzuknöpfen. »Wollen Sie gehen?«, fragte Margaret. Bei der Vorstellung, jetzt allein für ihre Mutter verantwortlich zu sein, legte Margarets Herz einen kurzen Galopp ein.

Mrs. Maclure wippte wieder. »Oh ja, Liebes.« Sie nahm ihre Handtasche und klemmte sie sich unter den Arm. »Ich denke, sie wird Sie sehen wollen, wenn sie aufwacht. Meinen Sie nicht?«

DCI Franklin hatte dasselbe gesagt, als sie Margaret ins Krankenhaus fuhr, wobei sie gleichzeitig blinkte, in den Rückspiegel sah und nervenaufreibend schnittig und rasant durch die schneebedeckten Straßen fegte. »Sie muss ein vertrautes Gesicht sehen, wenn sie wieder zu sich kommt.«

»Ja«, hatte Margaret erwidert und sich an den letzten Blick erinnert, den Barbara ihr zugeworfen hatte. Angst, oder etwas in der Art. »Hat man Ihnen gesagt, was passiert ist?«

»Nein«, sagte die Kommissarin, das Lenkrad mit ihren Lederhandschuhen fest im Griff. »Aber sie atmet noch. Das ist, was zählt.«

Während sie über zwei Ampeln rasten, die gerade von Gelb auf Rot umsprangen, fragte Margaret: »Woher wussten die, dass Sie bei mir sind?«

DCI Franklin hielt sich nicht damit auf, sie anzusehen. »Das hier ist Edinburgh«, sagte sie. Und selbst Margaret verstand, was sie meinte.

Mit Höchstgeschwindigkeit durch zwei Kreisverkehre und über einen Zebrastreifen, und auch die nächste Frage überraschte Margaret nicht. »Sie sind aus London, nicht wahr?« Janie hatten offensichtlich ganze Arbeit geleistet. »Was führt Sie her?«

»Oh, nur wegen … meiner Mutter. Sie ist inzwischen recht alt.« Man wusste nie, wann man eine Familie brauchen konnte, die einem die perfekte Ausrede lieferte.

Die Kommissarin warf einen raschen Blick in den Rückspiegel. »London«, sagte sie. Als wüsste sie, dass es dort eine Geschichte gab, die Margaret erzählen könnte. »Sehr interessante Stadt.«

Margaret hielt ihren Mantelkragen über den Pfoten des Fuchses geschlossen und hoffte, DCI Franklin bearbeitete sie nicht für eine Art Beichte über den wahren Grund, warum sie in den Norden geflohen war. »Danke«, sagte sie, »dass Sie mich hinfahren. Ich weiß, wie beschäftigt Sie sind.«

»Gern geschehen.« DCI Franklin gab Gas und überfuhr eine weitere gelbe Ampel. »Wenn Sie sonst noch etwas brauchen, fragen Sie einfach.«

»Da gäbe es noch etwas.« Wer wagt, gewinnt (und all das). Margaret warf einen Seitenblick auf die Kommissarin, die jetzt die Stirn runzelte, als wäre ein Gefallen bloß ein Gefallen, wohingegen zwei schon an Kungelei grenzten. »Haben Sie mich beschattet? In Ihrem Wagen, meine ich.«

Da lachte DCI Franklin verblüfft. »Sie beschattet?«, sagte sie und wandte sich Margaret zu. »Warum in aller Welt sollte ich das tun?«

»Schlaganfall«, erklärte die Fachärztin, als sie kam, um zu sehen, was zu tun war. Eine Frau in Margarets Alter, die schicke schwarze Schuhe mit flachen Absätzen trug – in jeder Hinsicht passend. Margaret schob ihre eigenen Füße unter den orangefarbenen Stuhl, als die Ärztin zunächst auf ihre Notizen schaute, dann auf Barbara und schließlich zu Margaret. »Sie hat offenbar einen Schock erlitten. Wobei es in ihrem Alter und bei ihrem Zustand jederzeit hätte passieren können.«

»Ihrem Zustand?«

Kurzatmigkeit. Probleme, sich in einen Sessel zu setzen oder daraus aufzustehen. Ein Stock als Gehhilfe. (Von ihrem Religionstick ganz zu schweigen). Es stellte sich heraus, dass es weder Faulheit noch Renitenz oder zu viel Rum war, was Barbara krank machte. Vielmehr war es ein Herzleiden.

»Sie wird gute Betreuung brauchen, falls …« Die Ärztin fummelte plötzlich an dem Stethoskop herum, das um ihren Hals hing. »Ich meine, wenn sie wieder zu sich kommt.«

»Stimmt.« Margaret starrte auf das Gesicht ihrer Mutter, eingesunken ins Kissen wie in die Satinpolsterung eines Sarges, der nur darauf wartete, zugenagelt zu werde. War's das jetzt also? Der Anfang vom Ende? Kein Geschlurfe und Geklecker in den Gängen eines Altenheims, sondern kurzerhand gefällt wie ein kranker Baum, keine weiteren Fragen.

Die Ärztin schrieb etwas auf ihr Klemmbrett. »Bis sie aufwacht, wird es noch dauern.«

»Wie lange?« Margaret wollte Gewissheit. Doch sie ahnte, dass es die, anders als bei ihrer toten Klientin, hier nicht geben würde.

»Schwer zu sagen.« Die Ärztin runzelte die Stirn. »Aber Sie können mit ihr reden, wenn Sie möchten. Erzählen Sie ihr eine Geschichte. Vielleicht wacht sie dann auf und erzählt Ihnen auch eine.«

Die Geschichte begann in London, als Margaret sich dazu durchrang, einen Mantel zurückzugeben. Draußen auf den Stufen vom Chelsea Old Town Hall and Register Office, mit einem Stapel Urkunden in der Hand. Geburten, Eheschließungen, Tode. Schon da hatte sich Margaret gefragt, ob es das war, was ihrer Mutter zugestoßen war: ein Damaskuserlebnis, wie eine Flamme in der Brust, die Barbara zu jeder Kirche getrieben hatte, die sie finden konnte. Anglikaner. Protestanten. Freunde. Der Glaube, dass alles passieren konnte – und vermutlich würde.

Die Vorstadtstraße lag ziemlich genau so da wie bei ihrem letzten Besuch an jenem kalten Silvesterabend. Still und von einem Ende bis zum anderen mit Autos zugeparkt, alles glitschig vom Spätjanuarregen. Auch das Haus war so solide und intakt wie drei Wochen zuvor. Keine verrammelten Fenster. Keine Rußflecken auf den Ziegeln. Nichts, nur dass im Wohnzimmerfenster neue Scheiben blinkten, ebenso in den Paneelen über der Tür – gold, grün und rot.

Margaret hielt sich nicht damit auf zu klingeln. Warum das Ärgernis vergrößern? Stattdessen ließ sie den Mantel als Bündel auf der Schwelle liegen, ein rotes Paket. Sie war über den Gartenweg schon fast entwischt, auf, auf und davon, zurück in den Norden, als jemand rief und ein Rechteck lockenden Lichts hinausfiel, als hätte drinnen jemand nur auf diese Gelegenheit gewartet. »Hallo!« Eine Frau mit mausgrauem Haar. »Ich habe gehofft, dass Sie kommen.« Rief Margaret zurück zum Schauplatz all dessen, was sie je falsch gemacht hatte. Und all dessen, was sie jetzt geradezubiegen versuchte.

Sie standen sich auf dem schmalen Gartenweg gegenüber, eine Frau erleuchtet vom Glanz des Familienheims, die andere tief im Schatten der Vergangenheit. Zwei Frauen, zwei Seiten einer Medaille, und nie würden beide zueinanderfinden. Wobei sie es natürlich doch getan hatten. Ein Leben, ausgebreitet auf einem kleinen fleckigen Tisch in Margarets Coffeeshop um die Ecke. Warum, hatte sie damals gedacht, reichte es bei ihr immer nur für zweite Wahl?

Die Seidenbluse der Frau schillerte im schwachen Licht, das aus der Haustür fiel. »Kommen Sie herein?«, fragte sie. Und kurz war Margaret in Versuchung. Dieser blutrote Teppich. Diese sonnengelben Wände. Doch dann schüttelte sie den Kopf. »Es tut mir leid«, sagte sie. Und so war es.

Wegen der Alarmanlagen, die alle gleichzeitig losgingen. Wegen des Gebrülls in Babyphonen und des Jaulens von Hunden. Wegen des Schrillens der Rauchmelder. Wegen des Aufschreis »Verdammte Scheiße!«, als die Flammen sich ausbreiteten, über den Teppich krochen, die Treppe hochsprangen und alles fraßen, was ihnen in den Weg kam – einen Mann mit Haar so dunkel wie nasser Schiefer und zwei silberhaarige Kinder, die sich in ihren Betten zusammenkauerten.

Indes …

Letzten Endes war auch das nicht so gelaufen, wie Margaret es sich vorgestellt hatte.

Ein Familienheim, dunkel und still – leer, wie sie hoffte. Ein terpentingetränkter Lappen, aus der Tasche geholt und weit durch den Briefschlitz geschoben. Ein Streichholz, fest an einer Schachtel angerissen und auch durch den Briefschlitz geworfen. Das Popp, als das eine das andere entzündete und sich eine blaue Flamme erhob. Margaret trat ein Stück zurück, wartete darauf, dass alles Feuer fing, froh, dass er alles verlieren würde, was er besaß, so wie sie alles verloren hatte. Brand-stiftung. Sachbeschädigung. Versuchte Körperverletzung. Das war keine Kleinigkeit. Aber vielleicht war es das, was er verdiente.

Dann schaute sie hoch.

Die zwei Gesichter starrten auf sie herunter wie kleine Satelliten hinter schwarzem Glas. Einen Augenblick schauten sie einander an – zwei silberhaarige Kinder und eine Frau, die ihre Mutter hätte sein sollen, es jedoch nie war. Schafdieb. Falschmünzer. Oder vielleicht eine Mörderin? Hatte ihre Mutter das nicht immer gesagt? Von Anfang an nichts als Verdruss.

Dann war sie auf den Knien auf dem gefrorenen Gartenweg, scharrte, scharrte, kratzte sämtlichen schmutzigen Schnee zusammen, den sie fand. Schaufelte eine Handvoll nach der anderen durch den Briefschlitz und hoffte das Beste. Bis der Lappen erstickt war, diesmal nicht in Terpentin, sondern in Sand und Matsch, harscher Erde aus den steinigen Blumen-beeten, bis blaue Flammen erstarben und nichts blieb als ein Zischen.

Als Margaret wieder hochsah, waren die zwei kleinen Gesichter verschwunden, und sie schnappte sich das Erst-beste, was ihr unterkam. Ein Ziegelstein, der verwaist auf dem Gartenweg lag, voller Wut gegen das große Wohnzim-merfenster geschmettert. Splitter von Holz, Metall und Glas flogen durch die Luft. Und drinnen brüllte jemand: »Ruf die Polizei!«

Als der Tumult losging, warf Margaret noch etwas ande-res, einfach weil sie es konnte. Eine von ihren Weihnachts-clementinen flog in einen Raum mit Wänden in der Farbe der

Sonne. Sie landete neben der Stelle, wo ein Mann aufgetaucht war, der wie betäubt in einem Meer von Glasscherben stand. Fröhliche Weihnachten, dachte sie im Weggehen. Und ein frohes neues Jahr.

Jetzt, da sie auf demselben Gartenweg stand, als wäre nichts Unbotmäßiges passiert, breitete die Frau die Arme in einer Geste aus, die der eines Priesters glich. »Alles gut gegangen«, sagte sie. Und beide wussten, was gemeint war. Selbst Margaret Penny wurde nun reingewaschen.

Margaret zeigte auf das Bündel auf der Türschwelle. »Den habe ich zurückgebracht. Sie haben ihn im Café vergessen.«

Über einen Stuhl gehängt neben einem kleinen fleckigen Tisch, auf dem das Leben ausgebreitet lag, von dem Margaret einst gedacht hatte, es könnte ihres sein.

»Wirklich, ich dachte …« Die Frau verstummte. Schien zu beschließen, dass Nachfragen nur auf einen Pfad führten, der besser unbeschritten blieb. »Nun …« Sie nahm den Mantel und entfaltete ihn. »Ich weiß sehr zu schätzen, dass Sie ihn die ganze Zeit aufbewahrt haben.«

Der gestohlene Mantel hatte die Farbe einer in italienischer Sonne gereiften Tomate. Margaret tat es leid, ihn zurückzulassen. Irgendwie hatte er ihr Glück gebracht.

»Ihrer ist schön«, sagte die Frau, als mache sie Smalltalk. »Wo haben Sie ihn her?«

»Oh, hier und dort.« Margaret fuhr mit der Hand über den Mantel, den sie trug, in der Farbe von Maulbeeren, die in einem Holzbottich schäumten, die Ärmelaufschläge abgewetzt. Mrs. Walkers Abschiedsgeschenk an die Frau, die sie wieder zum Leben erweckt hatte. Eine Art Schutzgeist.

Die Frau mit dem mausgrauen Haar streichelte ihren eigenen Mantel, der über ihrem Arm hing. Vielleicht eine Warnflagge. Gefahr. Betreten verboten. Margaret sagte ihr nichts von dem Foto, das in der Tasche versteckt war. Zwei silberhaarige, grinsende Kinder in knittrigem Technicolor. Endlich daheim.

»Tja, also, ich sollte dann mal …« Margaret zeigte auf die dunkle Straße, in der sich große Wagen reihten. Sie glitzerten im Regen, zwinkerten Margaret zu, als hätten sie eine Botschaft für sie. Sie wandte sich noch einmal um. »Sie haben nicht zufällig ein schwarzes Auto, oder?«

Die Frau runzelte die Stirn. »Nein.« Als müsste Margaret alles über das Leben dieser Frau wissen, zöge es jedoch vor, nicht hinzusehen.

»Oh.« Margaret wusste nicht, ob sie enttäuscht oder erleichtert sein sollte. Dann also keine Verfolgung aus dem Süden. Kein Mann mit Haar so dunkel wie Schiefer im Regen, der ihr folgte, um sie anzuflehen oder zu beschuldigen. Dann war es wirklich vorbei. Genau hier und genau jetzt. Erlösung, auf eine Art. »Na dann, auf Wiedersehen.« Margaret wandte sich zum Gehen.

»Oh, warten Sie.« Die Frau verschwand plötzlich im Haus.

Margaret wartete in dem Rechteck aus warmem Licht, unsicher, ob sie hinterhergehen oder sich davonmachen sollte. Es war möglich, wusste sie, dass zwei silberhaarige Kinder zusahen. Vielleicht sogar ein Ehemann, der sich irgendwo in die Schatten drückte. Aber letztlich dauerte es nur einen Augenblick, bis die Frau wieder auftauchte, diesmal mit einem großen Karton in der Hand.

»Hätten Sie die gern?« Die Frau hielt Margaret den Karton entgegen. »Ich habe gehört, Sie könnten vielleicht eine gebrauchen.«

Margaret streckte die Hände aus und nahm den Karton entgegen, nicht sicher, was sie darin erwartete. Vielleicht ein

Ersatzmantel. Oder eine Bombe, um sie endgültig aus der Welt zu schaffen.

»Ich habe sie auf einer Müllkippe am Ende der Straße gefunden«, fuhr die Frau fort. »Aber sie ist praktisch nagelneu.« Margaret starrte auf die Stelle, wo die beiden Kartondeckel sich überlappten. Die Frau schloss die Tür zu ihrem Familienheim. »Es ist eine Saftpresse«, sagte sie.

Auf dem Schränkchen neben Barbaras Krankenhausbett hingen die winzigen grün-weißen Blüten eines Straußes über den Rand eines NHS-Plastikbechers. Eine unerlaubte Gabe von Mrs. Maclure, dagelassen, um Barbara aufzuheitern. Wie kam es, fragte sich Margaret, dass manche Menschen es schafften, immer alle Regeln zu umgehen?

In dem Schränkchen, zusammengeknüllt in einem gelben Plastiksack wie ein Wirrwarr aus Gedärm, lagen die Sachen, die Barbara bei ihrer Einlieferung getragen hatte. Eine große Unterhose, ein riesiger BH, eine Hose mit Elastikbund und ein Polyesteroberteil, in das Margaret zweimal hineingepasst hätte. Margaret ging die Kleidung ihrer Mutter Stück für Stück durch und dachte an die Sachen, die sie erst vor ein paar Tagen der Kommode einer anderen Frau entnommen hatte. Eine alte Dame mit nichts als Eis auf der Innenseite ihres Badezimmerfensters, die andere mit abwischbaren Jalousien. Zwei Seiten einer Medaille, und nie würden beide zueinanderfinden. Doch Margaret erkannte allmählich, als welche sie lieber enden würde.

Sie legte die Kleidung ihrer Mutter auf einen Stapel und fügte hinzu, was sie auf dem Weg hierher noch abgeholt hatte, darauf hatte sie DCI Franklin gegenüber bestanden. Ein zerknittertes Nachthemd, das einmal rosa gewesen war. Eine Lesebrille. Die Fernsehzeitung. Und eine halbvolle Flasche Rum von unter der Küchenspüle. Notfallreserven, falls Barbara je wieder auflebte.

Am Boden des Nachtschränkchens stand Barbaras riesige Handtasche, unerschütterlich wie ein Denkmal für die Toten. Margaret hievte sie auf ihren Schoß und öffnete den Verschluss, *klapp-klipp*, um nachzusehen, ob sie etwas Wichtiges enthielt, das ihre Mutter vielleicht brauchte. Sei stets gewappnet. Sagte Barbara das nicht immer? Auch wenn Margaret im Moment nicht darüber nachdenken mochte, wofür genau sie sich wappnen musste. Wenn sie bisher je in Barbaras Tasche geschaut hatte, dann nur, um an ihr Portemonnaie heranzukommen – ein Fünf-Pfund-Schein hier, ein paar Pfundmünzen dort, genug für ein heißes Würstchen im Schlafrock oder eine Flasche billigen Wein. Sie hatte noch nie in dem gewühlt, was sich als die letzten Relikte des Lebens ihrer Mutter erweisen könnte.

Ein Taschentuch, gebügelt und gefaltet.

Lippenstift, verbraucht bis auf einen braunen Stummel.

Haustürschlüssel.

Ein Schildpattkamm.

Und ganz unten, versteckt zwischen dem Müll eines Lebens, ein Foto von zwei toten schlafenden Kindern, endlich zurück am Licht.

Ein Krankenpfleger ratterte mit einem Gerätewagen vorbei. »Wollen Sie Ihre Mutter kämmen?«, fragte er und nickte in Richtung des weggelegten Kamms auf dem Bett.

Margaret blickte auf den Kamm, dann zu ihrer Mutter, deren Haar so schütter war, als wäre sie das Opfer eines schrecklichen Strahlenunfalls. Vielleicht erklärte das, warum Barbara sich jeder Kirche im Umkreis angeschlossen hatte. Krebs. Streifte durch ihren Körper wie ein böser Geist, bahnte sich tanzend seinen Weg durchs filigrane Muster ihrer Knochen.

Die feinen Strähnen von Barbaras Haar erinnerten sie an den Inhalt des Umschlags, den sie Janie gegeben hatte. Weitere Relikte aus der Vergangenheit, einst verloren, nun wiedergefunden. Blond. Mausgrau. Dunkel. Sie versuchte sich zu entsinnen, welche Haarfarbe ihre Mutter gehabt hatte, als sie beide jung waren. Braun vielleicht, möglicherweise heller. Doch sie wusste es nicht mehr. Ihre Mutter war einfach ihre Mutter gewesen und niemand, der Aufmerksamkeit verdiente, bis es zu spät war.

Margaret streckte die Hand aus und legte sie über Barbaras, die auf den blauen Falten der Krankenhausdecke ruhte. Sie war überrascht, wie gut sie passten, wie zwei Silberlöffel, die Wölbung des einen in der des anderen. Wovon träumte ihre Mutter, wie sie da so zugedeckt im Krankenhausbett lag? Von einer Putte mit fehlendem Arm? Einer Rumpelkammer voller Krempel? Einer alten Wohnung in Edinburgh, wo man die ganze Zeit nur schreiende Babys durch die Wände hörte? Oder von einer Paranuss mit den Zehn Geboten eingeritzt?

Du sollst nicht.

Neben dem Bett änderte der Monitor sein kleines Signal – Herz, Herz, Herz –, als Margaret ihrer Mutter Mrs. Walkers Paranuss aus der Hand nahm. Die Nuss war warm. Das Versprechen auf neues Leben vielleicht. Oder eine Geschichte, die noch erzählt gehörte. Margaret legte ihre Wange an Barbaras Mund, Haut an Lippe, und lauschte auf die Atmung ihrer Mutter, während ihr Herz raste wegen allem, was Barbara ihr nie erzählt hatte, und allem, wonach Margaret gedankenlos nie gefragt hatte.

Einen Moment lang hörte sie gar nichts, und ihr Herz überschlug sich und stand still, als sie den Gedanken einfing, der durch ihr Hirn sprang: *Das könnte es gewesen sein.* Dann setzte ihr Herzschlag mit zügigem Rhythmus wieder ein. Denn da war es, schwach wie ein Flüstern, wie ein einmal im Kreis geschicktes Geheimnis. Barbara atmete noch. War es nicht das, was zählte, genau wie DCI Franklin gesagt hatte?

1963

Es war spät an einem heißen Sommernachmittag, als Barbara Penny eine Londoner Klinik betrat, um zu sehen, was es zu sehen gab.

»Penny, Ruby«, sagte die diensthabende Krankenschwester an der Rezeption. »Zimmernummer vierundzwanzig.«

»Vielen Dank«, sagte Barbara, Hut auf, Handschuhe an, Handtasche mit dickem goldenem Verschluss. Dann ging sie stattdessen geradewegs zu einem anderen Raum ganz oben im Gebäude.

Am Ende eines langen Korridors im höchsten, entferntesten Stockwerk äugte Barbara durch eine Glaswand, hinter der Reihe um Reihe Gitterbettchen nebeneinanderstanden. Einhundert Babys (oder so ungefähr) starrten allesamt zurück.

»Welches ist Ihres, Liebes?« Eine Krankenschwester in praktischer weißer Uniform erschien an ihrer Seite.

»Penny«, erwiderte Barbara und blickte versonnen auf die winzigen Gesichter.

Die Krankenschwester verschwand und tauchte einen Augenblick später wieder auf, diesmal hinter dem Glas. Sie ging die Reihen auf und ab und schaute in jedes Gitterbett, bis sie neben einem stehen blieb und hineingriff. Ein Bündel. Eine kleine Hand, die über dem Anstaltstuch winkte. Die Krankenschwester hielt das Baby so, dass Barbara es sehen konnte. Um sein Fußgelenk war ein enges Plastikband, auf dem mittig in winziger Handschrift etwas stand. Barbara konnte die Schrift durch das Glas nicht lesen, doch sie wusste, was darauf stand. *Baby Penny.* So viel zu den Walker-Wurzeln.

Das Baby war weder hübsch noch niedlich. Das Gesicht

rund wie ein Schweinchen, rot und verzerrt. Die Augen nicht erstaunlich, sondern eine Allerweltsfarbe. Die Krankenschwester rüttelte das zerknitterte Kind in ihrem Arm und hob ein Ärmchen, um Barbara durch das Glas zuzuwinken. Barbara lächelte und berührte die Abtrennung mit der Fingerspitze. Das Baby war perfekt. Es war wie sie.

Eine halbe Stunde später, ein Stockwerk tiefer auf dem Flur vor Rubys Zimmer, saß Barbara auf einem Stuhl, während ein Arzt, groß in seinem weißen Kittel, ihr die Informationen gab, von denen er annahm, dass sie sie haben wollte.

»Hat viel Blut verloren. Ein ziemlicher Alptraum, unter uns gesagt. Waren Sie bei ihr, als es losging?«

»Nein«, sagte Barbara.

»In ein paar Tagen, eventuell einer Woche, sollte es ihr aber besser gehen.« Der Arzt warf einen Blick auf die Tabelle an seinem Klemmbrett. »Im Moment bekommen wir nichts Zusammenhängendes aus ihr heraus. Hatte sie dieses Problem schon mal?«

»Ja«, sagte Barbara, die Handtasche auf den Knien.

»Sie fragt immer wieder nach jemandem namens Clementine. Wissen Sie, wer das ist?«

»Nein«, sagte Barbara, die Füße flach auf dem gewienerten Linoleum.

»Tja.« Der Arzt klappte seine Tabelle zu. »Kommen Sie morgen um dieselbe Zeit wieder, und dann sehen wir weiter.«

Barbara stand auf. »Was ist mit dem Baby?«

»Ach ja.« Der Arzt lächelte. »Es geht ihr gut. Niedlich. Überhaupt keine Probleme.«

Zwei Tage später, und Ruby hatte sich immer noch nicht aus dem Bett erhoben, wo sie sich schwitzend zwischen zerwühlten Krankenhauslaken krümmte. Der Arzt wirkte beunruhigter als vorher. »Wir haben sie dabei erwischt, dass sie aufzustehen versuchte«, sagte er. »Mussten sie sedieren. Sind in Ihrer Familie solche Probleme schon mal vorgekommen?«

»Ja«, sagte Barbara.

Der Arzt nickte, als ob ihm das alles sagte, was er wissen musste. »Wir setzen die Medikamententherapie fort. Ziehen sie ein Weilchen aus dem Verkehr.« Er hatte immer noch sein Klemmbrett unter dem Arm. »Sie braucht Ruhe, das arme Ding. Zeit, sich zu erholen.«

Am vierten Tag entdeckte Barbara einen schlaksigen jungen Mann, der auf der falschen Seite der Glasabtrennung stand. Er hielt eins der hundert Babys im Arm, und obwohl Barbara das kleine Plastikschild nicht sehen konnte, wusste sie sofort, welches Kind es war. Eine klamme Pension, Gardinen mit kleinen blauen Blumen und eine Zukunft, die sich Barbara immer gewünscht hatte, ohne sie je ergattern zu können. Nye junior. Auch er kam, um zu sehen, was es zu holen gab.

Unbeachtet in ihrem zweckmäßigen Mantel und Handschuhen sah Barbara zu, wie William Nye junior seinen Kopf zu Baby Pennys Gesicht neigte. Das Baby starrte ihn mit großen Augen an, die kleinen Glieder fest eingepuckt. Zwischen Barbaras Beinen drückte eine Binde heiß und dick gegen ihre Oberschenkel. Diesmal war sie entschlossen, sich zu nehmen, was immer sich bot, bevor jemand ihr zuvorkam.

Sie trafen sich auf der vorschriftsmäßigen Seite der Glaswand, während Baby Penny zurück in ihr Gitterbett gelegt wurde. »Oh, hallo.« Nye junior stand vor Barbara, Röte schoss ihm ins Gesicht. »Mit dir habe ich gar nicht gerechnet.«

»Nein«, sagte Barbara, die Hände kühl in den Handschuhen. »Ich mit dir auch nicht.«

Der Blick von William junior jagte durch den Flur, als suchte er nach einem Fluchtweg. »Ich bin auch nicht mehr lange hier.« Er hob kurz einen Finger an die Stirn. »Bald geht es nach Übersee.«

Unter ihrem Pullover mit passendem Rock fiel Barbaras Herz kurz in Galopp. »Übersee?«

»Ja. Ein Abenteuer.« Der junge Mann stieß ein Gurgeln aus, ein bei der Geburt erdrosseltes Lachen. »So nennt es mein Vater.«

»Oh.« Hitze prickelte über Barbaras Haut, wo sich einst die Finger eines Mannes in ihren Arm gedrückt hatten. Sie packte ihre Handtasche fester. *Sei stets gewappnet.* Hatte ihr Mrs. Penny das nicht beigebracht? »Wohin gehst du?«, fragte sie.

»Weiß nicht genau.« Der junge Mann schwitzte jetzt über die ganze Oberlippe. »Mein Vater hat das alles in die Wege geleitet. Aber vorher muss ich noch ein paar Dinge regeln.« Nye junior wandte kurz den Kopf, um durch die Glasabtrennung zu schauen, einhundert Babys starrten zurück.

»Was für Dinge?«

»Oh, dies und das. Gepäck und so weiter.« William junior hielt sich eine Hand vor den Mund, als wollte er die Lüge im selben Moment unterdrücken, in dem sie entschlüpfte. Doch Barbara konnte sie an der Farbe ablesen, die in seinem Nacken brannte. Er gedachte das Baby mitzunehmen. Ob es seinem Vater passte oder nicht.

Ihr Herz unter dem Twinset schlug schneller denn je. »Wirst du lange fort sein?«

William junior schob sich das Haar aus dem Gesicht. »Ach, ich glaube nicht. Ein paar Monate. Vielleicht ein Jahr.«

»Gut.« Aber Barbara wusste bereits, es würde lebenslänglich sein. Kopf: ab nach Norden, Zahl: woandershin. In ein Land, wo die Autos so groß waren wie Schiffe und die Küchen Böden hatten, in denen man sein Gesicht spiegeln konnte. Nimm mich mit, dachte sie ganz plötzlich. Über alle Berge und ganz

371

weit weg. Irgendwohin, wo wir von vorn anfangen können. Doch als Nye junior sich zum Gehen wandte, wusste sie, dass er das nicht tun würde. Denn etwas war von Anfang an zwischen sie geraten. Hatte auf diesen Gardinen getanzt. War über die Tapete getanzt und über den schmalen Bettrahmen. Wenn schon Barbara Ruby nicht vergessen konnte, wie sollte es jemand anders schaffen?

Gleich am nächsten Tag, keine Zeit zu vergeuden, saß Barbara in einer Seitengasse der Ironmonger Lane in einem Büro vor einem Mahagonischreibtisch. Ihr gegenüber saß eine junge Frau mit knochigen Knien hinter drei großen Telefonen. Keine von beiden sprach ein Wort. Im Dämmerlicht zwinkerte ihr ein ausgestopftes Wiesel vom Kaminsims zu. Durch die Wand ertönte eine Klingel. Die junge Frau hustete, »Mr. Nye senior empfängt Sie jetzt«, und griff hinter sich, um eine Tür zu öffnen, die aus Büchern bestand.

Im Büro von Mr. Nye senior saß Barbara auf einem sehr geradlehnigen Stuhl, während der Schwiegervater, den sie nie haben würde, sie beriet, was sie als Nächstes tun musste. »Es ist nicht schwierig, meine Liebe. Wurde schon oft gemacht.«

»Tatsächlich?«, sagte Barbara. Obwohl sie sich in einer Anwaltskanzlei abrackerte, erkannte sie, dass Mrs. Penny recht gehabt hatte: Barbara wusste nichts vom wahren Leben. Doch sie war entschlossen, dahinterzukommen.

»Oh ja, meine Liebe.« Mr. Nye blickte auf eine Aktenmappe, die von einer rosafarbenen Schleife zusammengehalten wurde. Ein Einweisungsformular. Adoptionsurkunden. Die Verkaufsurkunde für ein Haus. Eine Familie verwandelt in eine andere, alles hieb- und stichfest, wie es sich gehörte.

»Ich habe überhaupt kein Geld«, sagte Barbara und rutschte auf dem unbequemen Stuhl herum.

»Keine Sorge, meine Liebe«, sagte Mr. Nye senior. »Ich bin sicher, wir werden uns schon einig.« Er richtete sich auf der Schreibtischkante auf, wo er direkt vor Barbara lehnte, ein Bein elegant über das andere geschlagen.

»Und zwar wie?« Barbara hatte es abgelehnt, ihren Mantel auszuziehen. Sie wusste von Ruby, wohin das führen konnte.

Mr. Nye senior schaute auf seine Wand, wo tausend nackte Frauen seinen Blick erwiderten. »Ich glaube, Ihre Schwester besitzt ein Bild.«

Ruby mit gespreizten Beinen. Ruby auf eine Chaiselongue drapiert. Barbara rümpfte leicht die Nase. »Das kleine braune Ding? Ist es viel wert?«

»Oh nein, meine Liebe.« Mr. Nye senior rückte an der Kante seines Schreibtischs noch dichter an Barbara heran. »Das kann ich mir nicht vorstellen. Der Wert ist rein ideell.«

»Kann sein, dass ich es gesehen habe«, sagte Barbara, ihr Blick glitt zu der Lücke an Mr. Nyes Wand. »Aber ich muss das prüfen.«

»Selbstverständlich, meine Liebe. Keine Eile.« Mr. Nye senior beugte sich vor und berührte sie einen Moment an der Schulter, so wie er einst ihren Arm berührt hatte. Barbara spürte, wie ihre Haut zu prickeln begann. »Aber als Erstes müssen wir uns um die Papiere kümmern. Danach sehen wir weiter.«

Tags darauf meldete Barbara auf Anraten von Mr. Nye senior die Geburt als ihre eigene an. Regel Nummer 3 – keine unnötigen Überraschungen. Dabei hatte Barbara schon als Kind immer gedacht: Ist das nicht das Eigentliche an einer Überraschung?

Das Chelsea Old Town Hall and Register Office war denn auch kein Ort für Überraschungen, sondern schlicht einer, wo

Dinge erledigt wurden. Barbara traf kurz vor Ende der Öffnungszeit ein, mit allen Dokumenten, die sie möglicherweise benötigen würde. Ihre Geburtsurkunde. Ihr Wohnsitznachweis. Und ein Anwaltsbrief, für alle Fälle.

»Wie heißen Sie?«, fragte die Frau hinter dem Schreibtisch.

»Barbara Penny.«

»Und Sie sind die Mutter.« Es war keine Frage, also antwortete Barbara nicht. »Und welchen Namen möchten Sie?« Die Frau schrieb, so schnell sie konnte, da der Feierabend nahte.

Einen Augenblick war Barbara verwirrt. »Wie bitte?« Sie hatte doch schon einen Namen, wozu sollte sie einen weiteren brauchen?

»Für das Baby.« Der Stift der Frau schwebte über dem Personenstandsbuch, das in jeder Hinsicht unantastbar sein würde, sobald alles bis aufs i-Tüpfelchen ausgefüllt war.

»Ach ja.« Das hatte sich Barbara auch schon gefragt. Da wäre natürlich Clementine, Rubys erste Wahl. Aber warum ein Baby nach jemandem nennen, der unwiederbringlich verloren war? Und Dorothea wirkte so altbacken, abgesehen davon, dass er bereits von einem Geist besetzt war. Blieb nur Mrs. Penny. Doch Barbara war nicht einmal sicher, ob sie Mrs. Pennys Vornamen je gekannt hatte. Wie nannte man ein Kind, wenn die ganze restliche Familie fort oder tot war?

Die Frau vor ihr hustete und Barbara schaute auf. Neben der Frau stand eine Handtasche, die der von Barbara sehr ähnelte. Daneben ein Paar Handschuhe, die ebenfalls Barbaras ähnelten.

»Wie heißen Sie?«, fragte Barbara.

»Margaret.« Die Frau schniefte.

Margaret, dachte Barbara. Das geht.

»Es wird nicht für lange sein.« Das sagte der Arzt, während er hinter seinem Schreibtisch saß und Barbara vor ihm. »Ein oder zwei Monate, vielleicht sechs. Wir können es in regelmäßigen Abständen überprüfen. Schauen, was Sie dazu denken.«

»Ja.« Barbara nickte. Sie verstand genau, was er meinte.

»Es gibt keinen Grund zur Beunruhigung. Wir haben heutzutage allerhand neue Therapien. Neue Medikamente.«

»Ja.« Barbara trug nach wie vor ihren Hut.

»Liegt in der Familie, wie ich gehört habe.« Der Arzt streckte eine Hand aus und drückte sie auf eine dicke Mappe, auf der der Name *Walker* stand. »Ihr Anwalt hat es erwähnt. Allerdings trifft es nicht jeden.« Er neigte seinen Kopf in Barbaras Richtung und sie antwortete mit einem bestätigenden Nicken.

»Sie nehmen natürlich das Baby.« Auch das war keine Frage. »Ist unter diesen Umständen vermutlich das Beste.« Barbara wartete, während der Arzt sich etwas notierte. Dann schob er ein Blatt Papier auf ihre Seite des Schreibtischs. »Hier haben wir das Einweisungsformular. Jetzt brauchen wir nur noch Ihre Unterschrift.«

Als Barbara Ruby zum letzten Mal besuchte, brachte sie einen Koffer mit, der alles enthielt, was ihre Schwester benötigen könnte. Er hatte einmal Mrs. Penny gehört, bevor Ruby auch ihn gestohlen hatte.

Barbara legte den Koffer ans Fußende von Rubys Bett, während ihre Schwester, nach wie vor im Krankenhauskittel, auf einem Stuhl daneben saß. Rubys Körper war zusammengesunken, am Hals abgeknickt. Auf ihren Wangen lagen dunkle gebogene Wimpern, als wäre sie wieder acht Jahre alt. Sie atmete flach und schnell und ihre Haut hatte einen geisterhaften Blauschimmer wie Muttermilch. Ihre Augen waren halb geschlossen, Adern zogen sich über die blassvioletten Lider.

Barbara drückte ihre Daumen auf die Metallverschlüsse des Koffers. *Klack-klick* und das war's. Öffnete den Deckel.

Ein Unterkleid.

Ein Rock.

Ein Pullover, an den Ellbogen abgewetzt.

Ein Teelöffel mit einem ans Ende gelöteten winzigen Apostel.

Und ein altes grünes Kleid.

Es war nicht viel, aber Barbara wusste, dass Ruby immer mit wenig Gepäck reiste. Sie nahm jedes Stück einzeln aus dem Koffer und legte sie eins nach dem anderen in die Schublade. Dann schloss sie den Koffer. *Klick-klack.* Das war's.

»Hilf mir, Barbara.«

Barbara drehte sich in die Richtung, wo Ruby auf ihrem Stuhl saß. Rubys Körper mochte ruhiggestellt sein, doch ihr Mund funktionierte offenbar noch.

»Hilf mir bitte.«

Rubys Finger öffneten sich locker in ihrem Schoß. In ihrer Hand war eine Paranuss, zerkratzt und abgegriffen. Barbara ging hin und nahm Ruby die Paranuss aus der Hand.

Du sollst nicht töten.

Du sollst nicht ehebrechen.

Du sollst nicht stehlen.

»Da bist du ja«, murmelte Barbara. »Ich habe mich schon gefragt, wo du abgeblieben bist.« Sie drehte die Nuss in ihrer Hand und legte sie dann auf den Nachttisch. »Die wollte ich immer haben«, sagte sie. »Aber ich glaube, du brauchst sie jetzt mehr als ich.«

Es klopfte an der Tür und herein kam eine Oberschwester, die eine Spritze in einer Metallschale trug. Hinter ihr kam eine Krankenschwester, die ein in eine Krankenhausdecke gewickeltes Baby trug. Und hinter der Krankenschwester ein Mann, der eine Kamera trug und einen der Knöpfe an seinem schwarzen Stutzer zwirbelte. *W. H. SYMMONS & Co. Est. London 1933.* Die nächste Generation.

»Und, sind wir so weit?« Die Oberschwester stellte die Metallschale auf einen Tisch neben dem Bett.

»Ja«, sagte Barbara.

»Hilf mir, Barbara.«

»Na, na, Liebes.« Die Oberschwester ging zu Ruby und legte ihr fest die Hand auf den Arm. »Ihre Schwester hat Ihre Sachen gebracht.«

»Sie muss sich etwas aufrechter hinsetzen«, sagte der Fotograf und friemelte an der Kamera herum. Es war ein junger Mann, entschlossen, die Firma seines Vaters von Aufträgen wie diesem unabhängig zu machen.

»Wir machen immer gern ein Foto, nur für alle Fälle.« Die Oberschwester richtete Rubys Kittel, damit er so viel von ihren nackten Beinen bedeckte wie möglich.

Barbara brauchte nicht zu fragen, welche Fälle gemeint waren. Eine Menge Babys verließen dieses Krankenhaus ohne die Frauen, die sie ursprünglich mitgebracht hatten.

Die Oberschwester versuchte, Rubys Haar glattzustreichen und sie in eine aufrechtere Haltung zu bringen. »Kommen Sie, Liebes. Sie sollen doch hübsch aussehen.« Aber Ruby rollte nur ihren Kopf zur Seite und das Haar fiel wirr über die Schatten ihres Gesichts.

Barbara stand hinten im Türrahmen, als der Fotograf sich in Stellung brachte. »Gut, erst nur sie allein und dann eins mit dem Baby.« Und er hob die Kamera vors Gesicht.

»Warten Sie!« Barbara preschte plötzlich vor, mit ausgestreckter Hand berührte sie den Fotografen an der Schulter, damit er innehielt.

»Ja, Liebes?« Die Oberschwester runzelte die Stirn. Sie war erpicht darauf weiterzumachen. Ruby Penny hatte dieses Krankenhaus schon viel zu viel Zeit gekostet. Sie freute sich darauf, diese spezielle Patientin endlich loszuwerden.

In Barbaras Hand lag eine kleine Brosche, fünf Zacken und ein roter Tropfen als Herzstück. »Darf sie die bitte tragen? Sie hatte sie als Kind. Es wird sie daran erinnern.«

Die Oberschwester nahm die Brosche. »Da spricht nichts dagegen.« Sie ging zum Stuhl und steckte die Brosche an Rubys Kittel, über dem Brustbein. »So. Hübsch.« Sie tätschelte die Brosche.

Auf der anderen Seite des Raums wand sich das Baby in den Armen der Krankenschwester und stieß einen kleinen Schrei aus. Für einen Moment hob Ruby verwirrt den Kopf.

»Bitte lächeln.«

Und der Fotograf drückte auf den Auslöser.

Doch wer beim nächsten Drücken des Auslösers lächelte, war Barbara, während sie das Kind in die Höhe hielt, damit die ganze Welt es sehen konnte. Denn das Baby war nicht hübsch. Seine Augen waren nicht erstaunlich. Es war gewöhnlich, genau wie seine Tante.

In jener Nacht wachte Barbara um kurz nach zwölf auf und wusste, dass es geschafft war. Auf die eine oder andere Weise hatte Ruby immer ein Loch in der Welt hinterlassen, war gegangen, ohne sich zu verabschieden. Nun aus ihrem Krankenhausbett geholt und in ein wesentlich weiter entferntes verbracht. *Lumpenpack sieht man am liebsten von hinten.* Hatte Mrs. Penny das nicht immer gesagt?

Außerhalb des mit einem Vorhang abgeteilten Alkovens schrie ein Baby, sein kleines Geheul drang durch die Nacht. Barbara lag still da, hörte zu und fragte sich, ob es auch

Bescheid wusste. Nach ein paar Minuten glitt sie aus dem Bett und stand kurz mitten im kalten Zimmer, bevor sie hinüberging, um auf das Baby hinunterzublicken, das zugedeckt in einer Schublade lag. Die Bäckchen des Babys waren flammend rot. Die Stirn kraus. Sein Mund ein großes dunkles *O*.

Barbara beugte sich hinab, um das Baby hochzunehmen. Sie hielt es im Arm und spürte, wie die Wärme des kleinen Körpers in ihren eigenen sickerte, nichts zwischen ihnen außer einer dünnen Schicht fremder Gene. Einen Augenblick stand sie dort in der Dunkelheit, unsicher, wie sie es angehen sollte. Dann, als das Baby weiter schrie, begann sie sich zu wiegen, barfuß auf dem dünnen Teppich, das Nachthemd fast bis zu den Zehen. »Na, na«, sagte sie und vergrub ihre Nase in der heißen Haut des Babys. »Nicht weinen. Ich bin jetzt deine Mutter.«

TEIL FÜNF

Sechs blankgelutschte
Mandarinenkerne

THE SCOTSMAN

Februar 2011

BESTATTUNGEN

Die Bestattung von Clementine Amelia Walker, verstorben in Edinburgh, vormals wohnhaft in London, findet am Mittwoch, den 8. Februar 2011 um 14:15 Uhr in der Small Chapel, Mortonhall statt. Alle sind willkommen. Nehmen Sie mit uns Abschied von unserer Schwester Clementine, einst lebendig, nun tot. Auch Blumen sind willkommen.

As I went down the river to pray
Studying about that good ol' way
And who shall wear the starry crown?
Good Lord, show us the way.

O sisters, let's go down
Let's go down, come on down,
O sisters, let's go down
Down in the river to pray.

Das Trauernetz zur Bestattung der Bedürftigen tanzte den Weg zur Krematoriumskapelle hoch, als wäre dies New Orleans. Eine Traube Schirme schwebte über den Köpfen, doch das hatte nichts mit Sonne zu tun, sondern mit dem schottischen Klima. Der Regen hatte Edinburgh erreicht. Endlich das lang ersehnte Tauwetter.

»Wo ist Reverend McKilty?«, flüsterte Margaret ihrer Mutter zu, als sie sich in der Vorhalle sammelten und auf das Eintreffen des Sarges warteten.

»Ist nicht dran«, keuchte Barbara, die jetzt zwei NHS-Stöcke hinter sich herschleifte, während sie am Arm ihrer Tochter hing. Barbaras Herz war nicht mehr das, was es einmal war. Aber genau wie sie hatte es noch nicht aufgegeben.

»Wer ist denn der da?« Margaret ruckte mit dem Kopf in Richtung eines dicken Mannes, der herumging und allen und jedem die Hand schüttelte. Seine Haut glänzte satt und erdig im grauen Edinburgher Licht.

»Oh, das ist der Pastor.« Barbara wedelte mit einem ihrer Stöcke. »Protestantische Fraktion.«

Pastor Macdonald hatte einen Chor mitgebracht, um Mrs. Walker singend zu verabschieden. Drei Frauen fast so dick wie er, alle im schönsten Sonntagsstaat. Drei Männer in feinen Anzügen, deren Schuhe im frühen Februarregen glitzerten wie juwelenbesetzte Brogues. Als Margaret sie in ihren gestärkten weißen Hemden und perfekt abgestimmten Mützen kommen sah, war sie froh, dass sie sich zu ihrem neuen gestohlenen Mantel ein Paar neue Schuhe gekauft hatte. Ihr Honorar für erbrachte Leistungen hatte nicht weit gereicht, aber so weit schon.

Margaret blickte zufrieden hinunter, wo sich an ihren Zehen eine schicke Spitze verjüngte, an den Fesseln zwei gekreuzte Riemchen, zu beiden Seiten mit hübschen Knöpfen geschlossen. Die Schuhe waren nicht praktisch (darauf hatte Barbara bereits hingewiesen). Doch etwas an ihnen gab Margaret das Gefühl, sie wären eigens für sie gemacht.

Überall in der Vorhalle drängten sich scharenweise Menschen, die Margaret nie zuvor gesehen hatte. Es waren viel zu viele für den kleinen quadratischen Raum mit seinen durchsichtigen Wänden, in dem die jeweilige Beerdigungsgesellschaft darauf wartete, dass die vor ihr fertig wurde. Der Tag war feucht. Die Leute waren feucht. Auch die Luft, die sie alle atmeten, war feucht. Und doch beschwerte sich niemand. Dies war schließlich Edinburgh.

Stattdessen lächelten die Leute in jedem Winkel des kleinen wogenden Raums, schwätzten, schüttelten Hände und nickten einander zu zum Zeichen, dass man sich vom Sehen kannte oder vielleicht auch näher. Niemand schien besonders zu trauern. Entweder brachten die Bedürftigen ihre innere Stärke zum Vorschein, oder es war einfach so, dass von denen, die zur Verabschiedung gekommen waren, keiner die Verstorbene gekannt hatte. Einzig Barbara wirkte mitgenommen. Doch Margaret wusste, das konnte genauso gut mit den Pöbeleien des Taxifahrers zu tun haben wie mit einer tieferen Wunde in der Seele ihrer Mutter.

Eine nach dem anderen kamen die Trauergäste lächelnd und nickend dorthin, wo Margaret am Rand der Menge stand, und schüttelten ihr die Hand. So als wüssten sie, dass sie irgendwie für das Ganze verantwortlich war.

»Ach, wie schön, Sie endlich kennenzulernen.«

»Ich habe schon so viel von Ihnen gehört.«

»Ihre Mutter ist so froh, dass Sie wieder da sind.«

Margaret nahm jede dargebotene Hand, als wäre auch sie hocherfreut, des Besitzers oder der Besitzerin Bekanntschaft zu machen, obwohl sie noch nie von diesen Leuten gehört hatte. Irgendetwas an der Veranstaltung färbte wohl ab. Sie erhaschte einen Blick auf Pati, die sich mitten im Gedränge lachend unterhielt, und schob die Hand in die Tasche, um ein Matrioschkapüppchen zu befingern, das sich in die maulbeerfarbene Wolle schmiegte. Also war sie hier nicht die einzige Fremde.

Als das Händeschütteln ein Ende hatte, lehnte sich Margaret zu Barbara hinüber und sagte: »Wer sind all die Leute?«

»Was?« Barbaras Herz mochte zwar noch schlagen, aber seit ihrer Rückkehr aus dem Krankenhaus schien ihr Gehör aus dem Lot zu sein.

»Wo sind sie her?« Diesmal sprach Margaret deutlicher und lauter, ihrer Mutter direkt ins Ohr.

»Oh, von überall, überall.« Barbara gestikulierte mit einem ihrer Krückstöcke, als würde das Margarets Frage beantworten. »Wir haben um eine Person stellvertretend für jede Gruppe gebeten, aber stattdessen sind alle gekommen.«

Anglikaner. Katholen. Protestanten. Freunde. Hier in der Vorhalle, feucht und zusammengepfercht, stand Edinburghs Trauernetz zur Bestattung der Bedürftigen. Vertreterinnen und Vertreter jeder Glaubensrichtung der Stadt (und keiner), versammelt zur Feier des Lebens einer Unbekannten.

Draußen auf dem Asphalt, unter hochgehaltenen Schirmen, begann der Chor sich wieder einzusingen, ein Summen und Brummen, eine Schnur aus Tönen, an der sich der Rest entlanghangeln konnte. Alle in der Vorhalle verstummten plötzlich und wandten sich zur Tür. Margaret linste durch die beschlagene Plexiglaswand. Der Leichenzug musste sich nähern. Pastor Macdonald stand bereits vorn, Schultern und Kopf gereckt, die Augen überstrahlten die Menge. »Also dann, Ladys und Gentlemen«, verkündete er, und seine Stimme wirbelte über die Plastikwände wie eine Trommel kurz vor dem Beckenschlag. »Ich bitte um Ihre Aufmerksamkeit. Unsere Schwester Mrs. Walker ist auf dem Weg.«

Janie hatte Margaret zwei Tage vor der Beerdigung angerufen und sie gebeten, die Habe der Verstorbenen abzuholen.

»Warum ich?«, fragte Margaret.

»Wer sonst?«

Vollständiger Name. Geburtsdatum. Geburtsort. Konfession. Alles war geklärt.

Indes …

»Eine Frage noch«, verkündete Janie, und Margaret hielt den Atem an. »Irgendein Grund, statt einer Einäscherung eine Erdbestattung zu machen?«

Aber Mrs. Clementine Amelia Walker blieb keine Zeit mehr. Wochenlang tot und kalt in einem Kühlfach, davor wochenlang tot und kalt in einer Wohnung. Jetzt in Smaragdgrün gekleidet und bereit für den Abgang. Margaret hatte ihren

Job gemacht, und zwar gut. Sie hatte den Papierkram geliefert und die Indizien geordnet. Sie hatten Mrs. Walkers Geburtsurkunde, sodass sie nun eine Sterbeurkunde ausstellen konnten. Janie hatte die Leitung der Abteilung für Sozialbestattungen in Leith kontaktiert, und nun musste sie abzeichnen, dass Mrs. Walker dem Höllenschlund übergeben wurde.

Die Habe bestand aus nicht viel. Ein Foto einer Frau, die eine sternförmige Brosche trug. Ein paar Schnipsel Papier. Eine Quittung für längst verlorenen Schmuck. Und eine Paranuss, in deren Schale die Zehn Gebote geritzt waren. Margaret betrachtete die Dinge, die in einer Plastiktüte vor ihr auf Janies Schreibtisch lagen. »Was ist mit der Kleidung?«, fragte sie.

»Die geht an die Wohlfahrt. Der Stadtrat ist sehr für Recycling.«

Margaret nickte. Ein Blatt Zeitungspapier, zum Unterhemd umfunktioniert.

Janie schob Margaret die Sachen hin. »*Ultimus haeres* hat bestätigt, dass sich im Nachlass keine Werte befanden.«

Der letzte Erbe – Empfänger von besitzerlosem Eigentum (als könnte es so etwas überhaupt geben). Alles, was von Mrs. Walker blieb. Nicht einmal genug für einen Blumenstrauß.

»Die Abteilung Dienstleistungen im Todesfall übernimmt die Bestattungskosten.« Janie knabberte an der Spitze ihres Kulis. »Dafür gibt es immer noch ein Budget.«

Ein Geistlicher, ein Leichenwagen, der billigste Sarg und ein paar Mitglieder des Trauernetzes, um die Verstorbene mit Gesang auf den Weg zu schicken. Nicht gerade, was Margaret einen schönen Abschied nennen würde.

Janie schwenkte ihre Augen zum Monitor. »Aber Mrs. Walkers Bestattung wird natürlich ein bisschen aufwendiger als üblich.«

»Was meinen Sie damit?« Hier war etwas, das Margaret entgangen war.

»Es gab eine Spende.«

»Eine Spende?«

»Ja. Anonym. Kam über eine Anwaltskanzlei in London. Nye & Sons. Sagt Ihnen das was?«

Ein ausgestopftes Wiesel. Tausend Nacktgemälde (oder so ungefähr). Eine Frau mit knochigen Knien. Margaret hatte Jessica Plymmet versprochen, niemals zu verraten, wie genau sie an die Walker-Akte herangekommen war. Sie hustete und rutschte auf ihrem Stuhl herum. »Was bedeutet das? Also die Spende …«

»Oh, Blumen, glänzender Leichenwagen, besserer Sarg und vielleicht ein Stein oder irgendein Grabmal.«

»Bekommen die anderen keinen Stein? Die Bedürftigen, meine ich.«

»Nein, wir tragen sie nur in einem Bestandsbuch im Krematorium ein. Also …« Janie verlagerte ihren Sitz. »Heutzutage digital.«

Himmel, dachte Margaret, als sie mit der Paranuss und dem Foto in der Tasche nach Hause ging. Der ganze Aufwand, um jemanden zu finden, und dann werden sie bloß ins Feuer geworfen und sind nichts weiter als eine Zeile auf einem Computerbildschirm. Im The Court beschwerte sie sich bei ihrer Mutter. »All die Arbeit, sie wieder auferstehen zu lassen, und so endet es dann.«

»Was denn, Liebes?« Barbara sah gerade einen Fernsehkrimi. »Mrs. Walker.«

Doch Barbara regelte nur mit der Fernbedienung die Lautstärke hoch. »Jemand hat bezahlt«, sagte sie. »Das ist alles, was zählt. Lass die Frau in Frieden ruhen.«

Swing low, sweet chariot
Coming for to carry me home.
Swing low, sweet chariot
Coming for to carry me home.

I looked over Jordan and what did I see?
Coming for to carry me home.
A band of angels coming after me.
Coming for to carry me home.

Draußen vor der Krematoriumskapelle fuhr der glänzende Leichenwagen vor, in dem Mrs. Walkers Sarg prangte, als hätte er plötzlich Blüten ausgetrieben. Margaret kam nicht umhin festzustellen, dass der Sarg deutlich prächtiger war als der für den Bedürftigen vor einigen Wochen. Aber jene Bestattung war auch unspektakulär gewesen, wogegen diese hier sich in jeder Hinsicht als außergewöhnlich erwies.

Das kollektive Grooven des Chors schwoll an, als der Sarg von fünf schwarz gekleideten Männern und Micky, die ein düsteres, aber gut geschnittenes Kostüm trug, herausgehoben wurde. Der Choral über den Jordan und seine Fluten tönte weiter, nun begleitet von den Besten des Trauernetzes und einigen, die besser den Mund gehalten hätten. Margaret beugte sich zu Barbara hinüber, als der Chor (und andere) in allen möglichen Tonarten schmetterten. »Wer hat die Stücke ausgesucht?«, fragte sie. Sie Hymnen zu nennen kam ihr nicht ganz passend vor.

Barbara sah fort. »Keine Ahnung«, sagte sie.

Der Chor sang weiter, als der Sarg in die Kapelle getragen wurde, während alle Trauergäste respektvoll draußen warteten. Sobald die Verstorbene drinnen war, gab Barbara Margaret ein Zeichen, ihr vorwärts zu helfen, hinein in die Kapelle und dann durch bis ganz vorn. Margaret packte ihre Mutter am Arm und hielt sie zurück.

»Worauf warten wir?« Barbara drängte ihre Tochter weiter.

»Was denkst du wohl?«, zischte Margaret ihrer Mutter ins Ohr.

»Keine Ahnung.«

»Irgendwelche Familie natürlich.«

Barbara klapperte mit ihren Krückstöcken und stach dann mit einem nach der Spitze von Margarets makellosen neuen Schuhen. »Sei nicht albern«, sagte sie. »Du hast sie gefunden, oder nicht? Wir sind jetzt ihre Familie.«

Sie standen auf, sie setzten sich, sie sangen, sie lachten und sie weinten. Es war wirklich eine schöne Verabschiedung. In einer Kapelle voll der Farbe und des Lobes bekam Mrs. Clementine Walker den Abgang, den sie verdiente. Irgendwo zwischen Trauerrede (»Wir kannten Mrs. Walker nicht, aber jetzt haben wir das Gefühl, sie zu kennen«) und Lesung (»Lasset die Kinder zu mir kommen und wehret ihnen nicht«) flüsterte Margaret ihrer Mutter zu: »Ich habe irgendwo gelesen, dass der Mensch zweimal stirbt. Einmal, wenn es passiert, und noch mal, wenn es niemanden mehr gibt, der sich an ihn erinnert.«

Barbara drückte ein zerknülltes Taschentuch auf ihre Augen, das Gesicht ganz feucht und knautschig. »Wie meinst du das?«, keuchte sie.

»Na ja, wenn das stimmt, bedeutet das vielleicht, dass Mrs. Walker wiedergeboren wurde.«

»Was?« Barbara erstarrte mit ihrem nassen Taschentuch, als hätte jemand sie geohrfeigt.

»Na ja …« Margaret lehnte sich zurück. »Vorher hat sich niemand an sie erinnert. Und jetzt gibt es uns alle hier.«

Als der Sarg für seine letzte Reise vorbereitet wurde, hinab in den Höllenschlund (oder zumindest in den Warteraum des Krematoriums), drehte Margaret den Coronation-Penny in ihrer Tasche und dachte an all die anderen Walkers, die schon vor ihr gegangen waren. Dorothea und Alfred. Zwei kleine Zwillinge. Und nun, zu guter Letzt, stieß ihre ältere Schwester Clementine zu ihnen. Sie fragte sich, wer sich an *sie* erinnern würde, wenn sie einmal nicht mehr war. Nichts als Haare, die an einem Sessel klebten, und verstreute Knochen. Ein Mann, den sie zuletzt gesehen hatte, wie er inmitten von Scherben in einem Zimmer stand? Oder eine Frau mit mausgrauem Haar, die das Foto von zwei silberhaarigen Kindern aus ihrer Manteltasche holte? Da war natürlich noch Janie mit ihren kaugummifarbenen Pullovern. Oder sogar Micky, die Zärtlichkeiten murmelte, während sie auf das, was von Margarets Gesicht übrig sein mochte, Make-up auftrug.

Kopf oder Zahl. Vielleicht war am Ende alles nur Zufall.

Margaret schaute über die grauen Köpfe der Trauergesellschaft für eine Bedürftige und stellte fest, dass Pastor Macdonald sie beobachtete. Er sang, als wäre das Ende nah (was für Mrs. Walker natürlich so war). Seine Stimme schwang sich empor, kraftvoll und tonrein, und schwebte über sie alle hinweg bis zur Kapellentür hinaus. Margaret bestaunte seinen riesigen Mund, das schimmernde Gebiss. Mit solch perfekten und geraden Zähnen kam er bestimmt nicht aus Schottland. Da zwinkerte Pastor Macdonald Margaret zu, und in diesem verwirrenden Moment wallte Hitze durch ihren ganzen Körper. Vielleicht würde auch er sich später an Margaret erinnern.

Fast am Ende (noch nicht ganz) forderte Pastor Macdonald die Versammelten dazu auf, vorzutreten und nacheinander der Toten ein letztes Abschiedswort zu sagen, bevor sie alle mit ihrem Leben weitermachten.

»Was meint er damit?« Margaret beugte sich zu ihrer Mutter hinüber, die bereits in der Tasche ihres türkisfarbenen Kostüms kramte.

»Du wirst schon sehen«, sagte Barbara, stets für alles gewappnet auf eine Art, wie Margaret es nicht war.

Eins nach dem anderen erhoben sich die Mitglieder des Trauernetzes für die Bedürftigen von Edinburgh und traten aus den hölzernen Kirchenbänken. Sie stellten sich auf typisch Edinburgher Weise in eine Schlange, geordnet und höflich, und schoben sich nacheinander vor zum Sarg, um als Abschiedsgeste dessen Deckel zu berühren. Einige Menschen hinterließen kleine Gaben – einen Kiesel oder ein Blatt, von Mrs. Maclure kam ein Bund Krokusse, als hätte sie sie erst an diesem Morgen im Park gepflückt. Als Barbara vorne anlangte, begleitet von Margaret und zwei grauen NHS-Stöcken, streckte sie die Hand aus und ließ eine Paranuss, in deren Schale die Zehn Gebote geritzt waren, auf dem Sargdeckel zurück. Die Nuss rutschte über die polierte Oberfläche, als Margaret zusammenfuhr und in ihrer Manteltasche wühlte. Schafdieb. Falschmünzer. Nichts als Verdruss. War das nicht bei ihrer Mutter immer so gewesen, von Anfang an?

Doch Margaret blieb keine Zeit, sich die Gabe ihrer Mutter zu schnappen, um sie selbst spenden zu können. Denn nun war sie an der Reihe, der Toten eine Art Geschenk zu hinterlassen. Die Schlange wartete geduldig, als sie eine Hand in die Tasche steckte und sich fragte, was sie zutage fördern würde. Papierschnipsel, bedeckt mit ungereimten Frauennamen? Vielleicht den Coronation-Penny, der letztendlich doch Glück gebracht hatte? Oder sechs Mandarinenkerne, zart und skelettartig, bis auf die Schale blankgelutscht. Doch am Ende war es das winzige Matrioschkapüppchen, das Margaret ans Fußende von Mrs. Walkers Sarg stellte. Das Nesthäkchen. Eine

Tochter anstelle derer, die Mrs. Walker im echten Leben nie gehabt hatte.

Neben Margaret entrang sich Barbaras Brust ein Seufzer, als sie auf das kleine hölzerne Kind schaute, bevor sie voller Eifer zu ihrem Platz in der ersten Reihe zurückschlurfte, ein bisschen wie ein Krebs, der in seine Höhle krabbelt. Margaret folgte ihr mit Nässe in den Augen, überraschend bei einer Frau, der sie erst im Tod begegnet war. Dann begann der Chor erneut zu singen. Ein Summen und Brummen, das eine einzelne Sprechstimme untermalte – Pastor Macdonalds Segensspruch für eine Fremde, die niemand von ihnen je gekannt hatte, doch die nun für immer Teil ihres Lebens war. »Wir nehmen Abschied von unserer Schwester Clementine Amelia Walker. Verloren an die Erde, den Wind und den Himmel. Verloren an das Meer, an das Leben und alles, was es beschert, Freud wie Leid. Verloren für jene, die sie einst kannten. Aber nicht länger verloren für uns.«

Während er sprach, wurde der Knopf gedrückt, und mit einem leichten Rütteln begann der langsame Abstieg. Das Grooven des Chors schwoll an und füllte den großen hohen Raum, und ringsherum wurden Taschentücher gezückt, aus Taschen, Handtaschen und aus in den Ärmeln bereitgehaltenen Päckchen. Vorne begannen drei üppige Frauen und drei feine Männer sich zu wiegen, eine inbrünstige, ernste Bewegung, während ihr Gesang Clementine Amelia Walker ins Grab geleitete.

Wie von Zauberhand begann sich auch das Trauernetz zur Bestattung der Bedürftigen zu wiegen und drängte Mrs. Walker voran, nicht direkt auf einen Kirchhof, nicht direkt auf einen Hügel, aber doch zu einer Stelle, die mit einem Stein gekennzeichnet werden würde.

O sisters, let's go down
Let's go down, come on down,
O sisters, let's go down
Down in the river to pray.

»Ich habe mir immer eine Schwester gewünscht«, sagte Margaret, als sie und ihre Mutter sich mit dem Rest wiegten, was gar nicht der Edinburgher Art entsprach.

»Ich mir auch«, sagte Barbara. »Aber so ist das Leben manchmal. Es gibt mit der einen Hand und nimmt mit der anderen.«

Unter den Blicken des gesamten Trauernetzes, aller Augen nach vorn gerichtet, setzte der Sarg seinen langsamen Abstieg fort, und Margaret war unsicher, ob dies das Ende von etwas war oder der Anfang von etwas anderem. Und da geschah es. Hinten in der Kapelle öffnete sich eine Tür. Eine Stimme erhob sich über das Klagelied.

»Halt!«

Fast alles Licht war vom Himmel verschwunden, als die acht-
jährige Barbara das Haus in der Elm Row verließ. Sie schloss
die Haustür mit einem leisen Klick und eilte davon – fort von
Mrs. Penny in der Waschküche, von Tony am Ofen. Und von
Ruby in ihrem Zimmer im höchsten, entferntesten Stockwerk.
Niemand sah sie gehen.

Durch schattenfinstere Straßen stolperte und hastete Barbara in Richtung Untergrundbahn, den Mantel zugeknöpft
bis zum Kinn. Es herrschte bereits Verdunkelung, vor die
Fenster der Nachbarn waren schwere Vorhänge gezogen, auch
Erwachsene eilten vorüber, die Köpfe tief gesenkt wegen eines
möglichen Luftangriffs. Sie beachteten das Mädchen nicht,
das zu den Zügen strebte, sich an Geländern festhielt, von
Hauseingang zu Hauseingang schlüpfte und dann in eine Station abtauchte, als alle anderen versuchten hinauszukommen.
Sie waren entschlossen, ihr Zuhause zu erreichen, bevor die
ersten Bomben fielen. Doch die Sirenen hatten noch nicht
geheult. Barbara wusste, es war noch Zeit.

Indessen schmorte in der Elm Row Nummer 14 langsam
ein Hühnchen im Ofen und die Haut nahm ein sanftes Gold-
gelb an. Mrs. Penny hatte sechs Päckchen von Clementines
Zigaretten und einen Liter von Tonys Rum eingetauscht sowie
allerhand anderes, um es rechtzeitig zu beschaffen. Alles war
bereit für den reichen Amerikaner, den heute Abend mit
heimzubringen Clementine versprochen hatte. Das Hühnchen war fast fertig, das Fett blubberte ringsum in der Pfanne,
und der Duft zog durchs ganze Haus. Vorbei an der Waschküche, wo Mrs. Penny die wöchentliche Wäsche aufhängte.

An der guten Stube mit ihrer grünen Chaiselongue. An Tonys Bude mit seiner unterm Bett versteckten Schatzkiste. Vorbei an Mrs. Pennys Zimmer, wo auf dem Kaminsims in der Mitte eine Paranuss lag. Vorbei am Schrank auf dem Treppenabsatz, in dem ein Foto von zwei toten Kindern unbeachtet auf einem Regalbrett ruhte. Hoch und höher bis hinauf zum höchsten, entferntesten Stockwerk, wo die achtjährige Ruby wartete und wartete, dass Clementines Zeichen kam.

Indes …

Ruby hatte ihre Chance bereits verpasst. Denn es war Kleines Schweinchen Barbara, die zuerst erspähte, was ihre Schwester Clementine hinterlegt hatte.

An jenem Morgen, während Tony die schwarze Innenseite seiner Pfeife auskratzte und Mrs. Penny die wöchentliche Wäsche zu einem schaumigen Brei stampfte, hatte Barbara an der Küchenspüle gestanden, die Ärmel der Wolljacke hochgekrempelt, und den ersten Hinweis aus einer Tasse gefischt. Sie erledigte die Hausarbeit, die eigentlich Ruby machen sollte: Frühstücksteller, Untertassen, Messer, Teelöffel und Tassen. Ruby war an diesem Morgen mit dem Abwasch an der Reihe, doch wie üblich musste Barbara einspringen, wenn ihre Schwester unartig gewesen war.

Clementine hatte das Haus verlassen, bevor sonst jemand überhaupt wach war, und nichts als eine Tasse deutete darauf hin, dass sie als Erste dort gewesen war.

»Wehe, sie ist zum Abendessen nicht zu Hause.« Mrs. Penny legte ihr Buttermesser hin und blickte kurz zur Anrichte hinüber, wo ein nacktes pickeliges Hühnchen auf einem Teller lag.

Tony schlürfte den Frühstückstee zwischen seinen Lippen hindurch. »Sie wird schon kommen.«

»Da kann man nie sicher sein.« Mrs. Penny trug noch ihren Morgenrock. Sie fühlte sich müde. Ihr stand ein ganzer

Tag Wäschemachen bevor. Dann die Vorbereitungen für ein Abendessen für sechs Personen, einschließlich eines Gastes. Sie langte über den Tisch und gab der achtjährigen Ruby einen Klaps, als sie ihren Finger in einen Marmeladeklecks zu stippen versuchte, der auf den Tisch getropft war. »Lass das, du ekelhaftes Kind. Ich habe heute Morgen schon genug von dir. Geh und feg den Bunker aus. Barbara, du wäschst stattdessen ab.«

Barbara bemühte sich, beim Spülen keinen Schaum auf Mrs. Pennys sauberen Fußboden zu spritzen. Teller für Teller, Tasse für Tasse ins Seifenwasser getaucht und dann vorsichtig auf den Abtropfständer gestellt. Barbara erledigte ihre Aufgabe mit gewissenhafter Routine. Ihre und Rubys. Tonys und Mrs. Pennys. Bis sie zu der Tasse kam, die Clementine hinterlassen hatte.

Darin schwamm, in der Neige von Clementines Tee, ein winziger Mandarinenkern wie ein Miniaturboot. Barbara starrte stirnrunzelnd darauf hinunter. Niemand hatte zum Frühstück Mandarinen gegessen. Niemand hatte Mandarinen gegessen seit dem Abend, als Clementine ihnen in ihrem Zimmer heimlich Mandarinen gebracht hatte. Barbara kippte die Tasse aus und der Kern segelte über den Rand in ihre Handfläche. Sie berührte ihn mit einem schaumigen Finger und erinnerte sich an einen Austausch von Geheimnissen meilenweit unten auf einem schwarz-weißen Marmorboden. Clementine und ihr Liebster Stanley – tauschten Mandarinen, als wären es Küsse. Und von denen dann auch noch ein paar. Es war nicht nur Ruby, die Dinge sah, die sie nicht sehen sollte.

»Barbara! Barbara! Komm und hilf mir mit diesem Laken.« Draußen in der kalten und feuchten Waschküche wuchtete Mrs. Penny bereits die Wäsche in und aus dem Kessel. Ruby war diese Woche auch an der Reihe, beim Wäschewaschen zu helfen, doch Barbara wusste, dass daraus nichts werden würde. Sie spülte Clementines Tasse aus und stellte sie zu den anderen auf den Abtropfständer, zog den Stöpsel und sah zu, wie das schmutzige Wasser in einem Strudel ablief. Dann steckte sie den Mandarinenkern in ihre Rocktasche und ging in die Waschküche, um zu helfen.

»Ich hoffe, das Mädel kommt heute beizeiten nach Hause.« Mrs. Penny stocherte mit einer großen Holzzange in den Laken im Waschkessel. »Hat mich eine Ewigkeit gekostet, dieses Huhn zu besorgen. Ich möchte nicht, dass es ruiniert wird, nur weil sie zu spät kommt.«

Barbara stand neben der Mangel und wartete darauf, dass das erste Laken bei ihr eintraf. »Wenn Clementine den Amerikaner heiratet«, sagte sie, »gibt es dann jede Woche Hühnchen?«

Mrs. Penny schnaubte. »Erwarte nicht zu viel. Deine ältere Schwester macht die Dinge immer auf ihre eigene Art.«

»Welche Dinge?«

»Geht dich nichts an. Ein Ehemann und Kinder sind vermutlich das Letzte, was sie im Sinn hat.«

»Hatten Sie je Kinder, Mrs. Penny?«

Mrs. Penny hörte kurz auf zu rühren und blickte in Barbaras kleines rundes Gesicht. »Ich habe doch dich, nicht wahr.«

Es war keine Frage. Und es war auch nicht das, was Barbara meinte.

Die Laken drehten sich im Kessel träge im Kreis und Mrs. Penny sah hinunter in den grauen dampfenden Schaum. »Es gab da mal eins«, sagte sie. »Aber es hat nicht sollen sein.« Sie stach in ein Laken, das sich wie ein Froschhals an der Oberfläche blähte. »So ist das Leben manchmal. Es gibt mit der einen Hand und nimmt mit der anderen.«

Eine halbe Stunde später, im Trockenschrank neben dem Hausflur, entdeckte Barbra zwei weitere Mandarinenkerne, die darauf warteten, gefunden zu werden. Sie holte gerade frische Laken, die schon bereit lagen, um nach oben in alle Zimmer gebracht zu werden – Tonys Zimmer, Mrs. Pennys, das Zimmer unterm Giebel, das sie sich mit Ruby teilte, und schließlich Clementines. Die Kerne lagen oben auf dem Lakenstapel, der zu Clementines Bett gehörte.

»Was machst du da, Barbara?« Ruby stand im Durchgang, vorn auf dem Rock ein Matschstreifen vom Luftschutzbunker.

Barbara drehte sich zu ihrer Schwester um, mit dem Rücken gegen die Trockenschranktür. »Nichts.«

»Nichts gibt's nicht.« Ruby kicherte. Regel Nummer 103.

Barbara zog die Stirn kraus. »Mrs. Penny hat gesagt, du darfst das nicht, Ruby.« Ruby versuchte oft, wie Mrs. Penny zu klingen, insbesondere wenn Mrs. Penny möglicherweise in Hörweite war.

Auch auf Rubys Knie war Matsch. Barbara sah zu, wie ihre Schwester einen Finger anleckte und daran rieb. Dann leckte sie den Finger wieder an und rieb an ihrem Rock. »Du wirst noch genau wie Mrs. Penny, wenn du nicht aufpasst«, sagte Ruby und lief die Treppe hoch.

Noch eine halbe Stunde später, alle Laken bis auf zwei aufgezogen, kniete Barbara auf dem Treppenabsatz im ersten Stock, ein Auge am Schlüsselloch des ehemaligen Kinderzimmers, jetzt Tonys Bude. Die Tür war, soweit Barbara wusste, nie zugesperrt, wenn er drin war. Doch als sie nun Tonys Laken neben sich auf den Boden legte, ahnte sie, dass abgeschlossen war.

Drinnen sah Barbara Tony auf dem Bett sitzen. Und Ruby saß auf Tonys Knie. Tony mit seiner schwarzen Pfeife, mit seinen Witzen und seiner Art zu erlauben, dass Barbara sich mit seinem Rum die Lippen benetzte. Die einzige Person in ihrem Haushalt, die Barbara je zugezwinkert hatte, auch wenn sie nie gelernt hatte, wie man zurückzwinkerte. Barbara wusste, dass sie und Ruby viel zu alt waren, um auf Tonys Knie zu sitzen. Und doch wünschte sie sich beim Zuschauen, sie selbst würde dort sitzen.

Unten klapperte Mrs. Penny mit ihren Töpfen, während Barbara durch das Schlüsselloch zusah, wie Tony Ruby die Hand aufs Bein legte. Er hatte auch seine Lippen an Rubys Ohr und zwischen ihnen lag ein Flüstern wie das zwischen Ruby und Clementine unter der riesigen Kuppel von St. Paul's. Ein echtes Geheimnis. Etwas, das Barbara nicht hören sollte. Etwas, das Ruby nie preisgegeben hatte, nicht einmal ihrer Zwillingsschwester.

Barbara rührte sich, die kleinen Knie steif und verkrampft, und die Bodendielen auf dem Treppenabsatz knarrten leise. In Tonys Zimmer drehten sich zwei Gesichter plötzlich zur Tür und Barbaras Herz galoppierte in ihrer Brust, bis sie sich wieder abwandten. Und da tat Tony es. Drückte seine dicken Lippen auf Rubys kleinen Mund.

Zwei Minuten später, oben im höchsten, entferntesten Stockwerk, legte Barbara ihr Auge an ein anderes Loch. Diesmal keine Tür, sondern eine Matratze, die sie sich mit ihrer Zwillingsschwester teilte. Barbara wusste, dass dieses Loch eins von Rubys Geheimverstecken war, eins von mehreren, die Barbara über die Jahre entdeckt hatte. Für aus der Dose gestohlene Kekse. Oder Kohle vom Kaminrost. Für Puderquasten aus Mrs. Pennys Kommode. Oder Kleingeld aus Tonys Taschen, ohne vorher zu fragen. Doch anders als für die Tür zu Tonys Bude benötigte man für dieses Loch keinen Schlüssel, damit es seine Geheimnisse enthüllte.

Zwängen, schlängeln, stochern. Innen, in einen Hohlraum gerade groß genug für einen Finger und den Daumen eines

Kindes, war etwas fest hineingestopft. Barbara pulte mit der Fingerspitze daran herum. »Au!« Sie zog den Finger heraus. Etwas in dem Loch hatte sie gepikt. Vielleicht eine Falle. Eine Warnung. Barbara fragte sich, ob Ruby das absichtlich getan hatte, einfach weil sie es konnte.

Vorsichtig schlängelte sie erneut Zeigefinger und Daumen hinein, und diesmal bekam sie etwas zu fassen – die Ecke eines zusammengerollten Stückchens Stoff. Sie zog daran, und heraus glitt das Geheimnis. Eine Rolle aus dunkler Serge fiel ihr in die Hand, der gleiche Stoff, den Mrs. Penny benutzte, um ihre Röcke zu flicken. Barbara schaute kurz auf, um sich zu vergewissern, dass niemand in der Nähe war, dann wickelte sie den dunklen Stoff langsam, ganz langsam auf, um zu sehen, was es zu sehen gab.

Vielleicht ein Stück Mandarinenschale.

Eine von Clementines Zigaretten.

Doch es war etwas Kostbareres darin. Barbaras eigener Apostellöffel (so dachte sie zumindest), aus einem Loch geholt, das sie neben dem Stumpf eines toten Baums gegraben hatte.

Barbara nahm den Löffel und betrachtete ihr Spiegelbild in der Wölbung. Sie sah ulkig aus, ihr Gesicht ganz verzerrt. Typisch Ruby, immer wollte sie alles haben, selbst wenn sie es gar nicht als Erste entdeckt hatte.

Indes …

Der Löffel war nicht die einzige Kostbarkeit, die in die dunkle Serge eingerollt war. Da war noch etwas. Klein und sternförmig, eine rote Linse im Herzen. Barbara machte große Augen, als das glitzernde Ding zum Vorschein kam. Ein Liebesbeweis. Ein Versprechen. Ein besiegelter Pakt. Clementines und Stanleys geheimer Schatz, der in Rubys diebische Hände gefallen war.

»Barbara! Ruby!«

Tief unten in der Küche ließ Mrs. Penny einen Schrei los, ihre Stimme drang durchs Treppenhaus hinauf, als kommandierte sie die Schwestern aus weiter Ferne zu sich.

»Barbara! Ruby! Kommt sofort herunter!«

Barbara erstarrte, ihr Herz pochte wie eine Marschtrommel gegen ihre Rippen. Dann hörte sie einen Stock tiefer ein Gerangel, das Trappeln von Füßen über teppichlosen Holzboden. Ein Schlüssel wurde im Schloss gedreht. Sie hielt den Atem an, solange sie konnte, zählte *ein Elefant, zwei Elefanten*, wie Clementine es ihr beigebracht hatte, bis sie Ruby die Treppen hinunterhüpfen hörte, immer zwei Stufen auf einmal, um Mrs. Pennys Aufforderung nachzukommen.

Rasch rollte sie das Stück Stoff zusammen und stopfte es wieder tief in die Matratze zurück. *Keine Spuren hinterlassen.* Hatte man ihr das nicht beigebracht? Dann berührte sie die drei Mandarinenkerne in ihrer Tasche. Irgendwo auf diesem Stockwerk gab es noch ein weiteres Geheimnis, und Barbara war sich jetzt sicher, wo sie suchen musste.

Das wahre Geheimnis war ein Mord in der Familie. Unten in der Waschküche, während sie Laken für Laken durch die Mangel drehte, hatte Mrs. Penny Barbara alles Wichtige erzählt, was es zu wissen gab. »Wie ein Krebsgeschwür ...«, sagte sie. »Der Drang, Böses zu tun. Eure ganze Familie ist davon befallen. Sieh zu, dass du dich nicht ansteckst.«

Du sollst nicht stehlen.

Du sollst nicht begehren deines Nächsten Haus.

Barbara hielt die klatschnassen Laken fest und dachte an ein kleines Blechschwein, dem Nachbarskind gestohlen, nicht weil sie damit spielen wollte, sondern weil sie es konnte.

Du sollst deinen Vater und deine Mutter ehren.

Du sollst deinen Nächsten lieben wie dich selbst.

Da fragte sich Barbara, ob das Blut in ihren Venen noch so rein war, wie es sein sollte. Oder ob es schon zu spät war.

Mrs. Penny drehte die schwere Kurbel. »Und Clementine«, sagte sie. »Ein schlechtes Vorbild für euch beide. Durchtrieben, schon seit dem Moment, als ich hier ankam.«

Strich sämtliche Falten aus dem Leinzeug.

»Und davor natürlich auch schon.«

Presste alles Leben heraus.

»Jedenfalls sagt das Mrs. Jones. Nichts als Verdruss der übelsten Sorte.« Mrs. Penny wuchtete die Kurbel ein weiteres Mal herum, ehe sie sich umdrehte und direkt in Barbaras kleines Schweinchengesicht schaute.

Du sollst nicht töten.

»Das war von Anfang an das Problem mit euch Walker-Mädchen. Verdruss, nichts als Verdruss.«

Strümpfe baumelten über einer Stuhllehne. Haarnadeln sprenkelten die Kommode. Wattebäusche mit Lippenstiftflecken. Und ein kleiner Haufen Mandarinenschalen im Mülleimer, zusammen mit dem vierten Kern.

Barbara stand mitten in Clementines Zimmer und starrte oben auf den Schrank, wo eigentlich ein Koffer sein sollte, der mit blau-weiß kariertem Papier ausgeschlagen war. Doch der Koffer war fort. Verschwunden. Nichts an seiner Stelle.

Indes …

Mitten in Clementines Bett lag ein fünfter Mandarinenkern und wartete nur darauf, dass Ruby ein neues Laken brachte. Neben dem Kern ruhte ein zweifach gefaltetes Stück Papier. Außen drauf stand in kühner, geschwungener Handschrift Rubys Name. Innen drin lag, in die Falten geschmiegt, ein sechster blankgelutschter Mandarinenkern. Und eine Reihe von Anweisungen, die mit Regel Nummer 12 endeten – der, die alle in der Familie Walker kannten.

Erzähl's niemandem.

Also hielt sich Barbara daran.

An diesem Abend, als die Dämmerung herabsank, fuhr Barbara mitten durch das Herz der Stadt; raste unter ihrem Straßengewirr in die geballte Dunkelheit. Als sie auf der anderen Seite aus dem Untergrund emporstieg, hastete sie, so schnell sie konnte, dorthin, wo eine große Kathedrale einsam inmitten einer Wüste aus Schutt und Trümmern stand. Unablässig galoppierten ihre Füße über das Pflaster, im Takt mit dem Galopp ihres Herzens.

In ihrer Tasche tanzten und hüpften fünf Mandarinenkerne. Einer aus Clementines Teetasse. Zwei aus dem Trockenschrank. Einer aus dem Mülleimer und ein weiterer von Clementines Bett. Der sechste Kern befand sich fest in Barbaras Hand, zusammen mit den Anweisungen und einem kleinen Bündel, das sie sich gepackt hatte. Ein Nachthemd, zwei Unterhosen, ein gefaltetes Taschentuch und ein Schildpattkamm, den sie aus Mrs. Pennys Kommode gemaust hatte, einfach weil sie es konnte. Barbara wusste genau, auf welches Ziel sie zusteuerte. Gepolsterte Büstenhalter. Glänzende Küchengeräte. Autos so groß wie Schiffe. Das Gelobte Land. Endlich.

Oben, hoch oben am Himmel, kreuzten Suchscheinwerfer durch die Dunkelheit, als die Sirenen einsetzten. Inzwischen war Barbara fast allein auf den Straßen; alle anderen waren nach Hause geeilt oder kauerten in den Eingeweiden der Erde. Drüben am anderen Flussufer hörte Barbara die ersten Raketen herunterkommen, das Pfeifen, wenn sie heranflogen, und dann das Donnern und Knirschen des Einschlags.

Aus der Finsternis vor ihr erhob sich dräuend die alte Kathedrale, deren riesige Kuppel über ihr in den Nachthimmel ragte.

Barbaras Herz tirilierte, als sie den Rand der Trümmerlandschaft erreichte und dort wie angewiesen wartete. Es fühlte sich an wie eine Ewigkeit, bis sie den kleinen Lichtkegel sah, der auf sie zukam. Er huschte über den Schutt, navigierte über den schemenhaften Untergrund auf sie zu. Barbara hielt den Atem an und zählte, wie Clementine es ihr beigebracht hatte. *Ein Elefant, zwei Elefanten*, ganz hinauf bis tausend. Dann war sie da. Clementine Walker. Gekommen, um ihre Schwester Barbara ein für alle Mal mitzunehmen.

»Wo bist du?« Es war ein leiser Ruf, eine einzelne Frage in der Dunkelheit.

»Ich bin hier!«, rief Barbara zurück, ihre Stimme zaghaft in der großen Leere der Nacht. Sie hörte das Stolpern sich nähernder Schritte. Dann schien ihr der Strahl einer Taschenlampe direkt in die Augen. Barbara hob einen Arm, um sich vor dem grellen Licht zu schützen. »Ich bin's«, sagte sie, während ihr Herz raste wie ein Zug auf einer Kreisbahn. In der Ferne hörte man das *UIIIIEEEE* einer Rakete, dann plötzlich Stille, bevor sie zur Erde fiel.

»Was machst du hier, Barbara?«, zischte Clementine. Sie klang nicht erfreut. »Ich hatte Ruby erwartet.«

Was sollte Barbara sagen? Ruby war krank. Ruby war verhindert. Ruby saß gerade auf Tonys Knie und leckte Rum von seinen Lippen.

»Ruby konnte nicht kommen«, log Barbara und kniff die Augen gegen die Helligkeit zusammen.

»Warum nicht?« Clementine ließ die Taschenlampe nicht sinken.

»Darum.«

»Hat sie dir gesagt, dass du mich hier treffen sollst?«

»Nein. Ja. Ich bin nicht sicher.«

Krebs. Lag der Familie Walker im Blut.

»Herrgott!«, fluchte Clementine leise. Dann wandte sie sich ab und Barbara blinzelte, alles war plötzlich schwarz, bevor die grauen Umrisse ringsum zurückkehrten. Clementine hockte ein Stück entfernt vor dem braunen Koffer, dessen Deckel geöffnet war. Sie hielt die Taschenlampe jetzt im Mund, ihr Strahl beleuchtete Nylonstrümpfe und Schlüpfer, ein Unterkleid so dünn wie ein Geist, eine Flasche Eau de Cologne mit Lavendel und darunter einen Ausweis, auf den in Rot ihr Name gedruckt war. Darin: die eine verbliebene Fahrkarte für ein Schiff.

Barbara sah zu, wie Clementine die Fahrkarte berührte, als wollte sie sich vergewissern, dass sie noch da war, sie dann herausnahm und in ihre Jackentasche steckte. Sie blickte zurück zu Barbara, die mit hängender Kinnlade in der Dunkelheit stand. »Hast du wenigstens das Geld?«

»Geld?«

Tonys Anteil an den Erpressungen. Die Erlöse aus dem allerersten Familienunternehmen der Pennys – alles dank Clementines harter Arbeit. Tausend Dollarscheine (oder so ungefähr), weggeschlossen in einer Holzkiste und unter Tonys Bett versteckt. Zusammen mit allem anderen, was er hatte erbeuten können. Uhren und Schuldscheine, silberne Krawattennadeln und Münzen aller Art. Unmöglich für Clementine, es sich zurückzuholen, sofern nicht eine kleine Person einen Schlüssel aus Tonys Westentasche stibitzte, während er mit etwas anderem beschäftigt war.

Barbara schüttelte den Kopf. »Nein«, sagte sie. Denn in der Nachricht hatte von Geld nichts gestanden.

»Allmächtiger!« Clementines Stimme durchschnitt die

tintenschwarze Dunkelheit wie ein Skalpell. »Verdammter Mist!«

Und Barbara konnte nicht anders. »Du sollst nicht fluchen, Clemmie«, sagte sie. »Das ist unartig. Hat Mrs. Penny gesagt.« Selbst in der unendlichen Wildnis des nächtlichen London brachte Barbara es noch fertig, sittsam zu klingen.

Da lachte Clementine, ein hohles, in den Himmel geworfenes Geräusch ohne eine Spur von all dem, was Barbara erwartet oder erhofft hatte. »Himmelherrgott, Barbara. Du sollst nicht alles glauben, was Mrs. Penny sagt.«

Irgendwo südlich stotterte und dröhnte ein Flugzeug, das letzte, das von einem Einsatz im Osten verspätet und beschädigt zurückkehrte. Die Maschine schleppte sich näher, mit einem mahlenden, schrillen Unterton. Beide Mädchen sahen auf. Irgendetwas stimmte nicht.

Plötzlich hockte Clementine sich hin und schloss den Deckel des Koffers. *Klick-klack*, das war's. Sie leuchtete mit der Taschenlampe wieder in Barbaras Gesicht. »Du solltest jetzt nach Hause gehen, Barbara. Es ist zu gefährlich.«

Barbara hob erneut ihren Arm vor die Augen. »Aber was ist mit …«

»Keine Widerrede. Tu einfach, was man dir sagt.«

Barbara kniff die Augen zusammen und versuchte die Gestalt ihrer Schwester hinter dem blendenden Strahl zu erkennen. »Komme ich denn nicht mit?« Das kleine Bündel hing an ihrer Seite.

»Sei nicht albern. Warum sollte ich dich mitnehmen?«

Es war keine Frage.

»Aber Ruby wolltest du mitnehmen.«

»Nein, wollte ich nicht.«

Zumindest glaubte Barbara, dass ihre Schwester das sagte. Denn plötzlich war die Taschenlampe aus und Barbara war umstellt – von Schatten und dunklen Dingen, Hindernissen, die drohend in der Nacht aufragten. Vor ihr rührte sich etwas. Sie streckte die Hand aus, bekam nur leere Luft zu fassen, machte einen Schritt nach vorn und stieß sich den Zeh an einem Stein oder Ziegel. Sie stolperte, verlor ihr Bündel, fiel nach hinten. Als sie sich wieder aufrappelte, war der Strahl der Taschenlampe schon zwei Meter entfernt, vielleicht mehr, ein kleiner Lichtkegel, der dahin und dorthin schoss, als er sich von ihr weg über die zerstörte Erde bewegte. Gelocktes Haar, glänzende Geräte, der Duft von Mandarinenschale in der Nacht. Barbara Pennys Gelobtes Land, das für immer in der Finsternis verschwand.

»Warte!«, rief sie. Stolperte hinter dem Licht her. »Warte, Clemmie! Ich habe dir das hier mitgebracht.«

Ein Liebesbeweis.

Ein Versprechen.

Ein besiegelter Pakt.

Der Strahl der Taschenlampe hielt einen Augenblick inne, und Clementines Stimme durchdrang die Dunkelheit so hart und kalt wie eine Bombenhülle, die auf einen Betonboden fällt. »Was?«

»Ruby hat es gestohlen.«

Ruby, die die Innenseiten eines Koffers abtastete.

Ruby, die geraubte Schätze in ein Stückchen Serge wickelte.

»Ich bin spät dran, Barbara. Ich habe keine Zeit für deine dummen Spielchen.« Clementines Stimme klang kühl wie der Boden eines Ozeans, wo eine Million Matrosen langsam in den Tod gesunken waren. »Wenn irgendwas schiefgeht, ist es deine Schuld.«

»Aber ich habe es dir zurückgeholt.« Barbara wartete, bis die Taschenlampe endlich ihren Tanz zurück zu der Stelle antrat, wo sie stand. Zwei Mädchen, zwei Schwestern. Eine fast neunzehn und schon ganz erwachsen. Eine, der das Erwachsenwerden noch bevorstand.

Gemeinsam starrten sie auf den kleinen Lichtkegel, der Barbaras Hand erhellte. Ein rotes Auge, umgeben von fünf scharfen Spitzen, glitzerte zurück. Clementines sternförmige Brosche, endlich dort, wo sie hingehörte.

Clementine sprach als Erste. »Die hat sie nicht gestohlen, Barbara. Ich habe sie ihr geschenkt.«

»Aber Stanley ...«

»Sie ist nicht von Stanley. Sie ist von Tony.«

Ruby, die auf einem Bett saß.

Ruby, die auf einem Knie saß.

Ruby, die sich von Tony küssen ließ: ein Versprechen, ihrer älteren Schwester gegeben und gehalten.

»Er hat sie mir vor Ewigkeiten geschenkt.«

Ein kleines Mädchen eingesperrt im Keller, mit Rußrändern um die Augen.

»Es ist bloß Flitterkram.« Der Strahl der Taschenlampe schwang von ihr weg. »Behalt sie, wenn du willst.«

Der Lichtkegel tanzte erneut davon, schneller diesmal. Da war er. Dann weg. Wieder da. Und dann außer Sicht. Eilig, eilig ab in die Dunkelheit, über Schuttberge hinweg, über riesige Steinbrocken, überwuchert von Unkraut.

Barbara sah, wie er in die Schwärze verschwand, dann noch weiter entfernt auftauchte. »Verlass mich nicht, Clemmie«, rief sie, als das Licht kleiner und kleiner wurde. »Warte!« Doch ihre Stimme war jetzt ein Nichts, ein winziges Echo, das niemanden erreichte außer ihr selbst.

Orientierungslos in der Dunkelheit stolperte sie zuerst dahin, dann dorthin, stieß sich die Knie und streckte die Arme vor sich aus, um das Schlimmste abzuwehren. Sie war unsicher, ob sie warten oder hinterherlaufen sollte. Oder einfach nach Hause gehen. Es war niemand da, der ihr sagte, was sie tun sollte. Kein Tony und keine Mrs. Penny. Keine Ruby und auch keine Clementine. Jetzt nicht mehr.

Vor ihr, am anderen Ende der Wildnis, war Clementines Taschenlampe nur mehr ein kleiner blinkender Stern. Barbara sah ihn ein letztes Mal verschwinden und fing an zu weinen. Über ihnen sah ihn auch ein Pilot, noch keine neunzehn und nicht mehr lang zu leben. Erleichtert peilte er das Lichtpünktchen an, das über den Boden tanzte. Endlich daheim. Dann ging er ein letztes Mal auf Kurs.

Eine Explosion aus Licht. Eine Flutwelle aus heißer Luft. Eine Woge aus Splittern und Ziegeln. Staub wälzte sich auf sie zu wie ein gewaltiger Sandsturm. Doch was Barbara am deutlichsten wahrnahm, ehe die Verheerung einsetzte, das war die Stille. Ihr Leben hing für eine Millionstelsekunde in der Schwebe, als könnte es eine vollkommen andere Wendung nehmen.

Alfred zurück von jenseits aller Berge.

Dorothea wiederauferstanden.

Zwei kleine Zwillinge krabbeln mit Grassamen im Haar aus ihrem Versteck.

Als Barbara die Augen aufschlug, stellte sie fest, dass sie in die Sterne starrte, und ein ganzer Himmel voll erwiderte ihren Blick. Eine dicke Staubschicht lag wie eine Decke auf ihrem Körper, vom Scheitel bis zu den Sohlen. Ihr Bündel war verschwunden, von der Druckwelle irgendwohin geschleudert, so wie auch sie fortgeschleudert worden war, hoch in die Luft und außer Sichtweite von allem, was sie kannte. Ihr Rock war völlig zerknautscht. Ihre Haare standen dahin und dorthin. Und die Nadel einer sternförmigen Brosche hatte sich in ihre

Handfläche gebohrt und erinnerte Barbara an alles, was sie richtig zu machen versucht hatte. Und alles, was sie falsch zu machen geschafft hatte.

Barbara stand auf, mit weichen Knien, als wäre ihr diesmal tatsächlich ein Schrank auf den Kopf gefallen. Sie zog die Brosche aus ihrer Hand und saugte an der kleinen Blutperle, die an ihrer Stelle erschien. Sie wischte die Hand an ihrer Socke ab im Versuch, sie zu säubern. Sie gab sich alle Mühe, den Staub von ihrem Mantel zu bürsten, aber machte es nur schlimmer. Mrs. Penny würde nicht erfreut sein. Dann sah sie sich um und versuchte ihre Schwester Clementine zu finden.

Am Rand des Brachlands wütete ein gewaltiges Feuer. Geschrei war zu hören und das Schrillen von Sirenen. Ein riesiger Wasserbogen fiel ins Leere. Überall hing dichter beißender Rauch, als Barbara zu der Stelle stolperte, wo Clementine und ihr kleiner Lichtstrahl von der Dunkelheit verschluckt worden waren. Dann blieb sie stehen. Denn vor ihr klaffte ein Krater. Und in dem Krater war rein gar nichts. Der Koffer und all sein kostbarer Inhalt für immer verschwunden im Höllenschlund. Auch Clementine war für immer weggeblasen. Nichts blieb zurück außer einem verkohlten Ausweis, der nur darauf wartete, dass die Behörden ihn fanden und der Familie zurückschickten mit dem Stempel *VERSTORBEN*.

Was hatte Clementine noch gesagt? Wenn irgendetwas schiefging, wäre es alles Barbaras Schuld.

Zweierlei war anders in der Elm Row 14, als Barbara zurück nach Hause kam. Erstens: Gegenüber von ihrem Haus, wo jemand anderes Haus gestanden hatte, war ein Loch. Und zweitens: Ruby saß mitten auf der Straße.

»Hilf mir, Barbara. Bitte hilf mir.«

Das erste Mal, dass Ruby ihre Zwillingsschwester darum bat.

Rubys Rock war knautschig bis zur Hüfte hochgerutscht. Ihr Haarband war zerrissen. Ihre Beine waren seltsam unter ihr abgeknickt, in einem Winkel, der Barbara den Magen umdrehte. Und in Rubys Hand, an die Handfläche geschmiegt, lag Clementines Coronation-Penny. Der gerade nicht so viel Glück brachte.

Barbara wollte sagen: »Ruby, ich bin's.«

Sie wollte sagen: »Keine Sorge.«

Sie wollte sagen: »Ich bin wieder da.«

Doch was sie sagte, war: »Du weißt doch, dass wir nicht rausdürfen, wenn die Sirenen an sind.«

Verderbtheit. Zog sich durch die Familie Walker wie Quecksilber durch ein Silberröhrchen, genau wie Mrs. Penny gesagt hatte.

Clementine Walker Shaw war vermögend – zumindest behauptete sie das. Ein Vermögen in Mandarinen, die wie Unkraut am Straßenrand wuchsen. »Florida«, sagte sie auf Margarets Nachfrage. »USA.« Als ob Margaret noch nie davon gehört hätte. Das Gelobte Land, in der Tat.

Achtzehn, fast neunzehn, das lockige Haar ganz versengt, der Koffer aus ihrer Hand gefegt, eingehüllt in Staub von Mörtel und Ziegeln, von Schutt und Erde, von allen möglichen Katastrophen, bevor sie es schaffte, sich zu neuem Leben zu erwecken und auf ein Schiff zu drängeln. Da hatte Clementine sich das Versprechen gegeben, künftig immer nur nach vorn zu blicken und nie mehr zurück. Doch Versprechen waren noch nie etwas gewesen, woran Clementine Walker Shaw sich sonderlich gebunden fühlte.

Inzwischen über achtzig, aber nach wie vor hochgewachsen und aufrecht, das Haar vom Scheitel bis zu den Spitzen wie ein silberner Fluss, schritt Clementine Walker durch den Mittelgang der Kapelle, nur gestützt von einem Gehstock mit Schildpattintarsien, tipp-tappte über die kalten Fliesen, drang unaufhaltsam vor. Als sich ihre Augen auf Barbaras ungläubiges Gesicht richteten, waren sie noch genauso erstaunlich wie an dem Tag, als ihre Schwestern geboren wurden, sechs blankgelutschte Mandarinenkerne tief in die Seite ihrer Krippe gestopft.

Bei ihrem Einzug kam alles zum Stillstand. Der Chor verstummte. Pastor Macdonald glotzte. Das Trauernetz für die Bedürftigen drehte sich wie auf Kommando um und scharrte und gaffte, gar nicht die Edinburgher Art. Selbst das Absenken des Sarges wurde angehalten, noch ehe er endgültig in den ewigen Tiefen verschwand. Die Beerdigung war bereits ein besonderes Ereignis gewesen, doch nun schickte sie sich an, zu etwas noch Außergewöhnlicherem zu werden.

Inmitten der plumpen Mützen und zweckmäßigen Windjacken der Edinburgher zeigte sich deutlich, dass diese Frau nicht ins Athen des Nordens gehörte. Dazu war sie viel zu fein gekleidet. Ihr Mantel war so schwarz wie die dunkelste Edinburgher Nacht. Ihre Handschuhe passten wie eine zweite Haut. Ihre Schuhe waren an beiden Seiten mit winzigen Ebenholzperlen geschlossen. Und ihre Beine, jetzt alt und voller Krampfadern, steckten in Strumpfhosen so zart wie Spinnweben.

»Bin ich zu spät?«, fragte die alte Frau, schritt ganz nach vorn zur Stirnseite der kleinen Edinburgher Krematoriumskapelle und lehnte sich auf ihren eleganten schwarzen Gehstock.

Im Gegenteil, dachte Margaret und starrte die Fremde an. Du hast deinen Auftritt perfekt getimt, um größtmögliche Wirkung zu erzielen.

Neben Margaret sackte Barbara zusammen, als hätte man ihr die Luft abgelassen, und zog ihre Tochter fast zu Boden. Ihr Gesicht war plötzlich so blutleer wie die Überreste von Mrs. Walker in ihrer Holzkiste. Als die Fremde Barbara mit diesen erstaunlichen Augen fixierte, unverwechselbar trotz all der Jahre, entfuhr Barbara ein kleines Stöhnen, als hätte man ihr einen tödlichen Stich ins Herz versetzt. Dann hob ihre Brust zu einem Keuchen und Wimmern an, als wäre es Barbara, die kurz davorstand, in die Unterwelt hinabzusteigen, mit nichts als ein paar Mandarinenkernen zur letzten Gesellschaft.

Am eleganten Mantelaufschlag der Frau steckte überm Herzen eine Brosche, sternförmig, der rote Stein in der Mitte wie ein winziger Tropfen Blut. Er zwinkerte Margaret im gedämpften Licht der Kapelle zu. Trotzdem musste Margaret nachfragen.

»Wer sind Sie?«

Das Raunen und Wispern der Trauergesellschaft für eine Bedürftige verstummte, als fiele gleich eine Bombe. Die Frau schwang ihren Stock, deutete mit der schlanken Spitze auf Barbara oder vielleicht auf den Sarg; selbst hinterher war sich Margaret nie ganz sicher. Dann sagte sie es.

»Ihre Schwester natürlich.«

Die Beerdigung endete im gleichen Kuddelmuddel, das in den vergangenen Wochen die Existenz der toten Mrs. Walker geprägt hatte. Ein Mischmasch aus überraschten Ausrufen und Japsern, Geschnatter und Aufregung, Scharren, Flüstern und sogar einem gelegentlichen Schrei. Der Organist stimmte den Hymnus ›Abide with me‹ an, während der Chor die letzten Strophen des River Jordan wieder aufnahm. Pastor Macdonald versuchte seinen Segensspruch zu beenden und ermahnte seine Gemeinde mit angestrengter Stimme, angesichts dieses offensichtlichen Zeichens der Erlösung aus dem Westen den Herrn zu loben.

Doch niemand beachtete ihn. Alle Augen waren auf die Fremde gerichtet, die aus dem Edinburgher Nebel aufgetaucht war und jetzt neben Margaret und Barbara Penny in der ersten Reihe saß, als wäre das ihr gottgegebenes Recht. Die alte Frau in elegantem Schwarz war still, während das Trauernetz für die Bedürftigen rings um sie vor Aufregung surrte und die Hälse reckte, um besser zu sehen. Sie saß gefasst und aufrecht da wie das Modell eines Künstlers, starrte eisern nach vorn auf den Sarg und warf dann und wann einen Blick hinauf zu den bunten Fenstern oben unterm Dach der Kapelle.

Der Chor ging unter Gesang hinaus, während der Organist rumpelnd zum Schluss kam und Pastor Macdonald mehrfach

Asche zu Asche wiederholte, als wollte er sicherstellen, dass die Angelegenheit jetzt wirklich zu Ende war. Erst als der Sarg seinen unvermeidlichen Abstieg wieder aufnahm, stand die alte Frau plötzlich auf und brachte die aufgewühlte Menge zur Ruhe. Alle verstummten, während sie langsam nach vorne ging, um auf dem Deckel von Mrs. Walkers letzter Bleibe ihr persönliches Geschenk zu hinterlassen.

Ein Liebesbeweis vielleicht.

Ein besiegelter Pakt.

Doch wie sich zeigte, war es nichts davon. Bloß eine stinknormale gute alte Mandarine, wie man sie an der Straße kaufen konnte. Es war das Letzte, was die Trauergesellschaft von Mrs. Walkers Sarg sah, der nun endlich zu seinem letzten Ruheplatz hinabgelassen wurde.

Draußen im feuchten Februarregen, nachdem die Beerdigung ihr chaotisches, ungebärdiges Ende gefunden hatte, lieferte Mrs. Walkers lange verschollene Schwester eine Erklärung. »Ich esse jeden Morgen eine zum Frühstück«, sagte sie. »Aus eigener Ernte.«

Geschält und zerteilt, ausgelegt auf einem blauen Steingutteller wie ein feuriges Rad. Ein Andenken an die am Präriehimmel brennende Sonne. Und an ein kleines Mädchen, das allein auf der untersten Stufe einer schmalen Treppe saß und wartete und wartete, dass ihr Vater nach Hause kam.

Welchen Beweis brauchte Margaret noch, dass dies tatsächlich eine Verwandte der Toten war? Dennoch wäre es ein Pflichtversäumnis, nicht zu fragen. »Wie heißen Sie?« Es war eine echte Frage.

Die Dame mit dem langen Samtmantel, dunkel wie Mitternacht, lächelte. »Sie können mich die andere Mrs. Walker nennen.«

Und inmitten der Verwirrung und der Windjacken, des allgemeinen Tohuwabohus blieb es dabei.

An der Kapellentür keuchte Barbara, als wollte sie gleich hier auf den Treppen das Zeitliche segnen, keine Notwendigkeit für einen weiteren Krankenhausaufenthalt oder gar ein Heim für die rettungslos Alten. »Bring mich nach Hause«, flüsterte sie Margaret zu, presste die Worte heraus, als wäre es ihr letzter Wunsch. Sie weigerte sich, die erstaunliche Fremde anzusehen.

»Ich kann Sie mitnehmen, wenn Sie möchten.« Die Sprechweise der anderen Mrs. Walker war eine merkwürdige Kombination aus altem England und neuem Amerika, deren Klang etwas Unwiderstehliches hatte. Sie machte ihr Angebot, als ein Wagen, schwarz und glitzernd von Regentropfen, geschmeidig vor der Kapellentür hielt.

Margaret runzelte die Stirn. »Sind Sie mir gefolgt?«, fragte sie, obwohl ihr klar war, dass das nicht sehr höflich wirkte.

»Sicher«, sagte die andere Mrs. Walker, als handelte es sich um eine offenkundige Tatsache und nicht um ein eben erst gelöstes Rätsel. »Wie sollte ich sonst herausfinden, wo meine Schwester lebt?«

»Wie schön, Sie kennenzulernen. Hoffe, wir sehen uns mal wieder.« Barbaras Stimme klang schwach, als sie diese Fremden zugedachte Standardfloskeln aussprach. Man sagte das eine und meinte das andere. Die Edinburgher Art, etwas zu Ende zu bringen.

»Aber was ist mit dem Leichenschmaus?«, fragte Margaret. Sandwiches aus weichem Weißbrot. Rum in dunklen Flaschen. Und drei Sorten Kuchen. Alles angerichtet in der Küche im The Court. Sie wollte nicht, dass diese Fremde das verpasste.

»Ich bin sicher, sie hat anderes zu tun«, keuchte Barbara und zupfte an Margarets Arm, um sie zu den wartenden Taxis zu lotsen.

»Oh nein«, entgegnete die andere Mrs. Walker. »Deswegen bin ich doch hergekommen.«

Trotz seiner Größe hatte der schwarze Wagen nur noch Platz für eine Person. Das sagte die alte Frau zumindest. »Sollen wir eine Münze werfen? Kopf oder Zahl. Sie wählen.« Und aus einem Täschchen an ihrem Handgelenk holte die andere Mrs. Walker einen Silberdollar, der im trüben Februarlicht glänzte.

Doch zum ersten Mal seit ihrer Rückkehr nach Edinburgh war Margaret schneller. Auf ihrer Handfläche, ausgestreckt für jede, die es sehen wollte, lag ein Coronation-Penny. Auf der einen Seite schwang Britannia ihren Dreizack. Auf die Rückseite war ein König geprägt, der nie hatte König werden sollen. Einen Moment herrschte Stille, und zwei alte Frauen starrten auf das flache braune Ding. Unter der Krempe ihres zartlila Huts machte Barbara Stielaugen. Während die andere Mrs. Walker nur anfing zu lachen. Sollte der König entscheiden.

Was er tat.

»Kopf«, sagte Margaret.

»Zahl«, sagte Barbara.

Und die andere Mrs. Walker schnipste die Münze in die Luft.

Sie flog hoch und höher, alle sahen mit offenem Mund und angehaltenem Atem zu, wie die Münze sich träge überschlug. Dann stürzte sie hinab, hinab, dem nassen Boden entgegen, prallte auf dem kalten Stein einmal klirrend auf, bevor sie in Richtung Kapellentür davonrollte. Margaret setzte der Münze nach, als sie ins Trudeln kam und in die Schatten fiel.

»Kopf«, verkündete sie aus der Kapelle.

Natürlich.

Das Innere des schwarzen Wagens war so luxuriös wie Barbaras Rumpelkammer schäbig. Leder, weich, mit dem matten Glanz von Geld, groß genug für viele Fahrgäste, sofern die Eigentümerin es so wollte. Margaret streichelte beim Einsteigen über den Sitz, dann stopfte sie zwei kleine Pfoten und einen Fuchsschwanz unter ihren Kragen. Als der Wagen sich mit einem leisen Schnurren in Bewegung setzte und von der Kapelle fortglitt, schaute sie durch die getönte Heckscheibe zurück dorthin, wo Barbara mit offener Kinnlade vor dem Trauernetz für die Bedürftigen stand. Aufrecht gehalten von zwei grauen NHS-Krückstöcken und Mrs. Maclure.

»Sie bringen sie doch nach Hause, oder?«, hatte Margaret der kleinen Frau zugeflüstert, als die andere Mrs. Walker ihren Fahrer anwies, wohin er fahren sollte. »Es ist nur …«

»Selbstverständlich.« Mrs. Maclure wippte und verbeugte sich. »Ich verstehe. Familie geht vor.«

Schwarze Hände. Schwarze Füße. Haar, das an der Rückenlehne eines Sessels haftete. Dies war die erste Gelegenheit, seit Margaret wieder in Edinburgh war, aus erster Hand etwas über ihre Klientin zu erfahren.

»Aber …« Mrs. Maclure hatte Margarets Arm gepackt, bevor sie in den Fond kletterte. »Denken Sie daran, Liebes: Die Vergangenheit ist ein gefährliches Land. Die Dinge dort sind nicht immer so, wie sie scheinen.«

Doch nun im Wagen spann die andere Mrs. Walker auf Margarets Frage hin das Garn einer Erzählung, bei der es ganz um sie ging statt um ihre Schwester. Von einem Truppenschiff, das einen englischen Hafen verließ, voll mit Verwundeten und anderen, die sich irgendwie an Bord gezirrt hatten. Von winkenden Menschenmengen, wehenden Taschentüchern, gelupften Hüten und Schals, die wie Fahnen im Wind flatterten. Von einer jungen Frau, die allein auf der anderen Seite des Schiffes stand, auf einen neuen Horizont blickte und auf das kalte kabbelige Wasser, das es noch zu überqueren galt.

»Ich war ein Kegel, wie das früher hieß«, erklärte die andere Mrs. Walker Margaret. »Außerehelich, nicht offiziell eingetragen.« Und Margaret verspürte den Kitzel einer möglichen Verbindung, auf die sie noch gar nicht gekommen war.

Die alte Frau beschrieb, wie sie die ganze Reise über immer nur am Bug gestanden hatte, nie am Heck, und ein Britannien hinter sich ließ, wo eine Scheibe Speck drei Wochen halten musste. Und ein gebratenes Hühnchen einen Liter Rum kostete. Wo es Eier nur in Pulverform gab. Und Mandarinen ein Luxus waren, den nur die Glücklichen sich leisten konnten. Bei der Ankunft erwarteten sie gepolsterte BHs und glänzende Küchengeräte. Autos so groß wie Schiffe. Eine Küche mit rotem Fußboden, der von vornherein glänzte wie ein Spiegel. Zumindest erzählte sie das.

»Noch bevor der Krieg aus war, war ich eine Kriegsbraut.« Und die andere Mrs. Walker lachte, als hätte sich alles von selbst ergeben.

Mrs. Walker für jeden, der fragte. Und kein Jahr später bereits Mrs. Walker Shaw. Konfetti wirbelte über ihrem Kopf, als sie die Stufen einer Schindelkirche hinabschritt, hinein in ein Leben auf einer weiten offenen Ebene.

»Frisch gepflückte Bohnen! Tomaten so groß wie meine Hand! Sie verstehen, Liebes …«, sagte die andere Mrs. Walker, und ihre Hand in ihrem feinen Handschuh drückte Margarets Knie, »warum ich nie nach Hause gekommen bin.«

Dann grub die andere Mrs. Walker in ihrer Handtasche und zog ein Foto heraus. Ein Mann umringt von vier Kindern, alle breit grinsend, ein Polaroidbild, von der heißen amerikanischen Sonne gebleicht.

»Mein Mann Stanley. Dorothy, meine Älteste. Daneben Stan junior. Dann meine Zwillinge, Alfie und die kleine Clemmie.« Die andere Mrs. Walker zeigte auf das kleine Mädchen auf dem Foto. »Mein eigenes kleines Juwel.«

Margaret starrte auf die Stelle, von der ein Mädchen grinsend zurückstarrte, mit perfekten kleinen Zähnen, erstaunlichen Augen und einem von dunklen Haaren eingerahmten Gesicht. Da wusste sie, dass die andere Mrs. Walker die war, die sie zu sein behauptete. Und wenn es nur die Namen waren, die davon zeugten. Aber auch, weil das Mädchen auf dem Foto so erstaunlich und so zartgliedrig war wie ihre Ahnin, die nun in einer Holzkiste lag.

Hier waren sie also endlich, die Verwandten der Verstorbenen, nach denen Margaret die ganze Zeit gesucht hatte. Keine Verrückte in einem Irrenhaus oder zwei tote Kinder, die in ihrem Grab unter einem Ilex ruhten. Sondern eine außereheliche Schwester und alle ihre Nachkommen, herausgekrochen aus ihrem Versteck auf der anderen Seite des Ozeans.

Margaret tastete in der Tasche ihres neuen gestohlenen Mantels nach einem anderen Foto, nur für alle Fälle. Eine Frau auf einem Stuhl, die eine Art Kittel trug und verwirrt aussah. »Ist das Ihre Schwester?«, fragte sie.

Die alte Dame zog ihren Handschuh aus, um das Foto von Margaret entgegenzunehmen. Sie blickte lange darauf, ehe sie sagte: »Ja. Das ist sie.« Dann hob sie die Hand und berührte die Oberfläche des Bildes an der Stelle, wo über dem Herzen der Frau ein kleiner Rubin steckte.

»Wissen Sie, was sie in Edinburgh gemacht hat?«, fragte Margaret.

Die andere Mrs. Walker zögerte einen Moment. »Vielleicht wollte sie nach Hause«, sagte sie.

»Aber sie kam doch aus London.«

Die Alte sah Margaret an. »So wie Sie auch«, entgegnete sie.

Einen Augenblick herrschte betretenes Schweigen, bevor Margaret sich entschloss, weiterzubohren. Wer wagt, gewinnt (und so). »Darf ich fragen, wie Sie mitbekommen haben, dass sie gestorben ist?« Sie konnte sich nicht vorstellen, dass Janies Sozialbeerdigungsbudget für Todesanzeigen in Amerika reichte.

»Glücklicher Zufall«, sagte Mrs. Walker Shaw. »Und ein Brief.«

»Ein Brief?«

»Von einer Bevollmächtigten der Toten.«

Clementine Walker Shaw war bereits seit zwanzig Jahren Witwe und lebte in den Hainen Floridas, als ihr Leben die nächste Wendung nahm. Sie nicht länger von Mandarinen träumte, sondern von etwas anderem. Von mit Leimfarbe gestrichenen Wänden. Kalten eisernen Kaminrosten. Einem Küchentisch voller Mehl. Und einer Mutter, die ›Oh my darling‹ sang, während sie das Haar ihrer Tochter bürstete und bürstete. Jedes Mal, wenn sie die Augen schloss, sah sie sie alle wieder. Männer in Uniform, die sich ihr aus den Schatten zuneigten. Hoch aufragende Anstaltsmauern. Und zwei kleine Mädchen auf einer Bettkante, mit schmutzigen Schleifen im Haar.

Lasset die Kinder zu mir kommen und wehret ihnen nicht.

Hatte das nicht auf dem Kapellenfenster gestanden?

Clementine Walker Shaw wusste, dass sie die meisten der Zehn Gebote gebrochen hatte, ehe sie überhaupt erwachsen war. Sie hatte gelogen. Sie hatte gestohlen. Sie hatte mit allen geschlafen. Aber war es zu spät für Wiedergutmachung, jetzt, wo sie alt war? Sie presste die Hände vors Gesicht, klebrig vom Saft und vom Alter, und betete zu allem, was zuhören mochte.

Hilf mir, Jesus. Hilf mir, Allah. Hilf mir, Gott. Immerhin war sie schon einmal begraben gewesen und hatte überlebt. Vielleicht war für Clementine Walker nun der Moment gekommen, wiederaufzuerstehen.

Sie sandte ihren schwarzen Wagen in die Finsternis der Vergangenheit wie eine Sonde, nur für alle Fälle, und fahndete nach Pennys im richtigen Alter und mit den richtigen Vornamen. Gefolgt von Briefen an eine Anwaltskanzlei, die hart daran gearbeitet hatte, die Vergangenheit ihrer Familie auszulöschen. Ihre Belohnung kam an einem gewöhnlichen Morgen in Florida, sie landete in ihrem Briefkasten, als sie gerade eine Mandarine von einem blauen Porzellanteller aß. Ein kleiner Umschlag, knittrig und klumpig, mit dem Stempel einer psychiatrischen Einrichtung irgendwo in England.

Sehr geehrte Mrs. Walker …

Darin eine Brosche, klein und sternförmig, mit einem roten Punkt als Herzstück.

Und eine Nachricht. Aus London, von der Anwaltskanzlei Nye & Sons.

Ihre Schwester bat mich, Ihnen dies zu senden, wenn die Zeit gekommen ist. Herzliches Beileid.

Jessica Plymmet, die schlussendlich ihre Schuld beglich.

»Da habe ich es gespürt, Liebes«, sagte die andere Mrs. Walker und nahm Margarets Handgelenk. »Als wäre auch mein letzter Augenblick gekommen.«

Ein Galopp in der Brust der alten Frau, das Hecheln ihres Atems laut in ihrem Kopf. Zählen: *ein Elefant, zwei Elefanten,* ganz hinauf bis tausend, wie Alfred es beigebracht hatte. Nichts trudelte mehr durch ihre Gedanken als ein Vater, der pfeifend davonging. Eine verlassene Mutter, die sich auf dem Bett wiegte. Zwei kleine Kinder, die aus ihrem neuesten Versteck krabbelten. Und ein Mädchen mit Augen so erstaunlich wie ihre, die flüsternd versprach, zu tun, was immer Clementine sagte.

Erzähl's niemandem. Das hatte Clementine sich von dem Mädchen versprechen lassen.

Also hatte Ruby Walker genau das getan.

Später im The Court, umringt von so vielen Mitgliedern des Trauernetzes, wie Platz hatten, saß die andere Mrs. Walker und schälte eine Mandarine, während um sie her Leute tuschelten und guckten. Die Finger der Fremden stockten kein Mal, als sie die Schale in einem einzigen zusammenhängenden Kringel von der Frucht löste.

»Meine Obstgärten sind wundervoll«, sagte sie und hielt Margaret ein Stück hin. »Sie sollten mich irgendwann einmal besuchen.«

»Das würde ich gern«, sagte Margaret. Doch sie wusste, dazu würde es nicht kommen. Nicht nur hatte Margaret kein Geld, die andere Mrs. Walker hatte auch niemandem erzählt, wo genau sie lebte.

Teetassen und Rumgläser, in fingerbreite Streifen geschnittene Sandwiches, drei Sorten Kuchen – Margaret machte sich in der Küche zu schaffen, um die Erfrischungen für all ihre Gäste aufzufüllen. Sie konnte hören, wie die andere Mrs. Walker wieder ihr Garn spann. Bohnen, die sich in einem Seiher häuften. Tomaten so groß wie ihre Faust. Im Gegensatz zu Barbara schien Geschichtenerzählen etwas zu sein, was der anderen Mrs. Walker ausnehmend lag.

In der Küche stand eine zur Seite geschaffte Flasche Billig-Rum mit locker aufgeschraubtem Verschluss. Daneben eine Flasche sehr teurer Marken-Whisky. »Duty-free«, hatte die andere Mrs. Walker gesagt, als sie sie überreichte. »Was für eine wunderbare Einrichtung.«

Neben den beiden Flaschen stand Barbara, das Glas randvoll. »Aber was hat sie gesagt?« Barbara hatte sie gelöchert, seit sie und die andere Mrs. Walker im The Court angekommen waren. Die Flüssigkeit im Glas bebte und tanzte zum Zittern ihrer Hände.

»Warum fragst du sie nicht selbst?« Margaret holte Bakewell-Puddingteilchen aus einer Schachtel und legte sie einzeln auf einem Teller aus, als wären es die Strahlen der Sonne.

»Wo kommt sie her?« Barbara mochte nicht mit dem Geist beim Bankett sprechen. Zumindest schien es so.

»Amerika.«

Barbaras Brust gab eine Art Wimmern von sich. »Amerika?« Das Gelobte Land, natürlich.

»Sie war eine Kriegsbraut. Hat jemanden namens Stanley geheiratet. War bis jetzt nie wieder in der alten Heimat.«

»Aber woher wusste sie von der Beerdigung?« Barbara hob ihren Rum mit beiden Händen zum Mund, ihre Zähne schlugen gegen das Glas.

»Mrs. Walkers Anwaltskanzlei hat sie kontaktiert. Jessica Plymmet? Ich glaube, du kennst sie.«

Barbaras Hand zuckte, und Rum spritzte auf ihr türkisfarbenes Kostüm. »Was will sie?«, fragte sie.

Margaret sah ihre Mutter stirnrunzelnd an. »Was glaubst du wohl? Sich verabschieden natürlich.«

Aus dem Wohnzimmer, wo die andere Mrs. Walker Hof hielt, wehte das laute Gelächter des Trauernetzes herüber, gefolgt von vereinzeltem Applaus. »Ich wusste gar nicht, dass sie eine Schwester hat.« Barbaras Stimme klang jetzt jammernd, als wäre sie noch ein Kind.

»Wer?«

»Mrs. Walker.«

»Nein«, sagte Margaret. »Ich auch nicht. Aber so ist eben das

Leben, nicht wahr? Es gibt mit der einen Hand und nimmt mit der anderen.«

Margaret trat einen Schritt zurück, um das servierfertige Tablett mit Tee und Kuchen zu bewundern. Sie griff nach der Duty-free-Flasche, die die andere Mrs. Walker zur Feier beigesteuert hatte. »Ich glaube, ich möchte einen Whisky. Zu Ehren von Mrs. Walker, die ihn gern getrunken hat.«

»Ich auch«, sagte Mrs. Maclure, die plötzlich in der Küche auftauchte und sich hinter Barbara stellte, als wollte sie sie auffangen, falls sie fiel.

Barbara machte einen schwachen Versuch, die Gummispitze ihres grauen NHS-Stocks in einen von Margarets neuen Schuhen zu bohren. »Woher weißt du das?«

»Neunzehn leere Flaschen«, sagte Margaret und zog den Fuß weg. »Aufgereiht in der Wohnung der Verstorbenen.«

»Neunzehn?« Barbara schwankte kurz, als wäre ihr ihre eigene Flaschensammlung unter der Küchenspüle eingefallen. »War sie krank?«

»Schmerzlinderung, nehme ich an«, erwiderte Margaret. »Sie hatte nur ein paar Wochen Zeit, sie sich einzuverleiben, aber sie hat sie allesamt leergemacht.«

»Meine Güte«, sagte Pastor Macdonald, der jetzt glucksend im Türrahmen stand. »Auch eine Art, das nahende Ende zu feiern.«

Aus der Nähe war Pastor Macdonald noch größer. Sein Gesicht glühte vor christlichem Eifer und anderem Hochprozentigem. »Wie schön, Sie endlich richtig kennenzulernen«, sagte er und packte Margarets Hand mit seinen riesigen Pranken. »Willkommen zurück.«

»Freut mich auch, Sie kennenzulernen«, erwiderte sie. »Und wo kommen Sie her?« Das hatte sie gar nicht sagen wollen. Es war einfach herausgerutscht. Die Edinburgher Art.

Pastor Macdonald lachte und schenkte Margaret sein strahlendstes Lächeln. »Pilrig«, sagte er, »mit Zwischenstation in Leith. Und Sie?«

»Edinburgh, mit Zwischenstation in London.«

»Ah. Und sind Sie im Herzen Londonerin oder eher ein Geschöpf des Nordens?«

»Ich weiß nicht recht.« Margaret sah zu ihrer Mutter, die sich gerade an Pastor Macdonald vorbeizuzwängen versuchte, ächzend und keuchend auf dem Weg zum erlösenden Klo. Barbara hielt mit einer Hand einen grauen NHS-Stock in die Höhe, in der anderen tanzte und schwappte ein Glas Rum. Margaret äugte in ihr eigenes Glas, eine kleine Pfütze bernsteinfarbene Flüssigkeit lächelte zurück. »Ich habe mich noch nicht entschieden«, sagte sie.

Doch das hatte sie.

Zehn Minuten später beobachtete Margaret durch einen Spalt in der Rumpelkammertür, wie zwei Frauen, beide alt, die eine fett, die andere in jeder Hinsicht erstaunlich, über eine blaugelbe Luftmatratze hinweg voreinander Aufstellung nahmen. Aus dem Wohnzimmer hörte sie Pastor Macdonald den Rest der Trauernetz-Herde im Gebet leiten. *Hilf mir, Jesus. Hilf mir, Allah. Hilf mir, Gott.* Aber trotz seiner Beschwörungen hatte Margaret sich entschuldigt und den Raum verlassen. Es gab andere Geheimnisse, die sie mehr interessierten als jene, die erst im Tod offenbart wurden.

»Ich wollte mich verabschieden.« Die andere Mrs. Walker hatte offensichtlich auch keine Zeit für Gebetstreffen, sondern stand auf ihren eleganten Stock gestützt in der Rumpelkammer.

»Du bist doch eigentlich tot.«

Zumindest glaubte Margaret, dass sie ihre Mutter das sagen hörte.

Die andere Mrs. Walker lachte, eine Lerche, die unter der niedrigen Decke der Rumpelkammer schwebte. »Ich bin wie Lazarus«, sagte sie. »Einfach nicht totzukriegen.« Dann streckte sie ihre stark geäderte Hand aus, Haut wie zerknittertes Pergamentpapier. »Ich dachte, das hier hättest du gern.«

Kein Liebesbeweis.

Auch kein besiegelter Pakt.

Sondern eine sternförmige Brosche mit einem rubinroten Tropfen als Herzstück.

Die zwei alten Frauen starrten auf das kleine glitzernde Ding auf der Handfläche der anderen Mrs. Walker, während draußen auf dem Flur Margarets Herz einen Trommelwirbel gegen ihren Brustkorb schlug. Es war Barbara, die als Erste sprach.

»Wozu?« Sie hatte wohl ihre eigenen Ermahnungen vergessen, zu Angehörigen von Verstorbenen stets höflich zu sein.

»Als Dankeschön natürlich.« Die andere Mrs. Walker hielt ihr weiter die Brosche hin, deren roter Stein zwinkerte. »Dafür, dass meine Schwester den Abschied bekommen hat, den sie verdient.«

Barbara schwieg einen Moment und machte keine Anstalten, die Brosche zu nehmen. »Was willst du?«, sagte sie.

»Wieso glaubst du, dass ich irgendetwas will?«

Barbara rieb sich übers Gesicht. »Darum.«

Da zuckte die andere Mrs. Walker die Achseln, als spielte es für sie ohnehin keine Rolle, was Barbara glaubte. »Vielleicht möchte stattdessen deine Tochter sie haben. Dafür, dass sie sich um meine Schwester gekümmert hat, als niemand sonst es tat.«

In ihrem Versteck hinter der Tür hielt Margaret den Atem an. Plötzlich wollte sie nichts lieber als diese Brosche in der Hand halten. Etwas, das von Schwester zu Schwester weitergegeben wurde – oder zumindest von einer toten Klientin an ihre Dienerin. Doch bevor sie sich verraten konnte, indem sie die Tür aufstieß und sich die sternförmige Brosche schnappte, funkte ihre Mutter dazwischen, wie nur Barbara es fertigbrachte.

»Hast du sie ihr schon angeboten?« Barbaras Gesicht hatte denselben Ausdruck angenommen, den Margaret bei ihrer Rückkehr aus dem Süden erstmals gesehen hatte. Angst, oder etwas in der Art. Als könne, was auch immer folgen mochte, nur noch eines bedeuten.

»Nein.« Die andere Mrs. Walker schloss die Hand über dem kleinen Geschenk. »Ich wollte erst sehen, was sie dir bedeutet.«

Barbaras Brust gab ein langes, schmerzvolles Stöhnen von sich, als würde ihr etwas Wichtiges genommen, wenn sie sich nicht wehrte. »Alles«, sagte sie schließlich.

Ein Weilchen herrschte Schweigen, als die beiden Frauen einander anstarrten. Die eine trotz ihres Alters hoch aufgerichtet, die andere trotz ihrer Masse schrumpelig. Draußen auf dem Flur wartete Margaret mit Herzklopfen im Hals, was als Nächstes offenbart werden würde.

Dann rührte sich die andere Mrs. Walker. »Es gibt da etwas«, sagte sie, »wofür sich mein weiter Weg gelohnt haben könnte.«

Und kurz musterten beide Frauen etwas, das an der Wand der Rumpelkammer lehnte. Klein und braun und auf mehr als eine Art schmutzig. Einst nur von ideellem Wert, aber jetzt sehr viel kostbarer. Zumindest hatte Jessica Plymmet das angedeutet, als Clementine Walker Shaw nach einem Erbe fragte.

Barbaras Brust entrang sich ein lauter pfeifender Seufzer, wie ein Akkordeon, das sein letztes Klagelied anstimmt. »Ja«, sagte sie. »Natürlich.«

Die andere Mrs. Walker lächelte und nickte, als hätten sie eine Übereinkunft getroffen. Dann klopfte sie mit der Spitze ihres Stocks auf den Boden der Rumpelkammer und sagte: »Deine Tochter macht dir alle Ehre.«

Barbara atmete auf, als wüsste auch sie, dass ein Versprechen gegeben worden war und auch gehalten werden würde. »Ich habe mein Bestes getan …«, sagte sie und schien plötzlich zu wachsen, »sie immer zu beschützen.«

Durch den Spalt in der Tür sah Margaret, wie das Gesicht ihrer Mutter jetzt einen anderen Ausdruck annahm. Den hatte sie nicht mehr gesehen, seit sie mit sechs in einem kalten Edinburgher Treppenhaus gepiesackt worden war. Finstere Entschlossenheit. Dass alles, was zu Barbara gehörte, unantastbar war. Die Gewissheit, dass ihre Mutter für ihr einziges Kind kämpfen würde – bis zum Tod, wenn es sein musste. Margaret starrte Barbara an und dann an ihr vorbei auf das Bild, das wie unbeteiligt an der Rumpelkammerwand lehnte. Etwas, das Margaret bisher nur flüchtig wahrgenommen und nie so eingehend studiert hatte wie jetzt. Es war das Bildnis einer Frau, unerhört jung, die Glieder von sich gespreizt mit Ölfarbe dick wie Schlamm. Grau- und Brauntöne. Keine andere Farbe, außer für etwas, das auf der Brust der jungen Frau hing. Keine kleine Fuchspfote, auch kein mottenzerfressener Kopf, sondern ein Tupfer leuchtendes Grün, wie ein Katzenauge. Oder eine Smaragdkette, aufgelistet auf einer zerknitterten Juwelierquittung.

Was hatte Jessica Plymmet noch gesagt, als sie versteckt am Ende eines langen Museumskorridors unter genauso einem Bild standen? Dass sie Barbara vor Weihnachten geschrieben hatte, Neuigkeiten über eine verlorengegangene gemeinsame Bekannte. Eine Person, von der Barbara fürchtete, sie könnte vor ihrer Haustür stehen. Um dann festzustellen, dass stattdessen ihre lange verschollene Tochter zurückgekehrt war.

Margaret lehnte sich an die Wand im Flur, ihr Herzschlag ein Donnern unter ihrem Beerdigungskleid, und atmete tief durch, *ein Elefant, zwei Elefanten*, als ihr plötzlich etwas klar wurde, das ihr vorher entgangen war. Mrs. Walker war nicht einfach ein Flüchtling aus dem Süden und in Edinburgh gestrandet, nur weil es ein beliebiger alter Ort war. Mrs. Walker war aus demselben Grund nach Edinburgh gekommen wie Margaret. Um sich etwas zurückzuholen, das sie verloren hatte. Vielleicht nur verlegt. Oder sogar gestohlen. Einst nichts wert, aber inzwischen sehr viel kostbarer. Mrs. Walker war nach Edinburgh gekommen, um Barbara Penny zu treffen.

Indes ...

Margaret war ihr zuvorgekommen.

Im Wohnzimmer erhob sich ein lauter Singsang. Die Mitglieder des Trauernetzes für die Bedürftigen, in gehobener Stimmung durch all den Jubel und Trubel. Als Margaret sich kurz in Richtung des ungestümen Gebets wandte, stellte sie fest, dass Mrs. Maclure an ihrem Ärmel zupfte. »Ich brauche Ihre Hilfe«, mahnte die kleine Frau und zog Margaret mit entschlossenem Griff von der Rumpelkammer fort. »Ich fürchte, sie haben allesamt ein bisschen zu viel getrunken.«

Margaret warf noch einen Blick auf die zwei alten Frauen, die jetzt die Köpfe zusammensteckten und über die blau-gelbe Kluft hinweg miteinander flüsterten. »Ich muss nur ...«

Doch wenn Mrs. Maclure eines war, dann hartnäckig. »Es muss sofort sein«, sagte sie. Als ginge es um Leben und Tod. »Wer weiß, was sonst passiert.«

Und Margaret ging mit ihr. Wie sollte es auch anders sein? So hatte Barbara sie erzogen.

Als Margaret zurückkam, nachdem sie das Trauernetz auseinanderklamüsert und Stück für Stück auf den Weg gebracht hatte, stellte sie fest, dass ihre Mutter in der Rumpelkammer auf der Luftmatratze lag wie ein gestrandeter Wal. Barbaras Mund stand offen und ihre Flanken bebten, als wäre sie knapp entkommen, ehe man sie harpunierte und aufs Deck schleifte, um sie in Scheiben und kleine Würfel zu schneiden.

Hilf mir, Jesus. Hilf mir, Allah. Hilf mir, Gott.

(Und letztlich hatten sie das getan.)

Margaret bemerkte unwillkürlich, wie das gelb-blaue Plastik unter der Masse ihrer Mutter einsank. Sie konnte sich gut vorstellen, wie unbequem es sich jetzt darauf liegen würde, gesetzt den Fall, sie schaffte es, ihre Mutter davon herunter und auf die Füße zu bekommen.

Am Ende gelang dies mit Hilfe von Mrs. Maclure, dem letzten noch aufrechten Mitglied des Trauernetzes für die Bedürftigen nach einer Totenfeier, die schon vor ihrem Höhepunkt zu einer Edinburgher Legende geworden war. »Moment, Liebes«, sagte sie, als sie im Türrahmen der Rumpelkammer erschien, wo Margaret ohne großen Erfolg an den dicken Armen ihrer Mutter zog. »Lassen Sie mich helfen.«

Gemeinsam zerrten und drängten sie, bis Barbara wieder aufrecht saß und einen letzten Wunsch röchelte: »Ist sie weg?«

Es war keine echte Frage. Doch alle drei wussten, wen sie meinte.

Denn die andere Mrs. Walker war genauso plötzlich verschwunden, wie sie aufgetaucht war, ab durch die Mitte, so sicher, wie auch die tote Mrs. Walker fort war. Die eine verschlungen von den Gasflammen des Krematoriums, die andere irgendwohin jenseits des Ozeans. Vielleicht über alle Berge und ganz weit weg. Oder an einem noch ferneren Ort. Margaret suchte jeden Zentimeter der Wohnung ihrer Mutter ab, in der Hoffnung, dass sie sich irrte. Doch sie wusste von vornherein, dass es hoffnungslos war. Die andere Mrs. Walker hatte beim Abgang nur ein Loch in der Luft hinterlassen. Einzig eine gekringelte Mandarinenschale auf dem Boden erinnerte noch an ihren seltsamen Auftritt.

»Ich hätte sie dringend noch sprechen müssen«, sagte Margaret zu Mrs. Maclure, entsetzt, was ihr alles entgangen war.

»Das ist schade«, sagte die wölfische kleine Frau und fixierte Margaret mit Augen wie kleine schwarze Jetsteine. »Aber manche Fragen bleiben besser unbeantwortet, finden Sie nicht?«

Ein Gegenstand allerdings tauchte wie aus dem Nichts auf, nachdem die Fremde aus dem Westen endgültig auf und davon war. Er fand sich in Barbaras Hand, als Margaret ihr hochhalf. Ein winziger durchscheinender Arm, am Ellbogen abgebrochen und geädert mit feinen Rissen. Der lange verschollene Arm einer verdreckten Putte. Endlich wieder da, wo er hingehörte.

EPILOG

Frühling in Edinburgh

Am Tag nach der Totenfeier maßen sie die Rumpelkammer aus. Barbara schien sich von der Konfrontation erholt zu haben und war beinahe die Alte. Wenn sie hier reichlich Krempel entsorgten, war der Raum groß genug für eine Tagesliege.

»Was ist denn bitte eine Tagesliege?« Barbara lehnte auf einen ihrer NHS-Krückstöcke gestützt am Türrahmen. Sie war noch nicht ganz wieder bei Kräften, nachdem sie an die Tür des Todes geklopft und dann kehrtgemacht hatte. Aber sie stand noch. Und darin lag ein gewisser Triumph.

»So etwas wie eine Chaiselongue, nur bequemer«, sagte Margaret.

»Und wozu brauchst du das?«

Luxus, dachte Margaret, als sie sich das erste Mal darauflegte. Vom allerfeinsten.

Gemeinsam räumten sie die Kammer auf, Margaret hielt jedes Teil hoch und Barbara schüttelte den Kopf oder nickte. Der Haufen für den Wohlfahrtsladen wuchs und wuchs. Ebenso der Haufen für die Müllkippe. Ein Heizlüfter mit kaputtem Regler. Ein Bügeleisen mit ausgefranstem Stromkabel. Die Rumpelkammer schien immer größer zu werden, je mehr der Recyclingberg wuchs und der Fundus an Dingen, die sie behalten wollten, klein blieb. Ein räudiges Fuchsfell.

Eine Bluse, die nach Leinöl roch. Und etwas in einem großen Karton.

»Was ist denn das bitte?«, fragte Barbara.

Margaret öffnete den Deckel und hielt ein glänzendes Gerät in die Höhe, damit ihre Mutter es sehen konnte. »Eine Saftpresse«, sagte sie.

Dann war da noch ein alter Tannenbaum, dessen biegbare Silberzweige in seiner Hülle eingefaltet waren, als wären sie es das ganze Jahr gewesen. »Was ist mit dem?«

»Ach, das alte Ding.« Barbara zuckte die Achseln.

»Warum hast du ihn diese Weihnachten nicht aufgestellt?« Wobei Margaret schon eine Ahnung hatte, warum – sie wartete nur darauf, dass der richtige Moment kam.

Barbara zuckte erneut die Achseln. »Hat seine beste Zeit hinter sich«, sagte sie und sammelte ihre Stöcke ein, als wäre das Aufräumen der Rumpelkammer plötzlich beendet. »Aber ich behalte ihn noch.«

»Wozu?«

»Für nächste Weihnachten natürlich.«

Später am Abend saßen Barbara und Margaret gemeinsam im Wohnzimmer und stießen ein letztes Mal auf die Tote an. »Auf Mrs. Walker.« Margaret hob ein Glas Wein, dunkel wie Ochsenblut und gefüllt bis zum Rand. Sei stets gewappnet. Hatte ihre Mutter ihr das nicht ständig gepredigt?

»Wer auch immer sie war.« Auch Barbara hob ihr Glas, das nur einen Fingerbreit mit Rum gefüllt war.

»Sie war hier«, sagte Margaret. »Ich glaube, nur das zählt.«

»Und jetzt ist sie es nicht mehr.« Barbara lächelte und leerte ihr Glas in einem Zug.

Auch Margaret lächelte in ihr Glas. Der Widerspruchsgeist saß ihrer Mutter tief in den Knochen, trotzdem erkannte Margaret, dass sich etwas verändert hatte. Seit der abenteuerlichen Beerdigung schien es, als hätte Barbaras Leben einen leicht anderen Farbton angenommen.

Auf dem Kaminsims im Wohnzimmer stand die Putte an ihrem Ehrenplatz, komplett mit allen Gliedmaßen. Sie war blankpoliert und mit kleinen Blumen bestückt, ein Spiegel der grünen Triebe, die draußen überall aus dem Boden sprossen. Der Frühling tobte durch Edinburgh, die Stadt zeigte sich von ihrer schönsten Seite.

Neben der Putte stand ein Foto. Zwei tote schlafende Kinder, aus den Tiefen von Barbaras Handtasche geborgen, endlich zurück im Licht.

»Davor habe ich mich gegruselt, als ich klein war.« Margaret schüttelte sich.

»Wir müssen es nicht behalten«, sagte Barbara.

»Aber das sollten wir. Sie sehen so friedlich aus. Außerdem haben wir keine anderen Fotos zum Aufstellen, bis auf das von Mrs. Walker.«

Da hustete Barbara, nur ein kleines Röcheln, stellte ihr Rumglas ab und zog sich eine Tasse Tee heran, die sie auf der Fernsehzeitschrift abgestellt hatte. Margaret überlegte, ob jetzt der richtige Zeitpunkt war, um das fehlende Bild anzusprechen, das verschwunden war, just als die beiden toten schlafenden Kinder plötzlich aus ihrem Grab auferstanden.

Doch als wollte sie allen Fragen zuvorkommen, die peinlich werden oder zu tief blicken lassen konnten, holte Barbara stattdessen etwas aus der Tasche ihres Morgenmantels. Einen silbernen Teelöffel mit hauchdünnem Stiel und einer winzigen Figur am Ende.

Margaret prustete und roter Wein spritzte auf ihre Strickjacke. »Wo kommt der denn her?«

St. Andrew, Schutzheiliger der Frauen, die Mutter wurden. Ein Apostellöffel wie der in Mrs. Walkers Küchenschublade.

Barbara rührte mit dem Löffel ihren Tee um, leises Klimpern von Silber auf Porzellan. »Geerbt«, sagte sie. »Von meiner Mutter.«

»Du hast keine Mutter.«

»Jeder hat eine Mutter«, sagte Barbara und verschwand hinter dem Rand ihrer Teetasse. »Wenn man weiß, wo man suchen muss.«

Da wusste Margaret, dass der richtige Moment gekommen war. Wer wagt, gewinnt (und so).

Indes …

Es war ihre Mutter, die als Erste wagte.

Barbara stellte ihre Tasse ab und zog noch etwas aus der Tasche ihres Morgenmantels. »Das hier kannst du eigentlich haben«, sagte sie. »Hat ja wenig Sinn, zu warten, bis ich tot bin.«

Margaret konnte sich nicht erinnern, wann sie von ihrer Mutter zuletzt ein Geschenk bekommen hatte. Außer sie ließ die Decke mit dem verschlissenen Satinsaum gelten, die sie ihr gegeben hatte, als sie den ersten Tag wieder zu Hause war. Aber da war es, in der ausgestreckten Hand ihrer Mutter. Noch ein Foto, diesmal von einem neugeborenen Baby.

»Wer ist das?«, fragte Margaret.

»Erkennst du das nicht?«

Und da erkannte Margaret es natürlich. Denn wer das Baby in die Höhe hielt, damit die ganze Welt es sehen konnte, war Barbara, die lächelte, als wären in diesem Augenblick all ihre Träume wahr geworden.

Margaret starrte auf das Foto und etwas in ihr rührte sich. Eine Mutter und ihr Baby, endlich in ihren Händen. »Danke«, sagte sie. »Es ist …«

Aber Barbara war noch nicht fertig. »Hast du die Nachricht bekommen?«, sagte sie.

»Die Nachricht?« Margaret war verwirrt.

»Von Mrs. Maclure.«

Und da war sie, in der Tasche von Margarets Strickjacke. Ein kleiner Zettel, mehrmals gefaltet. Margaret hielt den Zettel in der einen Hand, in der anderen das Foto von sich und Barbara. Sie wusste inzwischen, wohin Papierkram führen konnte. Dann faltete sie ihn auseinander.

VERLORENGEGANGEN, stand da. *KÖNNEN SIE HELFEN?*

DANK

Ich danke Clare Alexander und allen bei Aitken Alexander; Maria Rejt, Sophie Orme, Claire Gatzen und allen bei Mantle und Pan Macmillan; meinen Kameradinnen und Kameraden der schreibenden Zunft bei Ink Inc., ganz besonders Pippa Goldschmidt, Theresa Muños und Sophie Cooke; Kate Tough; Brownsbank; Ivan Middleton; Jamie Reece vom Mortonhall Crematorium, Edinburgh; Frank Davie, ehemaliger Mitarbeiter des Edinburgh City Mortuary; James O'Reilly vom Procurator Fiscal's Office, Edinburgh; Dr. Robert Ainsworth von der NHS Lothian and Edinburgh University; DI Willie Falconer und PC Emily Noble, früher bei der Edinburgher Rechercheeinheit; Christina Paulson-Ellis; Peter Brunyate; Audrey Grant und meiner ganzen Familie für ihre immerwährende Liebe und Unterstützung. Es versteht sich von selbst, dass sämtliche Fehler (und Erfindungen) natürlich von mir sind.

Liza Cody

»Wer nach Geschichten sucht, die das Genre transzendieren, wird von Liza Cody begeistert sein.« Marcus Müntefering, *Der Spiegel*

Gimme more
Deutsch von Pieke Biermann · Ariadne 1243
Bühne frei für Birdie Walker, schnell, skrupellos, härter als das Leben, kampflustige Witwe eines Rockstars. Der Rock'n'Roll-Musikmafia-Krimi.

Milch oder Blut
Deutsch von Martin Grundmann · Ariadne 1253
Seema Dahami ist Stadtgärtnerin. Dann lernt sie eines Abends Lazaro kennen – deutlich älter, hochgebildet, aristokratisch und aufmerksam. Und alles wird anders. Bis Blut fließt.

Ballade einer vergessenen Toten
Deutsch von Martin Grundmann · Ariadne 1238 · Radio-Bremen-Krimipreis
Amy will über die Musikerin Elly Astoria schreiben, die ermordet wurde. Ständig ändert sich das Bild, bis Ellys Biografie Amy selbst verändert.

Miss Terry
Deutsch von Grundmann & Laudan · Ariadne 1219 · Deutscher Krimipreis
Nita hat Arbeit und eine hübsche Wohnung. Aber sie ist nicht weiß. Als ein Verbrechen geschieht, zeigen prompt alle Finger auf sie …

Lady Bag
Deutsch von Laudan & Szelinski
Ariadne 1222 (HC) & 1228 (TB) · Deutscher Krimipreis
Kann eine Pennerin den Teufel aufhalten? Die rotweingetränkte Odyssee der Baglady ist ein furioser London-Krimi, unvergesslich!

Die Eva-Wylie-Trilogie
Was sie nicht umbringt · Eva sieht rot · Eva langt zu
Deutsch von Regina Rawlinson
Eva Wylie, bärbeißige Profi-Catcherin, haust mit Hunden auf einem Schrottplatz und jobbt als Kellnerin. Heißes Pflaster …

»Eine der faszinierenden Heldinnen der Kriminalliteratur. Milieugenau, witzig, spannend, bravourös übersetzt.« *Tobias Gohlis*

Anne Goldmann

Alle kleinen Tiere
Ariadne 1251 · 978-3-86754-251-7

Rita fürchtet sich vor Hunden. Ela fürchtet ihre Alpträume. Marisa fürchtet alles Mögliche, aber am meisten ein Leben ohne Liebe. Und Tom fürchtet sich vor Anfeindungen, wie er sie schon so oft erfahren hat ... In diesem Thriller ist die Kälte unserer Welt zu spüren, doch die Figuren glühen vor Leben. Packend, zuspitzend, hypnotisch erzählt *Alle kleinen Tiere* von Menschen, die nicht ganz ins Räderwerk passen, getrieben von Furcht oder Sehnsucht.

Das größere Verbrechen
Ariadne 1234 · 978-3-86754-234-0

Theres hat sich ein gutes Leben zurechtgestrickt: Normalität als Kokon, der Sicherheit spendet. Eines Abends kommt ein Anruf, und alles fliegt ihr um die Ohren. Und dann geschieht ein Mord.

»Die Bilder von dem stillen Bürgerkrieg in der österreichischen Kleinfamilie verbinden sich mit verwackelten Erinnerungen an den ganz realen Konflikt auf dem Balkan.« Kolja Mensing, *DLF Kultur*

Lichtschacht
Ariadne 1220 · 978-3-86754-220-3

Lena ist neu in der Stadt, schlägt sich mit Jobs durch, hofft Freunde zu finden. Eines Abends sieht sie, wie eine Frau vom Dach gestoßen wird. Oder hat sie sich das bloß im Rausch eingebildet?

»Das ist Hitchcock. Und Highsmith. Ein schleichendes, sprachlich schönes, hochwirksames Gift.« *Die Welt*

Triangel
Ariadne 1202 · 978-3-86754-202-9

Vollzugsbeamtin sucht Frieden im Grünen, doch im Rosengarten lauert ein grausiges Geheimnis, und zwei Männer drängen sich in ihr Leben – der eine will Liebe, der andere Geld.

»Ein Reigen der Unehrlichen. Enorm.« *KrimiZEIT-Bestenliste*

Denise Mina

»Lebensnah und realitätsgesättigt: Vor jedem ihrer Bücher steht man wie vor einem Wandteppich voller Figuren und Geschichten.« Tobias Gohlis, *Die Zeit*

Totstück
Deutsch von Karen Gerwig · Ariadne 1254

Endlich erfährt die Ärztin Dr. Margo Dunlop, wer ihre biologische Mutter war. Aber deren Schwester bringt zum ersten Treffen wenig erbauliche Neuigkeiten mit: Margo ist die Tochter einer Prostituierten. Und ihre Tante Nikki ist vulgär, abergläubisch und besessen von einer Idee: dass in Glasgow jemand seit Jahren ungestraft Huren ermordet. Spinnt sie oder gibt es diesen Mann wirklich? Hat er jetzt Margo im Visier?

Klare Sache
Deutsch von Zoë Beck · Ariadne 1242 · Deutscher Krimipreis

True-Crime-Podcast über eine versunkene Jacht klingt toll. Nur ist der Fall mit Anna McDonalds Vergangenheit verknüpft. Ihr Hausfrieden ist am Ende, eine Jagd durch Europa beginnt … Schauerroman, Roadmovie, Überwachungsthriller: Mina jongliert genial mit Erzählformen.

»Mit breitem Pinsel aufgetragen, aber nie zu dick: Großes Kino!« Sylvia Treudl, *Buchkultur*

»Es ist eine Art Screwball-Noir mit vielen komischen Elementen, aber auch, typisch für die Feministin, mit wachem Blick für die gesellschaftlichen Verhältnisse und für die Beziehungen zwischen den Geschlechtern. Ein zentrales Thema dieses wunderbaren Buches ist das Geschichtenerzählen.« Hanspeter Eggenberger, *Tages-Anzeiger*

»Eine radikal moderne Erzählung über sexuelles und finanzielles Raubtierverhalten und Soziale Medien.« *The Guardian*

»Ein Thriller, der mit finsteren Zugfahrten und beißendem Witz durch mehrere Länder vagabundiert. *Klare Sache* ist eins dieser raren perfekten Bücher.« *The Scotsman*

Denise Mina

Blut Salz Wasser

Deutsch von Zoë Beck · Ariadne 1230 · ISBN 978-3-86754-230-3

Helensburgh, Schottland: Während Kriminalermittlerin Alex Morrow
nach einer verschollenen Geldwäscherin sucht, irrt ein desorientierter
Killer durch die beschaulichen Gässchen. Denise Mina seziert
Gesellschaft mit präzisen Schnitten ins Soziale und Wirtschaftliche,
bewegenden Figuren und gewiefter Plotkunst.
Packend, erschütternd, klug, noir.

»Es geht um Emotionen, vor allem aber um Geld: Jeder Kriminal-
roman, den die 1966 in Glasgow geborene Denise Mina
schreibt, hätte eine eigene Kolumne verdient, so lebensnah und
realitätsgesättigt spinnt sie ihr Garn.« Tobias Gohlis, *Die Zeit*

»Ein großer Polizeiroman aus jenem Subgenre, das Ian Rankin
›Tartan Noir‹ getauft hat.« Günther Grosser, *Berliner Zeitung*

»Brillant, wie Denise Mina die Erzählfäden immer enger miteinander
verzwirbelt und spannt, bis sie am Ende mit einem Übrraschungscoup
reißen. Deshalb: Unbedingt lesen!« Jochen Vogt, *WAZ*

Götter und Tiere

Deutsch von Karen Gerwig · Ariadne 1246 · ISBN 978-3-86754-246-3

Es beginnt mit einem Raubüberfall: Ein Maskierter mit einer
AK-47 marschiert in eine Postfiliale und zwingt die Kunden mit
vorgehaltener Waffe auf den Boden. Da erhebt sich ein älterer Mann
und setzt sein Leben aufs Spiel. Aber warum?
Detective Sergeant Alex Morrow und ihr Partner DC Harris
untersuchen, was hinter dem Massaker in der Post steckt. Parallel
versucht jemand, die Glasgower Polizei zu Marionetten zu machen …

Kriminalität, Korruption, Katastrophenstimmung: Mit *Götter und
Tiere*, einem Roman ihrer Alex-Morrow-Reihe, hat Denise Mina
einen rasanten, harten und philosophischen Noir geschaffen.

Tawni O'Dell

Wenn Engel brennen

Deutsch von Daisy Dunkel · Ariadne 1239 · ISBN 978-3-86754-239-5

Es schwelt in den Kohleflözen, in den Redneck-Familien. Tödlich.
Aber Polizeichefin Carnahan kennt sich aus mit Täuschung und
Geheimnissen. Ausgefuchster Country Noir.

»Fast schon klassischer Whodunit, der zeigt, wie viel Potenzial in der
›Wer hat's getan‹-Frage steckt, und sich durch ein exzellentes Gespür
für die Region auszeichnet. Hoffentlich der Auftakt einer Serie mit
Chief Carnahan.« Sonja Hartl, *Deutschlandfunk Kultur*

»Eine Polizistin, in die man sich sofort verliebt. Sie besitzt etwas
im Krimigenre Seltenes – Humor und Selbstironie.«
Hannes Hintermeier, *FAZ*

Sarah Schulman

Trüb

Deutsch von Else Laudan · Ariadne 1241 · ISBN 978-3-86754-241-8

Ex-Cop Maggie Terry muss neu anfangen, doch mit sich ins Reine
zu kommen scheitert an der Schwere eigener Fehler und Versäum-
nisse. So hangelt sie sich von AA- zu NA-Meetings, sucht nach
Bodenhaftung. Ein neuer Fall könnte helfen – oder die endgültige
Katastrophe herbeiführen …

»*Trüb* erzählt davon, wie eine Stadt ihre Seele verliert. Eine stellenweise wütende, dann wieder überraschend komische Anklage gegen
die Auswüchse der Gentrifizierung, streift aktuelle Themen wie
Polizeigewalt und strukturellen Rassismus.«
Marcus Müntefering, *Spiegel online*

»Der schönste, bitterste, süßeste und überhaupt allerbeste Detektiv-
roman, den ich seit Jahren gelesen habe. Ein wildes Buch voller Tiefe
und Weitblick, akkurat, erkenntnisreich, herzzerreißend und ein
Pageturner – lest alle dieses Buch, sofort!« Sara Gran

Monika Geier

»Kein erhobener Zeigefinger, nirgends! Monika Geier verfügt über die Bösartigkeit aller guten Krimiautorinnen, über Witz und die Raffinesse für wirklich subtile Plots. Ihre Bücher sind mehr als eine Entdeckung, sie sind eine Befreiung von schlecht gewordener Konvention.« Tobias Gohlis, *Die Zeit*

»Ganz großartig, wie Monika Geier schreibt. Aktuelles auf kluge Weise erzählt und reflektiert. Hinzu kommt eine exakt dosierte Prise grimmigen Humors, eine sehr spezielle, schwarzschattierte Situationskomik, die es in sich hat. Spitzenklasse!« Ulrich Noller, *WDR Cosmo*

Aus der Bettina-Boll-Reihe:

Alles so hell da vorn
Ariadne 1223 · Bettina Bolls 7. Fall (Deutscher Krimipreis)
Im Puff wird ein Bulle erschossen, eine junge Hure ist auf der Flucht.
»Rätselhaft, sehr straight, irre gut. Geier ist Spitze.« *Krimibestenliste*

Die Hex ist tot
Ariadne 1216 · Bettina Bolls 6. Fall
Eine Serie geöffneter Gullydeckel ist doch kein Fall für die Kripo. Nur dass im Gully eine Leiche steckt ... Boll ringt mit bösen Hexen.

Die Herzen aller Mädchen
Ariadne 1184 · Bettina Bolls 5. Fall
Von Büchern und Bomben: Bolls Chance zum Aufstieg ins BKA.
»Ovid in der Pfalz: komplex, witzig, leichtfüßig!« *Titelmagazin*

Schwarzwild
Ariadne 1174 · Bettina Bolls 4. Fall
Alarm im Pfälzerwald: Knochen im Wildschweingehege. Und wo steckt der mazedonische Schlachter? Kommissarin Boll forscht nach.

Neapel sehen
Ariadne 1136 · Bettina Bolls 2. Fall
Lehrerin liegt tot im Steinbruch. Alle Finger zeigen auf die Container-siedlung. Boll ermittelt in brütender Hitze und findet eine Blutspur.

Ariadne · Herausgegeben von Else Laudan

Die Arbeit der Übersetzerin wurde im Rahmen des Programms »NEUSTART
KULTUR« aus Mitteln der Beauftragten der Bundesregierung für Kultur und
Medien vom Deutschen Übersetzerfonds gefördert.

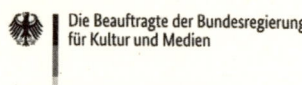

Titel der englischen Originalausgabe: The Other Mrs Walker
© Mary Paulson-Ellis 2016

Deutsche Erstausgabe
Alle Rechte vorbehalten
© Argument Verlag 2022
Glashüttenstraße 28, 20357 Hamburg
Telefon 040/4018000 – Fax 040/40180020
www.argument.de
Umschlag: Martin Grundmann,
unter Verwendung eines Fotos von bluemorphos, Pixabay.com
Lektorat: Iris Konopik und Else Laudan
Satz: Martin Grundmann und Iris Konopik
Druck und Bindung: CPI books GmbH, Leck
Gedruckt auf säure- und chlorfreiem Papier
ISBN 978-3-86754-260-9
Erste Auflage 2022